La oportunidad

LA OPORTUNIDAD

MILES HIGH CLUB 4

T L Swan

TRADUCCIÓN DE
Eva García Salcedo

CHIC

Primera edición: julio de 2023
Título original: *The Do-Over*

© T L Swan, 2022
© de esta traducción, Eva García Salcedo, 2023
© de esta edición, Futurbox Project S. L., 2023
Todos los derechos reservados.
Esta edición se ha hecho posible mediante un acuerdo contractual con Amazon Publishing,
www.apub.com, en colaboración con Sandra Bruna Agencia Literaria.

Diseño de cubierta: @blacksheep-uk.com
Corrección: Raquel Bahamonde

Publicado por Chic Editorial
C/ Roger de Flor, n.º 49, Esc. B, entresuelo, despacho 10
08013, Barcelona
chic@chiceditorial.com
www.chiceditorial.com

ISBN: 978-84-19702-05-0
THEMA: FRD
Depósito Legal: B 10743-2023
Preimpresión: Taller de los Libros
Impresión y encuadernación: Liberdúplex
Impreso en España — *Printed in Spain*

GRATITUD

La cualidad de ser agradecido; predisposición para demostrar agradecimiento y corresponder la amabilidad de otros.

Quisiera dedicar este libro al alfabeto,
pues sus veintiséis letras me han cambiado la vida.
Me encontré a mí misma en esas veintiséis letras,
y ahora estoy viviendo mi sueño.
La próxima vez que digáis el alfabeto,
recordad su poder.
Yo lo hago todos los días.

Capítulo 1

Christopher

El estridente sonido del despertador rompe el silencio. Me desperezo mientras trato de no seguir durmiendo.

—Joder, siento que he dormido tres minutos —murmuro.

—Creo que nos hemos quedado fritos —susurra Heidi mientras me pasa la pierna por encima.

Sigo dormitando con los ojos cerrados cuando noto unos labios en el cuello por el otro lado.

—Buenos días, Nicki —farfullo.

Ella sonríe pegada a mi cuello y se arrima más a mí.

—Buenos días, Christopher.

Nos quedamos unos minutos más sumidos en un plácido silencio, pero sé que tengo que moverme. Tengo una junta a las nueve.

—Arriba, chicas. —Suspiro.

Heidi y Nicki gruñen en señal de protesta.

Me incorporo y echo un vistazo al dormitorio. Hay ropa tirada por todas partes, y la botella de vino y las tres copas siguen junto al *jacuzzi,* en el suelo del baño. Le doy un beso a Nicki en la cadera y digo:

—Levanta, muchacha.

—Vete. —Y se da la vuelta.

Sonrío y le doy un cachete en el culo a Heidi.

—Se acabó la fiesta.

—¡Jooo! —exclama.

Me levanto de la cama y contemplo las vistas desde el extremo. Nunca me cansaré de ver a dos pibones en mi cama.

—Venga, fuera. —Las destapo—. Tengo que ir a trabajar.

Es muy fácil convencerlas para que vengan, pero no tan fácil persuadirlas para que se vayan.

—¿Y esta noche qué? —pregunta Nicki.

—Esta noche nada —contesto mientras, desnudo, voy recogiendo su ropa—. Estoy liado.

—¿Qué tienes que hacer? —me pregunta Heidi, que se apoya en los codos. Su melena rubia está despeinada y alborotada.

—He quedado. —Le lanzo sus bragas a la cabeza—. Con una buena chica. —Abro mucho los ojos para enfatizarlo y digo—: Todo lo contrario que vosotras, pervertidas.

Ambas ríen y Nicki dice:

—Pero si te encantan las pervertidas.

Planto las manos en la cama y las beso a las dos. Entonces agarro a Nicki del pelo para acercarla a mí y besarla más rato. Es mi favorita.

—Es cierto. Me encantan.

Me estiro y beso a Heidi en el pecho. Me coge del pelo y noto que se me pone dura. Que me agarren del pelo es mi debilidad.

«Para». No tengo tiempo para esto. Me la quito de encima.

—Entonces… ¿nos llamarás de camino a casa después de quedar con la sosa esa? —pregunta Heidi.

Esbozo una sonrisilla mientras recojo sus prendas. Me tienen calado.

—Seguramente. —Le lanzo el sujetador a Nicki como si fuera un tirachinas. Le da en la cabeza. Fuerte.

—Ay, no te pases —dice mientras lo recoge.

Me meto en el baño y abro el grifo de la ducha. Miro hacia la cama y veo que siguen ahí tumbadas. Vuelvo al cuarto con decisión y, con los brazos en jarras, les digo:

—Como no os levantéis ahora mismo, os obligaré a hacer cosas horribles.

—¿Qué te ha dado? —Heidi me sonríe con aire juguetón. Está hecha un ovillo y tiene cara de recién follada.

«Tentador…».

—Tengo una junta a las nueve.

Regreso a la ducha. Al cabo de unos minutos, salgo con una toalla blanca alrededor de la cintura y veo cómo se visten a cámara lenta mientras entro en el vestidor. Me pongo un traje azul marino, una camisa blanca, un Rolex, unos zapatos negros y un cinturón. Vuelvo al baño.

Como siempre, las chicas se sientan en el tocador conmigo mientras me peino.

—¿Qué vas a hacer hoy, jefe? —me pregunta Nicki mientras me aprieta la corbata.

—Negocios.

—Me encantan los negocios —interviene Heidi—. Dime algo en plan jefe.

—Estás despedida.

Las dos se echan a reír.

—Dime algo en plan jefe a mí —me pide Nicki.

—Túmbate en mi mesa. —La giro y le levanto la falda del vestido.

Me excito al ver su culo terso al aire…, listo y expectante.

«¡Vete a trabajar de una puta vez, joder!».

—Venga, fuera —les espeto mientras salgo a toda prisa del baño.

Oigo una voz procedente de la cocina:

—Buenos días, señor Miles.

—Buenos días, señora Penelope —digo mientras voy al despacho a por mi maletín.

Paso por la cocina y la señora me ofrece un termo de café.

—Es usted la mejor ama de llaves de la historia. Lo tengo clarísimo. —Sonrío y le doy un beso en la mejilla.

—Lo sé, querido.

No es broma. La señora Penelope realmente es la mejor ama de llaves de la historia. Si no tuviera cincuenta y seis años… y si no estuviera casada, me casaría con ella.

Las chicas se asoman y dicen a la vez:

—Buenos días, señora Penelope.

—Buenos días, chicas. —Sonríe. Vuelve a mirarme y le guiño un ojo con aire juguetón.

«Que sí, lo sé».

Soy malo.

Ya lo hemos dejado claro un millón de veces.

—Hay que irse. Que pase un buen día, señora Penelope.

13

—Descuide. Igualmente.

Vamos a la puerta y las chicas cuchichean mientras entramos en el ascensor. Al llegar abajo, salgo del edificio con ellas. Hans me espera junto a mi coche.

—Buenos días, Hans. —Sonrío.

—Buenos días, señor Miles. —Inclina la cabeza.

—¿Podrías llevar a las chicas a su casa? —le pregunto.

—Claro, señor. —Sonríe—. No se preocupe.

—Buenos días, Hans. —Ambas sonríen mientras Hans les abre la puerta trasera de la limusina.

Les doy un beso de despedida en la mejilla y, como unas pascuas, suben al vehículo. Tras verlas alejarse, regreso a mi edificio y bajo al sótano con el ascensor. Subo a mi Porsche negro, abandono el aparcamiento y me incorporo a la larga hilera de coches.

Uf, el tráfico de Londres. ¿Existe algo peor?

Tres horas después

—Y esto. —Señala una línea del gráfico—. Esta es la tendencia que nos interesa. Ver cómo el exceso de población…

Bostezo. Me cuesta horrores mantener los ojos abiertos.

—¿No te dejamos dormir, Christopher? —brama Jameson.

«Pues no, la verdad».

Carraspeo para no poner los ojos en blanco.

—Perdón —digo.

Mis hermanos Jameson y Tristan han venido a Londres para reunirse con Elliot y conmigo en nuestra junta trimestral. El rollo del que tenemos que hablar es aburrido de narices. Jameson reanuda la perorata y se explaya al hablar de una tendencia en espiral. Bostezo otra vez.

Jameson me fulmina con la mirada.

—Perdón —articulo solo con los labios para no volver a interrumpirlo.

«Céntrate, joder».

Me cuesta una barbaridad mantenerme despierto. Miro la hora. ¿Cuánto va a durar la reunión?

Elliot interviene:

—He visto las consecuencias de eso y me parece…

Sigue y sigue y sigue, y yo… bostezo otra vez.

—¡Ya vale! —salta Tristan—. No eres el único que se muere de cansancio.

Levanto la vista y veo que los tres me miran fijamente.

—Seguro que Christopher se ha divertido más que tú cansándose —dice Elliot con una sonrisilla.

—Fijo —masculla Tristan en tono seco—. He dormido en el suelo y las niñas en mi cama.

—¿Y eso? —pregunta Jameson, ceñudo.

—Pues porque han decidido que solo les gusta dormir en el cuarto que tienen en casa. —Sonríe con falsedad y añade—: Últimamente viajar con ellas es la hostia.

—Eso te pasa por tonto. —Niego con la cabeza, asqueado.

—¿A qué viene eso? —me espeta Tristan.

—A que… —Me callo.

—Va, di.

—A que creía que eras tú el adulto —contesto tan pancho mientras bebo agua—. No me entra en la cabeza por qué dejarías que tus hijas durmiesen en tu cama y tú, en cambio, te irías al suelo.

—Summer está pachucha, tiene tos —se excusa Tristan.

Me aparto de él y digo:

—No respires cerca de mí, saco de gérmenes.

—Si tuvieras hijos lo entenderías —comenta Tristan.

Elliot se ríe y añade:

—Como si eso fuera a pasar algún día…

Tristan se ríe y dice:

—Ya ves.

—¿Podemos centrarnos en la reunión de una puñetera vez? —dice Jameson mientras da unos golpecitos en la pizarra.

—¿A qué viene eso? —replico mientras los miro—. Claro que algún día tendré hijos.

—No. —Jameson escribe en la pizarra como para recordarnos el siguiente tema—. No existe ni la más mínima posibilidad de que tengas hijos.

—¿Cómo? —exclamo, ofendido—. Anda ya. No sabes lo que dices.

Tristan pone los ojos en blanco, como si creyera que soy tonto.

—Eres tú el que no sabe lo que dice.

—Eres demasiado egoísta para tener mujer e hijos. No va a pasar —arguye Elliot con una sonrisilla.

—Seguirá montando orgías con noventa años —suelta Jameson tan pancho mientras dibuja un gráfico en la pizarra.

Los otros dos se ríen.

—Para que lo sepas…, no monto orgías. —Molesto, me recoloco la corbata—. Fomento las actividades en grupo en las que se trata a todos por igual. —Cuadro los hombros y agrego—: Que es muy diferente.

Los tres se echan a reír y yo me pongo furioso.

—Para haber sido igual que yo, sois muy criticones.

—No éramos igual que tú —dice Elliot—. Ni por asomo. Tú estás mal.

Ahogo un grito, indignado, y replico:

—No estoy mal.

—Tienes treinta y un años y no te has echado ni una novia. Ni una sola —alega Tristan.

—Sales con chicas simpáticas para aparentar y te convences de que les vas a dar una oportunidad. Por no hablar de que te las follas a pares para no enamorarte de ninguna —repone Jameson sin emoción.

Horrorizado, abro la boca.

—¿Así me veis?

—Así eres —me corrige Jameson. Vuelve a dar golpecitos en la pizarra y prosigue—: Bueno, como decía…

El corazón me va a mil de la rabia mientras los miro. No me creo lo que me han dicho.

—No estoy mal.

—Pues estás mal acostumbrado —repone Elliot.

Escandalizado, ahogo un grito y digo:

—¿Mal acostumbrado?

Jameson tuerce el gesto y añade:

—Venga ya.

—No estoy mal acostumbrado.

—Anda que no —salta Elliot.

—Pues dime por qué —digo.

—No te has presentado a una entrevista de trabajo en tu vida, pero tienes el trabajo de tus sueños. Tienes áticos en Nueva York, Londres y París, y empleados por todo el mundo. Tienes una colección de deportivos por valor de diez millones de dólares. Por algún motivo, la gente te considera increíblemente guapo y solo te hace falta mirar a una mujer para que se baje las bragas…, esté casada o no —argumenta Jameson con calma.

Abro la boca para defenderme, pero no me salen las palabras.

—Y… no saldrías con una chica del montón porque son inferiores a ti —añade Tristan.

—Nadie quiere salir con una del montón —exclamo, ofendido.

Jameson clava sus ojos en los míos y me dice:

—Dime la última vez que tuviste que esforzarte para conseguir algo, Christopher.

—Vete a la mierda. —Resoplo.

—No, lo digo en serio. ¿Cuándo fue la última vez que te marcaste un objetivo y no lo alcanzaste esa misma noche?

Elliot sonríe mientras se mece en su asiento, y yo los miro mientras esperan a que conteste.

—No se ha ganado nada. Ni una sola vez —dice Tristan con una sonrisilla.

—Tengo metas que aún no he cumplido —tartamudeo, avergonzado.

—¿Dormir solo? —aventura Elliot.

Los tres echan la cabeza hacia atrás y estallan en carcajadas, como si fuera lo más gracioso que han oído en su vida.

Me siento traicionado.

«¿Así me ven?».

—Que os den. —Me levanto—. Y a la junta también. No pienso quedarme a oír estupideces.

Abandono el despacho hecho una furia y cierro de un portazo.

—¡Vuelve aquí, niñato! —grita Jameson a mi espalda.

Los oigo troncharse de nuevo… «Mamones».

Cruzo la recepción con paso airado y las secretarias se sorprenden al verme enfadado.

Seguramente esta sea la primera vez. Yo nunca me enfado.

—¿Va todo bien, Christopher? —me pregunta Victoria, ceñuda.

—Pues no. —Resoplo—. Los cabrones de mis hermanos creen que soy un mimado. —Alzo los brazos mientras paso por su lado—. ¿Te lo puedes creer?

—No. Para nada. —Victoria esconde los labios para no sonreír.

Entorno los ojos a modo de advertencia silenciosa y me dirijo a mi despacho hecho un basilisco. Oigo las risitas de las secretarias por toda la recepción.

Estoy que trino.

El mundo se ha vuelto majara. Guardo mis cosas en el maletín con ímpetu.

No.

Soy.

Un.

Mimado.

Me ofende esa acusación. ¿Cómo se atreven? ¿Acaso saben lo que es ser un mimado? Porque yo creo que no.

Me dirijo al ascensor y las chicas me miran anonadadas.

—Me voy —anuncio.

—¿A dónde? —me pregunta Victoria, ceñuda.

—A donde me dé la gana. —Eso ha sonado mal. La señalo y digo—: Porque estoy cabreado, no porque sea un mimado.

Victoria abre mucho los ojos como para refutar mi argumento.

—No digas nada —escupo.

—Sí, señor. —Sonríe.

—Y no me trates de tonto.

—Dios me libre.

Me enrabieto más.

Las chicas agachan la cabeza para que no vea que se están riendo.

—Como no dejéis de reír, os despido.

Se ríen todavía más fuerte. Se me conoce por ser el gracioso de la oficina, no el cascarrabias.

—¡Ya está! —estallo. Se abre el ascensor. Entro en tromba y aprieto el botón con fuerza—. Os habéis quedado sin paga extra de Navidad.

Se ríen con más ganas.

Brujas… Bajo al aparcamiento y miro a mi alrededor. Mi coche no está donde lo he dejado.

Me acerco al encargado y le pregunto:

—¿Y mi coche?

Horrorizado, abre los ojos como platos.

—Pues… —Mira a su alrededor con nerviosismo—. No sabíamos que vendría a por él, señor. Lo hemos aparcado en la planta más baja para dejar espacio a los coches que se marchan antes.

«¿Cómo?».

Arqueo una ceja, furioso.

—Si dejo mi coche en una plaza reservada es para que se quede ahí.

El encargado va a hablar, pero cierra la boca y no dice nada.

—¿Qué pasa? —bramo.

—Para eso nos quedamos con sus llaves, señor, para mover los coches en función del horario. Lo hacemos todos los días.

—¿A ti te parece que esto encaja con mi horario? —digo enfadado—. ¿Qué hago yo ahora? Necesito mi coche. ¡Ahora mismo!

—Es lo que hay —oigo mascullar a alguien. Me giro y veo a Elliot plantado a mi lado, escuchando.

¿Qué diantres hace este aquí?

—Paso —le espeto mientras vuelvo al ascensor a grandes zancadas—. Cogeré un Uber. —Me pongo bien la corbata para serenarme—. Porque soy flexible.

El encargado del aparcamiento frunce el ceño y mira a Elliot.

—Flexible —articula este solo con los labios.

—Tú vuelve arriba, no vaya a ser que le ordene al conductor del Uber que te atropelle —le espeto mientras aporreo el botón para que se cierren las puertas del ascensor.

Elliot corre y entra conmigo. Se cierran las puertas.

—Relájate —me dice—. Estamos de guasa.

Aprieto la mandíbula y miro al frente.

—No eres un mimado.

Alzo el mentón en actitud desafiante.

—Eres arrogante.

Se me salen los ojos de las órbitas.

—Te voy a dar yo a ti —gruño. Se abren las puertas del ascensor, salgo al vestíbulo y, a continuación, a la calle. Elliot me pisa los talones.

Nos ponemos en el bordillo y me echa un vistazo.

—¿A qué hora vendrá?

—¿Quién?

—Pues el Uber.

Arrugo el ceño.

—Lo has llamado…, ¿no?

—Pues claro —le suelto.

«¿Cómo coño se hace eso?».

—No voy a coger un Uber —le informo mientras me pongo de puntillas para ver mejor la calle—. Voy a pillar un taxi para apoyar a la vieja escuela.

—Ah… —Elliot esboza una sonrisilla y dice—: Bien que haces.

Horrorizado, veo que todos los porteros reparan en mí.

—Señor Miles. —Se acercan corriendo—. ¿En qué podemos ayudarlo, señor?

—Pues…

Elliot me interrumpe y dice:

—Está bien, gracias. —Les sonríe—. Gracias de todas formas.

Poco a poco, los porteros vuelven dentro. Miro a Elliot, que me observa.

—Venga —me insta.

—¿Venga qué?

—Llama a un taxi.

—¿De verdad crees que no sé llamar a un taxi yo solo?

—¿Cuándo fue la última vez que lo hiciste?

—¿Cuándo fue la última vez que te ingresaron por recibir una paliza? —le digo con los ojos entornados.

Elliot alza las manos en señal de rendición y comenta:

—No iba con mala intención.

Vuelve dentro y veo que sube al ascensor.

Lo sigo con la mirada y me embarga la determinación. Voy a llamar a un taxi. Salgo a la calle y veo que viene uno. Levanto el brazo.

Pasa a toda velocidad con un pasajero en el asiento de atrás. Mmm…

Aprovecho que viene otro taxi y levanto el brazo. Pasa por delante de mí.

—¡Cabrón! —le grito.

Me paso cinco minutos en la acera. No para ni uno.

¿Qué mosca les ha picado? ¿No saben que tengo que ir a algún sitio?

Esto es discriminación.

Oigo una voz.

—Señor Miles. —Me vuelvo y veo que Hans ha aparcado la limusina—. ¿Va todo bien, señor?

—Mmm… —Miro a mi alrededor. No para ni un taxi. Podría estar así eternamente. Me asomo al interior para cerciorarme de que no está Elliot—. Llévame a casa.

Hans me sonríe con amabilidad y me abre la puerta trasera. Me subo y se incorpora al tráfico.

—¿Cómo sabías que estaría aquí? —le pregunto.

—Me ha llamado Elliot.

—¿Que te ha llamado Elliot?

Estoy que trino.

—Sí. Me ha dicho que fuera a salvarle.

«Capullo».

—Me lo he pasado de maravilla —dice con aire soñador.

—Y yo. —Esbozo una sonrisa falsa. Es lo único que se me ocurre con tal de no mirar la hora mientras nos despedimos en mitad de la calle. ¿Cuánto va a durar esto?

Ha sido el peor día del siglo.

Aburrido…

Aburrido de cojones.

Carly es guapa, lista, dulce y tiene un cuerpo de escándalo. Es todo lo que debería desear. Y, sin embargo, como me suele ocurrir cuando salgo a solas con una chica, me aburro como una ostra. Incluso me he planteado pedirle al camarero que me envenenase la comida para tener un motivo de peso para ausentarme.

Pienso por enésima vez en lo que me han dicho hoy Tristan y Jameson.

«Tienes treinta y un años y no te has echado ni una novia. Sales con chicas simpáticas para aparentar y te convences de que les vas a dar una oportunidad. Por no hablar de que te las follas a pares para no enamorarte de ninguna».

Carly me mira preocupada.

—¿Te pasa algo?

Pone cara como para decir que quiere que la bese.

—Es que… me duele la cabeza. Lo siento… —Me callo para no mentirle más.

—No pasa nada. —Sonríe—. No se puede tener química con todo el mundo.

Curioso… «Yo tengo química con todo el mundo».

—¿Tienes química con la mayoría? —le pregunto.

—Sí.

—¿Y por qué crees que entre nosotros no fluye la cosa?

Se encoge de hombros y contesta:

—Por muchos motivos.

—Dime.

Se ríe y comenta:

—No creo que quieras oír lo que te voy a decir.

—Te aseguro que sí.

—Bueno, para empezar, eres demasiado perfecto.

Frunzo el ceño y digo:

—¿Cómo?

Le cambia la cara.

—Ay, no quería ofenderte. Me he expresado mal.

—No, tranquila —le digo—. Explícamelo. ¿Cómo voy a mejorar si no sé qué me pasa?

—No tienes que mejorar; tienes que… —Calla como para seleccionar las palabras adecuadas—. No tienes esencia.

—¿Cómo? —Me toco el pecho—. ¿Que no tengo esencia? ¿Yo? —Ahogo un grito, estupefacto—. ¡Si mi esencia es de primerísima calidad!

Se ríe y dice:

—Ese es el problema. Nunca entenderás a lo que me refiero; pero no pasa nada, no te hace falta. No es importante para tu vida.

La miro ceñudo y digo:

—Pero ¿a qué te refieres?

—A que lo has tenido todo tan fácil que nunca has necesitado hacer introspección para averiguar quién eres en realidad.

Descanso el peso en los talones, pues me ofende que me digan esto por segunda vez en el mismo día.

—Discrepo. ¿Por qué la gente cree que solo las adversidades forjan el carácter? ¿Por qué tengo que hacer introspección para averiguar quién soy cuando ya lo sé?

Se pone de puntillas y me besa en la mejilla.

—Porque los diamantes nacen bajo presión.

Se gira y echa a andar como si nada.

—¿Qué significa eso? —Indignado, pongo los brazos en jarras—. Soy un puto diamante, Carly. —Hago un aspaviento con los brazos y agrego—: ¿Sabes a cuántas mujeres les encantaría estar con un diamante como yo?

Se ríe a carcajadas y se vuelve hacia mí.

—Las mujeres con las que pasas el rato solo quieren carbón. No tienen ni idea de lo que es un diamante. Dios los cría y ellos se juntan.

Abro la boca, horrorizado.

Me lanza un beso, da media vuelta y se funde con la noche. Me paso la mano por la barba incipiente mientras la veo irse.

Qué raro.

Mmm... Aunque reconozco que también ha sido... interesante.

Me marcho en la otra dirección, entro en un bar y me siento en un banco junto a la ventana.

—¿Qué le sirvo? —me pregunta el camarero.

—Un *whisky* —contesto sin pensar.

Empieza a llover. Contemplo por la ventana cómo caen las gotas.

—Aquí tiene —me dice el camarero mientras me planta la copa delante.

—Gracias.

Bebo solo. He tenido un día de perros. Detesto reconocerlo, pero, por lo visto, hay una faceta de mi personalidad que ven todos menos yo.

«Las mujeres con las que pasas el rato solo quieren carbón».

Me paso la mano por la cara con fastidio. ¿Será verdad? Echo la cabeza hacia atrás y me bebo la copa de un trago.

«Eres un salido».

Ha sido un día extraño y lleno de revelaciones. ¿Tendrán razón?

¿Cómo voy a encontrar a mi diamante si no soy más que carbón?

Oigo una voz.

—No será para tanto.

Alzo la mirada y veo a una camarera limpiando la mesa contigua a la mía.

—¿Por qué lo dices?

—Pues porque llevas tres horas ahí sentado con cara de sufrimiento.

—¿Cómo? —Miro la hora. La una y media de la mañana—. Perdón —farfullo mientras me levanto y busco la cartera.

Me trae la cuenta.

—¿Te han dejado? —me pregunta.

La idea me confunde tanto que frunzo el ceño.

—Qué va.

—¿Has dejado tú a alguien?

—No.

«Métete en tus asuntos».

—¿Te han echado?

No estoy de humor para cháchara.

—Sí, me han echado —miento para que se calle.

—Anda, qué bien. —Sonríe—. Me encantan las encrucijadas.

Esta señora es una imbécil integral.

—¿Cómo va a ser bueno que te despidan?

—Porque puedes empezar de cero y decidir quién quieres ser.

La miro con el ceño fruncido.

«Decidir quién quieres ser».

—Como una segunda oportunidad… —susurro para mí.

—Exacto. —Vuelve a limpiar la mesa.

—¿Qué harías tú? —le pregunto—. ¿Cómo empezarías de cero?

Sonríe con aire distraído y dice:

—Desaparecería y viajaría por el mundo para verlo con otros ojos, con una mirada limpia.

La observo con inquietud. No es la primera vez que oigo ese sueño. Yo mismo me lo planteé hace años.

—A ver, no todo el mundo podría permitírselo. Las cosas como son. —Se encoge de hombros—. Pero ¿a que estaría bien?

—Pues sí…

Le pago y, sumido en mis pensamientos, salgo del local, doblo la esquina y me dirijo a la parada de taxis. Hay uno esperando. Me subo al asiento trasero.

—¿A dónde va, caballero? —pregunta el taxista la mar de contento.

Sonrío. ¿Veis? Sé coger un taxi yo solito. Es más, estoy convencido de que puedo conseguir lo que me proponga. Les enseñaré a esos mamones de qué pasta estoy hecho.

Pero ¿sin dinero?

Uf, eso va a costar.

Tumbado bocarriba y a oscuras, contemplo el techo de mi dormitorio.

Tengo un mal presentimiento que me remuerde las entrañas y no me abandona.

Desde que se me ocurrió lo de la segunda oportunidad, no dejo de darle vueltas.

¿De verdad tengo que volverme invisible para que me vean? ¿Estaré exagerando?

No quiero que el dinero controle mi vida, si es que no la controla ya.

No me gusta un pelo cómo me ven mis hermanos. No me gusta nada que Carly crea que soy carbón. Pero lo peor es que sé que tiene razón. En este momento, soy cien por cien carbón.

No sé ni cómo hallar mi esencia, y detesto que así sea.

Valgo más que esto. Lo sé.

Soy más que mi apellido, pero... ¿cómo lo descubro?

¿Cómo sería vivir un año sin dinero?

Contemplo las posibilidades, los riesgos y el orgullo que me llenaría al final al saber que lo he logrado.

Esta semana no he salido. Por primera vez en mi vida, no he tenido que lidiar con la idea de socializar.

No quiero salir por ahí; quiero... desaparecer.

Lunes por la mañana

Tras pasar la semana más casta de la historia, he tomado una decisión.

Salgo del ascensor con un objetivo.

—Buenos días, chicas —digo al pasar por su lado.

—Buenos días, Christopher.

Cruzo el pasillo y entro en el despacho de Elliot. Jameson y Tristan vuelven a Nueva York esta noche, así que tengo que aprovechar que todavía estamos los cuatro juntos para decírselo.

—¿Puedo hablar un momento contigo en mi despacho? —le pregunto.

Elliot deja de mirar el ordenador y frunce el ceño.

—¿Por?

—Tráete a Jay y a Tris.

—Vale.

Bajo a mi despacho y enciendo el ordenador. Tengo mucho que hacer.

—¿Qué pasa? —pregunta Jameson mientras se sienta en el sofá.

Elliot y Tristan lo imitan.

—¿Qué ocurre?

—Me voy a coger un año sabático —anuncio.

—¿Cómo? —inquiere Jameson, pasmado—. ¿Y eso?

—Quiero desconectar.

—¿Cómo?

—Me voy a ir de mochilero.

Capítulo 2

—Es broma.

—No. —Me siento a mi mesa.

—¿Cuánto tiempo?

—Doce meses.

Elliot tuerce el gesto y dice:

—Anda ya. Ni de coña te meterías en algo así. Casi me lo trago. Venga, suelta la verdad.

—Lo digo muy en serio.

—No durarías ni una hora como mochilero, ya no digamos doce meses. —Tristan resopla y añade—: Eres más remilgado que nosotros tres juntos.

Decidido, digo:

—No soy un inútil, ¿vale?

—Si esto es por lo de la semana pasada, estábamos de coña.

—No se trata de vosotros, sino de mí.

—¿De tus ganas de irte al otro barrio? —repone Jameson en tono seco.

—He reflexionado sobre lo que me dijisteis. Si no cambio de actitud... —Me callo; no soy capaz de decirlo en voz alta.

—¿Qué?

—Llevo años queriendo lanzarme. Y sé que como no lo haga ya, seré demasiado mayor.

—Ya eres demasiado mayor —salta Jameson—. Nunca he visto a un tío de treinta y un años siendo mochilero.

—Como conoces a tantos... —digo, abriendo mucho los ojos.

—¿Por qué quieres hacerlo?

—Porque lo necesito. Necesito centrarme. Siempre he dicho que lo haría, y creo que ha llegado el momento.

Mientras se pasea por el despacho, Elliot dice:

—A ver…, supongo que podría reorganizar al personal y tú… podrías trabajar en alguna de las sucursales que tenemos en el extranjero.

—No, nada de contactos. Quiero labrarme mi camino y ganarme el pan. Solo me llevaré dos mil dólares. Calculo que con eso tendré para sobrevivir un mes.

Jameson se desternilla.

—¿Tú… sin blanca?

—Me meo. —Tristan se ríe—. Si gastas más de dos mil pavos en un día.

—¿De qué vas a trabajar? —pregunta Elliot, tartamudeando. Abre mucho los ojos mientras espera a que conteste. Casi me parece ver cómo aumenta su preocupación.

—Pues… —Me encojo de hombros tan pancho; como si no estuviera a punto de embarcarme en la aventura más aterradora de mi vida—. Todavía no lo sé. Ya surgirá algo. Me las apañaré sobre la marcha.

—No —me espeta Elliot—. Ni de coña. Necesitas un plan. Los Miles no nos las apañamos sobre la marcha. Te encontrarán muerto en algún sitio. No voy a permitir que vagues por ahí solo, que hay mucho cabronazo suelto.

—Pues no te queda otra.

—Menudo despropósito —me advierte Jameson—. Por no hablar de los peligros que entraña.

—Llevo toda la semana dándole vueltas, y he llegado a la conclusión de que tengo que lanzarme. Si me rajo, sé que me arrepentiré. —Me encojo de hombros—. ¿Tan mala idea es?

—Muy mala —salta Elliot—. Pésima. Volverás a casa con los pies por delante.

Pongo los ojos en blanco.

—Hay que ver lo dramáticos que sois.

—Lo tuyo sí que es un drama —me suelta Tristan—. ¿Por qué no te echas una novia, como todo hijo de vecino?

—No se lo digáis a mamá y a papá —agrego.

—¿Cómo? —salta Tristan—. ¿Cómo vas a conseguir que no noten tu ausencia en un año?

—Les voy a decir que me voy a estudiar a Francia. Los llamaré a diario y, si se les ocurre visitarme, viajaré de España a París a verlos unos días.

—¿De España?

—Empezaré por ahí.

—¿Por qué?

—Yo qué sé. —Me encojo de hombros—. Por la paella, por ejemplo.

—La madre que me parió. —Jameson se masajea el puente de la nariz y dice—: Uno no se hace mochilero por una puta paella, Christopher. Aquí mismo, en Londres, seguro que hay algún restaurante español de la leche.

—Si queréis, os llamo todos los días. —Pongo los brazos en jarras y digo—: Pero me voy. No podéis impedírmelo.

Se quedan callados.

—Y si la cosa se pone fea, os diré a dónde —agrego.

—Llévate a un escolta —salta Jameson.

—No me voy a llevar a un puto guardia de seguridad.

—¿Por qué no?

—Porque interfiere con mi objetivo.

Elliot ahoga un grito y dice:

—¿Tu objetivo es que te maten?

—Mira. —Trato de calmarlo. Sé que es el que lo va a llevar peor—. Hacemos una cosa. ¿Qué te parece si me ayudas esta semana y me preparas para cualquier contratiempo?

Me mira. Casi me parece oír cómo se le cortocircuita el cerebro de lo acojonado que está.

—¿Cuándo te vas? —pregunta Jameson.

—El sábado que viene.

—¿Tan pronto?

Asimilan la noticia en silencio.

—Pues… —Tristan me da una palmada en la espalda y dice—: Ha sido un placer conocerte.

Hayden

Distrito de Finger Lakes (condado de Orange, Estados Unidos)
Granja ganadera Harrington Angus

Regreso a la finca con el tractor. Sus enormes ruedas rebotan al pasar por el riachuelo que discurre entre los dos prados.

Sonrío a la luz del sol poniente y le doy una palmadita a Nev en la cabeza. Es uno de nuestros perros pastores de confianza y mi favorito. Se yergue con orgullo a mi lado mientras damos una última vuelta por la granja.

Como de costumbre, ha sido un día de locos. Tres vacas están preñadas, por lo que hemos estado de acá para allá. Al ser la única hija de una familia de granjeros, trabajo con tesón y ayudo con las tareas…, que no son pocas. Nuestra granja ocupa más de mil doscientas hectáreas y tiene más de quinientas reses angus. Por suerte, contamos con personal, pero la carga de trabajo no da tregua.

Doblo la esquina que da a la casa y veo a mamá saludándome. Paro el tractor a su lado y digo:

—Hola.

Se da unos golpecitos en el reloj y pregunta:

—¿Qué haces?

Frunzo el ceño.

—¿Eh?

—Tenemos mucho que hacer. Quedamos en que iríamos de compras.

Exhalo y bajo del tractor de un salto.

—Mamá…

—En serio, Hayden, te vas en dos días. Deja ya de preocuparte por la dichosa granja.

—He estado pensando… Ya no hace falta que vaya.

30

—Hayden. —Me agarra por los hombros y me dirige hacia la finca—. Reservaste el viaje hace dos años. —Me da un empujoncito y agrega—: Vas a ir.

—Ya, pero acababan de romperme el corazón cuando lo reservé. Ahora ya estoy bien. Llamaré a la agencia de viajes, a ver si me devuelven el dinero. Ahora no es el momento.

—Eso es que estás nerviosa —me dice—. Deja de negarlo.

Llevo días angustiadísima. Irme a la otra punta del mundo yo sola cuando apenas he salido de casa en dos años me parece una locura como un piano.

«Nerviosa» se queda corto.

Estoy aterrada.

—No quiero dejaros a papá y a ti en la estacada. Me necesitáis aquí. ¿Y si pasa algo mientras estoy fuera?

—Cariño. —Mamá me sonríe y dice—: Lo que papá y yo necesitamos es que seas feliz.

—Ya soy feliz.

—¿Conduciendo tractores? ¿Ayudando a las vacas a parir? —Me mira a los ojos—. Casi todas tus amigas se han ido del pueblo y se han casado.

—¿Y a mí qué?

—Y tú ya ni sales.

Se me forma un nudo en la garganta porque sé que tiene razón.

Lo cual no facilita las cosas.

—Hayden. —Sonríe—. Te espera mucha emoción ahí fuera.

Asiento.

—Y serás valiente y saldrás al largo y ancho mundo y harás nuevos amigos y reirás y vivirás y no te preocuparás por las dichosas vacas.

Se me humedecen los ojos. Me encojo de hombros y digo:

—Es que…

—Lo sé, tesoro, tienes miedo. —Me sonríe con ternura—. Pero más miedo me da a mí que pases aquí tu juventud sin saber lo que hay ahí fuera. —Me abraza—. Esta granja siempre te esperará, Hayden. Pero… él también.

—¿Quién? —pregunto, frunciendo el ceño.

—Tu futuro novio. Está por ahí, en algún sitio. Lo presiento.

Pongo los ojos en blanco.

—Mamá, no voy a conocer al amor de mi vida en un hostal para mochileros. Ya te lo digo yo.

—Nunca se sabe. Hay un montón de granjeros buenos e íntegros por ahí.

—Supongo. —Y con una sonrisilla, digo—: Pues nos vendría de perlas un veterinario.

—¡Esa es la actitud! —Entrelaza el brazo con el mío y echamos a andar hacia la finca—. O un mecánico que entendiese de diésel. Lo que cuesta mantener los puñeteros tractores.

Me echo a reír.

—Ya ves.

—Un fabricante de vallas también estaría bien —agrega.

Río. Me imagino trayendo a casa a un pobre diablo y a mi padre obligándolo a construir vallas durante días.

—Vamos a comprarte vestidos para salir con chicos.

—¿Qué le pasa a mi ropa? —exclamo como si me hubiera ofendido.

Ambas miramos mis vaqueros ajustados, mi camisa a cuadros y mis botas con puntera de acero manchadas de estiércol.

—Soy la última moda personificada, mamá. —Pongo los brazos en jarras y me contoneo un poco.

Abre los ojos como platos y dice:

—No es muy española, ¿no?

Christopher

—Y esta es la Nómada Lobo Negro. —El dependiente sonríe ufano—. Lo más de lo más en mochilas.

Miro la mochila exageradamente grande.

—Gracias. Te llamaremos si necesitamos ayuda —repone Elliot.

El dependiente se marcha y yo abro la cremallera.

—La cremallera funciona.

—No me entra en la cabeza que haya gente que camine cargando con esto a la espalda —susurra Elliot—. ¿Cuánto pesará cuando la llenes? ¿Veinte kilos?

—Seguramente.

—¿Te busco alguna con ruedas?

—No quiero parecer un blandengue. Yo arrastrando mi mochila y los demás cargando la suya.

—Los demás son idiotas.

—No quiero destacar.

Elliot se ríe entre dientes mientras contempla la mochila.

—Te digo yo que destacarás más por otras cosas.

Me fijo en otra mochila y la cojo. Hurgo en todos los bolsillitos. En la parte de abajo hay una bandejita. La saco y la aguanto sin dejar de mirarla.

—¿Y esto para qué será?

—Mmm… —Elliot me la quita de las manos y la gira mientras la observa—. ¿Un plato?

—No es muy hondo para ser un plato. Aquí no se puede desayunar bien.

El dependiente vuelve y dice:

—Eso es el váter.

Lo miro, pero el cerebro no me carbura.

—¿El qué?

—Eso es la taza. —Se encoge de hombros—. Para cuando tengas que irte a cagar al bosque.

Elliot vuelve a guardar la taza en la mochila como si le quemase los dedos.

—¡Que se va de mochilero, no al bosque!

El dependiente se ríe y dice:

—Vosotros no os habéis ido de mochileros, ¿no?

Elliot y yo nos miramos, pero no decimos nada.

—Si estás atrapado en un sitio concurrido y no encuentras un baño, haz tus necesidades en esta taza de aquí y vacíala cuando puedas. Más fácil imposible.

Miro ceñudo a esa bestia salvaje y suelto:

—Nada de lo que me has dicho me parece «más fácil imposible».

—¿Cómo? ¿Crees que va a guardarla después de usarla? —le suelta Elliot, escandalizado.

El dependiente se encoge de hombros tan campante y dice:

—Es una opción.

—Que voy a descartar —mascullo en tono seco mientras me alejo de ese animal.

Madre mía, ¿adónde iremos a parar?

Necesito salir de aquí. Me está subiendo la presión por segundos.

—¿Cuál es tu mochila más popular?

—Esta. —El dependiente me la enseña y añade—: Sin duda.

—Me la llevo.

—¿Roja o negra?

Roja.

Entorno los ojos. ¿Este tío va en serio? Nadie quiere una mochila roja.

—Negra.

—¿Qué más necesitaría? —le pregunta Elliot.

—¿Cuánto tiempo te vas?

—Doce meses.

El empleado silba y dice:

—Arrestos.

«Arrestos». ¿A qué narices se refiere?

—Si quisiera tu opinión, te la habría pedido —le espeto.

Señala a Elliot con el pulgar y dice:

—Él me la ha pedido.

Pongo los ojos en blanco. Este tío me está poniendo de los nervios.

—¿Qué es lo básico?

—Calzado cómodo y minitoallas de calidad.

—¿Qué es una minitoalla?

Me enseña un lote del tamaño de un mazo de cartas.

—Aquí dentro hay una toalla.

—Anda. —Asiento—. Impresionante.

—¿Qué más cosas mini tienes? —le pregunta Elliot.

—Aparte de lo obvio —mascullo por lo bajo.

—Para —me regaña Elliot en voz baja.

—Una brújula —contesta, y va a por ella.

—¿Una brújula? —digo—. Que voy de mochilero, no a escalar el Everest.

Este tío es imbécil.

Elliot abre mucho los ojos para mandarme callar.

El tipo vuelve y me pasa una brújula. Se la doy a Elliot.

—Nos la quedamos —repone Elliot demasiado deprisa.

—Tenemos unas botellas de agua chulísimas —prosigue el dependiente mientras se dirige a la otra punta de la tienda.

—No nos quedamos la brújula —susurro.

—¿Y si te pierdes?

—Pues usaré Google Maps como cualquier persona del siglo XXI. —Pongo los ojos en blanco.

—Que te la quedas —musita con rabia.

—Que no —susurro. Se la quito y la dejo en un estante.

El dependiente regresa con una botella de agua la hostia de grande.

—Esto es la caña. Se mantiene fría o caliente durante veinticuatro horas, y se puede llevar al cuello gracias a esta cuerda tan larga. Y mira, se camufla.

—Si crees que voy a llevar una botella de agua que se camufla colgada del cuello, estás mal de la azotea.

Elliot se parte la caja mientras se aprieta el puente de la nariz.

—¿Tienes GoPro?

—¿Para qué necesito una GoPro? —pregunto, ceñudo.

—Para que te la ates a la cabeza y veamos en todo momento tu vida de locos.

Pongo los ojos en blanco.

—Daría para un buen *reality*. —Alza las cejas como si acabase de tener una revelación—. Debería llamar a alguien. Alguna cadena se interesará, estoy seguro.

—Calla, anda. —Abro los ojos como platos y agrego—: No vas a llamar a nadie.

—Saco de dormir —dice el empleado mientras se acerca—. Esto es fundamental.

—Dormiré en una cama.

—Pero te hace falta un saco. No siempre conseguirás alojamiento. Tendrás que apañártelas.

Lo miramos con suspicacia y Elliot dice:

—Define «apañártelas».

—Pues dormir en el bosque o en una estación de tren o algo así.

¿En una estación de tren? ¿En serio?

—¿No tienes minicolchones? ¿Algo que se doble como la toalla? —pregunto.

El dependiente echa la cabeza hacia atrás y se troncha de risa.

—Me meo, tío.

«No era broma».

—Nos llevamos un saco. Este de aquí —dice Elliot mientras le da golpecitos.

—¿Amarillo o negro?

—¿No distingues los colores o qué? —Lo miro serio—. ¿Qué coño te pasa? Nadie quiere dormir en un saco amarillo.

El empleado pasa nuestras cosas a caja. Amontona las compras en el mostrador y dice:

—¿Vais a querer algo más?

—No.

Las escanea.

Por cómo mira Elliot el montón del mostrador, sé que algo le ronda la cabeza.

—¿Qué pasa? —le pregunto.

—¿Cómo va a caber todo eso en esa bolsa de tres al cuarto? Mmm… Bien visto.

—¿Dónde vas a meter la ropa?

—Muy buena pregunta —farfullo.

—Se viaja ligero de equipaje —dice el dependiente.

—¿Cómo de ligero? —pregunto, ceñudo.

—Con lo mínimo: uno o dos calzoncillos, dos pantalones cortos, tres camisetas y un jersey. Y los zapatos que lleves puestos.

Lo miro mientras me entra un cague de la hostia.

—No puedo…

—Sí puedes —dice.

Miro a Elliot, que se encoge de hombros y replica:

—A mí no me mires.

¿Cómo puñetas se vive con cinco cosas contadas?

Cinco horas después

—¿Y esta puta mierda qué es? —grito.

Elliot, sumamente perplejo, se rasca la cabeza y dice:

—No deberíamos haberlo sacado de la funda.

—Di que sí, Einstein —bramo—. Mucho mejor enterarse en un hostal a reventar.

—No lo entiendo. —Elliot da la vuelta a las instrucciones y las lee—. Aquí no pone que vaya a pasar esto. ¿Hay algún botón o algo que se apriete?

Miro y miro.

—Aquí no hay ningún botón. Madre mía, qué percal.

—Jameson ha ido de acampada. Él sabrá qué ha pasado. Elliot llama a los chicos mientras yo batallo un poco más.

—Hola —saluda Jameson.

—Eh —dice Tristan.

—La hemos liado —replica Elliot mientras levanta el móvil para que nos vean—. El tío de la tienda nos ha timado.

—¿Qué pasa? —pregunta Jameson.

—¿Cómo se mete esto… —digo mientras enseño el saco la hostia de grande—… aquí? —añado mientras sostengo en alto su minifunda. Pruebo a meterlo de nuevo.

Jameson se desternilla y dice:

—Pero tonto, ¡que tienes que enrollarlo!

—No se puede —exclamo—. Es como si un elefante quisiera tirarse a una cucaracha. —Lo intento una vez más—. Es imposible que esto quepa en esto.

—¿Sabes que existe algo llamado lubricante? —dice Tristan entre risas.

—Está claro que no —contesta Jameson—. ¿Has visto cómo le gustan las mujeres?

—Que os den. No estoy de humor para aguantar vuestras estupideces —grito, frustrado—. Menudo desastre. Se supone que me voy de vacaciones. No me sobran nueve horas al día para pelearme con un saco desobediente.

—Extiéndelo.

—¿Cómo?

—Que lo extiendas —me espeta Jameson.

Le hago caso.

—Ahora dóblalo por la mitad dos veces y enróllalo.

—¿Que lo enrolle? —pregunta Elliot, ceñudo.

—Que lo enrolles, tonto.

—¿Por qué el imbécil ese no nos habrá dicho esto en la tienda? —gruño.

Elliot y yo nos ponemos a gatas y tratamos de seguir las instrucciones. Resollamos, gemimos y, tras veinte minutos empleando todas nuestras fuerzas y oyendo a Jameson y a Tristan reírse de fondo, conseguimos meterlo en la funda.

—A cascarla. —Cojo el saco enfundado y lo pateo lo más fuerte que puedo—. Después del trabajo que me has dado, te quedas. No quiero volver a verte en la vida.

—Tienes que llevártelo —salta Elliot.

—Paso. Se necesitan cuatro hombres para guardarlo, y no soy mago. Me congelaré con mucho gusto.

Cuatro días después

El avión aterriza en la pista y suspiro largamente y con esfuerzo.

Ya está.

En nada, abandonaré mi cómodo asiento en primera clase para subirme a un Uber y poner rumbo a lo desconocido sin un centavo en el bolsillo.

No sé qué esperar. Solo sé que mi alojamiento cuesta dieciocho euros por noche, ni por asomo llevo ropa suficiente y odio mi saco de dormir con toda mi alma.

Al cabo de cuarenta minutos, me dirijo a la parada de taxis pagado de mí mismo.

He recogido mi equipaje sin problemas y todo va como la seda.

—Hola —le digo al taxista.

—Hola —me dice con una sonrisa.

—¿Puede llevarme aquí? —Le enseño la dirección en el móvil.

—Claro.

—Perfecto.

Abre el maletero. Guardo la mochila y me acomodo en el asiento trasero.

El taxista sube y pone en marcha el vehículo. Miro por la ventanilla con alegría.

Todo está saliendo a pedir de boca. Esto está chupado.

El conductor pisa a fondo y, en cinco segundos, pasamos de cero a cien. Adelanta a otro coche y este le pita.

—¡Ah! —Me agarro al asiento de delante—. ¿Qué hace?

Cambia de carril y las ruedas chirrían. Asustado, abro mucho los ojos.

—No corra tanto —bramo.

Cruza cinco carriles a toda pastilla.

—Tranquilo. —Se ríe mientras hace aspavientos con los brazos—. No pasa nada, no se preocupe.

—¿Cómo no me voy a preocupar si conduce así?

Se salta un semáforo a toda velocidad. Aprieto los ojos mientras me aferro al asiento de delante como si me fuera la vida en ello.

—Más despacio —le exijo.

Pasa sobre un bache tan deprisa que pego un bote y me golpeo la cabeza con el techo.

—¡Aaay! —grito.

Por la ventanilla de delante veo que los coches vienen hacia nosotros.

«Quitaos del medio. ¡Vamos a morir!».

Dobla una esquina tan rápido que siento que vamos a acabar dando vueltas de campana. Me planteo saltar del vehículo.

Por fin, tras los veinte minutos más aterradores de mi vida, se detiene.

—Ya hemos llegado.

Salgo y cierro de un portazo.

—No vuelva a recogerme nunca.

—Vale —dice con una sonrisa.

Idiota.

Recojo mi mochila y subo las escaleras del hostal. Es grande. Tiene pinta de hotel barato y sucio.

Cruzo las puertas delanteras y oigo a gente coreando.

—Bebe, bebe, bebe.

Me asomo a las puertas dobles y veo lo que parece un bar al aire libre.

Hay un montón de gente reunida alrededor de un tubo de cerveza gigante.

Un tío tumbado de espaldas está a punto de ahogarse mientras todos los demás gritan y se ríen.

El tufo a macarra me revuelve las tripas. Abro mucho los ojos, horrorizado.

¿Qué infierno alternativo es este?

Capítulo 3

Hayden

—¿Este? —Mamá me enseña una percha de la que cuelga un bikini.

Tuerzo el gesto y digo:

—¿Y lo demás?

Se ríe.

Estoy con mamá y mi mejor amiga, Monica, comprando ropa para el viaje.

—¿Y este? —Monica me enseña un bikini amarillo con topos blancos.

—*It was a teeny-weeny, eenie-meanie yellow polka-dot bikini* —canta mamá.

Pongo los ojos en blanco y sigo mirando.

—No me gusta nada de lo que venden aquí.

—Porque no soportas ir de compras —saltan las dos al unísono.

—¿Este? —Monica me enseña un bikini negro cuya parte de abajo es un tanga y cuya parte de arriba es casi inexistente.

Ahogo un grito y digo:

—No. Ese bikini envía el mensaje equivocado.

—¿Uno que dice: «Hola, soy Hayden. Estoy buenísima y quiero marcha»?

Mamá se echa a reír.

—Es verdad, nos lo llevamos. —Se lo quita a Monica y se lo cuelga del brazo.

—Escuchadme bien. —Sigo paseando por la tienda—. Si llevas prendas reveladoras, atraes a los hombres equivocados.

Mamá y Monica se miran y ponen los ojos en blanco.

41

—¿Y quiénes serían esos hombres equivocados? —Mamá suspira.

—Los mujeriegos —contesto—. No los aguanto.

—Esos son los que molan. —Monica abre los ojos como platos—. Tú diviértete mientras puedas. —Se acaricia su vientre de embarazada y añade—: Te lo digo yo, Haze. Parece que lleves años casada.

—Ni que lo jures. —Mamá suspira al fondo.

Monica me enseña un vestido blanco elástico.

Ahogo un grito y digo:

—No, que se me va a ver todo.

Mamá se lo quita y se lo cuelga del brazo.

—¿Y a qué clase de tío quieres atraer? —me pregunta Monica mientras ojea un conjunto de lencería de encaje—. Pero bueno, qué *sexy*.

Mamá se lo cuelga del brazo.

—No busco a ningún hombre.

—Deja ya de ser tan mojigata —me espeta mamá.

—Regi no va a volver, Haze.

—Ya lo sé —salto.

—¿Y por qué lo esperas?

—No lo espero —farfullo—. Es que no he conocido a ninguno que me guste. Punto.

—Vale. Me estás diciendo que si Regi entrase en tu casa esta noche y te pidiese matrimonio, ¿le dirías que no? —Monica coge un vestidito rojo y me lo enseña.

—Pues claro que le diría que no. —Se lo quito y lo devuelvo a su sitio.

Salí con Regi cinco años. Fue mi novio en el instituto. Se fue a la universidad y no volvió.

—Pues ¿a qué clase de hombre? —insiste mamá.

—Mmm… —Lo medito un instante—. Rubio, competente, trabajador y amante de los animales. —Sigo pasando perchas—. No estaría mal que fuese virgen.

Mamá ahoga un grito, horrorizada.

—¿Virgen? ¿No quieres que sepa lo que hace, al menos?

—Lo que quiero es a un hombre fiel que me ame con toda su alma.

—Un virgen no va a hacer eso. —Monica resopla y agrega—: Practicará contigo y luego se preguntará qué se está perdiendo por ahí.

—No me apetece ser el segundo plato —repongo tan pancha—. Por cierto, vosotras dos podéis dejar ya de maquinar. Lo tengo todo controlado. Lo sabré cuando lo vea.

—Claro, porque vas a ir a España y te vas a topar con un virgen rubio amante de los animales… —Mamá pone los ojos en blanco.

—Que sí —digo con una sonrisa de oreja a oreja—. Tengo un pálpito.

Christopher

—¿En qué puedo ayudarte? —dice una voz desde detrás del mostrador.

—Pues… —Miro a mi alrededor y me pregunto si debería huir mientras pueda—. He hecho una reserva.

—Hola —dice el tipo—. Soy Nelson.

—Hola, Nelson. Christo. —Los chicos han decidido que no debería usar mi verdadero nombre por si alguien lo reconoce. Eso sí, ni idea de cómo se les ha ocurrido lo de Christo. Parece de conde o algo así.

—A ver, deja que mire… —Se mete en su ordenador y contempla la pantalla—. Ah, sí, aquí estás. ¿Has reservado una estancia de diez días?

Asiento mientras miro de refilón la fiesta de universitarios que hay montada en el bar.

—¿Has pagado por adelantado? —me pregunta.

Asiento otra vez. Ni idea de por qué he hecho eso.

—Te enseño tu habitación. —Sale de detrás del mostrador y agrega—: Por aquí.

Lo sigo.

—Estás en la habitación de los fósiles.

—¿La habitación de los fósiles?

—Es donde metemos a los vejestorios.

—Disto mucho de ser viejo —farfullo.

—Aquí los mayores de veinticinco son viejos.

—Ah… —Echo otro vistazo a mi alrededor. Tiene todo el sentido del mundo: nadie mayor de veinticinco es tan tonto como para alojarse en este tugurio.

—¡Tachán!

Cuando abre la puerta, me quedo lívido.

Literas. Tres pares de literas. En el mismo dormitorio.

—Debe de haber un error. Solicité una habitación individual.

—Ya, pero es que no hay disponibles. Solo se conceden en caso de que haya libres.

Miro al mamón este con recelo.

—Entonces… ¿de qué sirve reservar con antelación?

—No sé. —Se encoge de hombros y entra en el cuarto—. Te presento tu cama. —Le da palmaditas a una de las literas inferiores.

—¿Esperas que duerma debajo de alguien?

—Sí.

—¿Y si se rompe la cama y quien esté arriba me aplasta y me mata?

—No sé. —Se encoge de hombros tan campante.

—Tú no sabes mucho, ¿no?

—Yo solo hago mi trabajo. —Sale del dormitorio—. Esta es tu taquilla. —Introduce el pin—. El código lo eliges tú. Deja tu mochila en el suelo y vendremos a guardártela. Cierra siempre con llave.

Dejo la mochila en el suelo y observo la cerradura. Espero que me enseñe cómo va, porque no tengo ni puta idea. Lo sigo mientras trato de concentrarme en lo que me dice.

—Te presento el lavadero. —Abre la tapa de una lavadora—. Un consejo: no dejes nada aquí fuera, hay muchos ladrones.

—Vale.

Me conduce a un patio exterior enorme.

—La cocina está al fondo. Servimos tres comidas al día, pero se come lo que hay. No se puede elegir.

—Vale. —Miro a mi alrededor. Cada pared es de un color llamativo distinto. Me da la sensación de que estoy en un parvulario o algo parecido.

Un parvulario infernal.

—Y en la otra punta está el bar. Es barato y mugriento, pero sirve. Cierra a las doce de la noche, así que no es algo que esté abierto a todas horas.

Miro de reojo la juerga universitaria que se están corriendo en el bar. El tubo de cerveza está a tope, y los salvajes beben como si fuera la primera vez que están sin sus padres.

—Entiendo.

—Ven, que te enseño el baño —dice mientras cruza el vestíbulo. Abre una puerta del pasillo principal y añade—: Es aquí.

Respiro hondo al ver semejante horror.

—Precioso.

Cubículo tras cubículo; ducha tras ducha.

—Nada de sexo —dice como si nada—. De tenerlo, los condones van a la papelera.

Frunzo el ceño, asqueado.

—¿Por qué me dices algo que ya sé?

—Te sorprendería.

«Qué asco».

—Pues ya estaría. —Pone los brazos en jarras como si estuviera orgulloso—. Eso es todo.

—Gracias.

—Avísame si necesitas algo. —Y se va tan pancho.

Me quedo mirándolo. «¿Piensas dejarme aquí solo?».

—Traga, traga, traga. —Las voces resuenan desde el bar. Se oyen gritos y carcajadas.

Miro a mi alrededor sin saber muy bien qué hacer.

Cruzo el pasillo y guardo la mochila. Entro en mi cuarto…, aunque no es mi cuarto. Me doy cuenta de que no he estado más incómodo en toda mi vida.

Me dispongo a sentarme en mi cama, pero ni siquiera puedo hacer eso, sino que tengo que tumbarme.

Manda huevos. Me voy a dar una vuelta.

No sin temor, me adentro en las calles de Barcelona. A ver, ¿y ahora qué narices hago yo en una ciudad sin dinero?

❧

Al cabo de tres horas, regreso al hostal. No soportaba pensar que tendría que cenar aquí, así que he cenado en un restaurante.

Ahora me quedan mil ochocientos dólares. Estoy bastante seguro de que un bistec de cien pavos se sale de mi presupuesto.

Mañana me administraré mejor.

Mientras enfilo el pasillo en dirección al bar, una chica me toma del brazo y me dice:

—Eh, hola, ¿eres el nuevo de nuestro cuarto?

—Sí.

—Soy Bernadette.

—¿Qué hay? Yo Christo... —Me callo antes de decir «Christopher».

Joder, qué mal suena Christo.

—¿Te apetece salir?

—Pues... —Titubeo. ¿En plan cita?

Esta mujer no me pone nada.

—Somos un grupito. Nos vamos de copas. —Antes de que pueda contestar, entrelaza el brazo con el mío y dice—: Va, que nos lo pasaremos bien. No acepto un no por respuesta.

—Vale. —Me encojo de hombros. Lo que sea con tal de no quedarme aquí—. Me ducho y me cambio.

—Te espero en el bar.

∞

Una hora después, vamos por la calle.

Leo el cartel que hay encima de la entrada mientras subo las escaleras.

SANTOS

—Este sitio es una pasada —exclama Bernadette mientras sube las escaleras de dos en dos.

—¿Y eso? —pregunto.

—Las copas están tiradas de precio y hay tíos a mansalva.

—Vale. —Arqueo una ceja—. No me interesa mucho eso último, pero... —Mierda, me he expresado mal—. Olvida lo que te he dicho. No me interesa nada de nada.

—Deberías probarlo —dice tan pancha mientras sube las escaleras—. Un pene es mucho mejor que un bollo peludo.

¿Cómo?

«Bollo peludo»... ¿Por qué una mujer diría «bollo peludo»? Esta tía es rara de cojones.

—Lo dudo mucho —mascullo mientras llegamos a lo alto de la escalera. Observo el deslumbrante espectáculo que tiene lugar ante mis ojos. Hay luces de neón por todas partes. Las cosas giran y los letreros centellean.

—¿Qué opinas? —me pregunta mientras sonríe maravillada.

—Está bien... como pesadilla epiléptica —farfullo. Miro las brillantes luces estroboscópicas. Hay una diana, mesas de billar y karaoke. Todo el local es de madera y está decorado para que parezca una cabaña o algo por el estilo.

La gente es más o menos de mi edad. Se oyen risotadas por todo el establecimiento. Desprende buen rollo.

Vale..., esto no está tan mal. Ya no me siento tan inestable mentalmente.

—Ha venido todo el mundo.

La chica saluda y me arrastra del brazo hacia la multitud.

O se toma demasiadas confianzas o es amistosa por naturaleza. A estas alturas, ya no sé nada. Es como si estuviera tan saturado que se me hubiera atrofiado el juicio.

Llegamos a la zona donde está la pandilla.

—¡Has venido! —dice un hombre sonriendo. Tiene acento australiano—. Lo sabía.

—Sí.

—¿Una birra? —pregunta.

—Sí, porfa.

El tipo vacila y yo frunzo el ceño.

—Son cinco euros. —Me mira como si fuera tonto, con los ojos muy abiertos.

Pues va a ser que sí que lo soy.

—Perdona. —Hurgo en mis vaqueros. Saco un billete y se lo doy. Me siento imbécil—. Gracias.

Asiente y se dirige a la barra.

—¿Y tú quién eres? —me pregunta un tío. Es alto, tiene rastas negras y largas y la tez olivácea.

Me estremezco. Joder, qué mal huele. El peor olor corporal que he olido en mi vida.

—A ver si nos duchamos —le espeto.

—¿Cómo? —Frunce el ceño. Levanta el brazo y se huele el sobaco—. No me hace falta.

—Anda que no. —Hago una mueca—. Apestas tanto que me lloran los ojos.

«Madre mía, aléjate de mí». Es insoportable.

—No me rayes. —Pone los ojos en blanco—. No me voy a poner productos químicos.

—¿Con «productos químicos» te refieres a desodorante?

—Es una conspiración del Gobierno. —Asiente como si se creyera a pies juntillas lo que dice—. Así huelen los humanos. Te han adoctrinado para que te guste el olor a veneno.

Lo miro ceñudo. ¿Qué se ha fumado este?

—¿Es la primera vez que viajas? —me pregunta.

—¿Cómo lo sabes?

—Porque eres muy estirado y criticón.

—No soy criticón —replico.

—Anda que no. Fijo que miras todo y a todos y los comparas con tu dulce hogar. —Se ríe mientras le da un trago a la cerveza—. Más te vale relajarte, y rápido, o volverás a tu casa en el primer vuelo que salga.

Frunzo el ceño. Es como si me leyera la mente. Abro la boca para contestar, pero me llega de nuevo su hedor y tuerzo el gesto del asco.

—Hostia, qué mal hueles.

—¿Ves como sí eres un estirado de mierda? —Se encoge de hombros como si no me creyera—. Nadie me ha dicho eso nunca.

—No me lo creo. Imposible.

—Pues es la verdad —repone con una sonrisilla.

—Deduzco que no te comes una rosca.

Se le desencaja el semblante y dice:

—¿Cómo lo sabes?

—Pues porque a las mujeres les gustan los tíos que huelen bien, no a vertedero.

—Me gusta cómo soy —declara, indignado.

—Vale. —Me encojo de hombros y alzo las manos en señal de derrota—. Si tú lo dices… Yo solo estoy siendo sincero. No te lo digo con mala intención.

Nos quedamos en silencio un momento. Es incómodo.

—¿Y qué me sugieres? —le pregunto.

—¿De qué hablas?

—Me has dicho que tengo que dejar de ser un… —Hago una pausa para dar con la palabra exacta—. Estirado.

—Sí —dice.

—¿Cómo lo consigo?

—Pues… —Sonríe como si le hiciera ilusión que le pida consejo—. Tienes que dejarte llevar.

Frunzo el ceño.

—Vive el momento y no pienses. No te preocupes por lo que hacen los demás. Haz lo que te haga feliz. Aunque estés en otro sitio y en otro ambiente, lo que te hace feliz no ha cambiado. No te hacen falta tus pertenencias para conectar con tu yo interior.

Lo miro ceñudo.

—En serio, tío, si quieres experimentar de verdad lo que es viajar, hazme caso.

—Mmm… —Considero sus palabras.

—Créeme. He visto a muchos viajeros. Los que se relajan y disfrutan del día a día adoran la experiencia. Los que comparan hasta el último detalle con su hogar vuelven a las cuatro o seis semanas, y, cuando regresan, les mienten a todos y les dicen que se lo han pasado en grande, pero la verdad es que no han vivido nada. Los hay que no duran ni seis semanas y se vuelven a casa antes.

Suspiro con pesadez. No puedo confesar que me estaba planteando volver a casa hoy mismo, solo seis horas después de haber llegado.

—Mmm… Interesante observación —farfullo, distraído.

«Déjate llevar».

—¿Qué te relaja en tu vida diaria? ¿Qué es lo que más te gusta hacer? —me pregunta.

—Follar —contesto sin ninguna duda.

Se parte de risa y me dice:

—Pues has venido al lugar indicado. —Abarca a la multitud con un gesto y agrega—: Estás en la capital mundial del sexo. —Me mira de arriba abajo—. Un tío tan bien plantado como tú… las volverá loquitas.

«Y más que eso».

—No me las llevo al huerto por mi belleza —repongo.

—Y una mierda.

—En serio. El tío más feo del mundo puede ser atractivo si sabe cómo.

—¿Cómo?

Abro los ojos como platos y digo:

—Desodorante.

—Venga ya, no me vaciles —dice, y resopla.

—Vale —respondo con una sonrisilla—. Seguro que tu mano derecha es como unos labios carnosos y abultados. Sé tú mismo.

Me mira serio y yo arqueo una ceja en broma.

—Que te den. —Suspira.

—Eso pretendo. —Me río mientras miro a mi alrededor. A ver…, ¿a quién me tiro…?

El australiano vuelve de la barra con una bandeja de chupitos de tequila.

—Invita la casa. —Se ríe—. Bulla está en la barra.

—¿Bulla? —Frunzo el ceño—. ¿Quién está metiendo bulla?

—No, Bulla es una tía a la que le gusta mi polla. Tengo barra libre toda la noche.

El de las rastas se ríe y dice:

—A mí también me gusta. Menudo pedo vamos a pillar. —Levanta un chupito. Cogemos uno todos y lo juntamos con el suyo—. Por los nuevos amigos. —Sonríe.

—Y por el desodorante —añado.

El australiano escupe la bebida de la risa.

—Brindo por eso también —farfulla.

—¿Tú también crees que apesto? —exclama el de las rastas, totalmente perplejo.

—Ya te digo —masculla.

—¿Cómo os llamabais? —pregunto.

—Yo soy Bodie —dice el australiano. Es rubio, alto y está cachas.

—Oye, ¿no te han dicho nunca que hablas como Chris Hemsworth? —le pregunto.

—Es por el acento. —Se encoge de hombros—. Ojalá tuviera su pasta.

—Y a su mujer —agrego—. Está tremenda.

—Yo soy Basil —dice el de las rastas.

—¿Basil? —pregunto, ceñudo.

—Sí —dice, y añade a la defensiva—: ¿Le pasa algo a mi nombre?

—Tranquilo. —Bodie se ríe—. Es que no es muy común, ya está.

Cojo otro chupito de tequila de la bandeja y me lo bebo de un trago. Basil tiene razón: debería dejarme llevar. Esta noche echaré un polvo, y mañana estaré relajado y empezaré de cero.

Observo el bar atestado. ¿A quién me cepillaré?

Cuatro horas después

Unos dientes me rozan la oreja.

—Vámonos de aquí —me susurra la chica en la oscuridad del rincón—. Vámonos a mi casa.

¡Que tiene casa! No tendré que dormir en el cuchitril.

Ahora nos entendemos.

La agarro del trasero y la acerco más a mi erección.

¿Cómo se llamaba? Mierda. Tengo que recordar esos detalles.

Es un pibón. Melena larga y oscura y un cuerpo irresistible, atlético y torneado. Justo lo que necesito para echar una canita al aire.

Sin compromiso; aquí te pillo, aquí te mato.

—Vámonos, Christo —dice con su acento sensual.

Sonrío pegado a sus labios y digo:

—Vámonos.

Esta noche tengo que desestresarme. «Espero que estés dispuesta a sufrir, encanto».

Me toma de la mano y me lleva a la puerta. Me despido de Basil y Bodie con la mano. Basil pone los ojos en blanco y Bodie se ríe.

«¿Qué te he dicho yo?».

Salimos a la calle de la mano. La miro de arriba abajo.

Vale, está como un tren. Lleva un vestidito negro ajustado que no deja nada a la imaginación.

«¿Cómo se llama?».

—¿Taxi? —pregunto.

—No, vivo aquí al lado.

—Vale.

Seguimos caminando de la mano.

—¿Sabes? En cuanto te he visto, he sabido que tenía que ir a por ti —me susurra con voz *sexy*.

Me hace sonreír lo ilusa que es.

—¿En serio? —digo para seguirle el juego.

Doblamos la esquina y llegamos a una calle. Es adoquinada y oscura. Me inquieto. Qué mal rollo, joder.

«Para».

Yo me quedo callado mientras que ella habla por los codos. No me quejo; su acento me pone un huevo. Llegamos a una puerta. La abre mientras yo la magreo desde atrás. Le aparto el pelo y le chupo la parte del cuello que he destapado. Cuando le muerdo en el lóbulo de la oreja, se le pone la piel de gallina.

Me va a explotar la polla. Ya vuelvo a ser un poco el de siempre.

Tras la puerta hay una escalera de caracol de madera. Miro a dónde lleva.

¿Eh?

—Por aquí —susurra con tono lascivo mientras me conduce a las escaleras. Le toco el culo mientras sube delante de mí. Le subo el vestido para gozar de las vistas.

Se le contraen los músculos con cada paso. Al llegar al último piso, fundimos los labios.

Nos besamos. Ella cierra los ojos y yo parpadeo para ver el cuarto iluminado únicamente por una lámpara.

¿Qué es esto?

Las paredes están llenas de cuadros raros y del techo cuelgan un millón de cosas. Cestas y cabezas de animales falsas.

Un momento... ¿Son de verdad?

Interrumpo el beso y me aparto para observar la habitación. Mientras me oriento, dejo la cartera en la mesa que hay junto a la puerta.

Las paredes son negras. Hay banderas, esqueletos de animales, monopatines, tablas de surf... Y una pared está grafiteada. Una cachimba enorme ocupa un lugar destacado en la mesa de centro.

«Por el amor de Dios».

Esto me huele a chamusquina.

La moqueta es gruesa y morada y, en un rincón, hay un balancín rarísimo que se yergue con más orgullo que yo.

Me trago el nudo que se me ha formado en la garganta al mirar a mi alrededor.

Aquí no cabe ni un alfiler; hay muebles como para decorar diez pisos. ¿Qué sitio dejado de la mano de Dios es este?

He entrado en la casa de los horrores.

—¿Te gusta mi casa? —me pregunta la chica con una sonrisa.

—Sí —miento.

«Céntrate».

«Haz lo que has venido a hacer —me digo—. Da igual cómo sea su casa».

«Céntrate, joder».

Vale... Raudo y veloz, le quito el vestido por la cabeza. Cuando levanta los brazos, me encuentro con que tiene vello negro e hirsuto debajo. Pelos fibrosos y largos que se pegan a sus brazos por el sudor.

«¿Cómo?».

Miro abajo y veo que le asoma el vello púbico por el tanga. Le llega hasta la mitad del muslo.

«No...».

Empiezo a sudar... ¿Qué cojones es esto?

—Tengo una sorpresa para ti —dice, y se echa a reír.

—Ya estoy sorprendido —farfullo distraído.

Se baja las bragas. Su vello es abundante, negro y largo... Abro la boca para decir algo, pero no me salen las palabras.

«Suspende la misión».

«Que suspendas la misión, joder».

Me lleva al dormitorio. Hay un colchón en el suelo. Se tumba y se despatarra.

La observo atónito y horrorizado. Se me baja la erección al instante.

—¿Tienes baño? —balbuceo.

Se chupa el dedo y, despacio, se lo pasa por los labios de abajo.

—Ven aquí —susurra con sensualidad.

Debería estar como una moto, pero mi polla parece gelatina.

«Céntrate».

—¿El baño? —pregunto con voz de pito.

—Subiendo las escaleras, a mano izquierda.

Subo las escaleras de dos en dos, entro a toda prisa en el baño y echo el pestillo. Me miro al espejo. ¿Qué coño pasa aquí?

Me mojo la cara.

«Tranquilízate, tío. ¡Tú puedes!».

Abro el armarito que hay detrás del espejo y miro qué hay. Un montón de cremas. Cojo una y leo la etiqueta.

LAMISIL

Ojeo todos los tubos. Son todos iguales. Abro mucho los ojos. Ay, madre. ¿Qué cojones es esto?

¿Tendrá algo la tía esta?

Saco el móvil a toda prisa y busco en Google: «¿Para qué sirve Lamisil?».

Madre mía, qué lento. Venga, espabila.

Actualizo la página.

—Va, joder —susurro.

Hay poca cobertura.

¡¿Para qué coño sirve esta cosa, joder?!

Llamo a Elliot.

—Eh, hola —dice alegremente—. ¿Ya me echas de menos?

—Ayúdame —susurro presa del pánico—. Es una emergencia.

—¿Qué pasa? —farfulla.

—Estoy en casa de una tía. Se ha bajado las bragas y eso parece *Gorilas en la niebla*. Su casa es *Rocky Horror Picture Show*. Y acabo de encontrar cincuenta tubos de Lamisil en el armario de su baño —suelto sin respirar.

—¿*Gorilas en la niebla*? —repite—. ¿A qué te refieres?

—A que tiene un matojo que te cagas de peludo. No has visto tanto vello púbico en tu vida. Eso hay que podarlo con un machete para atravesarlo.

—Hostia puta —exclama.

—Busca «Lamisil», que me va mal la conexión a internet.

—Vale.

Espero. El corazón me va a mil.

—¿Christo? —me grita la chica—. Va, venga.

¡Mierda!

—Ay, madre —dice Elliot—. Mala señal.

—¿Qué pasa?

—Hongos. Es una crema antifúngica.

Abro mucho los ojos, horrorizado.

—¡¿Estás de coña?! —susurro con rabia.

—¿Qué vas a hacer?

—Salir por patas.

Cuelgo y bajo las escaleras de dos en dos.

—Tengo que irme —digo mientras corro hacia la puerta.

—¿Cómo que irte?

—No es nada personal —grito. Cojo mi cartera—. Estás buenísima, por cierto.

«Para un gorila».

Cruzo la puerta corriendo y bajo los escalones. Salgo a la calle como si me persiguiera un asesino con un hacha… o, en este caso, un gorila con hongos.

Levanto el brazo para parar el taxi que pasa por mi lado.

—Taxi.

Se detiene. En mi vida he estado más aliviado. Tomo asiento detrás.

—¿A dónde va?

—Al hostal BB Mochileros.

—Enseguida.

Diez minutos después, estamos delante del hostal de mochileros. El taxista se gira hacia mí y me dice:

—Son doce euros.

Saco la cartera y, cuando me dispongo a pagar con la tarjeta, arrugo el ceño. No está donde siempre. Qué raro.

No está.

El conductor me mira por el retrovisor e insiste:

—Doce euros.

—Lo he oído —le espeto mientras rebusco en todos los compartimentos de mi cartera.

Mierda. No tengo más tarjetas. ¿Cómo voy a pagar?

¿Y si la he perdido? No tengo dinero. ¿Qué hago?

Empiezo a sudar otra vez. Ya sé por qué aquí todo el mundo apesta. Este sitio es estresante.

Ningún desodorante es tan potente.

—Mi tarjeta ha desaparecido —tartamudeo, presa del pánico—. ¿Dónde est…?

Caigo en la cuenta. Me recuesto y, estupefacto, guardo silencio.

La velluda esa me la ha mangado.

Capítulo 4

—Lo siento mucho. Me han robado la tarjeta —balbuceo—. ¿Puede llevarme al sitio donde me ha recogido para que la recupere?

—No.

—¿No? —inquiero, ceñudo—. ¿Cómo que no?

—No voy a llevarte a ningún sitio sin dinero —contesta con su acento marcado.

—Pero ¡que me han robado la tarjeta! —exclamo mientras vacío la cartera. «Por favor, que esté aquí»—. ¿Qué hago yo si me han robado la tarjeta?

—Pues vienes mañana y me pagas.

—Sí —digo con voz jadeante—. Haré eso. Mañana a primera hora iré a pagarte.

—Dame tu carné.

—¿Cómo?

—Dame tu carné y te lo devuelvo mañana cuando me pagues.

Lo medito un instante. No parece buena idea.

—O llamo a la poli ahora mismo y les digo que te detengan.

—¡Me cago en la puta! —tartamudeo—. Este es el peor día de mi vida.

—Ir a la cárcel sería peor.

Abro los ojos como platos y digo:

—Soy demasiado guapo para ir a la cárcel.

Extiende la mano para que le dé el carné y se lo estampo en la palma.

—Gracias por nada.

—De nada. —Me tiende una tarjeta de visita y me dice—: Preséntate en esta dirección mañana antes de las diez o llamaré a la poli.

—De acuerdo. —Salgo y cierro de un portazo. Me asomo a la ventanilla y le digo—: Cuídamelo.

—Sí, sí. —Y se marcha.

Saco el móvil y, sin más dilación, llamo a mi banco.

—Hola. Le habla su banca digital. ¿En qué puedo ayudarlo?

—Hola. Estoy de viaje y necesitaría que anulaseis mi tarjeta porque me la han robado —digo mientras me paseo por la acera que hay delante del hostal.

—Sin problema. ¿Cuál es el número de la tarjeta?

—Si tuviera la tarjeta delante, se lo diría.

«Señora, no me toque las narices. Esta noche no».

—¿Sabe el número de su cuenta corriente?

—Espere, que me meto en mi cuenta digital y lo miro.

La pongo en altavoz y me meto en mi cuenta sin demora. Con los ojos entornados, miro la única cuenta que tengo. Está tiritando.

«Saldo: 0».

—Eeeh… —Frunzo el ceño mientras trato de averiguar qué ha pasado.

¿Y mis mil ochocientos dólares?

—¿Qué ocurre? —pregunta la asistente.

—Aquí pone que el saldo es cero, pero yo sé que hay dinero en esta cuenta.

—¿Cuál es el número de la cuenta?

Se lo digo. Lo introduce en el ordenador y dice:

—Se ha retirado dinero de esa cuenta hace diez minutos en Barcelona…, y no solo una vez. Lo lamento, señor, pero su cuenta está totalmente vacía.

—¡Será hija de puta! —grito.

Camino de un lado a otro en plena noche.

—Presente una reclamación y le ayudaremos a recuperar su dinero.

—Menos mal. ¿Cuánto tardaría en recuperarlo?

—Veintiocho días.

—¿Veintiocho días? —exclamo—. Estoy en España. No tengo dinero. ¿Qué hago yo ahora?

—Transfiera dinero a su tarjeta de repuesto hasta que le enviemos una nueva.

—¿A qué tarjeta de repuesto se refiere?

—Todo el mundo sabe que, cuando se viaja, hay que llevar una tarjeta que no se use por si pasa algo así.

¡Manda narices! Si precisamente no lo he hecho para que no me sobrara pasta. No quería tener una caja B.

«Tonto».

—¡Todo el mundo menos yo! —grito.

Qué día más infernal. En serio.

—He anulado la tarjeta y he solicitado una nueva. ¿Adónde desea que se la enviemos?

Miro el hostal. Ni me sé la dirección.

—Les llamaré cuando tenga la dirección.

Abatido a más no poder, suspiro.

—Perfecto.

—Gracias.

—Señor Miles…

—Dígame.

—Tiene suerte de haber salido ileso del atraco. La mayoría de los viajeros no son tan afortunados. Las pertenencias siempre se pueden sustituir.

Escudriño la oscuridad y digo:

—Sí, tiene razón.

—Buenas noches, señor.

—Buenas noches.

Cuelgo y miro a mi alrededor. Está todo oscuro, silencioso y tranquilo. Se oyen risas a lo lejos.

Me siento tonto, y muy solo.

¿Qué hago ahora? ¿Llamo a mis hermanos para que me echen un cable en mi primer día fuera?

Y les digo que tenían razón, que no sé salir adelante sin el dinero de la familia. Que soy un fracasado de primera.

¡Ni de coña!

Prefiero morirme de hambre a pedirles un centavo.

—¿Estás bien? —me pregunta alguien a mi espalda. Me giro y veo a un chaval. Es joven y lleva dos bolsas de basura enormes y llenas hasta los topes. Le pesan.

—Sí. —Exhalo con fatiga.

Se dirige a un contenedor, lo abre, tira la basura y vuelve a cerrarlo.

—¿Qué haces? —le pregunto.

—Echar el cierre.

—¿El cierre?

—Trabajo en la barra.

—¿En la barra? —Tuerzo el gesto—. Pero si tendrás doce años.

—Catorce.

—¿Y no tienes clase mañana?

—No voy a clase.

Lo observo. Tiene el pelo rizado y negro, y es de ascendencia española. Por fuera es muy joven, pero dentro alberga un alma vieja.

—¿Y eso?

—Tengo que mantener a mi familia.

—¿Con catorce años?

—Sí. —Sonríe y se encoge de hombros—. ¿Entras?

—Ni hablar. —Me siento en el escalón.

El chico no se mueve y me pregunta:

—¿Qué te pasa?

Exhalo con pesadez y digo:

—¿Alguna vez te has sentido un fracasado total?

—Pues no.

Lo miro sorprendido.

—¿Ni una sola vez?

—No. —Se encoge de hombros—. Sé a dónde me dirijo. Lo tengo todo calculado.

Su optimismo es contagioso. Yo también sonrío y le digo:

—Te creo. —Miro atrás y agrego—: Me han robado la tarjeta y me he quedado sin dinero, pero no me apetece nada llamar a casa para que me salven el pellejo.

—Ostras —dice—. ¿Quién te la ha robado?

—Un gorila.

—¿Cómo?

—Una mujer con vello púbico para dar y regalar.

—Puaj —dice con cara de asco.

—Ahí le has dado —repongo con los ojos muy abiertos.

—Pues no llames a casa. Arréglatelas solo.

Lo miro por encima del hombro y digo:

—¿Y cómo lo hago?

—Búscate un empleo.

Frunzo el ceño.

—¿Un empleo?

—Sí.

—¿Y dónde trabajo? —le pregunto.

—Donde sea.

Mmm...

—Bueno, me voy a limpiar el horno.

Lo miro. Este niño tiene catorce años y va a limpiar un horno a medianoche.

—Tienes razón —le digo con una sonrisa—. ¿Cómo te llamas?

—Eduardo.

—Yo soy Christopher. —Mierda, le he revelado mi verdadero nombre—. Pero todos me llaman Christo —me corrijo.

—Buenas noches —dice mientras regresa al bar.

—Buenas noches.

Vuelvo dentro a regañadientes. Cojo la minúscula toalla que hay en la taquilla y me ducho.

La presión del agua es una mierda y apenas sale caliente. ¿Quién iba a decir que secarse con una toallita sería tan poco satisfactorio?

El hostal está casi desierto. Todos se han ido de fiesta.

Entro en el cuarto y me tumbo en mi litera inferior. Mido uno noventa, por lo que toco los extremos con la cabeza y los pies. Pongo el móvil a cargar y me sumo en una oscuridad solitaria. Mis compañeros de habitación siguen de juerga. Me pregunto a qué hora volverán.

Oigo portazos a lo lejos y gente hablando. Huele raro. Qué incómoda es esta cama, joder. ¿De qué tela están hechas estas sábanas? Son tan ásperas que me van a exfoliar hasta el alma.

Me giro y aporreo mi plana almohada para ponerme cómodo.

La peor cama del mundo.

Derrotado, suspiro.

No ha sido un buen comienzo, que digamos… La verdad, ha sido una puta mierda.

Tras lo que se me antoja una eternidad, me duermo del cansancio.

∞

Suena una campanita cuando cruzo la puerta de la sede central de taxistas a las ocho en punto de la mañana. Estoy sudando como un pollo. Llevo caminando desde que ha salido el sol. Diez kilómetros.

—¿Puedo ayudarle en algo? —me pregunta la recepcionista.

—Sí, vengo a por mi carné. Hubo un problema con mi tarjeta anoche.

—Entiendo. —Abre un cajón y saca un fajo de carnés atados con una goma—. ¿Cómo se llama?

—Christopher Miles.

Los ojea.

—Aquí está. —Lo deja en el mostrador y agrega—: Son doce euros.

—Ya. —Sonrío con falsedad y añado—: Me preguntaba si podría hablar con el director.

—¿Sobre qué?

—Se lo diré cuando hable con él.

—Yo soy la directora. —Impasible, arquea una ceja y agrega—: ¿Qué desea?

—Oh. —Me río sin ganas—. Mis disculpas, es que es usted muy joven.

Me mira seria.

—Bueno… —Sonrío. Qué mujer tan desagradable—. El caso es el siguiente. —Vuelvo a sonreír de oreja a oreja. Me he pasado todo el camino ensayando mi discurso. Sin embargo, ya intuyo que no va a funcionar—. Anoche me robaron la tarjeta y voy a tardar unos días en recuperar mi dinero.

La mujer pone los ojos en blanco y dice:

—Voy a llamar a la policía.

—Trabajaré para saldar la deuda.

—¿Cómo dice?

—Tengo el carné de conducir internacional. —Lo señalo en el mostrador—. Hablo su idioma y sé usar Google Maps. Soy el empleado ideal.

—¿Habla mi idioma?

—Sí, sí… —miento—. Trabajo para usted el día de hoy, y, con lo que me saque, le pago esta tarde.

Me mira como si estuviera pensándoselo.

—Soy de fiar. —Le enseño las manos—. He venido a ofrecerle mis servicios. ¿Qué hay más de fiar que eso?

—¿Sabe moverse por Barcelona?

—Sí, sí… —vuelvo a mentir. A ver, no será tan difícil—. Me la conozco como la palma de la mano.

Coge mi carné y lo estudia detenidamente.

—Pues da la casualidad de que algunos de mis taxistas están enfermos hoy.

—¿En serio? —Sonrío de la emoción—. ¡Qué guay! A ver, no es guay que estén enfermos.

Se levanta, va a por unas llaves y me señala.

—Un arañazo y se te cae el pelo.

Frunzo el ceño.

—¿De qué habla?

—Que o me devuelves mi taxi en perfectas condiciones o te vas a enterar.

—De acuerdo.

Me pasa las llaves.

—Lo tengo ahí detrás. Ven, que te lo enseño.

No me creo que esté funcionando. Vamos a la parte de atrás.

—Esto es el freno. No tiene misterio —me dice mientras me enseña el vehículo.

—Vale. —Me subo y lo pongo en marcha—. ¿Y qué hago?

—Podrías encargarte del servicio de taxi del aeropuerto.

—Vamos, que voy al aeropuerto y me pongo en la cola.

—Exacto. Recoges a los pasajeros, los llevas a su destino y vuelves directo al aeropuerto. —Mira la hora y dice—: Estate aquí a las cuatro.

—Vale, perfecto.

Agarro el volante la mar de ilusionado. ¿Quién me lo iba a decir? Yo consiguiendo trabajo solo.

—Y recuerda que el cliente siempre tiene la razón.

—Entendido.

—No corras. Ah, el datáfono solo funciona sin contacto.

—Vale. —Asiento mientras examino el taxi—. Está tirado.

—Suerte.

Sonrío y digo:

—Esto está chupado.

Salgo y pongo el intermitente para incorporarme al tráfico. Veo a la mujer volver dentro. En el primer cruce, me carcajeo. Miro a izquierda y derecha. A ver, ¿cómo se va al aeropuerto?

⚭

La fila de taxis avanza a paso de tortuga.

—Va, hombre —mascullo por lo bajo. He tardado cincuenta minutos en encontrar este puñetero sitio, y ahora que he llegado, tengo que hacer cola para esperar a los clientes.

No tengo tiempo para tonterías. Tamborileo en el volante con los dedos mientras aguardo impaciente. Tengo que sacarme algo de pasta para la amargada de la taxista…, y rápido.

Una mujer baja por la rampa a grandes zancadas. Lleva el cabello rubio miel recogido en una coleta alta y camina con energía. Derrocha felicidad. Sonrío al verla. Está buena.

La fila avanza. Mierda, me toca. Paro junto a la fila y salgo.

—Hola.

—Hola —gruñe el tío mientras me arroja su equipaje. Está en sus últimos años de adolescencia y va desaliñado.

Atrapo su bolsa al vuelo y lo fulmino con la mirada.

«No me toques los huevos».

Me dispongo a guardarla en el maletero. Un momento. ¿Cómo se abre? Busco un botón en el salpicadero y el taxi de detrás me pita.

—¡Espabila! —me chilla asomado a la ventanilla.

—¡Tú calla! —le grito—. Te esperas.

Casi se me salen los ojos de las órbitas.

—¿Dónde coño está el botón para abrir el maletero?

—Va, tío —gruñe el tipo desde el asiento trasero—. ¿Qué haces? No estoy de humor para tonterías.

64

Me vuelvo y le digo:

—Mira, niñato, llevo veinte minutos haciendo cola para recogerte, así que tranquilo.

Salgo, me dirijo a la parte trasera del vehículo y lanzo su bolsa al asiento de delante. Es tan grande que apenas veo lo que hay a su alrededor.

—No puedes conducir con mi equipaje ahí delante —exclama el chaval.

—¿De quién es el taxi?

Se queda callado.

—Ya decía yo. —Salgo escopeteado—. ¿A dónde?

Murmura algo.

—¿Perdona? —le pregunto mientras lo miro por el retrovisor.

—¡He dicho Boulevard 123!

Entorno los ojos y digo:

—Como me hables en ese tono, te dejo aquí mismo.

—Perdona —murmura.

Aprovecho que nos detenemos en un *stop* para teclear la dirección.

Está a cuarenta minutos. Uf. No viene nadie. De nuevo, salgo disparado. Tras unos minutos más de trayecto, me doy cuenta de algo extraordinario.

Sé apañármelas solo.

Al cabo de media hora, paramos en un semáforo.

El tipo gime. Lo miro por el retrovisor.

Está sudando y tiene el rostro desencajado.

—¿Qué te pasa? —le pregunto.

—No me encuentro muy bien…

—¿Cómo que no te encuentras muy bien?

—Ay, ay… —gime.

—¿Cómo que «ay, ay»?

Acelero. Quiero que se baje del taxi cagando leches.

—Creo que voy a potar.

Abro mucho los ojos, horrorizado.

—¡Ni se te ocurra!

Hayden

Nada más salir del aeropuerto me recibe un bochorno espantoso.

—Uf, qué calor.

La gente pasa por mi lado corriendo mientras yo a duras penas puedo con mi bolsa excesivamente grande. Caray, cómo pesa.

Al ver la fila de taxis, saco el móvil para enseñar la dirección del hostal de mochileros.

Estoy de los nervios. «Ve y súbete a un taxi».

Es fácil.

Vale…

Me mentalizo y me pongo a la cola. Estoy nerviosísima. Dios, ojalá ya se hubiera pasado la primera semana.

La incertidumbre me inquieta. Es mi turno. El taxi se para y yo sonrío.

—¿A dónde va? —me pregunta el conductor.

—Al hostal Mochileros de Barcelona.

—Allá vamos.

Coge mi mochila y me la guarda en el maletero. Me siento atrás y me abrocho el cinturón. Me limpio el sudor de las manos en los pantalones cortos. Voy bien… Voy superbién.

Escribo a mi madre.

Yo: El vuelo ha ido bien. Ya estoy en el taxi.

Me contesta al instante:

Mamá: Qué emocionante. Luego me llamas.

«Qué bien que pienses así. Para mí es escalofriante».

Guardo el móvil en el bolso y junto las manos con una fuerza hercúlea. Miro por la ventanilla el paisaje, que pasa a toda velocidad.

Al cabo de veinte minutos, el taxista frena de sopetón.

—Ay, ay, ay, ¿qué haces? —masculla el taxista por lo bajo.

Alzo la vista y veo que hay un taxi delante de nosotros parado en mitad de la carretera.

—¿Qué pasa? —le pregunto.

—No lo sé.

El taxista de delante sale en tromba del vehículo y abre la puerta trasera. Coge a un hombre por la camiseta y lo saca del coche mientras este le vomita encima. El vómito mancha el lateral del taxi y salpica por todos lados.

—Puaj —decimos mi taxista y yo a la vez.

—¿Tú de qué vas? —le grita el conductor al hombre. Se le va la olla y se pone a chillarle a su pasajero.

—Ay, madre. —Abro los ojos como platos.

El taxista se apoya en las rodillas, se encorva hacia delante y vomita junto al otro hombre.

El primero que ha vomitado le dice algo al conductor, que se lo toma fatal y lo empuja. Cae al suelo y sigue vomitando.

Me tapo la boca con la mano al ver el espectáculo que tiene lugar ante nosotros.

—Jesús.

El taxista grita:

—¡Qué peste! —Se apoya en el lateral de su taxi y añade—: ¡Como no dejes de vomitar te meto una paliza!

El conductor vuelve a perder los papeles y, tras unas arcadas, vomita de nuevo. Devuelve tan deprisa que parece una manguera.

—La madre que me parió —farfulla mi taxista—. Vaya dos tontos. —Rodea al taxi parado y acelera.

Me giro y, por la ventanilla trasera, veo a los dos tipos vomitando mientras nos alejamos.

Bueno…, algo que no se ve todos los días.

Veinte minutos después, mi taxi para frente a un edificio muy grande.

—Ya hemos llegado —dice el taxista sonriendo.

—Gracias.

Le pago y saca mis cosas del maletero.

—Ándese con ojo —me advierte—. Gente mala hay en todos lados.

—Gracias. —Sonrío sin ganas.

Subo las escaleras con la bolsa y entro en el vestíbulo.

—Hola, me gustaría registrarme.

—Hola —me dice el tipo con una sonrisa—. ¿Tu nombre?

—Hayden Whitmore.

—Aaah, Hayden. De Estados Unidos.

—Sí, exacto.

—Te hospedas con nosotros diez días.

—Sí.

—Estupendo. Ven, que te enseño esto.

Lo sigo. Me muestra el baño, el lavadero, el bar y el restaurante.

—Te alojas en la habitación de los fósiles.

—¿La habitación de los fósiles?

—Los mayores de veinticinco dormís ahí.

—Tengo veinticinco.

El tipo sonríe mientras se dirige a mi cuarto.

—Pues eso.

Lo sigo. Abre la puerta de golpe y dice:

—Tu cama es la de aquí abajo.

Observo la aséptica habitación: tres pares de literas y sábanas blancas.

—Vale.

—Descansa. —Sonríe y agrega—: Conocerás a los demás cuando vuelvan esta noche. La mayoría se pasa el día haciendo turismo.

—Vale. —Me obligo a sonreír. Ya echo de menos mi hogar—. Gracias.

En cuanto me deja sola, me tumbo en mi cama. Ansío sentirme protegida, así que me tapo con la sábana.

Dormito diez minutos. Ha sido una semana larga: noches eternas en las que no he pegado ojo por culpa de los nervios y un vuelo larguísimo. Debería echarme una buena siesta. No quiero estar cansada y desanimada cuando vuelvan los demás.

De pronto, la puerta se abre y entra alguien. Le veo todo menos la cara.

—¡Me cago en todo! —masculla el tío. Tiene acento estadounidense. Se quita la camiseta y la tira al suelo; se quita los vaqueros y los patea—. ¡Qué asco, joder! Cuando lo pille…

Se quita los bóxeres y los patea.

Lo tengo de frente. Piel bronceada, músculos, tableta y la polla más grande que he visto en mi vida… ¡Ay, madre! Abro los ojos como platos. No sabe que estoy aquí.

Mierda.

¿Digo algo?

Se gira y se agacha a sacar algo de su mochila. Gozo de unas vistas privilegiadas de su culo al aire…, y no solo de eso.

Se abre la puerta y entra una mujer.

Ay, no.

—Vaya, vaya —susurra con voz sensual—. Pero si me han traído un piscolabis.

—Vete a la mierda, Bernadette —gruñe el chico—. No estoy de humor. ¡Pírate!

—Si me encuentro un piscolabis en mi cuarto, ¿qué esperas que haga?

Me estremezco. Ay, Dios, qué mal. Nadie sabe que estoy aquí. «No os acostéis, por favor, que me da un chungo».

—No soy un piscolabis —brama—. Soy la comida principal. Un banquete de diez platos. Que lo sepas.

Me muerdo el labio para no sonreír.

«Ya ves».

Se agacha y saca algo de su bolsa.

—Y encima, ahora, por si el día no hubiera sido lo bastante malo —le grita mientras le enseña algo—, tengo que ducharme y secarme con esta toallita de mierda que no vale para nada.

Abandona el dormitorio en pelota picada.

Bernadette se asoma al exterior y le grita:

—No puedes ir por ahí desnudo.

—¿Quién lo dice? —replica él.

Bernadette se marcha y cierra dando un portazo. Me quedo en la cama, estupefacta.

Madre mía. ¿Quién era ese? ¿Y quién está tan a gusto desnudo?

Capítulo 5

Me quedo un rato anonadada y, entonces, caigo en la cuenta.

Volverá a por sus cosas. Como me vea, sabrá que he estado aquí todo el tiempo.

Mierda.

Me levanto como un resorte y hago la cama en un momento. Se abre la puerta.

Ay, no. Ha vuelto.

—Eh, hola —me dice un hombre con una sonrisa. Lleva rastas largas y su sonrisa es afable. Y…, uf, apesta.

El peor olor corporal del mundo.

Tengo que esforzarme al máximo para no torcer el gesto.

—Hola —le digo sonriendo.

—Me llamo Basil.

Le estrecho la mano y me presento:

—Yo soy Hayden.

—Encantado. Somos compis. —Le da una palmadita a la cama que hay encima de la mía y añade—: Duermo encima de ti.

—Qué guay. —Simulo una sonrisa. Madre mía, voy a tener que aguantar su peste todo el rato. Maldita sea—. No sé si me gusta lo de que nos traten de fósiles.

—Ya, a mí tampoco. Casi me ahogo cuando me lo dijo el tipo, pero, si te soy sincero, ahora hasta me alegro, porque hay cada idiota en los otros dormitorios… Jóvenes e idiotas. Van pedo todo el día y arman un jaleo que no veas.

—Ostras —digo, aliviada. Si lo que dice es cierto, mis compañeros deben de ser majos.

70

—¿De dónde eres? —me pregunta.

—De Estados Unidos. Vivo a unas horas de Nueva York. ¿Y tú?

—De Brasil.

—Hala. —Sonrío—. Siempre he querido ir.

—Sí, está muy chulo. Tienes que ir.

—¿Llevas mucho de viaje? —le pregunto.

—Un mes o así. A ver si conozco gente y me voy de viaje otro año con ellos.

—Anda. —Sonrío. Esa también es mi intención, pero no enseñaré mis cartas hasta que esté segura de que los demás me caen bien—. Qué guay.

Se abre la puerta de golpe y vuelve el chico de antes. Está desnudo salvo por el trapito con el que se tapa sus partes.

—Hola —dice tan pancho, como si se paseara desnudo todos los días. Se agacha y se pone a sacar ropa de su mochila. Tan tranquilo.

—Hola. —Me trago el nudo que se me ha formado en la garganta. Su cara es mejor que su polla…, y está muy bien dotado, no digo más—. Soy Hayden.

Se levanta y, mientras se tapa con una mano, me estrecha la mía con la otra.

—Hola, Hayden. —Esboza una sonrisa arrebatadora y dice—: Soy Christopher.

«Ahí va…».

—Perdona la falta de ropa, es que un capullo me ha vomitado encima.

Abro los ojos como platos y digo:

—¡Qué casualidad! De camino he visto cómo le vomitaban encima a un taxista.

—Sí. —Se pone a revolver en su mochila y añade—: Era yo. Ahora tengo que volver a coger el puñetero taxi y pasarme la tarde conduciendo. Qué pesadilla.

Le ofrece un bote de desodorante a Basil.

—Póntelo —le exige.

—¿Qué parte de que no quiero contaminar mi cuerpo no has entendido? —dice Basil, que resopla.

—Mira, tío, si vas a dormir en la misma habitación que yo, vas a oler como un ser humano. Así que póntelo.

71

De pronto, estoy incomodísima. Pobre Basil. Qué vergüenza debe de estar pasando. Serán amigos.

—Que no.

—Que sí.

¿Quién se cree que es?

—¿Os conocéis? —pregunto.

—Casi nada. —Basil pone los ojos en blanco.

Me hierve la sangre. Me sabe fatal por Basil.

—Primero —le espeto al otro tío—, vístete. Segundo, corta el rollo.

El buenorro me mira con fastidio y dice:

—¿Quieres soportar ese olor todos los días?

—Al menos él está vestido. Prefiero soportar su olor que verte desnudo —replico.

«Qué va». Ni por asomo.

—Ah, ¿sí? —repone. Alza el mentón con actitud desafiante y dice—: ¿Y quién te ha nombrado jefa de este cuarto?

—Tú desde que has empezado a insultarlo.

—Mira —me dice mientras sigue rebuscando en su bolsa—, no sé cómo será en tu pueblo, pero en el mío la gente no atufa. Ni se aguantan si alguien apesta. La higiene personal es una necesidad básica de los seres humanos. —Vuelve a ofrecerle el bote de desodorante a Basil—. Póntelo.

Entorno los ojos. Creo que es oficial: no soporto a este tío.

—Con una condición —dice Basil.

—¿Cuál? —El borde se pone unos calzoncillos y yo finjo que no miro.

—Que me enseñes a ligar con mujeres.

«¿Cómo?».

—¿Cómo? —Christopher tuerce el gesto. También está perplejo. Se cuela una camiseta por la cabeza.

—Ya me has oído. Me ducharé más a menudo y me pondré desodorante si me enseñas a ligar con mujeres.

—Madre mía… —Pongo los ojos en blanco—. ¿Va en serio?

—Hecho. —Christopher asiente—. Está chupado. Las tías son pan comido. Es coser y cantar.

—Uf. —Vale, es oficial: no soporto a este tío—. ¿Siempre te tiras tanto el moco?

A lo que él sonríe y dice:

—No…, normalmente me tiro a mujeres. Nadie me supera. —Junta ambas manos en señal de victoria y me guiña un ojo con picardía.

Qué asco.

—Lo que hay que oír… Voy a ver si encuentro a alguien inteligente con quien hablar.

Me dirijo hacia la puerta.

—¡Y soso! —me grita Christopher.

Enfilo el pasillo. Menudo suplicio. Voy a compartir habitación con Apestoso y Semental.

Por no hablar de la señora cachonda y hambrienta.

De lujo.

Son las tres de la tarde y estoy en la zona común del hostal.

El personal va de acá para allá. Por lo visto, esta noche se celebra una fiesta en honor a la luna llena. El código de vestimenta es el color blanco.

Tengo pensado ponerme un vestido de tirantes de ese color, pero no recuerdo haberlo visto esta mañana en mi equipaje. Espero no habérmelo dejado.

Mmm…

Debería ir a revisar mis cosas.

Regreso a mi taquilla, saco la mochila y la llevo a mi cuarto. Frunzo el ceño al abrirla.

Esto no es lo que metí. ¿Seguro que es mi mochila? Miro la etiqueta. Sí, es la mía.

Horrorizada, saco el bikini negro cuya parte inferior es un tanga.

—Me cago en…

Hurgo en mi bolsa a toda pastilla. ¿Y mi vestido vaporoso de color blanco?

¡Serán cabronas! Han sustituido mi ropa por prendas *sexys*. Escribo a Monica.

Yo: ¡¿Y mi ropa?!

Me contesta.

Monica: En la granja, que es donde debe estar. Ya me lo agradecerás. ¡Te quiero!

¡Asquerosa!

Se me van a salir los ojos de las órbitas. ¿Qué me pongo yo ahora? Aquí blanco solo hay el dichoso vestido elástico, y no pienso ir vestida como una zorra.

Ostras, ahora voy a tener que ir de compras para encontrar otro vestido. ¡Uf, qué rabia!

Entro en mi cuarto hecha una furia. Está Basil. Detesto reconocerlo, pero… ahora sí que huele bien. Hay otro hombre con él.

—Hola, Hayden. Te presento a Bodie —dice—. También duerme aquí.

—Hola. —Sonríe y agrega—: ¿Te vienes de compras? Se ve que esta noche hay que ir de blanco.

Bodie es simpático y parece amable. Me relajo al instante. Y con su acento australiano tiene su puntillo.

—Pues sí. —Sonrío—. Gracias.

Cojo mis cosas y salimos por la puerta.

Barcelona bulle de vida con los colores y los aromas propios de un país exótico.

Mientras los chicos compran, camino tras ellos, fascinada con el entorno.

Este sitio es muy muy bonito.

Basil se saca el móvil del bolsillo y dice:

—¿Sí?

Se calla un momento.

—Eh, tío, ¿qué pasa? —Se vuelve hacia mí con una sonrisa mientras escucha a quien lo haya llamado—. Claro, sin problema, estamos en ello. ¿Qué talla? —Se ríe—. Vale, hasta luego. —Cuelga—. Hay que cogerle algo blanco a Christo. Luego me lo paga.

Frunzo el ceño.

—¿Christo?

—Sí, el tío que estaba antes en nuestro cuarto.

—Ya sé de quién hablas. No entiendo por qué te cae bien. —Abro los ojos como platos.

Basil se encoge de hombros y dice:

—Es buen tío.

—Es un imán para las tías. —Bodie sonríe y añade—: ¿Viste cómo lo rodeaban las tías anoche?

—Sí, sí. —Basil esboza una sonrisa—. ¿Y qué me dices de la tía con la que se fue?

Bodie silba y dice:

—Buah, chaval, habría dado mi huevo izquierdo por tirármela.

Basil sonríe y, con las manos, dibuja la forma de unas tetas enormes.

—Y qué *pechonalidad*.

Tuerzo el gesto y digo:

—Qué asco dais los tíos. Y si de verdad daríais el huevo izquierdo por cepillaros a una tía, os falta un tornillo.

Se echan a reír y yo también. Los chicos son tontísimos.

—¿Cuándo llegasteis? —les pregunto.

—Ayer —contestan—. Christo también.

Mientras seguimos paseando por las tiendas, pienso en el pillín. Mmm… Conque se acostó con una en su primera noche aquí, ¿eh?

Lógico, supongo. ¿Quién perdería el tiempo con una polla así?

«Capullo».

¿Sabéis qué es lo que me cabrea?

Que los buenazos que aman a una mujer hasta el fin de los tiempos están siempre… a la cola. En cambio, los mujeriegos de mierda con un ego enorme son los que la tienen más grande. Nunca les rompen el corazón, nunca los abandonan y nunca están solos. Siempre salen ganando.

Uf…

No es justo.

—Vale, estas camisas —propone Bodie. Coge tres camisas de manga corta. Son blancas, de algodón y cumplen con los requisitos.

—¿Y qué te parecen estos pantalones cortos? —Basil coge tres pares de pantalones blancos del perchero.

Exhalo con pesadez mientras miro a mi alrededor.

—Me toca.

Miramos, miramos y miramos, pero… no hay nada blanco.

—Bernadette se va a poner un bikini blanco —dice Bodie como si nada mientras ojea las perchas.

—¿Y encima?

—Nada, es una fiesta en honor a la luna llena.

—¿Y eso qué significa?

—Pues que veremos un montón de cuartos traseros. —Bodie se encoge de hombros.

Me estremezco.

—No quiero verle el culo a nadie.

—Pues yo sí —dice Basil con una sonrisa.

—Y yo —conviene Bodie—. Y follarme unos cuantos también.

—Los tíos siempre pensando con la polla. —Pongo los ojos en blanco—. A ver si encontráis algo para mí.

Tres horas después

—Estoy harta. Rasgaré la sábana y me vestiré con eso. —Resoplo, fastidiada.

—Buena idea —dicen Basil y Bodie—. Ya tendríamos que estar de vuelta.

—A ver, la verdad es que tengo un vestido blanco.

—¿Cómo? —salta Basil—. ¿Me estás diciendo que llevamos dos horas perdiendo el tiempo?

—Pero paso de ponérmelo, es muy ceñido y vulgar. Mi amiga me lo ha colado en el equipaje y me ha quitado mi ropa cómoda. Es tan corto que parece un cinturón.

—Tu amiga me cae bien —repone Bodie—. Va. —Se dirige a la puerta.

—¿A dónde vamos?

—A casa. A que te pongas tu vestido de guarrona.

Lo peor de compartir cuarto es… compartir cuarto.

¿Cómo se arregla una mientras flipa por dentro con lo que lleva puesto?

Estoy en el baño, en mi estrecho compartimento. El niño bonito tenía razón. Estas toallitas son una mierda. Por más que me seco, sigo mojada.

Se oyen risas por todas partes. El hostal está a rebosar, pero creo que se debe a que todos se quedan para celebrar la fiesta en honor a la luna llena.

Me pongo el sujetador y las bragas y cojo el vestido blanco. Es de licra y parece minúsculo. Tengo que estirarlo para bajármelo del todo. Me lo extiendo por las caderas. Me llega por encima de las rodillas. Es elástico, ajustado y tiene el cuello redondo.

Pruebo a mirarme. Joder, aquí ni siquiera hay espejo de cuerpo entero.

Supongo que debería estar agradecida de no poder ver lo ridícula que estoy. Me peino, guardo las cosas en el neceser y, despacio, abro la puerta.

Me da miedo la fiesta. No estoy nada confiada.

Al salir veo a chicas ligeras de ropa por todas partes. Una me sonríe y me dice:

—Me encanta tu vestido.

—Gracias.

Incómoda, me acerco al lavamanos y saco el maquillaje. De reojo veo a una chica con un tanga blanco, corazones blancos pintados en las tetas y borlas rosa chillón en los pezones. Hasta se ha puesto plumas blancas detrás de la oreja.

—Qué guapa estás —le digo sonriendo.

¡Vaya si está guapa! Ojalá tuviera yo su seguridad y confianza.

—Gracias. ¿Acabas de llegar?

—Sí, soy Hayden —me presento con una sonrisa.

—Yo soy Kimberly —dice con acento británico—. ¿De qué parte de Estados Unidos eres?

—Vivo a unas horas de Nueva York. ¿Y tú?

—De Mánchester.

—Buah, me encantaría ir.

—Nueva York también es uno de mis destinos soñados —dice mientras se aplica el pintalabios rosa chillón más intenso del mundo y esconde los labios.

Derrocha confianza en sí misma. Jo, es que está tremenda.

Me mira de arriba abajo y, con una sonrisa afable, como si supiera que no estoy nada segura de mi aspecto, me dice:

—Tú también estás guapa.

—Yo me noto un poco… —Me encojo de hombros—… rara.

—Es tu primera parada, ¿no?

Asiento.

—Ya te acostumbrarás a las locuras. ¿Viajas sola?

—Sí, ¿y tú?

—Iba con tres amigas. Llevábamos seis meses viajando. Ayer volvieron a casa. Así que me he quedado sola. —Se encoge de hombros como si nada—. Es lo bonito de los hostales. Todo el mundo viaja solo, por lo que enseguida haces ochenta amigos. Yo voy a dejarme llevar unos meses más.

—Qué guay. —Trato de concentrarme en mi maquillaje.

—¿Nos vemos fuera? —me pregunta.

—Claro.

—Pues hasta luego, Hayden.

Por el espejo veo cómo se va.

—Hasta luego.

Parece maja.

Vuelvo a mi cuarto con calma y guardo las cosas en la taquilla. Joder, ojalá tuviera un espejo de cuerpo entero.

Oigo risotadas y música fuera.

Ay madre… Acabemos con esto de una vez.

El bar es un océano blanco de vida. Hay un DJ y una pista de baile.

Me quedo al margen, mirando, sin saber qué hacer. Oigo una voz que me dice:

—Por fin te encuentro.

Bernadette me coge de la mano y me lleva con la multitud.

—¡Qué *sexy!*

Sonrío tímidamente y digo:

—Gracias.

—Estamos aquí. —Me arrastra con Bodie y Basil. Están hablando con tres rubias muy guapas—. Voy a por algo de beber.

—Gracias.

—¡Caray! —Basil se ríe y dice—: ¡No veas!

«Tierra, trágame». Qué violento es esto.

—No veas vosotros. —Me río. Los dos van con sus conjuntitos blancos a juego.

—Esta noche voy a acabar con el cuello de la camisa manchado de carmín. —Basil abre los ojos como platos y añade—: Ya verás.

Me echo a reír.

—Te creo.

—Ya está aquí —dice Bodie.

Nos giramos y vemos a Christo bajar las escaleras. Va con la camisa abierta, enseñando sus abdominales cincelados. Los pantalones son más ceñidos y cortos, lo que le permite presumir de cuádriceps. Aunque lleva la misma ropa que los otros dos, a él le sienta diferente.

Diferente para bien.

Aparto la vista a regañadientes. Qué rabia me da que sea tan guapo. Pero más rabia me da que sea consciente de que lo es.

Los chicos lo saludan y él se acerca con una sonrisa.

—Eh, ¿qué pasa? —Ríe con su cerveza Corona en la mano—. Parecemos unos angelitos así vestidos. —Sonríe a las muchachas y les dice—: Chicas. —Arquea una ceja y después me mira a mí—. Gruñona. —Y asiente.

«Gruñona».

Sonrío con falsedad. «Te voy a dar yo a ti, Gruñona».

Se vuelve hacia las chicas y dice:

—Me llamo Christo. Sois modelos, ¿no?

Las chicas se echan a reír y yo pongo los ojos en blanco.

«Por Dios».

—Yo he hecho mis pinitos —comenta una.

En OnlyFans, fijo.

—Me lo imaginaba —responde Christo con una sonrisa—. ¿De dónde sois?

—De Alemania —contestan con su acentito ronco.

Bernadette vuelve con una copa para mí. Me la pasa.

—Gracias.

Mira a Christo como si fuera un pedazo de carne, lo que tiene todo el sentido del mundo porque es como se ve él.

—Pero bueno, Christo, dos besos, ¿no? —sugiere con una sonrisa.

Christo arruga la nariz y dice:

—Ahora no, Bernadette. —Señala a las chicas con aire juguetón y responde—: ¿No ves que estoy ocupado con estas modelos?

Las alemanas le ríen la gracia, y Bernadette más de lo mismo. ¿Cómo se lo monta? Habla con tanta soltura...

¡Uf!

Basil y Bodie sonríen como tontos. Creo que Christo les gusta más a ellos que a las chicas.

—¿A qué te dedicas? —oigo que le pregunta una.

—Soy profe —contesta.

«¿Profe?».

—Me encantan los críos —prosigue.

Y voy yo y me lo creo.

Miro la pista de baile y veo que Kimberly me hace un gesto para que vaya. Está bailando con mucha más gente. Agarro a Bernadette del brazo y le digo:

—Venga, a bailar.

Cuatro horas después

Estoy muy piripi y me lo estoy pasando en grande.

¿Quién me iba a decir a mí que las fiestas en honor a la luna llena eran tan divertidas? He bailado, he hablado y he mirado más de la cuenta a cierta persona a la que detesto, pero eso vamos a obviarlo.

Tiene un mogollón —no exagero—, un mogollón de mujeres a su alrededor todo el rato.

Vaya a donde vaya.

Está disfrutando hasta el último segundo de ser el centro de atención y de que su público lo mire embelesado.

Ríe mientras atrae todas las miradas. De vez en cuando, veo que les dice algo a Bodie y a Basil, que lo escuchan atentamente. Les está enseñando a ligar y qué decir.

Yo observo a todo el mundo desde mi rincón junto a la pista de baile cuando oigo una vocecilla detrás que me dice:

—Gruñona.

Sonrío mientras bebo. Voy a tener que darle la razón: sí que me pone de mala leche.

—Hola, Christopher.

—Christo —me corrige.

—¿Seguro? —Enarco una ceja.

Tuerce los labios, divertido.

—Es Christopher, pero no se lo digas a nadie.

—¿Crees que Christo es más *sexy*?

—¿Tú no?

—Para nada.

Se ríe y le da un trago a la cerveza.

—¿Te lo estás pasando bien?

—Sí.

Nos sumimos en un silencio incómodo. Conmigo no está en plan pillo y ligón como con las demás.

—¿Qué tal lo de ser taxista?

—Un calvario. —Da otro trago a la birra.

—¿No acabas de llegar? ¿Cómo es que estás trabajando aquí?

—El primer día me robaron la tarjeta y me vaciaron la cuenta corriente.

Tuerzo el gesto.

—Ostras.

—Pues sí. No lo vayas contando por ahí.

El DJ coge el micro y dice:

—Mujeres, girad a la izquierda.

Entre risas, las chicas se vuelven hacia la izquierda.

81

—Agarraos al brazo del hombre que tengáis más cerca —prosigue. Sonrío. Lleva toda la noche proponiendo jueguecitos raros.

Me agarro al antebrazo de Christopher.

—Ahora, a la de tres, lo cogéis de las manos y lo miráis a los ojos.

—¿Cómo? —Frunzo el ceño.

Christopher ríe y deja la cerveza en el suelo. Todos ríen y bromean mientras se cogen de las manos.

—Mientras esperamos a que sea luna llena, vamos a hacer dos cosas —anuncia el DJ.

Christopher y yo nos reímos. Vaya tontería.

—Vamos a hacer una cuenta atrás. Cuando acabe, vais a mirar al otro a los ojos, le vais a decir con cuántas personas os habéis acostado y vais a darle un beso con lengua.

El bar estalla en carcajadas.

«¿Cómo?».

—Diez, nueve, ocho, siete, seis, cinco, cuatro, tres, dos, uno.

—¿Con cuántas personas os habéis acostado? —grita el DJ.

Christopher me mira fijamente y dice:

—No sé.

—Con una —musito.

Lo tomo de las mejillas y lo beso. Poco a poco, meto la lengua por entre sus labios abultados, y Christopher me devuelve el beso.

Es lento y tierno. Le cuesta mantener los ojos abiertos.

«Oh…».

Me pasa el brazo por la cintura y me arrima a él. Nos besamos con más intensidad.

Y aunque oigo vítores y risas de fondo, no paramos.

Nos besamos con la fuerza justa y un poco de succión.

Christopher deja de besarme y me mira. Arruga la frente y me suelta:

—¿Y eso?

—Te he besado.

—¿Con una?

Mierda. ¿En eso ha estado pensando todo el rato?

Avergonzada, asiento.

—¡¿Con una?! —exclama.

—Sí.

Se queda mirándome un segundo. Vuelve a rodearme con el brazo y me acerca más a él.

—Ven aquí —gruñe.

«Mierda».

—No. —Me zafo de su agarre—. Tengo que irme.

—¿Por qué?

—Porque tú tienes que seguir tirando la caña. —Me encojo de hombros—. Y yo tengo que nadar a contracorriente.

Capítulo 6

Christopher

La veo perderse entre la multitud.

Con una.

«Con una...». ¿Cómo que con una? Nadie se ha acostado con una sola persona.

Me paso la lengua por el labio inferior. Todavía noto el calor del beso tan ardiente que nos hemos dado.

Mmm...

Qué repentino. Y eso que ni siquiera es mi tipo.

—Christo —oigo que me llama alguien.

Me giro y veo a Bernadette, que corre hacia mí con los brazos abiertos.

—¡Que aún no me has besado! —Me soba el culo mientras finge que me abraza—. Ya es luna llena.

Uf, qué tía más pesada.

—Es que no estabas por aquí cerca. —Sonrío sin ganas y aparto sus manos de mi trasero.

«Vete».

—Eso da igual.

Se ríe y se echa hacia delante para besarme; yo me echo hacia atrás y veo que un tío saca a bailar a Hayden.

Ella se ríe y él la hace girar.

«¿Cómo?».

—Bésame —me pide Bernadette, que me sonríe con aire soñador.

«Me cago en la puta. Ahora no, joder».

—No, no, no —repongo—. Somos compañeros de cuarto. No podemos enrollarnos.

84

Estiro el cuello para ver qué hace Hayden. El tipo le habla, y ella ríe y lo escucha atentamente.

Mmm…

Bernadette se pone de puntillas para besarme.

—Para. —Hago una mueca, molesto.

Me la quito de encima y me dirijo a la pista de baile. Sonrío con falsedad al tipo y le digo a Hayden:

—¿Podemos hablar un momento?

—¿Sobre qué? —dice en alto para que el tío se entere.

Estupendo.

—A Bernadette, nuestra compañera, se le ha ido la pinza. Necesito que vengas un momento para hacerla entrar en razón.

—Ah… —Le cambia la cara.

—Te espero aquí —le dice el tipo.

—No hace falta —respondo yo.

Me la llevo a la barra. Mira a su alrededor y pregunta:

—¿Y Bernadette?

—Anda, mira, ya está mejor —suelto rápidamente—. Tenemos asuntos más importantes que tratar.

Frunce el ceño.

—El beso que nos hemos dado ha sido sorprendentemente fogoso. Tenemos que repetirlo para ver si me aclaro.

—Entonces, ¿a Bernadette no se le ha ido la pinza? —inquiere, ceñuda.

—¿Qué más da? Mira —prosigo—, en cuanto a lo de que solo te has acostado con un tío…

—¿Hablas en serio? —me espeta.

—Sí. —La abrazo y la pego a mí.

—Para. —Me aparta—. Que no quiero besarte.

—¿Cómo? —exclamo—. ¿Por qué no?

—Puaj…, no eres mi tipo.

—¿Puaj? —Abro mucho los ojos. Qué grosera—. ¿Qué dices, anda? Si soy el tipo de todas.

—Pues el mío no.

—Si no puedes saberlo. Si solo has estado con uno. Ven, que te lo demuestro. —Vuelvo a intentar besarla.

—Me gustan rubios, delgados y sensibles. —Pestañea para irse de listilla.

Justo lo contrario a mí.

No puedo evitarlo. Contraataco.

—Ya tenemos algo en común. A mí me gustan rubias, delgadas y salidas.

«Anda, calla, tonto».

—Pues mira qué bien. —Abarca a la muchedumbre con un gesto y dice—: Ahí las tienes a pares. Va, búscate a otra.

¿Qué hace? A mí nadie me rechaza.

—¿No crees que deberíamos analizar un poco más el beso que nos hemos dado? ¿Investigarlo en profundidad? —le pregunto.

—No.

—¿Por qué no?

—Pues porque no me ha gustado.

—¿Cómo? —exclamo—. Ese beso ha sido que te cagas de *sexy.* ¿De qué vas?

—No opino lo mismo. Para mi gusto, ha sido un poco húmedo.

La miro horrorizado.

«¿Cómo que húmedo?».

—Culpa tuya —balbuceo—. Me sueltas justo antes que solo te has acostado con un tío, pues, claro, me he traumatizado. Puedo hacerlo mejor. —La agarro—. Ven, que te lo demuestro.

—Adiós, Christopher. —Se gira y vuelve con el tipo de la pista.

Me quedo quieto, indignado y con los brazos en jarras.

¡Ja! ¡Qué tonta! No sabe lo que se pierde.

Me voy a un lado de la pista y evalúo al tío con el que habla.

Rubio y delgado. Tiene pinta de muermo. Los observo un rato. Hayden parece muy interesada en lo que le dice el mamón ese. No me quiero ni imaginar el rollazo que le estará soltando.

Paso.

Me voy al bar.

—Eh, Christo —dice Bernadette, que echa a correr tras de mí.

La madre que me parió. Estoy hasta los cojones de esta tía.

Voy a necesitar matarratas.

Una hora después, mientras estoy de pie hablando con un grupo de personas, veo al chaval que trabaja aquí. Está recogiendo vasos. Lo miro un rato. Es demasiado joven para estar en un ambiente así. No obstante, él ni se inmuta y va a lo suyo.

—¿De dónde eres, Christo? —me pregunta una mujer.

—Nací en Nueva York, pero vivo en el Reino Unido.

—Anda, yo también vivo ahí. ¿En qué parte? —inquiere con una sonrisa.

Hay un grupo de tíos a la izquierda de la pista de baile. Van muy pedo y se portan como energúmenos. Bebo sin dejar de mirarlos. No tengo claro de dónde son, pero hablan en francés. Uno retrocede y se choca con el chaval. Le tira los vasos.

—*Regardez ou vous marchez, putain l'idiot!* —le grita. (Traducción: '¡Mira por dónde vas, maldito idiota!').

El chico se agacha a recoger los vasos de plástico. Mira hacia arriba, pero es obvio que no entiende su idioma.

—*M'as-tu entendu?* —le grita el tipo mientras se cierne sobre él. (Traducción: '¿Me has oído?').

Le paso la cerveza a la chica de mi izquierda y me abro paso hasta allí.

—*Réponds-moi, espèce de putain de cochon grossier.* —(Traducción: 'Contéstame, cerdo de mierda asqueroso').

Con la adrenalina corriéndome por las venas, me planto delante del niño.

—*Arrête ta merde.* —(Traducción: 'Corta el rollo').

Hayden

La música está alta y las risas no cesan. Es la mejor noche de mi vida. Nunca me lo había pasado tan bien. Veo a Christopher en la otra punta de la pista acercándose a un grupo de hombres. Su postura me dice que algo va mal.

Dejo de bailar y lo miro. ¿Qué hace? Sin pensarlo dos veces, me abro paso hacia él.

—*Excuse-toi*—le oigo decir. (Traducción: 'Discúlpate').

—*Va au diable.*—(Traducción: 'Vete a paseo').

Me aproximo frunciendo el ceño. Hablan en otro idioma. Rectifico: discuten en otro idioma.

Christopher está enfadado. Aparta a un chaval. ¿Quién es? ¿Eh?

¿Qué pasa aquí?

—Hayden —dice alguien, que se ríe y añade—: Te pillé.

Me sube a su hombro con aire juguetón.

—Aaah, bájame.

—Oblígame. —Se ríe. Se cree que estoy de broma. Corre por toda la sala conmigo a cuestas y, mientras intento librarme de él, veo que Christopher empuja al tío. Este se tambalea.

La madre que me parió.

Al instante se arma la de Dios.

Una batalla campal.

Hombres peleando a muerte. Todo el mundo se mete; no tengo ni idea de en qué bando están. Pero veo a Basil y a Bodie echándole una mano a Christopher.

La madre que me trajo.

La música deja de sonar y se encienden las luces. Los vigilantes de seguridad se llevan fuera a los liantes, que forcejean. El tío al que pegaba Christopher está mamadísimo y le grita algo. Christopher le grita también en otro idioma mientras los echan.

Bernadette se planta a mi lado y vemos cómo los acompañan fuera.

La miro y veo que sonríe como una tonta.

—¿Y esa cara? —pregunto, ceñuda.

—Habla francés.

Pongo los ojos en blanco y digo:

—Dirás que discute en francés.

—Pues más *sexy* todavía.

Sonrío con disimulo porque tiene razón. Aunque no lo reconoceré nunca.

La música vuelve a sonar. Bernadette me coge de la mano y me lleva a la pista. Olvidamos la trifulca casi por completo y reímos y damos vueltas.

Sigue siendo la mejor noche de mi vida.

Unas carcajadas estruendosas me despiertan. Unos hombres se ríen como hienas mientras tratan de abrir la puerta a duras penas.

Tuerzo el gesto. «Ay no, marchaos».

Me giro y me acurruco en mi litera inferior. Es la primera noche en toda la semana que consigo pegar ojo. Seguro que se lo debo a las trescientas copas que me he tomado en la fiesta en honor a la luna llena.

La puerta se abre de sopetón y alguien que se está tronchando de risa se cae de bruces en el suelo enmoquetado. Sus risotadas resuenan en el pasillo silencioso.

—Shh. —Se parten de risa—. Callad ya, joder.

Tuerzo el gesto mientras me esfuerzo por abrir los ojos. El sol se cuela por las persianas. Ya es de día.

Más carcajadas estrepitosas.

¿Qué cojones es tan gracioso a estas horas?

—Hazlo, hazlo —farfulla Bodie.

Son los chicos, que vuelven de donde hayan estado.

Se ponen en fila y cantan arrastrando las palabras.

—Eh, Macarena.

Saltan hacia la izquierda y se ponen a bailar la Macarena.

—*They all want me. They can't have me* —cantan.

Madre mía…

Christopher y Basil van sin camisa. A Bodie le faltan los pantalones y va en calzoncillos, con la camisa abierta. Christopher lleva un cono de tráfico en la cabeza.

—Madre mía —gimo. Ay no, la cabeza. No me funciona.

—Eh, Macarena. —Saltan hacia la derecha y siguen con el bailecito.

—Se nos da de puta madre —dice Christopher mientras cantan—. Deberíamos ser *strippers*.

—Ya ves —conviene Bodie.

Bailan mientras desafinan, y yo, adormilada, sonrío contra la almohada.

—Eh, Macarena —gritan mientras saltan hacia la izquierda.

—¡Callaos ya! —Les tiro una almohada. Miro la litera de arriba y veo que Bernadette está frita. ¿Cómo puede dormir con este jaleo?

—Anda, si mi gruñona número uno me ha esperado despierta —farfulla Christopher. Saca un dedo y enarca una ceja—. Número uno. —Se pone a gatas y se acerca a mí hasta que está a milímetros de mi rostro—. ¿A que es gracioso?

Lo miro seria.

—Uno. —Abre mucho los ojos, como si se hubiera inventado un chiste de la hostia—. ¿Te has enterado?

—Sí, me he enterado —le espeto—. Vosotros sí que os vais a enterar como no os vayáis a dormir ya.

Se ríe y se tumba con la cabeza apoyada en mi colchón y el cuerpo en el suelo, junto a mi cama. Se le cierran los ojos del cansancio. Su cono se clava en mi almohada. Se lo quito y se lo lanzo a los otros dos tontos que siguen bailando la Macarena.

—¿Y tus pantalones? —le grito a Bodie.

—Se me han quedado en la valla.

—¿Qué valla?

—Es que el señor de los kebabs me ha perseguido y he tenido que saltar la valla.

Me apoyo en los codos y pregunto:

—¿Y por qué te ha perseguido?

—Porque le ha mangado el bote de salsa —dice Basil, que agrega entre hipidos—: La mejor noche de la historia.

Christopher se mueve y yo le aparto la cabeza con fuerza.

—Tú, a dormir. —Me vuelvo hacia las dos Macarenas y les suelto—: Vosotros, a la cama también.

Añadiendo refunfuños a la canción, se desnudan y se van a la cama por fin. A los diez minutos se quedan dormidos y reina el silencio.

La luz del sol ya es más intensa y me permite observar a Christopher a escondidas.

Como si fuera una espía y estuviera en una misión secreta.

Observo el rostro que tengo al lado; su cuerpo está en el suelo, y su cara, en mi almohada. Su cabello es ondulado y oscuro, y tiene tan poco pelo en la barbilla que a duras penas puede considerarse que tenga barba. Sus labios son rojos y carnosos, y su tez, olivácea y perfecta. Me fijo en sus hombros y en su musculosa espalda. Sus pestañas negras y largas le abanican las mejillas. Su antebrazo es robusto y se le marcan las venas hasta el reverso de las manos, cubiertas lo justo y necesario por una ligera capa de vello oscuro. Noto mariposas en el estómago solo de tenerlo tan cerca.

Es un hombre atractivo, eso es innegable. Fornido, varonil y gracioso.

Entiendo qué ve la gente en él.

Incluso tras setecientas copas, un cono de tráfico y un robo de salsa para kebabs, sigue oliendo de maravilla. ¿Cómo es posible? Ni idea.

—Mmm —murmura con los ojos cerrados. Sonrío sin dejar de mirarlo.

Qué pena que sea un imbécil.

Estoy demasiado cansada para despertarlo y mandarlo a su cama. No hace ningún daño ahí ni molesta a nadie.

Cierro los ojos y me relajo.

—Ay, no. Ay, no. Ay. No. —Un gimoteo resuena por todo el dormitorio—. Mi cabeza.

—Me cago en todo —susurra Bernadette.

—Aguaaaaa —susurra alguien con una voz entre ronca y seca—. Necesito agua.

Sonrío con los ojos aún cerrados. Dios. Menuda nochecita.

Si digo que tengo resaca, me quedo corta.

—Qué calor. Esto parece un horno. Que alguien abra una ventana o algo, joder —susurra Bodie—. Me voy a asar aquí dentro, macho.

Abro los ojos despacio, los párpados me pesan, y lo primero que veo es a Christopher apoyado en un codo, mirándome desde el suelo. Me sonríe con picardía y dice:

—Buenos días, Gruñona.

Frunzo el ceño y respondo:

—¿Qué haces?

—Ya sabes. —Sonríe con suficiencia y añade—: Disfrutar de las vistas.

No sé qué pinta tendré, pero guapa seguro que no estoy.

—Voy a la playa —susurro.

—Te acompaño. —Se incorpora y, ceñudo, dice—: ¿Cómo es que he dormido en el suelo?

—No llegaste a tu cama.

Mira el dormitorio arqueando las cejas y pregunta:

—¿Por qué hay un cono de tráfico en mi cama?

—Lo llevabas de sombrero.

—Mmm… —Valora los daños y concluye—: Gran noche. —Se pone en pie y me mira—. Va, Gruñona.

—¿Puedes dejar de llamarme así?

—Lo digo con cariño.

Pongo los ojos en blanco y replico:

—Voy a cambiarme.

Me coge de las manos y me levanta.

—Te acompaño —dice Bernadette.

—Y yo —interviene Bodie. Se levanta y golpea a Basil—. Espabila, que nos vamos a la playa.

—Buah, chaval. —Basil gimotea mientras se tapa la cara con el brazo—. Estoy yo hoy como para socializar.

—Qué mal. Te encontrarás mejor cuando comas algo.

Me tapo los pantaloncitos con la camiseta, pues de repente me siento expuesta.

—Voy a la taquilla a por mis cosas.

—Y yo. Va.

Me miro y digo:

—No puedo salir al pasillo así vestida.

—La peña no puede ni abrir los ojos. Estás a salvo.

—Bien visto.

Salimos al pasillo y nos dirigimos a las taquillas.

—¿Cómo es que no están en nuestro cuarto?

—Creerán que los fósiles no nos vestimos —masculla Christopher mientras abre su bolsa y hurga en su interior—. Me voy a comprar una toalla grande. Como si la tengo que tirar luego, me la pela. Paso de ir con esta birria de toalla a la playa. Qué mal me cae el mamón ese.

Sonrío con suficiencia y digo:

—Si tanto te disgusta tu dichosa toalla, ¿por qué la compraste?

—Porque el cabrón de la tienda me dijo que era imprescindible.

—Yo tengo una igual, pero a mí no me molesta tanto como a ti —repongo.

—Ya, bueno… —Sigue rebuscando en su mochila—. Mis partes nobles son más grandes que las tuyas. Necesito más tela.

Sonrío. «Partes nobles»… ¿De dónde sacará esos palabros?

Dos chicos cruzan el pasillo. Uno me mira al pasar y da una vuelta completa.

—Sigue andando —masculla Christopher en tono seco.

—Sé amable —susurro—. Mis partes nobles también necesitan atención.

Sonríe sin ganas. Cuando vuelve a guardar una camiseta, le cambia la cara.

—Vístete.

Exhalo con pesadez y me apoyo en mi taquilla.

—No tengo ni fuerzas para sacar mi bolsa.

—Madre mía, qué mujer. ¿Y tu bolsa?

Señalo mi taquilla.

—Ábrela.

Introduzco mi clave y Christopher saca mi mochila y la abre.

—¿Qué te vas a poner? —Empieza a revolver mis cosas—. ¿Por qué lo tienes todo tan desordenado?

—Y yo qué sé. —Me agacho y lo aparto—. Soy mochilera. Tengo que ser desordenada. Quita, anda.

Se levanta y apoya la cabeza en mi taquilla.

—Tengo una sed que me muero. —Extiende los brazos para mirarse las venas, que están en todo su esplendor y resaltan.

—¿Por qué será? —Pongo los ojos en blanco—. ¿Y mi bañador? —Sigo buscando.

—Va, espabila —susurra con rabia.

—No hace falta que me esperes.

—Ahí te equivocas. No me extrañaría que te echasen por ir con ese pijama de señora.

—Pues mira qué bien. —Resoplo y digo—: Voy a matar a Monica, te lo juro.

—¿Quién es Monica?

—Mi mejor amiga. Me sacó algunas prendas de la mochila y me las cambió por ropa de fulana. —Le enseño el minúsculo bikini negro—. Me vas a decir tú que esto tapa algo.

Christopher se encoge de hombros y dice:

—Para mí está bien.

Tuerzo el gesto y replico:

—Calla, anda.

Vuelvo a guardar la bolsa y voy al baño. No aguanto ni un minuto más buscando un bañador decente.

Me pongo el bikini y me miro.

La madre que me parió.

Es obsceno. No puedo ir así en público.

Oigo a Kimberly hablando con alguien. Me cae bien. Anoche hicimos buenas migas. Abro la puerta del cubículo.

—Hola, Hazy —me dice con una sonrisa.

—¿Me queda mal? —susurro.

—¿Cómo?

Extiendo los brazos.

—Yo me veo muy… —Abro mucho los ojos mientras trato de dar con la palabra exacta.

—*Sexy.* —Me mira de arriba abajo y dice—: A ver, date la vuelta.

Doy una vuelta completa.

—Estás espectacular. Se podría comer queso en tu culo.

Pongo mala cara y digo:

—Te lo acabas de inventar.

—Que no, que se dice. Se podría comer queso en ese culo.

—No he oído esa frase en mi vida —repongo, ceñuda—. ¿Te vienes a la playa?

—¿Vas ahora?

—Sí. —Me miro las tetas, que se me van a salir en cualquier momento. Estiro la tela para taparme más.

—Vale, dame cinco minutos.

—¿Quedamos en la entrada? —le pregunto.

—Vale.

Salgo y veo a Christopher salir del baño a la vez que yo. Me mira de arriba abajo y alza las cejas como si estuviera sorprendido.

—No veas, Gruñona. —Se recoloca el paquete y agrega—: Casi me la pones tiesa con ese bikini que llevas.

Tuerzo el gesto, asqueada. De camino a nuestro cuarto le pregunto:

—¿Qué te pasa con los casi?

—¿A qué te refieres? —inquiere, ceñudo.

—A que casi me besas, casi te empalmas... No rematas nunca.

—No soportarías el lote completo.

—Ni ganas —digo con los ojos como platos.

—Me alegro. —Se cuadra y añade—: Porque nunca tendrás ocasión.

—Mejor para mí.

—Pues vale.

Al entrar en el cuarto, vemos que todos están listos.

—En marcha.

⚭

La arena está caliente y el agua, fría.

Perfecto.

Los seis estamos tumbados en nuestras toallas. Hemos comido y llevamos casi todo el día aquí. Es raro. No los conozco de nada y estoy muy a gusto con ellos.

—¿Y cuáles son vuestros planes de viaje? —pregunta Bernadette.

—Pues... —Me encojo de hombros—. Mi plan es residir en un único lugar de cada país durante un mes. Así puedo currar unos días por semana y hacer turismo el resto del tiempo. Como no haga al menos dos turnos por semana, no tendré dinero suficiente para viajar los doce meses que quiero.

Eso despierta el interés de Christopher, que se incorpora y dice:

—¿Y a dónde quieres ir?

—Pues, a ver, he empezado por España —les cuento—. Creo que mi próximo destino será Italia. También me gustaría ir a Praga. Grecia. Suiza. A Alemania, tal vez.

—Mmm... —Lo medita un instante y dice—: Está bien pensado. Me apunto.

95

—¿Cómo? —inquiero, ceñuda.

—Sí que es buen plan, sí —conviene Kimberly—. Yo también tengo que empezar a currar unos días por semana. ¿Te importa si te acompaño?

Me encojo de hombros y digo:

—Pues… no. Supongo que no.

—Yo también me uno —comenta Basil.

—Pues yo no voy a ser menos —se suma Bernadette.

Todos miramos a Bodie, que se encoge de hombros y pregunta:

—¿Podemos ir a Portugal?

—Supongo. —Me encojo de hombros—. No tengo claro a dónde iré, pero sí que tendré que trabajar unos días. Por eso necesito residir en un único lugar. Pero me es indiferente a dónde vayamos; me adapto a lo que propongáis.

Christopher nos mira y dice:

—Doce meses…, ¿doce países?

Todos sonreímos mientras una ilusión extraña nos corre por las venas.

—Hecho.

Capítulo 7

En la habitación reina el silencio, justo lo que necesito.

Después de la noche loca que he tenido, me apetece descansar un poco por fin. Los demás siguen cenando. Solo estamos Christopher y yo.

Paso la página del libro que estoy leyendo y trato de concentrarme, pero noto que unos ojos me observan. Levanto la vista y lo veo tumbado en su cama, enfrente de mí, apoyado en un codo y mirándome.

—¿Qué pasa? —le pregunto.

—No lo pillo.

Con los ojos clavados en la página, digo:

—¿Qué no pillas?

—¿Cómo es que solo te has acostado con un tío?

—¿Por qué sigues pensando en eso? —Me encojo de hombros—. No le des más vueltas.

—Cuéntamelo y no volveré a sacar el tema.

Arqueo una ceja y digo:

—No te creo.

Esboza una sonrisilla. Él tampoco se lo cree.

—¿Me mentiste?

—No.

—Entonces es imposible.

Molesta, dejo el libro.

—Claro que es posible. ¡No todo el mundo folla como conejos!

—¿Estabas casada?

—No.

—¿Creencias religiosas?

—No.

Reflexiona un instante y alza una ceja.

—¿Te aburría, entonces?

Sonrío y digo:

—Puede.

Retuerce las sábanas mientras le da al coco.

Uf, no va a dejarlo estar hasta que me saque más información.

—A ver, me he pasado casi toda mi adultez con mi novio del instituto, y cuando rompimos… —Me encojo de hombros.

—Entonces, ¿te has quedado soltera hace poco?

—No exactamente.

—¿Cuánto hace que lo estás?

—Eres muy cotilla, ¿no?

—¿Cuánto? —insiste.

—Cortamos hace dos años.

—¡¿Que llevas dos años sin mojar?! —exclama, escandalizado.

Me pongo roja de la vergüenza. Joder, ¿por qué se lo habré contado?

—He estado liada.

—¿Masturbándote?

«Bingo».

Sonrío con suficiencia y reanudo la lectura.

Guardamos silencio un rato; casi me parece oír los engranajes de su cerebro moviéndose a toda velocidad.

—¿Cuánto hace que tuviste relaciones por última vez? —le pregunto.

Tuerce los labios con aire pensativo y contesta:

—Conmigo mismo… hará una hora o así.

—¿Te has hecho una paja aquí? —exclamo—. ¿Dónde?

—En la ducha. ¿Qué querías que hiciera? Llevo cinco días sin follar; me dolían los huevos.

—Puaj. —Lo miro fijamente y digo—: ¿En serio tienes que cascártela por estar cinco días a pan y agua?

—Claro. —Asiente—. Tengo que eyacular todos los días. Y, a ser posible, más de una vez. Por la mañana y por la noche es ideal.

Arrugo el ceño y digo:

—Estás enfermo.

—Todos los hombres necesitamos corrernos. Es genética.

Lo considero un instante. Es la primera vez que hablo con un hombre de este tema.

—¿Y con quién… te acuestas? ¿Con tu novia o…?

—Con chicas.

—¿Qué chicas?

Exhala con pesadez mientras piensa.

—No sé. Unas con las que quedo de vez en cuando.

—Entonces, ¿tienes una relación abierta con ellas?

—No, no tengo una relación con ellas; tengo sexo con ellas.

Frunzo el ceño, confusa.

—¿Y qué hacéis? ¿Van a tu casa, se desnudan, te las tiras y se marchan?

Asiente y dice:

—Básicamente.

Qué asco. Tuerzo el gesto.

—¿Qué pasa? —pregunta.

—No imagino nada peor.

—Soy un fiera. Se van satisfechas.

«Puaj».

Abro los ojos como platos y reanudo la lectura.

—¿A qué viene esa cara? —me pregunta.

—Por eso no podría salir con mujeriegos como tú. Somos de planetas opuestos.

—No soy un mujeriego. Los mujeriegos hieren los sentimientos de las mujeres. Las chicas con las que quedo saben perfectamente qué esperar. Es un acuerdo mutuo.

Arqueo una ceja y digo:

—Estoy segurísima de que todas y cada una de ellas creen que van a ser la que te acabe domando.

—Echa el freno. Aquí nadie va a domar a nadie. —Pone los ojos en blanco.

Sonrío y digo:

—Hasta que pasa.

—¿Y bien?

—¿Y bien, qué?

—¿No quieres saber lo que te pierdes?

—No. —Hago una pausa para explicarme bien y continúo—: No es que no quiera.

—¿Entonces?

—Para mí, entregarle mi cuerpo a alguien es sagrado. No quiero ni imaginarme entregándoselo a un desconocido en quien no confío.

—Vamos, que quieres esperar al matrimonio.

—No es eso. Es que... no he conocido a un tío que me interese. —Me encojo de hombros mientras pienso en ello—. A lo mejor soy yo la aburrida.

Christopher se tumba y dice:

—A lo mejor te has acostado con un patata y por eso aún no te has vuelto adicta a los orgasmos.

—Puede.

—A lo mejor este viaje es tu año sabático y te conviertes en una máquina de follar a troche y moche.

Me echo a reír.

—Tal vez.

—¿Por qué rompisteis? —me pregunta.

Pienso en la respuesta y digo:

—No lo sé.

Se rasca la cabeza mientras espera a que conteste.

—¿Cómo era tu última novia? —pregunto para cambiar de tema.

Niega ligeramente con la cabeza.

—¿No quieres hablar de ello?

—Nunca he tenido.

Tuerzo el gesto y digo:

—¿Cómo? ¿Nunca? ¿Y eso?

Se encoge de hombros y dice:

—No sé. No me ha ido mucho ese rollo. Nunca he sentido la necesidad.

—Qué curioso. ¿Qué edad tienes?

—Estoy en la habitación de los fósiles.

Me echo a reír.

—Cierto. —Lo medito un instante y añado—: A lo mejor deberías ir al psicólogo.

—Que se lo digan a mi madre.

Nos reímos. Da gusto hablar con él de este modo. Lo reconocemos sin palabras. Es una relación que no tiene nada de romántico, así que no hay por qué fastidiarla.

Christopher sonríe al techo como si le hiciera gracia algo.

—¿Qué pasa?

—Creo que le molas a Bodie.

Pongo mala cara y digo:

—Venga ya. ¿En serio?

—Yo creo que sí.

—Kimberly me ha preguntado si estabas disponible.

Tuerce los labios como si se lo planteara.

—Está muy buena, las cosas como son.

—¿Verdad que sí? —Reflexiono un instante y digo—: Y qué tetas.

Asiente mientras piensa en ello también.

—Aunque no creo que sea buena idea si vamos a viajar juntos. Vaya doce meses más incómodos. —Arruga la nariz.

Me lo imagino evitando a Kimberly y a Bernadette y me entra la risa floja.

—Pues a mí me alegraría la vista que no veas.

Me sonríe y dice:

—Eres buena tía, Gruñona.

—Lo sé.

—¿Necesitas que te eche una mano con tu vibrador?

—¡Con lo bien que ibas! —exclamo, y le tiro un cojín.

Se parte de risa y yo también.

A lo mejor no es tan mal tipo.

Christopher

Estoy sentado en el bar del hostal ojeando las ofertas de empleo.

Tengo que encontrar trabajo cuanto antes.

Mis tres días en la empresa de taxis han llegado a su fin, y hemos decidido que los findes trabajaremos en Barcelona y entre semana visitaremos otras ciudades.

El lunes nos vamos a San Sebastián, lo que es un problemón, porque solo tengo trescientos dólares a mi nombre. Bueno, doscientos noventa y siete después de esta caña.

¿Cómo diantres se lo monta la gente para vivir sin dinero? Qué mierda.

—Eh. —Oigo una voz y miro arriba. Es el chaval, que entra a trabajar. Se pone detrás de la barra y se coloca el delantal.

—Hola —le digo con una sonrisa.

—Gracias por lo de la otra noche —comenta mientras se dispone a limpiarlo todo.

—No fue nada.

Lo observo un instante. No me mira.

—Que sepas que les di pal pelo cuando nos echaron de allí —agrego.

Sonríe con disimulo mientras apila las copas.

—¿Dónde has aprendido a pelear?

Me encojo de hombros y digo:

—Tengo tres hermanos mayores que siempre creen que tienen razón. Me sale solo lo de arrearles un puñetazo en la cara.

Sonríe mientras continúa con sus quehaceres.

—¿Vives por aquí? —le pregunto.

Asiente y dice:

—Sí, no muy lejos. —Coge la escoba y se pone a barrer.

—¿Cuánto llevas trabajando aquí? —inquiero.

—Pues… dos años o así.

—¡¿Empezaste a trabajar con doce años?!

—Sí. —Se encoge de hombros como si fuera lo más normal del mundo.

Lo que habrá visto…

Lo observo trabajar. Este niño me intriga. Tan independiente y espabilado…

—¿Vives con tus padres? —le pregunto.

—Con mi abuela.

Me pregunto dónde estarán sus padres.

—¿Tienes hermanos o hermanas?

—No.

—Ah… —Nos quedamos callados. Él sigue trabajando.

102

—Vivo en Londres —le cuento.

Asiente, aunque no comenta nada.

—Pero nací en Nueva York.

Me mira de sopetón y dice:

—¿Cómo es?

—¿Nueva York?

Asiente.

—Es la mejor ciudad del mundo.

Sonríe y dice:

—Algún día iré. —Se saca el móvil del bolsillo y va pasando fotos hasta que da con la que quiere enseñarme. Es la ciudad de Nueva York al ocaso.

Sonrío al verla.

—Te encantará.

Le devuelvo el móvil, pero, cuando se lo va a guardar en el bolsillo, se le cae al suelo.

Se agacha enseguida y, con el rostro desencajado, exclama:

—No, no, no. —Alza las manos—. Me he cargado la pantalla.

—Ostras. —Frunzo el ceño y añado—: A ver.

Me enseña el teléfono y veo que tiene toda la pantalla agrietada.

Lo estampa en el mostrador y se mesa el pelo, desesperado.

Miro el móvil. Es una carraca y superviejo. Es un milagro que todavía funcione.

—No pasa nada —le digo—. Solo es la pantalla de un móvil.

—He estado ahorrando dos años para comprármelo —grita. Se le hinchan los agujeros de la nariz. Parece que vaya a llorar.

—Ah… —Lo cojo—. A lo mejor se puede arreglar —le digo para animarlo.

—Ya no se venden las piezas de este teléfono. Es muy antiguo. —Estampa una olla en el mostrador. Está desoladísimo.

—¡Eddie! —grita un hombre en la entrada.

El chico lo mira.

—Saca las botellas de agua de la despensa, que va a venir un camión con mercancía.

El chaval asiente y dice:

—Vale.

—Y espabila —le grita el tío.

Sus frías órdenes me hacen fruncir el ceño.

El crío corre a la entrada a mover la mercancía mientras yo aguardo en silencio. Me parte el alma lo agobiado que debe de estar. Trabaja como una mula y tiene que ahorrar dos años para comprarse una mierda de teléfono.

«Pobre chaval».

—Nos he encontrado trabajo —me informa Basil mientras se sienta en un taburete, a mi lado.

—¿Qué? ¿Dónde?

—En un restaurante italiano. Buscan a tres personas. He visto un cartel en el cristal y he entrado. El tipo me ha ofrecido el puesto enseguida. Le he preguntado por ti y por Hayden, y me ha dicho que os lleve y probemos los tres.

—Qué guay.

—Empezamos esta noche.

—¿Esta noche? —pregunto, ceñudo. Tenía pensado saciar la sed de mi entrepierna, que voy empalmado por la vida.

—Sí.

—Vale. —Suspiro—. Gracias.

Me va a tocar cascármela otra vez en la ducha. Solo de pensarlo, me hundo.

Necesito mojar el churro.

Cojo mi camiseta y la huelo mientras caminamos.

—¿La habrá lavado antes de prestármela?

—Ha dicho que la lavó ayer —dice Hayden.

—¿Y qué detergente ha usado? ¿Perro mojado?

—No tendrá para detergente —comenta Basil desde delante.

Freno en seco, estupefacto.

—¿Que qué? ¿Me estás diciendo que no crees que use detergente?

—Yo qué sé. Te ha prestado una camiseta negra y lisa para la prueba de esta noche. Te ha hecho un favor —salta Hayden, que resopla—. No seas tan tiquismiquis.

—No soy tiquismiquis —le espeto—, sino higiénico. ¿Acaso alguien aquí sabe el significado de esa palabra?

Basil y Hayden se miran y ponen los ojos en blanco.

—Os he visto —les digo mientras reparo en lo interminable que es esta calle—. ¿Y el restaurante? ¿En Cuenca?

No dicen nada y siguen caminando por delante de mí.

«Ojalá».

Ya me gustaría a mí poner a alguna mirando para allá.

—A lo mejor debería ser *gigolo* —sugiero—. Así mataría dos pájaros de un tiro.

Hayden pone los ojos en blanco y dice:

—Para odiar tanto el olor corporal, creo que te encantarían tus clientas malolientes.

Pongo cara de asco y respondo:

—Puaj.

Se encoge de hombros y añade:

—Era un comentario.

—Ya, pues no digas nada, que tela lo que me estoy imaginando.

—¿Y si una chica apestosa quiere que le comas el coño una hora? —Se vuelve y me sonríe con cariño—. Qué maravilla. Búscate curro de eso.

Me estremezco. Solo de pensarlo, se me revuelven las tripas.

—Elegiría a mis clientas, por supuesto —replico.

—Es verdad, que los pibones pagan por follar —dice Basil.

Seguimos andando y andando y andando…

—¿Dónde cojones está el restaurante? —Resoplo. Miro la hora en el móvil y digo—: ¿No deberíamos haber llegado hace como cinco minutos?

—Ya casi estamos. ¿Qué más da si llegamos cinco minutos tarde?

—¿Cómo que qué más da? —grito—. No soporto a los tardones —digo mientras caminamos—. No sería la primera vez que mando un aviso por llegar cinco minutos tarde. O eres puntual o te vas a la puta calle.

Hayden se vuelve hacia mí con cara de espanto.

—¿A tus alumnos?

—Ah... —Calla, que soy profe. Es verdad—. Es que no quiero que se me suban a las barbas.

—¿Los obligas a ponerse desodorante? —me pregunta Basil.

—Siempre —contesto. No es mentira. Si fuera profe, todos usarían desodorante.

—Seguro que tampoco soportas los zapatos sucios —dice Basil.

—Tienes razón, no los aguanto —convengo—. Puedes saber cuánto se respeta una persona a sí misma por el estado de sus zapatos.

Los dos ponen los ojos en blanco.

—Eres el tío más raro que he conocido en mi vida —concluye Hayden.

—Soy normal —declaro—. ¿Por qué lo dices? A ver, ¿a qué te dedicas tú?

—A la industria pecuaria —contesta mientras avanza delante de mí.

Arrugo el ceño y digo:

—¿Y eso qué es?

—Soy especialista en FIV bovina.

—En cristiano. ¿Qué significa?

—Que extraigo el semen a los toros para preñar a las vacas.

Tanto Basil como yo nos paramos en seco y la miramos con cara de estar flipando.

—¿Les haces pajas a los toros? —exclamo.

—No —dice sin dejar de caminar—. Los preparo para que desempeñen su labor.

—¿Cómo? ¿Haces que vean porno bovino? —Frunzo el ceño, fascinado.

Hayden se ríe y dice:

—No, los pongo a tono con una novilla guapísima. Luego llenamos una vagina falsa de lubricante y la calentamos a sesenta y tres grados Celsius para que hagan sus cositas ahí y las recoja un condón gigante.

Boquiabierto, digo:

—¿Que tienes un juguete sexual para toros?

—Supongo que podría llamarse así. —Se encoge de hombros.

—¿Y luego qué? —exclamo—. ¿Qué hacéis con la corrida de toro?

—Corrida de toro. —Basil se ríe—. ¡Qué gracia! Tendrías que llevarlo en una camiseta. —Hace un arcoíris con la mano y dice—: Corredora de toros profesional.

—Me la llevo al laboratorio y, una vez congelada, se insemina a la hembra con ella.

—¿Y cómo se hace? —inquiero. Es lo más curioso que he oído en mi vida.

—Hay un utensilio. Se le inyecta a la vaca en el útero.

—¿Hay que operarla?

—No.

—Entonces, ¿cómo?

Levanta el brazo y hace como que lo introduce en algo. Abro mucho los ojos, horrorizado.

—No me digas que…

Sonríe y asiente.

—Sí.

—¿Toda la mano?

Hace como que se corta el brazo con la otra mano y dice:

—Todo el brazo.

A Basil y a mí se nos desencaja la mandíbula. Su trabajo me ha dejado sin habla.

—¡¿Qué dices, tío?! —exclama Basil.

—No me lo esperaba de ti —masculló por lo bajo.

—¿A qué viene eso? —me pregunta—. ¿A qué creías que me dedicaba?

—A eso no. —Resoplo—. No sabía ni que se hacía algo así. —Seguimos caminando un rato y digo—: Yo pensaba que eras enfermera.

—Pues no.

—Mmm… —Seguimos andando—. ¿Y los toros saben que no se están cepillando a la vaca?

—No, ellos creen que están copulando con ella.

—Mmm… A lo mejor debería comprarme un cacharro de esos —reflexiono en alto—. Si a los toros les gusta…

—Es para las bestias —replica Hayden.

—He estado con unas cuantas.

—Es aquí —dice Basil cuando llegamos a un restaurante—. A ver si nos dan el curro.

Abre la puerta y se encuentra con una camarera.

—Hola. Empezamos a trabajar hoy.

La chica esboza una sonrisa falsa y da un repaso a Hayden. Mmm... Ya me cae mal.

—Hola —dice con su sonrisa de pega—. Id al fondo, a la cocina.

Cruzamos el restaurante. Es enorme. Miro a mi alrededor. Aquí dentro habrá doscientas mesas. Este sitio es gigantesco. Pasamos por las puertas dobles que dan a la cocina más grande que he visto en mi vida. La gente corre de un lado a otro como hormiguitas.

—¿Qué horas son estas? —grita un tipo grande y gordo. Se da golpecitos en el reloj y añade—: ¡Llegáis tarde!

—Perdón —dice Basil, tartamudeando—. Es que nos hemos perdido. No volverá a ocurrir.

—Mi tiempo es oro —brama con su marcado acento italiano. Llama a alguien con la mano y dice—: María os explicará qué hacer. —Nos fulmina con la mirada y agrega—: No me arruinéis el servicio, ¿entendido?

«¿Y este quién se cree que es?».

—Descuide. —Hayden asiente. Me pega en la pierna para que diga algo.

—No se preocupe —repongo. Ya me cae mal este tío.

María viene y nos dice:

—Hola, soy María. ¿Habéis trabajado en hostelería?

—Sí —contestan Basil y Hayden.

He comido en miles de restaurantes a lo largo de mi vida. No será tan difícil.

—Sí —miento.

—Estupendo. —María sonríe y mira a su alrededor—. ¿Alguno tiene experiencia detrás de la barra?

—Yo —confirma Basil.

—Vale, pues tú a la barra —le ordena María—. Y vosotros dos a servir mesas.

—Vale.

—Ponte esto, y tú... —Me mira—. ¿Cómo te llamas?

—Christo.

—¿Y tú? —le pregunta a Hayden.

—Hayden.

—Vale, poneos esto. —Nos tiende un delantal de rayas blancas y negras a cada uno.

—Cosmo, tú a la parte delantera; tú, Helga, al fondo. —Se gira a por dos blocs de notas.

—Helga —le digo a Hayden solo moviendo los labios. Esta abre mucho los ojos y se esfuerza por no reírse.

—Si oís un timbre significa que la comida ya está lista y hay que servirla.

—De acuerdo. —Ambos asentimos. Está chupado.

—Si necesitáis algo, avisadme. —Y se marcha.

—Helga —susurro mientras nos dirigimos a la cocina.

Me da en la pierna y dice:

—Calla, Cosmo.

Suena el timbre.

—¡Camareros! —grita un tipo.

Han dejado la comida en un banco alto bajo lámparas calentadoras para que no se enfríe. El personal va de un lado a otro.

—Hola. —Hayden sonríe al chef y le dice—: Soy nueva, así que…

El chef asiente, pues no puede estar por todo.

—Esto, esto y esto a la mesa cuarenta. —Nos pasa tres platos. Hayden coge dos y yo uno—. ¡Tres platos por persona!

—Tranquilito —mascullo.

Hayden hace malabares y se coloca dos platos en una mano y uno en la otra. Regresa al restaurante.

Vuelve a sonar el timbre.

—¿Para qué le da al timbre si estoy aquí? —pregunto refunfuñando.

—Silencio —grita el chef.

Tuerzo el gesto y añado:

—¡Si no estaba dándole conversación!

Me pasa tres platos y dice:

—Mesa cuarenta.

Cojo dos.

—¡De tres en tres! —brama.

—No soy un pulpo —le espeto—. Enseguida vuelvo a por el otro.

—Vaya tela —me dice.

Me hierve la sangre. «Imbécil».

Vuelvo al restaurante y busco a Hayden. Está en un rincón sirviendo los platos. ¿Cómo narices sabe qué número le corresponde a cada mesa? Me acerco. Hay diez hombres sentados. Están todos muy achispados.

—¿Pasta? —pregunto mientras echo un vistazo a la mesa.

—¿Qué pasta es?

Miro el cuenco. Pues ni idea.

—Espaguetis.

—¿Qué espaguetis?

—¡Y yo qué sé! ¡Lo has pedido tú!

Hayden me mira y niega con la cabeza sutilmente.

—¿Que qué pasta es? —brama el tío.

—Pues la que hayas pedido —le grito yo también—. No empines tanto el codo y céntrate.

Hayden me quita el cuenco y le echa un ojo.

—¿Gambas?

—Yo —dice alguien.

Hayden deja el cuenco en la mesa y el tipo sigue hablando.

—Se dice gracias —lo regaño.

El tipo me mira.

—No cuesta nada ser educado —le digo.

—Vete a la mierda —replica.

—¡¿Que me vaya a dónde?!

Hayden me quita el plato y lo deja en la mesa.

—Ven aquí —susurra mientras me coge del codo y me lleva aparte—. ¿De qué vas? —susurra en voz baja mientras finge que sonríe.

—Vaya mierda de curro.

—¿Qué dices? Si está muy bien.

—Viniendo de alguien que se gana la vida metiéndoles el puño a las vacas, no creo que seas la más indicada para hablar —susurro con rabia.

Echa una ojeada al restaurante y comenta:

—Tú paséate y ve recogiendo las mesas.

—¿Y eso qué significa?

—¿No has dicho que tenías experiencia?

—Era mentira.

—Joder —susurra—. Pues que recojas los platos sucios y los lleves a la cocina.

—Vale. —Asiento—. Buena idea.

Me acerco a una mesa. Un hombre y una mujer están charlando. El señor ha colocado los cubiertos encima del plato con pulcritud, así que se lo recojo.

—No he acabado. —Y me lo quita de las manos.

—Entonces, ¿por qué deja así el tenedor y el cuchillo?

—Estaba hablando.

—Pues menos hablar y más comer, que no tengo toda la noche para esperar a que termine. —Y me voy con decisión.

—Disculpe —me llama alguien al pasar.

Me vuelvo y veo a la tía más cañón que he visto en toda la semana. Sonrío. Por fin pasa algo bueno en este restaurante.

—Dígame.

—Un orgasmo.

—Uno y los que hagan falta —contesto mientras me imagino tumbándola en la mesa.

Me mira extrañada y dice:

—El cóctel, quiero decir.

—Aaah, sí. —Finjo una sonrisa. Lo sabía. Joder, necesito echar un polvo pero ya.

Me dirijo a la barra y le pido a Basil:

—¿Me preparas un orgasmo para la señorita Lujuria sentada a las dos?

La mira y responde:

—No sé preparar eso.

—¿No has dicho que tenías experiencia?

—Era mentira.

—Me cago en la leche. Búscalo en internet.

—Lo he intentado, pero aquí no tengo cobertura.

—De puta madre —susurro con rabia—. La única tía a la que intento impresionar y me vas a joder la marrana.

—Pues ve a preguntarle qué lleva un orgasmo.

111

—Mi polla lleva. Está buenísima.

La miramos ahí sentada con su vestido negro ajustado y su melena larga y oscura. Otro chico se mete en la barra y le pregunto:

—¿Qué lleva el cóctel orgasmo?

Se encoge de hombros con una indiferencia total y dice:

—No sé.

—¿Cómo? —Tuerzo el gesto—. ¿Cómo es que no lo sabes? ¿No eres el barman? ¿No hay un manual o algo así ahí detrás?

—Sí, pero está en italiano —contesta el tío—. Haz lo que sea. Nadie se queja de los cócteles malos.

—Ahí le has dado. —Asiento—. Preparadlo entre los dos, pero hacedlo bien, que quiero volver a su mesa por lo menos diez veces.

—Cosmo —me llama María—. Los platos.

—Sí, sí, ya voy, bruja —mascullo por lo bajo mientras vuelvo al restaurante—. ¿Han acabado? —les pregunto a dos personas.

—Sí —salta el hombre.

Lo fulmino con la mirada. ¿Por qué en este sitio son todos unos bordes de mierda?

Esto parece Villa Cerdo.

Llevo sus platos a la cocina y veo a Hayden esperando a que salga la comida.

—¿Qué hago con esto? —le pregunto.

—Rascas lo que sobra y lo tiras a la basura, les pasas un poco de agua y los apilas con los otros platos sucios.

—Vale.

Los rasco y me fijo en una cosa gigante que sale de un tubo negro y grande del techo. Acaba en una boquilla grande y plateada que parece un pitorro. Trato de leer lo que pone en los botones.

¿Esto es el grifo?

Miro a mi alrededor. ¿Cómo va a ser esto el grifo?

Meto el plato en el fregadero y, sin soltarlo, aprieto el botón. Un chorro de agua que podría derribar un búnker de guerra impacta en el plato y nos empapa a la cocina y a mí. Los platos calientes chisporrotean cuando les da el agua.

—¡Aaah! —Pruebo a cerrar el grifo, pero subo la potencia. La manguera se agita sin control y lo moja todo. La gente chilla y se pone a cubierto.

—¿Qué haces? ¡Cierra el grifo, imbécil!

—Si fuera un grifo, lo haría —grito mientras lucho con el agua, que sale a su antojo—. Pero es una puta manguera. A ver si vigilamos el instrumental que compramos.

Hayden viene corriendo a agarrar el grifo, que vuela a su aire. Los dos acabamos chorreando. Entra un camarero y se resbala con el agua. Se le cae la bandeja de platos al suelo.

—Perdón —grito—. Salud ocupacional en su máximo esplendor.

Hayden se parte de risa y yo también. Madre mía, qué percal.

—Fuera de mi cocina —exclama el dueño—. ¡Tarugos!

Me quito el delantal. Hayden me mira con los ojos como platos.

—Nos largamos.

—¿Cómo?

Le doy la vuelta, le desato el delantal y la cojo de la mano.

—Vámonos.

Corremos hacia la salida. Basil nos mira sin dar crédito. Echa un vistazo a su alrededor como si no supiera qué hacer y huye con nosotros. Salimos a la calle y nos tronchamos de risa. Estamos calados hasta los huesos y chorreando.

—¿Qué coño os ha pasado? —exclama Basil mientras nos mira de arriba abajo.

—Una manguera.

Abre los ojos como platos y dice:

—¿Que os ha mojado con la manguera?

—Sí —miento.

—¡No jodas! —grita—. Tenemos que denunciarlo. Es que no se vale, tío, las indicaciones tendrían que haber estado en nuestro idioma.

Me estoy riendo tan fuerte que casi no me aguanto de pie, y Hayden tres cuartos de lo mismo.

—¿Y ahora qué hacemos? —pregunta Basil con los ojos como platos.

—Vámonos de fiesta.

Respiro hondo mientras despierto de mi sueñecito. Mmm…
Tendría que volver a mi cuarto.

Tengo una mujer desnuda bajo cada brazo y nuestras piernas están enredadas con las sábanas. Qué gran noche.

La necesitaba.

Me muevo y ambas se pegan a mí.

—¿A dónde vas? —susurra una.

—A casa. —Me incorporo y me bajo de la cama. Sonrío al ver cómo vuelven a dormirse. Le doy un beso en la mejilla a cada una y acaricio sus caderas desnudas.

«Qué buenas están».

Al volver al hostal, me meto en la ducha; el agua caliente y humeante me moja la cabeza. El olor de las chicas se va cuando me enjabono.

Estoy agotado. Ha sido un día muy largo.

Entro en mi cuarto a hurtadillas y veo a Kimberly en mi cama.

¿Cómo?

¿Qué cojones hace aquí? Este no es su cuarto.

Joder. De haber sabido que no tendría cama, me habría quedado con las chicas. No se ve un pimiento. Mierda. Me iré a la cama de Gruñona.

Me acuesto a su lado y me acurruco bajo las mantas. Aún dormida, se mueve de espaldas a mí para hacerme sitio. Me pongo de lado y la abrazo por detrás. Inhalo el dulce aroma de su cabello y noto sus curvas bajo mi brazo.

Entonces, tras tumbarme en la cama con mi persona favorita en España, me relajo por fin.

Capítulo 8

Hayden

Me despierto al oír un portazo en el pasillo y me froto los ojos.

Hay alguien pegado a mi espalda y, a juzgar por lo bien que huele, no me cabe la menor duda de quién es.

—¿Qué haces en mi cama? —susurro con voz ronca.

—Shh, menos hablar y más dormir —murmura con los ojos cerrados.

Volvemos a quedarnos dormidos mientras me abraza por detrás. Reconozco que es agradable estar tan cerca de alguien. Desde que llegué aquí hace una semana, nadie me había dado un abrazo.

Oigo movimiento.

—¡Ah! —exclama Bernadette—. Dijiste que los compañeros de cuarto no pueden enrollarse. —Nos mira a Christopher y a mí desde la litera de arriba.

Uf…

Christopher se mueve.

—Estamos durmiendo, Bernadette, no enrollándonos.

—Ah —dice como si su respuesta la aliviase—. Podrías haber dormido conmigo.

—Socorro —susurra Christopher mientras me acerca más a él.

Esbozo una sonrisilla y digo:

—Mañana duerme contigo, Bernie.

Christopher me pellizca por debajo de la sábana y a mí me da la risa tonta.

Seguimos abrazados. Él se arrima más a mí. Me rodea la cintura con su enorme brazo y nuestros cuerpos y nuestras piernas desnudas están pegados.

—Pero ¡qué satisfecho y mimosón estás! —susurro—. Deduzco que anoche tuviste éxito.

—Shh. —Me acerca más a él—. No lo estropees.

Me río.

Le llega un mensaje al móvil. Se tumba bocarriba para leerlo.

—Mmm... —tararea mientras lo lee—. Ya era hora.

—¿Qué pasa?

Me gira y me acerca a su pecho. Me pasa el brazo por los hombros y dice:

—Mi tarjeta nueva ya está en el banco.

Mmm... Yo sigo grogui.

—¿Me acompañas a buscarla?

—No.

—Los de abajo, callaos ya —nos suelta Bodie—, que algunos queremos dormir, joder.

—Yo la primera. —Me choco con la frente de Christopher y este sonríe.

Trata de convencerme diciendo:

—Si me acompañas, te invito a comer.

—Mmm... —Le toco el pecho y, al hacerlo, noto el vello oscuro que lo cubre—. ¿Qué vamos a comer con tu presupuesto? ¿Fideos instantáneos?

—¿Qué es eso?

Lo miro ceñuda.

—¿Los fideos instantáneos?

—No sé qué son.

—Todo el mundo sabe qué son unos putos fideos instantáneos —salta Bodie desde la litera superior.

—¿Tú no estabas durmiendo? —le dice Christopher.

—Un capullo me ha desvelado con sus preguntas tontas sobre los fideos instantáneos.

Christopher se ríe por lo bajo y, mientras me acaricia el brazo sin pensar, dice:

—Va, Gruñona, acompáñame.

—Ay, es que no me apetece. —Tuerzo el gesto y digo—: Estoy cansada y tengo resaca.

—Y yo. —Se incorpora—. Va.

—Ve tú solo.

—¿Por qué voy a ir solo cuando puedes hacerme de guardaespaldas?

—Llama a las mozas de anoche —le digo en tono seco con los ojos aún cerrados—, que seguro que te acompañan.

—No voy a salir con ellas —replica como si le asqueara mi sugerencia. Se levanta y añade—: A la vuelta, Basil y yo haremos la colada, ¿a que sí?

—Vete a cagar —gruñe Basil con la almohada en la cabeza—. ¿Quién piensa en eso de buena mañana? En mi vida he conocido a alguien a quien le ponga tanto el jabón. No voy a lavar la ropa; ya la lavé la semana pasada.

—Hay que lavarla tras cada uso.

—¿Quién hace eso? —se mofa Basil.

—Los tíos que mojamos, esos lo hacemos.

No puedo disimular la sonrisa. ¿Cómo puede ser tan adorable? Debería caerme fatal.

—Hablando de jabón, tengo que ducharme.

Christopher me señala la puerta y dice:

—Su *spa* cinco estrellas está listo para recibirla.

Me echo a reír. Ya te digo yo que el baño cutre al estilo residencia de estudiantes no está listo para recibir a nadie.

—Voy a las taquillas a por nuestras cosas —se ofrece.

—Vaaale… —Suspiro.

Sale al pasillo y yo sonrío de oreja a oreja a la cama de arriba.

—No soporto lo contento que está de buena mañana —comenta Bernadette.

—Eso es porque anoche se montó un trío con dos pibones —dice Kimberly.

Me lo imagino retozando con las dos chicas esas y me cambia la cara.

Los celos me reconcomen las entrañas. Me pregunto si volverá a quedar con ellas.

Pues claro que sí. Así es él.

«Para».

Me recuerdo que no tenemos nada. Puede hacer lo que le dé la gana con quien le dé la gana.

La puerta vuelve a abrirse. Christopher se asoma y dice:

117

—Quería ver si te habías levantado ya.

—Jo, qué pesado —le espeto.

—Es que tenemos que irnos pronto.

—¿Por qué?

—Porque necesito comida.

—¿No íbamos a almorzar?

—Y a desayunar. Invitas tú. —Se cierra la puerta y vuelvo a sonreír como una tonta.

«Idiota».

❧

Esperamos a un lado de la transitada carretera. Los coches pasan a toda pastilla.

Christopher mira a izquierda y derecha y otra vez a la izquierda.

—Vamos. —Me coge de la mano y cruzamos la calle.

—¿Y el banco? —le pregunto.

—Aquí al lado. —Levanta el móvil y me enseña el mapa.

—¿Cómo me dijiste que perdiste la tarjeta? —inquiero.

—Eeeh… —Pone los ojos en blanco y dice—: No quieres saberlo.

—Claro, dime.

Sin soltarme la mano, dice:

—Digamos que la primera noche que pasé aquí, viví una experiencia zoológica de lo más desagradable.

Frunzo el ceño y digo:

—¿A qué te refieres?

—Fui a casa de una chica y, cuando se despelotó, pensé que estaba con un gorila de lo peluda que era. Fui al baño a llamar a mi hermano para contarle la movida y, cuando me marché, descubrí que me había robado la tarjeta y me había vaciado la cuenta corriente —me suelta del tirón.

Lo miro pasmada.

—Así me quedé yo. —Niega con la cabeza.

—¿Qué tiene de malo el vello femenino? —le pregunto mientras me lleva de la mano.

—Ay, no. —Pone los ojos en blanco—. No me digas que tú también tienes.

118

—¿Y bien?

Se encoge de hombros y dice:

—No me gusta. Y tengo derecho a que no me guste.

—¿Cómo? —exclamo—. ¿A qué te refieres con que no te gusta?

—A ver, el vello normal tiene un pase; pero que nunca te hayas rasurado o depilado y te esté creciendo un matojo debajo de las piernas… Por ahí no paso.

Me echo a reír. Ostras, eso me recuerda que me hace falta un buen repaso. Mmm…, a ver si me compro unas tijeras.

O un kit de depilación casero.

Llegamos al banco y se dirige al mostrador.

—Toma asiento —me dice a la vez que señala una silla.

—Te acompaño. —Me planto a su lado mientras habla con la cajera.

—Hola. Perdí mi tarjeta y solicité una nueva. He recibido un mensaje esta mañana para venir a por ella a esta sucursal —dice Christopher.

—De acuerdo —responde la mujer con una sonrisa—. Déjeme el carné.

Christopher se lo pasa y la empleada introduce sus datos en el ordenador. Espera y, entonces, alza mucho las cejas. Como atónita por algo, mira a Christopher y después a la pantalla.

—¿Señor Miles?

Christopher la interrumpe y dice:

—Sí. La tarjeta.

—Un momento. —Y se marcha.

—¿Qué le pasa a tu cuenta? —susurro.

—Le dará vergüenza que esté tan pelada —murmura.

Me echo a reír y digo:

—Pues como la de todos.

Me mira de reojo con recelo.

—Que te invito a desayunar, tranquilo —le aseguro con los ojos como platos.

Sonríe y dice:

—Es verdad, que pagas tú. —Esconde los labios—. Y después te invitaré a fideos.

La señora regresa y teclea algo en el ordenador.

—Instantáneos —susurro.

—¿El qué?

—Los fideos.

—Ah… —Asiente—. Qué buena estrategia de *marketing*. Frunzo el ceño y pregunto:

—¿Por qué?

—Porque al momento sabes lo que son.

—Al momento no —susurro—. Tardan dos minutos.

Se ríe y me abraza por los hombros. La mujer le tiende la tarjeta y le dice:

—Firme aquí. —Christopher firma y la mujer le entrega otro papel para que haga lo mismo—. Y aquí. —La empleada le sonríe abiertamente y agrega—: Listo. Que vaya bien el día, tortolitos.

—Gracias —dice Christopher con una sonrisa—. Descuide.

Salimos del banco y sigue abrazándome. No es ni raro ni incómodo. Es más, me resulta muy natural que me toque, lo que es extraño, porque no suelo ser así.

Quizá se deba a que sé que solo somos amigos y ya está.

Paseamos por la gigantesca zona comercial. Vamos agarrados del brazo. Ha sido el mejor día de la historia. Ya es por la tarde y Christopher y yo llevamos horas y horas deambulando. Hemos desayunado, hemos ido de tiendas y nos hemos comprado un libro.

—No sé a qué sabrán los fideos instantáneos, pero seguro que nuestro almuerzo estaba más rico —comenta.

—Ya te digo.

—¿Sabes? —Me mira y añade—: Es la primera vez que una chica me invita a comer.

—No te creo.

—Te lo juro.

Lo miro sorprendida y digo:

—¿No sales a comer con chicas?

—Constantemente.

—¿Y siempre las invitas?

—Sí.

—¿Y eso?

—No sé. —Se encoge de hombros y dice—: No lo pienso.

Pongo los ojos en blanco y comento:

—Madre mía, pues quedas con cada chupóptera…

—¿Por qué lo dices?

—Pagarse cada uno lo suyo es una cuestión de orgullo.

Arruga el ceño mientras considera mis palabras.

—Da igual si mendigas en la calle o si eres millonario; si una mujer no se ofrece nunca a pagarse lo suyo, no está contigo por un buen motivo.

Enarca una ceja y guarda silencio.

—¿No estás de acuerdo? —le pregunto.

Me pone una excusa:

—Pero si uno tiene más dinero que el otro…

—Eso da igual, Christopher —estallo. Qué rabia que esas mujeres se aprovechasen de él—. Si crees que porque te pongan su cuerpo en bandeja tienes que pagárselo todo, no estás saliendo con ellas. Estás pagándoles a cambio de sexo. Más claro, agua. ¿Cómo no te das cuenta?

Tuerce la boca mientras caminamos, pero sigue sin mediar palabra.

Me pregunto si Christopher funciona así; si se aprovecharán de él porque es amable.

—Ay, quiero entrar aquí un momento. —Nos paramos frente a una tienda—. No tardo nada.

Miro el letrero que hay encima de la puerta.

PHONE WORLD

—Hola —le dice al dependiente.

—Hola.

—¿Arregláis pantallas…? —Ojea rápidamente las fotos de su móvil y le enseña la que buscaba—. Es para este móvil.

El chico entorna los ojos para ver mejor la imagen. Tuerce el gesto y dice:

—No, no, es muy viejo. No hay piezas —replica con un acento muy marcado.

—Vaya. —A Christopher le cambia la cara.

—¿De quién es el móvil? —le pregunto.

—De Eduardo.

—¿Y ese quién es? —inquiero, curiosa.

—El chaval del bar.

—Ah… —¿Cómo lo sabe?

Mira los móviles nuevos que hay en el escaparate y pregunta:

—¿Cuánto vale este?

Frunzo el ceño. ¿Qué hace?

—Novecientos euros.

Christopher hace una mueca y dice:

—Uf.

Le pego en la pierna. No puede permitírselo.

—¿Qué haces? —susurro.

—Ha estado ahorrando dos años para comprarse ese móvil —susurra—. Y voy yo y me lo cargo.

—¿Cómo?

—Se le cayó cuando fui a devolvérselo.

Trato de animarlo:

—Entonces no ha sido culpa tuya.

—Ya, pero me siento fatal. No dejo de pensar en ello. —Señala el móvil del escaparate y dice—: Ponme ese.

—Enseguida. —El tipo se lo envuelve y yo miro a Chris sin dar crédito. Está tieso y, sin embargo, le compra un móvil a un chaval al que ni conoce.

—Chris —susurro—. No puedes pagarlo.

—No pasa nada; lo costearé con mis ahorros —susurra—. Esta semana me busco otro curro, no te preocupes.

Pero vaya si me preocupo. Porque sé que bajo esa fachada de mujeriego se esconde un hombre bueno y amable… del que se aprovechan.

Se pone a hablar con el dependiente de la garantía y las instrucciones.

—Te espero fuera —le digo.

—Vale.

Al salir, oigo que me llama alguien.

—Hayden.

Me vuelvo y veo a un chico que conocí anoche. Se aloja en el hostal para mochileros que hay calle abajo.

—Hola, Zack.

Estuvimos hablando más de una hora. Parece simpático.

—Llevo todo el día pensando en ti —me dice con una sonrisa.

—¿En serio? —El estómago me da un vuelco.

—¿Qué haces? —me pregunta.

—Estoy esperando a un amigo. Es compañero de cuarto. Está comprando un móvil.

—Ah, entiendo. —Me sonríe.

Yo también le sonrío. Saltan chispas.

Christopher sale de la tienda con el móvil en una bolsa. Mira a Zack y luego a mí.

Los presento.

—Christopher, este es Zack.

—Hola —dice Christopher mientras le estrecha la mano.

—¿Así que compartes cuarto con Hayden? —pregunta Zack con una sonrisa lobuna—. Qué cabrón.

Christopher alza la barbilla como si estuviera mosqueado.

—¿Dónde te hospedas? —le pregunta en tono cortante.

—En Rubens Mochileros. —Zack vuelve a centrarse en mí y dice—: ¿Te apetece salir esta noche… en plan cita?

—Está ocupada —contesta Christopher antes de que me dé tiempo a abrir la boca siquiera.

—Ah. —Zack nos mira a Christopher y a mí alternativamente.

—Pero puedes acompañarnos si te apetece —le ofrezco.

Zack sonríe de oreja a oreja y comenta:

—Qué guay. —Se saca el móvil y añade—: Te doy mi número, así me dices adónde vais.

—Vale.

Le doy mi número mientras Christopher lo fulmina con la mirada. ¿Qué mosca le ha picado?

—Nos vemos esta noche —le digo a Zack.

—¡Qué ganas! —contesta este con una sonrisa.

—Adiós —le espeta Christopher mientras me coge de la mano—. Tenemos que irnos, Hayden.

Frunzo el ceño. Si no me falla la memoria, diría que es la primera vez que me llama por mi nombre.

—¿Quién es ese? —me salta Christopher mientras nos alejamos.

—Lo conocí anoche. Nos pasamos horas hablando.

—¿Cuándo? —pregunta en tono burlón—. No lo he visto en mi vida.

—Mientras entretenías a tu harén —le digo con una sonrisa. Me giro para ver a Zack irse en la dirección opuesta—. ¿A que es mono?

—No me cae bien —me suelta.

—Pero si ni lo conoces.

—A ver, ¿a qué se dedica?

—Pues no lo sé.

—¿Cómo que no lo sabes? Eso se pregunta, Hayden.

—¿Por qué de repente me llamas por mi nombre? A ver si ahora vas a ser tú Gruñón.

—Calla, anda —dice, y resopla—. ¿De dónde es?

—De Hawái.

—De Hawái —repite con desprecio—. ¿Y a qué ha venido? Si allí están de vacaciones todo el año, ¿no?

—¿Qué te pasa? —le pregunto, ceñuda.

—Nada. —Camina dando pisotones. Es evidente que está molesto—. Es que me dijiste que no querías salir con nadie, ya está.

—No te dije eso, te dije que no me interesaba intercambiar fluidos corporales con desconocidos.

Pone los ojos en blanco y dice:

—No seas grosera.

—¿Cómo? —exclamo—. Mira quién fue a hablar, el que cada dos por tres suelta alguna guarrada. Don Grosero, ese eres tú.

—Resérvate las monerías para Zack —me espeta mientras me adelanta.

—Vale —accedo—. Eso haré. Además...

Me interrumpe y dice:

—No me hables.

Pongo los brazos en jarras y le pregunto:

—¿Estás celoso?

—¿Yo? ¿Celoso de qué? Si yo no me pongo celoso.

—Lo que tú digas. —Pongo los ojos en blanco.

Se gira de nuevo y pregunta:

—¿Sabe que duermo contigo y que te abrazo por detrás?

Arrugo el ceño. ¿De qué va?

—A ver, guapito, para tu información, te colaste en mi cama después de montarte una orgía con dos tías. A mí eso no me parece muy romántico.

—No me monté una orgía —brama mientras avanza—. Solo estuve con dos chicas.

—¡Ay, perdón! —Alzo las manos—. ¿Tú te oyes? Tú puedes tirarte a todo lo que se menea, pero yo conozco a un tío de fiesta y me montas un pollo.

—Me da igual lo que hagas —me espeta.

—Pues muy bien —le espeto yo a él.

Volvemos a casa en silencio. ¿Cómo un día tan maravilloso ha acabado con una rabieta infantil? Camina como si fuera Hulk.

—Estás muy mono cuando te enfadas —le digo para chincharlo.

—Calla. —Se vuelve hacia mí con rapidez y añade—: Va, espabila, que tienes que arreglarte para tu cita.

Saco la cuchilla de la bolsa y se la enseño.

—Es verdad. —Sonrío y muevo las cejas arriba y abajo.

Con los ojos desorbitados, dice:

—No vas a acostarte con él, Hayden. Olvídate ahora mismo. Tu récord es de uno, y así va a seguir siendo.

—¿Qué te pasa? —le pregunto.

—Nada. —Y sigue caminando.

—Tienes un harén, Christopher. ¿Qué más te da lo que yo haga?

—No te lo tengas tan creído —me suelta—. Me la pela lo que hagas.

—Pues vale. —Llegamos al hostal y subimos los escalones.

—Pues eso —dice—. Ve a depilarte el coño.

Estoy que trino. ¿Qué bicho le ha picado?

—A eso voy.

125

Christopher

Estoy sentado en el bar del hostal. Nada más arreglarme, he bajado; no quiero estar cerca de esa mujer tan pesada. Me llevo la cerveza a los labios y echo la cabeza hacia atrás. A ver, que si quiere tirarse al primero que se le pone por delante, allá ella, pero que luego no me venga llorando cuando descubra que su príncipe azul es imbécil.

Porque estaré liado.

Cuando veo a una personita cruzar las puertas delanteras, sonrío. Ya está aquí.

—Eh, hola —me dice con alegría.

—Hola.

Se pone un delantal.

—¿Ya te han arreglado el móvil? —le pregunto.

El chaval se encoge de hombros mientras recoge las copas y las mete en el lavavajillas.

—Aún no he ido a la tienda.

—Ah… —Lo observo un instante y digo—: Pues yo he ido a una hoy a ver cuánto costaba repararlo.

—¿Y qué te han dicho?

Un hombre camina hacia la barra.

—Un momento —responde Eduardo. Se acerca al hombre y le dice—: *Was wird es sein?* (Traducción: '¿Qué le pongo?').

—*Ein Pilsner.*

—*Drei Euro.* —Eduardo coge una cerveza, la abre y se la pasa.

El tipo le paga y se marcha. Eduardo regresa conmigo y mete las copas restantes en el lavaplatos.

—¿Cuántos idiomas hablas? —le pregunto.

Se encoge de hombros y dice:

—Unos cuantos. Lo que aprendo aquí.

—Bueno, volviendo a tu móvil.

Él sigue guardando vasos como si no le interesara lo que le digo.

—El tío me ha dicho que es muy antiguo y no se puede arreglar. Que no tienen las piezas.

Me mira un segundo y dice:

—Ya me lo imaginaba. —Abatido, hunde los hombros.

Le paso la caja.

—Te he traído algo.

Frunce el ceño y me mira a los ojos para decir:

—¿Por qué?

—Es que… —Me encojo de hombros—… me sabía mal que por haberte distraído se te cayera el móvil.

Sin dejar de meter las copas, dice:

—No me distrajiste.

Le doy golpecitos a la caja y ordeno:

—Ábrela.

—No te molestes.

—Ábrela —le ordeno.

Exhala con pesadez y abre la caja. Dentro hay un iPhone último modelo.

Se queda boquiabierto y me mira.

Con una sonrisa de oreja a oreja, le digo:

—Sorpresa.

Le cambia la cara y me lo devuelve con rabia.

—Yo no soy así, ¿vale?

—¿Así cómo? —pregunto, ceñudo.

¿A qué se refiere?

—Métete el móvil por donde te quepa.

—¿Cómo? —Me levanto, ofendido.

Pasa por mi lado hecho una furia y se mete en la cocina.

¿Qué he hecho? Creía que le haría ilusión… Ah, ya lo entiendo.

Cree que quiero que me haga un favor.

Me embarga la tristeza. Pobre crío. Lo que habrá visto…

Cierro los ojos, asqueado.

Vuelve y se pone a guardar las copas con rabia.

—No quiero nada a cambio. No te estoy sobornando. Solo estaba siendo majo, nada más. Yo tampoco soy así.

Limpia la barra con tanta fuerza que me extraña que no se parta por la mitad. Veo cómo recoge los posavasos de las mesas.

«Mierda».

A ver cómo soluciono yo esto.

—Vale, pues si no lo vas a querer, gánatelo.

Aguza el oído, pero sigue sin mirarme.

—Tengo un trabajito con el que necesito que me eches una mano. Te pagaría por hora.

—¿Qué trabajito?

«Mierda…».

—Necesito un intérprete.

Frunce el ceño, intrigado.

—Tengo que encontrar curro y necesito que alguien me traduzca. —Noto que está interesado—. Mis compañeros de cuarto también necesitan ayuda. ¿Nos echas un cable con lo de buscar trabajo? —Me encojo de hombros. Estoy improvisando cosa mala.

—¿Cuántos sois? —me pregunta.

—Seis, tanto chicos como chicas. —Junto las manos y las alzo en señal de rendición—. Te juro que no es lo que crees. Necesitamos un intérprete y punto. Ya está, nada más. Fijamos un sueldo por hora y te ganas el móvil. Todo profesional.

Por cómo tuerce los labios, diría que la oferta le interesa.

—Bueno, tú piénsatelo. —Le aparto el móvil. Veo cómo lo sigue con la mirada mientras vuelvo a guardarlo en la bolsa.

Oigo que el alemán silba desde su mesa. Miro hacia arriba y veo que acaba de llegar Hayden.

Se ha puesto un vestido negro y ajustado que realza hasta la última de sus curvas, y lleva su abundante melena rubio miel suelta. Está de toma pan y moja. Se me pone dura al instante cuando se acerca.

—No me mires así —me susurra.

—¿Así cómo?

—Como si fueras a comerme.

La miro a los ojos y le digo:

—Tal vez lo haga.

Capítulo 9

Hayden

Nos miramos. Saltan chispas. Abro la boca para contestar, pero, por primera vez en mi vida, estoy muda de asombro.

«No ha dicho lo que acaba de decir».

—Hayden, te presento a Eduardo. —Christopher me señala a un adolescente que trabaja en la barra y en el que no me había fijado. Creo que es el mismo por el que se peleó la otra noche.

Me vuelvo, avergonzada.

—Hola —digo con una sonrisa.

—Eduardo va a ser nuestro nuevo intérprete.

Frunzo el ceño y miro a uno y luego al otro. ¿He oído bien?

—¿Disculpa?

—Me cargué su móvil, así que le he comprado otro, pero… —Hace una pausa dramática para darle énfasis—… tiene que ganárselo —dice serio—. Así que nos va a echar una mano a los del dormitorio.

Sonrío al comprender el acuerdo al que han llegado.

—Vale, me parece buen plan. Nos vendría muy bien su ayuda —añado para seguirle la corriente.

Eduardo nos mira y sonríe ilusionado.

—Os conseguiré trabajo —asegura con su acento marcado—. Conozco a mucha gente en Barcelona —agrega tartamudeando, como si tratara de persuadirme.

—¡Qué emoción! —Sonrío. Miro un momento a Christopher, que me guiña un ojo con disimulo.

—Pero no te daré el móvil hasta que todos tengamos trabajo y te lo hayas currado —le recuerda Christopher.

—Vale. —Asiente—. Me lo ganaré a puño.

Christopher esboza una sonrisita y dice:

—Dirás «a pulso». Me lo ganaré a pulso.

Eduardo rectifica y dice:

—Me lo ganaré a pulso.

∞

La música está alta y la gente baila como loca.

—¿Cuánto…? —dice Zack.

Tuerzo el gesto mientras me esfuerzo por oírlo.

—Perdona, ¿qué decías?

Se acerca a mí y me coge de la cintura para hablarme al oído.

—Decía que cuánto llevas viajando.

—Ah, dos semanas solo. Soy supernovata. ¿Y tú?

—Con este ya llevo ocho meses.

—Ostras. —Sonrío. Entonces echo un vistazo a Christopher, que me fulmina desde la barra…, como lleva haciendo toda la noche.

Creía que éramos amigos.

Cada vez que me giro, veo su cara de furia. Paso.

Yo también lo miro mal. Sinceramente, no tengo tiempo para sus pataletas infantiles. Anoche el tío se acostó con dos mujeres y tiene el valor de cabrearse conmigo por hablar con un chico.

Me pinchan y no sale ni gota de sangre.

No permitiré que me manipule. A ver si madura de una dichosa vez.

—Voy al baño —dice Zack.

—Vale.

Aprovecho que se va para darle un trago a mi copa.

—¿Podemos hablar? —gruñe Christopher.

—No.

Esboza una mueca y dice:

—¿Cómo que no?

Se lo deletreo.

—Ene, o.

—Escucha —escupe con los dientes apretados.

—No, escucha tú —le grito—. No me trates de tonta y finjas que estás celoso cuando ambos sabemos que no vas detrás de mí.

Por poco se le salen los ojos de las órbitas.

—Fuera. Ahora.

—Vale. —Me dirijo a la puerta echando humo. Estoy enfadada.

¿Cómo se atreve?

Salimos en tromba del local. Una vez en la calle, le digo:

—Pero ¿tú de qué vas? Cada vez que me giro veo que me echas una mirada asesina.

—No me fío de él.

—Si ni lo conoces —escupo.

—Conozco a los de su calaña. Llevo analizándolo toda la noche.

—¡Ja! —estallo—. ¿Y quiénes son los de su calaña, Christopher? ¿Los que solo quieren a las mujeres para llevárselas a la cama? Pues tengo noticias para ti, amigo. Se cree el ladrón que todos son de su condición. —Doy un paso al frente y le clavo el dedo en el pecho—. Ya que tienes tantas ganas de analizar, ¿qué tal si averiguas por qué tienes las expectativas tan bajas?

—No me conformo con cualquier mujer —me grita—. Pero tú tienes el listón demasiado alto.

—¿Quién ha hablado de mujeres? —bramo—. Me refería a ti.

—Vaya tontería.

—Es la verdad. —Alzo las manos, indignada—. Por eso entregas tu cuerpo con tanta facilidad. No te valoras.

—Vete a la mierda.

—¿Cómo es posible que no te des cuenta?

—¿De qué?

—De que, en el fondo, crees que nadie podría quererte.

Le cambia el semblante.

—¿Cómo puedes pensar así? —le pregunto en voz baja—. Porque para mí no tiene ni pies ni cabeza.

Por cómo me mira a los ojos, sé que he metido el dedo en la llaga.

—¿Por qué crees que un revolcón es lo más prudente? ¿Cuándo vas a dejar de esconderte de ti mismo? Ya eres mayorcito. Madura.

Tuerce el gesto, asqueado, y dice:

—No tienes ni puta idea de lo que hablas.

—No puedo ayudarte con esto, Christopher. ¿Quieres tirarte a todo lo que se menea? Estupendo. Adelante. Pero luego no te hagas la víctima cuando la gente que se preocupa por ti conozca a alguien que merece la pena.

—Pues vale. Me gusta disfrutar. No me pasa nada —escupe.

—Si eso crees…

—¿Sabes qué te digo? Que paso. —Se gira y se adentra en la oscuridad.

—No se puede sanar si no se encuentra la herida —le digo.

—Tíratelo. Me la suda —me contesta.

Veo cómo vuelve solo a la oscuridad. Abatida, respiro hondo. Estoy temblando. Joder.

¿Cómo hemos acabado tan mal?

Me obligo a entrar y regresar con Zack.

—Perdona —le digo—. Es que me han llamado al móvil.

—Tranquila, la noche es joven. —Me da un beso en la mejilla y yo sonrío sin ganas.

Me imagino a Christopher volviendo al hostal solo y me siento fatal.

Una amiga de verdad se habría ido con él.

Cuando regreso, son las dos de la mañana.

Como no he dejado de pensar en Christopher toda la noche, la cosa con Zack no ha ido como esperaba. En el hostal no hay ni un alma, todos están de fiesta. Vacío mi taquilla y me doy una buena ducha caliente. Me pongo el pijama y regreso al dormitorio.

Enciendo la luz y veo a Christopher aovillado en la cama, de espaldas a mí. Apago la luz al momento y me tumbo detrás de él. Me arrimo a su espalda y lo beso en el hombro.

—Para —murmura.

132

Sonrío.

—No voy a hablar contigo —susurra.

—Bien, porque voy a dormir.

—¿Te has duchado?

—Sí, porque me apetecía, no porque haya tenido relaciones.

No dice nada. Lo abrazo más fuerte.

—Buenas noches —le susurro.

No contesta.

—¿No me vas a desear buenas noches? —le pregunto.

—Como no te calles, te echo.

Sonrío a la oscuridad.

Con el calor que irradia su cuerpo y su olor a gloria envolviéndome, caigo en brazos de Morfeo.

¡Pumba! ¡Pum! ¡Plaf!

—Perdón. —Bernadette se ríe. Se ha tropezado con los zapatos de alguno de nosotros.

Basil se arroja de cabeza a su litera y rebota en el suelo. Los demás se parten de risa. Acaban de volver al hostal y están todos como unas cubas.

Christopher me abraza desde atrás mientras hacemos la cucharita.

—¡Eh! —exclama bien fuerte Bernadette—. Los compañeros de cuarto no pueden enrollarse, ¿recuerdas?

—Vete a dormir, anda —le espeta Christopher con impaciencia.

Basil se dispone a subir a su cama, pero se da un porrazo tremendo y los demás se ríen a carcajadas.

Bodie prueba a mandarlos callar.

—Shh.

Somnolienta, abro los ojos. Es de día.

—¿Qué hora es?

Christopher coge su móvil y dice:

—Las nueve.

—¿Dónde habéis estado toda la noche? —inquiero, ceñuda.

—En una fiesta en la playa.

—He follado en el agua —farfulla Bodie.

—Con un monstruo marino —añade Basil.

Vuelven a desternillarse.

Estoy lo bastante despierta como para notar algo duro en la espalda. Frunzo el ceño.

—Quita. Eso. De. Ahí —gruño—. Ya.

—Perdona. —Christopher se aparta y dice—: Es que es por la mañana.

Nos quedamos tumbados un rato.

—Tengo hambre —digo—. Como no bajemos ya, nos perderemos el desayuno.

—Mmm —murmura Christopher.

—Va. —Me levanto de la cama y me recojo el pelo. Salgo a buscar mi ropa a la taquilla cuando veo a Eduardo esperando pacientemente en el pasillo.

Me sonríe y dice:

—Hola.

—Hola. —Frunzo el ceño—. ¿Qué…? —Miro a mi alrededor—. ¿Qué haces aquí?

—He venido a ayudar al señor Christo.

—Ah. —Sonrío. Qué mono, por favor—. Voy a buscarlo. No te muevas.

Regreso al cuarto y me arrodillo junto a Christopher.

—Tu amiguito te espera fuera.

Christopher frunce el ceño y dice:

—¿Eh?

—Eduardo ha venido a ayudarlo, señor Christo. Le espera fuera.

Tuerce el gesto y dice:

—Anda ya.

—Que sí. Levanta.

Christopher sale de la cama y va al pasillo. Está despeinado y va en calzoncillos.

—Eh, colega. —Arruga el ceño—. ¿Qué pasa?

—He venido a ayudarlo —contesta Eduardo la mar de ilusionado—. ¿Qué puedo hacer hoy por usted?

Me saca una sonrisa. Es que es monísimo.

—Ah, pues… —dice Christopher mientras se rasca la cabeza—. A ver… —Me mira como si no supiera qué añadir.

—¿Nos das diez minutos para arreglarnos y hablamos? —intervengo.

—Vale.

—¿Quedamos en el restaurante? —le pregunto.

Asiente y se va contentísimo.

Christopher lo ve marcharse y susurra:

—No tengo ningún encargo para él.

—Pues ya puedes ir inventándotelo.

Al cabo de una hora salimos a por café.

Los tres solos.

—El caso es que mañana nos vamos a San Sebastián hasta el jueves —le informa Christopher a Eduardo—. Luego volveremos para estar aquí cuatro días. Estaría guay que nos encontraras algo para los findes. Pero tampoco te agobies.

—Vale. —Lo escucha atentamente mientras paseamos—. ¿Sabe ser camarero?

—No —intervengo—. Se le da fatal.

Christopher pone los ojos en blanco y dice:

—Vale, lo reconozco, no sirvo para ser camarero.

El chico sonríe.

—Y a Hayden también hay que buscarle algo —agrega Christopher.

—Hayz… —Eduardo arruga el ceño de lo que le cuesta pronunciarlo—. Hayzzz.

—Llámame Hazy. En casa todos me llaman así —le digo.

—Rima con «perezosa» en inglés —repone Christopher—. Te va que ni pintado.

—Calla, anda. —Suspiro.

—Necesita trabajo. De pescadora o algo así —prosigue Christopher.

Me echo a reír.

—Peces no.

El chaval también sonríe y dice:

135

—Llámeme Eddie.

—Vale, más fácil.

Llegamos a una cafetería. Christopher le da suelto y le dice:

—¿Nos traes dos capuchinos y un chocolate caliente?

Eddie asiente, acepta el dinero y entra en el local. Christopher lo observa con una sonrisa de satisfacción.

—¿No vamos a hablar de lo de anoche? —le pregunto.

—No —contesta sin despegar los ojos de Eddie.

—Me dirás que no tenía razón.

—No te lo diré porque no vamos a hablar de ello. Déjalo.

—Ni siquiera lo besé.

—Me da igual.

—¿Seguro que te da igual?

—Calla, Gruñona.

Sonrío. Me ha llamado Gruñona. Eso es que estoy perdonada.

Eduardo vuelve con una bandeja. Nos la tiende. Christopher coge el chocolate caliente y se lo devuelve.

—Para ti.

A Eddie le cambia la cara. Mira a Christopher como si acabase de regalarle un deportivo.

Noto una opresión en el pecho. «Oh».

—Pero no... —balbucea—. Nunca he...

—Bébetelo —le ordena Christopher—. Pero vigila, que quema.

Damos media vuelta y regresamos al hostal. Me embarga la emoción al ver el rostro de Eddie y el orgullo con el que se toma su chocolate caliente.

Como mire a Christopher a los ojos me pondré a llorar.

Soy consciente de que es un donjuán y de que ni él se colaría por mí ni yo por él, pero quizá, bajo la superficie, haya más de lo que creía en un principio.

Quizá sea la persona que me ayude a relajarme.

No... Me rompería el corazón.

«Olvídate».

Veo a Christopher mirando a Eddie, que sonríe ufano con su chocolate caliente, y me da un vuelco el corazón.

Es posible que, de todo lo que haya hecho en este viaje, o, tal vez, en mi vida, ver a Eddie probar el chocolate caliente encabece la lista de mis cosas favoritas.

Las ruedas del autobús giran sin cesar. Vamos de camino a San Sebastián.

—Aquí pone —dice Christopher tras ojear un folleto turístico— que el vasco, también conocido como euskera, es una de las lenguas más fascinantes del mundo por ser un caso aislado.

—¿Qué es un caso aislado? —pregunto mientras miro por la ventanilla. Este hombre tiene una sed de información insana, lo lee todo.

—Significa que no guarda relación con ninguna otra lengua que exista. —Alza las cejas, impresionado—. Y, aunque se desconoce su origen, la mayoría de los científicos creen que es la última lengua previa a la invasión europea. —Me mira y comenta—: Mmm… ¿A que es una pasada?

—Sí, sí. —Miro por la ventanilla.

Reflexiona en voz alta y dice:

—Lo que significa que es, literalmente, prehistoria oral…

Lo miro.

—¿Qué pasa? —me pregunta.

—Qué raro eres.

—¿No te parece interesante?

—Sí.

—Entonces, ¿por qué soy raro?

—«Literalmente, prehistoria oral…». —Lo miro con los ojos como platos—. ¿Qué significa eso?

Exhala con pesadez mientras niega ligeramente con la cabeza.

—Si no lo sabes, no voy a ser yo quien te lo diga.

Vuelvo a mirar el dichoso paisaje.

—¿Podemos cenar patatas fritas?

Christopher me mira y me dice:

—¿Y yo soy el raro?

—Se me han antojado. —Me imagino la riquísima cena de esta noche—. Con hamburguesa.

—¡Eso! Hamburguesas —exclama Basil desde el asiento de atrás—. Que estoy de bajón.

—¿Sabías que en invierno, en San Sebastián, las temperaturas bajan hasta los cinco grados? —prosigue Christopher.

«¡Venga datos!».

Me cruzo de brazos y me acurruco en su hombro para descansar.

—Ahora sí.

∞

Ya entiendo por qué la gente habla tanto de San Sebastián.

Es bulliciosa, colorida y una de las ciudades más bonitas que he pisado en mi vida.

Se sitúa en la costa y lo tiene todo. Hoy hemos dado una vuelta por el municipio y hemos visitado la gigantesca estatua del Sagrado Corazón de Jesús, en el monte Urgull. Por la tarde hemos ido a nadar a la playa y ya es casi de noche, así que estamos valorando dónde cenaremos.

—¿Aquí? —pregunta Kimberly. Nos asomamos al bar atestado de gente.

—Parece un sitio popular. —Bodie se encoge de hombros—. Servirá.

Entran todos. Me fijo en que Christopher está alicaído.

—¿Tienen mesa para seis? —pregunta Kimberly.

—Claro —dice la camarera con una sonrisa—. Por aquí.

—La seguimos por el concurrido restaurante y nos sentamos en el patio.

—¿Qué te pasa? —le susurro a Christopher mientras andamos tras ella.

—Nada. —Me rodea la cintura con el brazo y me sigue.

—No es lo que parece.

—Es que estoy harto de comer comida basura —me susurra al llegar a la mesa.

—Ah. —Yo creía que estábamos alimentándonos de maravilla para lo cortos que andamos de dinero.

Me retira la silla y tomo asiento. Pedimos las bebidas y ojeamos el menú.

—¿Qué os vais a pedir? —les pregunto a todos.

Aprovecho que se ponen a comentar las opciones y a charlar para echar un vistazo a Christopher, que mira la carta sin mucho entusiasmo.

—¿No te gusta el menú? —le pregunto.

Se obliga a sonreír y dice:

—Está bien, no te preocupes. —Me da unas palmaditas en el muslo con su mano robusta para tranquilizarme.

Siempre se deja llevar. Nunca ha elegido a dónde vamos.

—Si pudieras comer lo que fuera, ¿qué pedirías? —le pregunto en voz baja para que los demás no se enteren.

Sin dejar de mirar la carta, dice:

—De primero, *sashimi* de atún con *daikon* y jengibre. Caviar de esturión con langosta y salsa de mantequilla y salvia.

Arrugo el ceño.

—Seguido de un *whisky* Macallan y trufas blancas de postre.

—Ah… —Miro la carta. No he probado esos platos en mi vida—. Qué platos más extraños.

Me sonríe con tristeza y dice:

—Ah, ¿sí?

—Sí… —Tras ojear la carta un poco más, sugiero—: ¿Y si te pides la *pizza* con anchoas? A lo mejor así te parece un plato más exótico.

Me deslumbra con una sonrisa radiante y me aprieta la mano que tenía apoyada en la mesa.

—A lo mejor sí. —Me observa un momento y dice—: ¿Qué sueles pedirte en casa?

Me encojo de hombros y respondo:

—No salgo a comer.

—¿Y eso?

—Vivo sola. —Vuelvo a encogerme de hombros—. No sé. Será que me gusta cocinar.

—¿Qué sabes cocinar? —me pregunta.

—Muchas cosas. —Le sonrío mientras me escucha con atención—. No se me da mal, la verdad. Cuando volvamos, te vienes a mi casa algún día y te preparo algo.

Me mira a los ojos cuando dice:

—Me encantaría.

—Señor, ¿qué le pongo? —le pregunta la camarera.

—Una *pizza* sierra con anchoas —contesta. Me mira de soslayo y me guiña un ojo con actitud sensual.

—Qué exótico —articulo solo con los labios.

Se ríe y le pregunta a la camarera:

—¿Qué *whiskies* tenéis?

—*Whisky* de la casa.

Christopher hace una mueca y dice:

—Vale, pues tomaré vino tinto.

Me río a carcajadas mientras me hacen dar vueltas. Es nuestra última noche en San Sebastián y estamos celebrándolo por todo lo alto.

Nos hemos pasado estos días tomando el sol, nadando y riendo. De día hacíamos turismo y de noche bailábamos hasta que caíamos rendidos de madrugada. Si los próximos doce meses van a ser así, yo me apunto. No me he divertido tanto en mi vida.

Mis nuevos amigos son unos cachondos y, aunque parezca mentira, ya siento que hemos formado una pequeña familia. Cada uno va a lo suyo, pero cuidamos de los demás y, cada noche, regresamos a nuestra habitación sanos y salvos.

«Da Ya Think I'm Sexy», de Rod Stewart, suena a todo trapo por los altavoces. Christopher me hace girar y me acerca a él mientras bailamos. Me duele la barriga de tanto reírme.

Qué hombre… Qué hombre más maravilloso.

Es divertido, listo y un friki de los datos. Nos hemos pasado la semana juntos. Ha sido perfecta.

Si soy sincera, creo que empiezo a sentir algo por él. Aunque tampoco es que vaya a gritarlo a los cuatro vientos.

No es un hombre del que me enamoraría; ya sé cómo terminaría la cosa.

Perdería a mi amigo; un amigo con el que me he encariñado mucho.

Veo a las mujeres en las que se fija y con las que habla. Son todo lo contrario a mí. A Christopher le gustan delgadas, y yo tengo curvas. Le van las supermodelos caprichosas mientras que yo soy sencilla. Le gustan las ligonas divertidas mientras que yo soy callada y tímida. Le va la promiscuidad. En cambio, yo hace muchísimo tiempo que no tengo relaciones.

«Demasiado tiempo».

Allá donde va es el centro de atención. Todos quieren acercarse a él. Yo, sin embargo, desearía camuflarme con las paredes.

Nos parecemos como un huevo a una castaña.

No podríamos ser más diferentes.

Lo que es una mierda, porque tenemos una complicidad tácita y extraña. Somos muy cariñosos el uno con el otro y siempre nos quedamos rezagados para hablar.

Duerme pegado a mi espalda y confío en él más de lo que debería.

Pero sé que si algún día tuviésemos algo, todo se iría a pique. Al instante dejaría de ser su querida amiga para ser una admiradora más a la que se tira.

No podría estar con un hombre como Christopher Miles…, al menos no por mucho tiempo.

Y aunque fantaseo en secreto con cómo sería estar con un chico como él, sé que no debería ni planteármelo.

Todavía no he superado mi último desengaño amoroso, y de eso hace ya dos años. Como me lleve otro chasco, seré una solterona de por vida. Me embarqué en este viaje para superar una ruptura, no para acabar en otra. Pero Christopher es mi amigo. Sé que puedo confiar en que no querrá ser nada más.

Me da otra vuelta y yo me río.

—Vamos a darnos un baño —me propone con una sonrisa.

—¿Ahora? —exclamo—. Son las tres de la mañana.

—Sí.

—Y si hay tiburones, ¿qué?

—Eso es lo que menos debería preocuparte —me dice mientras me coge de la mano y me saca del bar.

A los cinco minutos estamos en la playa. Se quita la camiseta y se queda en calzoncillos.

«La madre que…».

Se mete en el agua oscura y se vuelve hacia mí.

—Venga, Gruñona. —Me salpica—. Está buenísima.

—No tengo bañador.

—¿Y?

Miro a un lado y a otro. Hay gente por todas partes.

—No seas tan estirada.

Tiene razón. Soy demasiado estirada. No me gusta ser así. Quiero cambiar este aspecto de mí.

Ay, madre…

Toco el agua. Me muero por meterme.

—Va —me apremia—, que quiero que nademos juntos. Nada más.

«Nada más».

Vale, puedo hacerlo.

Joder…

—Gírate —le pido.

—¿Cómo? —Se ríe—. Si te he visto en ropa interior un millón de veces.

—Que te gires.

Se vuelve hacia el mar. Cojo el dobladillo del vestido y me lo quito por la cabeza. Me miro. Llevo un sujetador negro y unas bragas a juego.

Menos mal.

Me meto en el agua y miro a mi alrededor.

—Como me coma un tiburón… —digo.

—Te salvaré. —Y nada hacia mí.

—¡Que tienes que mirar hacia el otro lado! —le grito.

Tararea la sintonía de *Tiburón* mientras nada en mi dirección.

—Da na… Da na… Da na…

—¡Para! —grito.

Me coge en brazos, me lanza por los aires y me hundo en el agua.

—¡Aaah! —grito al salir—. Tonto. —Miro a mi alrededor, aterrorizada—. Que vas a despertar a los tiburones.

Vuelve a levantarme y, mientras me abraza fuerte, nos arroja a ambos al agua.

Emergemos sin soltarnos.

El ambiente cambia y Christopher me observa. Frente a frente, solos y a oscuras.

Mientras nos miramos, frunce el ceño como si estuviera confundido. A cámara lenta, me pasa el pulgar por el labio inferior.

—Bésame —susurra.

«Quiero hacerlo».

—Chris...

—Solo... —Me toma del rostro mientras me mira. Estamos tan cerca que su erección me roza el vientre.

—No podemos —murmuro.

—¿Por qué no?

—Porque valoro mucho nuestra relación.

—No cambiaría nada.

—Lo cambiaría todo.

Me mira mientras el pecho le sube y le baja.

—¿Por qué?

—Porque me romperás el corazón y te sabrá fatal.

Por cómo me mira, sé que sabe que tengo razón.

—Tú no quieres algo permanente y yo no quiero algo esporádico. —Le sonrío y le toco la mejilla—. Pero no pasa nada. —Lo abrazo—. Me gusta lo que tenemos.

—¿Los huevos hinchados?

Me echo a reír y le digo:

—Búscate a otra que se ocupe de tus huevos.

—O podría ahogarte por darme calabazas. —Se lanza a por mí y yo chillo mientras trato de zafarme de él. Me coge y vuelve a tirarme bien alto—. Tiburones, venid a por ella —brama—. Dadle una lección.

Rompo a carcajadas a la vez que toso y escupo.

Christopher nada hasta mí y, una vez cara a cara, me coge de las manos y me dice:

—Prométeme una cosa.

—Vale.

—Dentro de diez años, da igual dónde vivamos o con quién estemos casados, este mismo día, nos reuniremos en esta playa a esta hora y nadaremos juntos a oscuras.

Se me humedecen los ojos porque, madre mía, qué despedida más romántica.

—Te lo prometo.

Me abraza y nos quedamos así un rato.
Lamento y agradezco a la vez que hayamos sido sinceros.
Sonrío cuando caigo en algo.
—Mi marido no te soportará.
Se troncha y vuelve a lanzarme por los aires.
—Eso es porque le voy a robar a su mujer.

Capítulo 10

Subimos las escaleras del hostal de Barcelona.

—Buah, tío, qué flipe de sitio —dice Bodie, que suspira.

—Ya ves —decimos todos a la vez. Visitar San Sebastián ha sido alucinante. Lo hemos pasado en grande, pero toca volver a la realidad. Bueno, eso tampoco. Seguimos de viaje por España, pero me refiero a que hemos regresado para trabajar el fin de semana y volver a marcharnos el lunes.

Es viernes por la noche y, de nuevo, nos vamos por ahí. La fiesta no termina: siempre hay algún sitio al que ir o algo que ver.

Subimos al dormitorio a arreglarnos para esta noche y bajamos al bar a ver a Eduardo.

—Eh, hola —saluda Christopher con una sonrisa.

—Hola —replica Basil.

—Señor Basil, señor Christo. —Eddie sonríe de la emoción—. Lo he hecho bien.

Tomo asiento y digo:

—Hola.

—Hola, Hazen.

Me hace gracia que sea incapaz de pronunciar mi nombre. ¡Qué mono!

—Les he conseguido trabajo a todos. —Sonríe orgulloso.

—¿En serio? —Christopher se ríe y añade—: Sabía que lo lograrías.

Un cliente se acerca a la otra punta de la barra y Eduardo va a atenderlo. Lo oímos pasar de una lengua a otra según a quién sirva.

145

—Qué listo es —comenta Christopher mientras lo observa—. Podría ser contable para la mafia o algo así.

—Ya te digo —conviene Basil.

Me río al imaginarme a Eduardo trabajando de contable para la mafia.

Cuando al fin vuelve con nosotros, dice:

—Señorita Hazen, usted trabajará en un hotel. —Me pasa una tarjeta con la dirección y la hora a la que empiezo mañana. Jornada partida, mañana y noche.

—¡No me digas! —Leo la tarjeta con una sonrisa—. Muchísimas gracias.

—Señor Basil, usted trabajará en un barco.

Basil acepta la tarjeta que le ofrece Eddie y la mira.

—¿En un barco?

—Sí, sí. Muy buen trabajo.

Le pasa un folleto a Christopher por encima del mostrador y todos lo miramos con el ceño fruncido. Hay fotos de toboganes y montañas falsas.

—¿Qué es esto? —pregunta Christopher.

—Usted trabajará en el parque de atracciones —contesta Eddie.

Christopher pone cara de asco y comenta:

—Joder, macho, con lo poco que me gustan los críos… Uf. —Finge que le da un escalofrío.

Lo miro seria y digo:

—¿No eras profesor?

—Sí. —Esconde los labios—. Es verdad, lo soy.

Basil mira el folleto de hito en hito y dice:

—Menos mal que estaré en un barco.

Sonrío al imaginarme a Basil en un barco, todo el día al sol.

—¿Empiezo a esta hora? —le pregunto a Eddie mientras señalo la hora que hay escrita en el reverso de la tarjeta.

—Sí. —Se vuelve hacia Christopher y le indica—: Su turno mañana es de doce horas. Empieza a las once.

—¡¿Doce horas?! —exclama Christopher—. ¿Eso no es ilegal?

—Qué vago es usted —replica Eddie mientras limpia la barra.

—No soy vago. Doce horas es muchísimo tiempo.

Otro cliente se acerca a la barra y, de nuevo, Eddie pasa de una lengua a otra para atenderlo.

Christopher mira el folleto que tiene delante y pregunta:

—¿Qué voy a hacer yo aquí doce horas seguidas?

Me encojo de hombros y digo:

—No sé. A lo mejor estás en la tienda de regalos o algo así.

Asiente mientras lo considera.

—No estaría mal, supongo. Pasarme doce horas sentado con el aire acondicionado... Eso puedo hacerlo sin problema.

Kimberly se acerca dando botes y dice:

—Venga, Hazy.

—¿A dónde vamos? —le pregunto.

—Bernadette va a quedar con un chico y somos sus carabinas.

Me levanta del asiento.

—Hasta luego —se despide de los demás mientras me saca del bar.

—Adiós —dicen los chicos.

∞

Para cuando volvemos al hostal, son las tres de la mañana. Resulta que los nuevos amigos suecos de Bernadette son unos cachondos. Ha sido una noche muy guay.

—¡Eh, vosotros! —grita Kimberly a un grupo de chicos que caminan en dirección contraria. Miro hacia arriba y veo a Basil y Bodie hablando y riendo con unos hombres que no he visto nunca.

Christopher está en el centro y lleva a una chica a cuestas.

La muchacha va con unos vaqueros azul cielo cortísimos y un top de encaje negro diminuto. Lleva una gorra de béisbol y dos trenzas largas y oscuras. Es guapísima y se sienta sobre sus hombros como si fuera la reina de Saba. Christopher la agarra fuerte de las pantorrillas con sus manazas.

Se me revuelven las tripas al verlos. Es evidente que se ha distanciado desde que casi nos besamos en la playa. No soporto esta situación.

Me he querido morir mil veces desde entonces. Ojalá hubiera dado el paso.

Debería haberlo besado.

Ojalá me hubiera lanzado a la piscina. Total, ha acabado alejándose de mí. ¿De qué sirve ahora haberme reprimido?

Christopher alza la vista y me ve. Sonríe abiertamente y me saluda con aire despreocupado.

Le sonrío y le devuelvo el saludo.

Sigue caminando hacia dondequiera que vayan. La chica que lleva a cuestas dice algo y todos vuelven a troncharse. Me vengo abajo.

¿Qué habrá dicho que les ha hecho tanta gracia?

Los veo doblar la esquina. Me pregunto a dónde irán a estas horas.

Pues ya está. Hasta aquí hemos llegado. Ahora tengo más claro que el agua que le daba igual. Era el pedazo de carne que tenía más a mano en ese momento.

Estaba cachondo.

Y aunque me gustaría que hubiéramos dado el paso, en parte me alegro de que no lo hiciéramos.

Tumbada a oscuras, miro la cama vacía de Christopher.

No dejo de imaginarlo con esa chica.

Me he librado de una buena. Debería estar agradecida. Es mi amigo, ni más ni menos, y no debería molestarme lo más mínimo.

A saber por qué me afecta tanto.

Mañana será otro día. Pienso esforzarme al máximo para conocer gente…, en concreto, hombres.

Miro el colchón vacío y exhalo con fatiga y los nervios a flor de piel. La vida es más bonita cuando está aquí.

Miro la hora. Las cinco.

¿Dónde se habrá metido?

Christopher

Me despiertan unas gaviotas peleándose. Ceñudo, me apoyo en los codos.

«¿Dónde demonios estoy?».

Trato de fijar la vista en un punto. La playa está llena de gente que camina como parte de su entrenamiento matutino.

¿Qué hora es?

Hurgo en mis bolsillos hasta dar con el teléfono. Las siete y veintidós.

«Mierda».

Hayden entraba a trabajar a las ocho. Iba a acompañarla al hotel. Me levanto y miro a mi alrededor: hay gente durmiendo en la arena. Habrá diez personas por lo menos.

¡Qué locura de noche!

Entonces me acuerdo. Ay, no… Tengo que trabajar doce horas en una tienda de regalos. Estoy hecho un asco. ¿En qué estaba pensando? ¿Cómo se me ha ocurrido irme de fiesta?

Estábamos tomando chupitos de tequila tan tranquilamente y, de repente, me despierto en la playa.

Me dispongo a irme cuando una chica me pregunta:

—¿A dónde vas?

La miro. Está tumbada en la arena. Recuerdo vagamente que se sentó en mis hombros. Mmm… «¿Será verdad?».

—A casa. Adiós.

Llamo a Hayden de camino. No contesta.

—Mierda.

Acelero. Vuelvo a llamarla.

No contesta.

Regreso al hostal lo más rápido que puedo y, cuando ya casi estoy, veo que baja los peldaños de la entrada.

—Gruñona —le digo.

Le cambia la cara al verme.

—Hola. —Se gira y echa a andar. Aligero un poco para alcanzarla.

—Te acompaño al trabajo.

—No hace falta —replica—. Puedo ir sola.

—He vuelto para…

Me interrumpe y dice:

—Christopher, que puedo ir sola.

—¿Qué te pasa? —inquiero, preocupado.

—Nada —me espeta a la vez que aprieta el paso.

Casi tengo que correr para seguirle el ritmo.

—Hoy tu apodo te viene que ni pintado.

Por poco se le salen los ojos de las órbitas.

—Vuelve al hostal o a la cueva de la que hayas salido.

Frunzo el ceño. ¿Cómo?

Está cabreada conmigo.

Caminamos un rato en silencio; ella deprisa y yo medio corriendo para seguirle el ritmo.

—¿Ha pasado algo? —le pregunto—. ¿Te has peleado con una de las chicas o algo así?

—Madre mía… —Pone los ojos en blanco—. Vete, anda. No estoy de humor para aguantar tu palabrería de donjuán.

Freno en seco. ¿Eh?

«Palabrería de donjuán…».

¿De qué habla?

Un autobús se detiene frente a nosotros y Hayden se sube en él. Se me cierran las puertas en la cara y lo veo alejarse entre el tráfico.

Qué cosa más rara.

Hoy está gruñona de cojones. Me giro y vuelvo al hostal. Todos siguen adormilados.

—Eh. —Me siento en mi cama.

—¿Qué hiciste anoche? —me pregunta Bernadette.

—Muchas cosas. —Suspiro. La miro y digo—: ¿Le pasa algo a Hayden?

—No, ¿por?

—Es que está de un humor de perros.

—Qué va. —Se encoge de hombros—. ¿Por qué lo dices?

—Es que me ha dado la impresión de que estaba cabreada conmigo, por eso.

—Ah. —Reflexiona un instante y dice—: Será por la chica con la que estuviste anoche.

—No estuve con ninguna chica anoche.

—Anda que no. Si te vimos.

Horrorizado, pregunto:

—¿Estuve con una chica… delante de Hayden?

—Sí, sí. Ibas por la calle con ella a cuestas.

—Ah… —Lo medito un segundo y añado—: Pero a Hayden no le gusto en ese sentido.

Bernadette arquea una ceja y dice:

—¿Seguro?

—Pues… —Frunzo el ceño mientras pienso la respuesta—. Sí, bastante.

—Los tíos sois idiotas.

—¿Y eso a qué viene?

—A nada.

—Estás todo el día encima de ella, tío —interviene Basil con los ojos aún cerrados.

—Porque somos amigos —farfullo en mi defensa—. No le molo.

Bernadette pone los ojos en blanco y se tapa la cara con la almohada.

—Por eso no hay que enrollarse con los compañeros de habitación, tonto.

—No me he enrollado con nadie —le espeto.

—Hacer la cucharita es enrollarse.

El corazón me va a mil. Me levanto indignado. No tengo por qué aguantar esto.

—¿En qué mundo hacer la cucharita es enrollarse?

—En todos —salta Bernadette.

—Las tías estáis como una puta cabra. —Salgo por la puerta con decisión cuando recuerdo un dato muy importante. Me asomo al dormitorio y añado—: Y ya te digo yo que enrollarse conmigo es mucho mejor que hacer la cucharita de los cojones.

—Entro en el baño hecho un basilisco. No puedo dormir si no me ducho, así que me viene de perlas.

Me lavo con fuerza mientras mascullo para mí.

—Fue ella la que no quiso besarme, no al revés. Ahora que no llore porque me ha visto con otra.

Uf, estoy que trino.

—¿Qué esperaba? —Me restriego la piel hasta dejarla casi en carne viva—. Yo necesito sexo; ella no. ¿Qué quiere? ¿Que sea un puto cura? —Sigo frotando—. Y es que encima ni siquiera me he acostado con la tía esa. Es que hay que joderse. Y de habérmela tirado, ¿a quién le importa? Porque a mí no, desde luego. —Me lavo el pelo—. Debería volver a la playa y pasarme por la piedra a la chica ahí mismo para demostrar que tengo razón.

Sigo lavándome.

—Hayden Whitmore, la monja. ¿Cómo se atreve a enfadarse conmigo por ser normal? —Cuanto más pienso en ello, más rabia me da.

Salgo de la ducha y, con una toalla a la cintura, me afeito. No me creo que vaya a tener que pasarme doce horas en la tienda de regalos de un parque de atracciones.

Estrujo la pasta de dientes, pero se ha atascado, así que estrujo más fuerte y se desparrama todo.

—Me cago en la leche —bramo—. No tengo tiempo para esto. —Cojo servilletas de papel y limpio el desastre. Me visto y, al salir del baño, me encuentro a Eduardo en la puerta de mi habitación.

Se le ilumina la cara al verme.

—Hola, señor Christo.

—Hola. —Me obligo a sonreír.

—Vengo a ver qué necesita de mí hoy.

—Nada, chavalote. —Le doy una palmada en el hombro y añado—: Vete a casa.

Le cambia la cara.

—Es que… —Se calla y retuerce los dedos como si estuviera nervioso.

—¿Qué pasa?

—¿Puedo mirar el móvil un momento? Un segundito de nada.

—Ah… —Me encojo de hombros—. Sí, claro. Pasa. —Abro la puerta de mi cuarto y ve a todos durmiendo. Abro el cajón que hay debajo de mi cama y saco el móvil. Aún está en la caja. Se la doy.

La examina y la gira para ver la parte de abajo.

—Siéntate —le digo—. Sácalo de la caja y juega. Yo voy a ver si duermo un poco, que no entro hasta las once. Esa es la cama de Hazy. Apóyate ahí si quieres.

Sonríe y se sienta en el suelo. Emocionado, abre la caja y observa el móvil a conciencia.

Me tumbo en la cama y sonrío para mí mientras lo miro. Este niño es la caña de España.

⚬⚬

Un susurro me despierta.

—Señor Christo.

Me muevo y frunzo el ceño.

—Señor Christo —insiste la voz—. Tiene que ir a trabajar, señor.

—¿Eh? —Me despierto de golpe. Eduardo se cierne sobre mí—. ¿Qué hora es? —Me incorporo como un resorte.

—Las diez.

—Vaya. —Me froto los ojos—. Siento que solo he cerrado los ojos un segundo. —Me levanto poco a poco. Miro a mi alrededor. Todos siguen durmiendo.

El dormitorio está impecable.

La ropa está doblada y apilada, los zapatos están alineados y la cama de Hayden está hecha. Las botellas de agua están llenas y en fila junto al fregadero. El móvil vuelve a estar en su caja; una caja que alguien ha dejado con cuidado en el borde de mi cama.

—¿Has sido tú? —le pregunto mientras miro a mi alrededor.

Sonríe orgulloso, lo que me saca una sonrisa a mí también.

—Muy bien, chavalote.

Una vocecilla en mi cabeza me dice que seguramente ha mangado algo… No, no pensaré así. Solo porque tenga menos que yo no significa que sea menos que yo.

Mi instinto me dice que es buen niño, y voy a confiar en él.

—Tengo que arreglarme. —Voy a la taquilla. Eduardo me sigue. Saco la mochila y revuelvo dentro—. ¿Qué me pongo?

—Ropa.

—¡No fastidies, Sherlock! —mascullo—. ¿Qué vas a hacer ahora?

—Haré tiempo hasta las cuatro, que es cuando empiezo.

Lo miro y le digo:

—¿Y no vuelves a casa mientras tanto?

—No.

—¿Y qué opina tu abuela de que pases tanto tiempo fuera?

Se encoge de hombros y dice:

—Está liada.

—Mmm, vale.

«Pobre crío…».

—Puedo hacer su colada mientras trabaja —me sugiere.

Sonrío. Quiere conseguir el móvil cuanto antes.

—Vale, me parece bien. —Saco la bolsa de plástico con la ropa sucia de San Sebastián y se la doy—. Gracias.

—¿La señorita Hazen tiene colada? Haré la suya también.

Lo medito y hago una mueca.

—Las mujeres tienen cosas raras en la ropa sucia. Te aconsejo que le pidas permiso.

Asiente.

Me visto y me peino.

—Deséame suerte —le pido con una sonrisa.

—Suerte.

—Gracias por el trabajo. —Le alboroto el pelo y Eduardo me aparta la mano.

—No lo pierda —dice tan pancho.

—¿Yo? ¿Perderlo? Ja. Si me van a adorar.

Al cabo de media hora entro en la recepción del parque de atracciones.

—Hola, empiezo hoy. Me han dicho que viniera a las once.

El recepcionista, aburrido, me mira de arriba abajo.

—Un momento. —Enciende la radio y dice algo en su idioma. Alguien le contesta algo, a lo que él se ríe y cuelga—. Siéntese, que ahora vienen a buscarlo.

Me siento en el área común y miro a mi alrededor. Pues el sitio está chulo.

Llega una señora. Es mayor que yo y parece estricta. Una mujer a la que no vacila ni Dios.

—Hola. Tú debes de ser Christo.

—Sí. —Sonrío y me pongo de pie. Hago ademán de estrecharle la mano, pero la mujer frunce el ceño.

Uy… La retiro.

—Soy Christo.

—Hola, Christo —dice con sarcasmo—. Por aquí. —Echa a andar y pasa por unas puertas dobles.

Escondo los labios. Ya me cae mal. La sigo al parque. Los gritos que dan los niños mientras se tiran por los toboganes de agua son ensordecedores. Hay atracciones, montañas rusas, animales y un montón de gente. Globos y puestos de comida. Luces intermitentes y ruido de campanas.

Todo elevado a la máxima potencia.

Uf, este sitio es mi peor pesadilla. Espero que la tienda de regalos esté insonorizada.

Entramos en un edificio y, tras atravesar unos cuantos pasillos, llegamos a un vestuario.

—Vale, eres el osito Binky.

Me acerca una percha enganchada a un cable de acero que cuelga del techo. Un disfraz de oso gigantesco pende de ella.

—¿Perdón? —Arrugo el ceño—. No entiendo.

—Es para que te lo pongas.

—¿Cómo que me lo ponga? —pregunto, asombrado.

La señora abre los ojos como platos y le da una palmadita a la cabeza de oso gigante.

—Eres el osito Binky. Ponte el disfraz y sal.

—¿Y qué hago? ¿Me voy al bosque a cagar? —exclamo—. No tengo ni idea de lo que hacen los osos.

—Pasea y juega con los niños.

—No estoy capacitado para hacer eso —digo, burlón.

—¿Quieres el puesto o no? —me espeta.

«No, no lo quiero».

—Ponte el dichoso traje y pasea por el parque.

—¿Y luego qué?

—Luego descansas y te pones esto. —Descuelga otra percha del techo y me enseña un disfraz gigante y asqueroso.

—Te pones las mallas marrones, la media marrón en la cabeza y encima el disfraz.

—No voy a disfrazarme de vómito —le espeto.

—Es una *pizza* —me corrige.

—¿Y una media en la cabeza? Eso sí que no. Por ahí no paso. Es que ni de coña, vamos. No soy un ratero.

La mujer exhala con hastío y dice:

—De acuerdo, princesa.

Miro a la tirana con los ojos entornados y replico:

—No soy una princesa.

—Es verdad —repone mientras me planta la cabeza de oso gigante en los brazos—. Eres el osito Binky y *pizza* Pete. —Se acerca a la puerta y añade—: Venga, sal. —Se va y cierra de un portazo.

Miro la dichosa cabeza gigante y la envío de un patadón a la pared.

—Vaya mierda de curro.

Llamo a Eduardo a su teléfono roto.

—¿Diga?

—Eddie, no estoy en la tienda de regalos. Me tengo que disfrazar de oso.

—Ah… —Se queda callado—. Eh… ¿Y qué quiere que haga?

«¿Qué mosca me ha picado?». No es culpa suya.

—Nada —contesto—. Solo quería que supieras el lío en el que me he metido, pero me las apañaré. Adiós. —Cuelgo a toda prisa.

Me rasco la cabeza y me siento un rato mientras miro el traje. Porras… ¿Y ahora qué hago?

Eddie me ha conseguido el empleo. No puedo cagarla.

Le bajo la cremallera al disfraz y miro dentro.

—Puaj, ¿lo habrán lavado alguna vez? —Inspiro y me estremezco—. Madre mía, qué pestazo. —Me quedo lívido.

No puedo hacerlo.

Se abren las puertas de golpe y la tirana entra con decisión.

—Va, hombre, espabila.

La fulmino con la mirada.

—¿Qué haces?

—He venido a ayudarte a ponerte el disfraz.

—Esto no es higiénico —mascullo mientras meto los pies—. Voy a tener que vacunarme contra la rabia.

La señora exhala con fatiga, me da la vuelta y me sube la cremallera de la parte de abajo.

El traje es inmenso. Paso los brazos por las patas, enormes a la par que ridículas.

—Qué oso más feo, joder —gruño.

—Ya ves.

—Si fuera un niño, me traumatizaría.

—Sí. —Me lo pasa por los hombros y me abrocha la parte de arriba.

—¡Qué narices! De adulto también —prosigo.

La mujer levanta la cabeza gigante y me la pone. De pronto, siento que estoy en un túnel y me falta el aire.

—Qué calor da esto, madre mía —grito por la sensación claustrofóbica.

—Te acostumbrarás —me dice con calma.

—¿Que me acostumbraré? —exclamo—. Nadie podría acostumbrarse a esto.

Me coge de la mano y me lleva fuera.

—Estarás con alguien hasta que te habitúes al traje.

Los pies son enormes; siento que voy con esquíes gigantes o botas para ir a la nieve o algo así.

—Qué mal huele esto, demonios —grito.

—Lo sé.

—Pues si lo sabes, ¿por qué no lo laváis de vez en cuando? —suelto—. A ver si nos ponemos las pilas.

—Tú pasea por el parque —gruñe—, y no te quejes tanto.

—Mis quejas están más que justificadas —grito.

Salgo. Fuera hace un sol de justicia. Empiezo a sudar.

Ay, no…

Qué calor; pero calor calor. Me estoy achicharrando.

La mujer me presenta a alguien, aunque a duras penas lo veo.

—Este es Diego. —Creo que es un adolescente.

Coge mi pata grande y ridícula y dice:

—Por aquí. —Me guía.

Los niños se ponen a gritar. Casi no veo lo que ocurre fuera. Me tropiezo y caigo sobre las manos y las rodillas.

—¿Qué haces, Diego? —exclamo.

—Ay, perdona —dice mientras me ayuda a levantarme.

Los niños me rodean y gritan; chillan y me vitorean. ¿Y sus padres?

Oigo un móvil. Diego me suelta la mano y dice:

—Un momento.

—¿Cómo que un momento?

Los niños se agolpan a mi alrededor, gritan y se abrazan a mis piernas. Los aparto con disimulo.

—No —les digo—. Tranquilos.

Mediante mi visión de túnel veo a Diego al teléfono, completamente distraído.

—Suelta el móvil —le espeto.

Pone los ojos en blanco y me da la espalda.

Cabrón.

Noto una patada rápida en la espinilla. Miro abajo y veo a un chico. Tendrá unos seis años.

—Te la estás ganando —le advierto.

Me da otra patada, a lo que reacciono apartándolo con suavidad.

Cientos de niños revolotean a mi alrededor. He llegado a la conclusión de que hace más calor aquí dentro que en el culo de Satanás.

Estoy chorreando. En este traje no circula el aire. No puedo respirar.

«Socorro».

Miro a Diego. ¿Qué estará haciendo el muy cabrón?

Noto que me pegan una patada en el culo.

—Aaah.

Al girarme veo al crío que me estaba pegando antes.

—Vete a tomar por saco, niño —le grito. Lo empujo tan fuerte que sale despedido.

Se levanta furioso y se abalanza sobre mí. Vuelvo a empujarlo.

—¡Diego! —grito.

Diego sigue dándome la espalda. Levanta la mano y me hace un gesto para indicarme que ya viene.

El niño vuelve a empujarme. Trastabillo, pero no pierdo el equilibrio. Se lanza a por mí de nuevo y me asesta una patada en el culo. Exploto. Lo agarro por el cuello con las patas.

—Que me dejes en paz —gruño—. ¡Diego! Tenemos un problema.

Otro crío me salta a la espalda y se pone a arrearle a la cabeza de oso. Y otro y otro y otro más, hasta que diez niños en cada pierna hacen que me tambalee.

—¡Quitaos de encima! —grito mientras agarro al primer niño del cuello.

Se zafa y me pega justo en las pelotas. Estallo. Me quito la cabeza de oso y exclamo:

—Diego, que dejes el móvil ya, hostia.

Los niños gritan y huyen para ponerse a cubierto.

—¡Tú! —le grito al niño diabólico—. ¿Y tu madre?

Oigo una voz que me dice:

—Estás despedido.

Me giro y veo a la tirana echando humo con los brazos en jarras.

—No puedes despedirme porque dimito —grito. Pateo la cabeza de oso hacia la multitud y los niños se ponen a chillar—. Y me he meado en tu traje.

En realidad no, pero debería haberlo hecho.

Me acerco a Diego con paso airado y le quito el móvil.

—¡Sácame de este traje o te estrangulo!

—Lo has hecho muy bien, Hayden —me dice sonriendo María, mi nueva jefa—. Hasta mañana.

—Gracias —respondo con una sonrisa—. Ha sido un primer día estupendo.

De veras que sí. Este trabajo es un regalo.

Salgo a la calle por las puertas principales y veo a un hombre oculto entre las sombras. Vacilo. Es medianoche. La gente no se queda ahí plantada a estas horas.

Oigo una voz familiar que me dice:

—Soy yo, Gruñona.

—Christopher. —Frunzo el ceño—. ¿Qué haces aquí?

—Vengo a acompañarte de vuelta.

—No hacía falta.

Me tiende algo.

—¿Y esto?

—Te he traído el cárdigan, que hace frío.

«Vaya».

Capítulo 11

—Bueno, pues… —Hace una pausa, como si se sintiera tonto—… he pensado que…, que tendrías frío al volver al hostal.

Miro el cárdigan que me ofrece.

Qué considerado. Joder, yo maldiciéndolo todo el día y ahora va y tiene este detalle.

—Gracias. —Lo acepto y me lo pongo—. No hacía falta que vinieras a buscarme.

—Es que da canguelo este sitio —repone mientras caminamos juntos.

Nos quedamos callados. Estamos incómodos, algo raro en nosotros. Nuestra relación es muchas cosas, pero nunca ha sido violenta.

—¿Te apetece tomar algo o cenar? —me pregunta.

Estoy famélica.

—Sí.

Seguimos andando hasta que encontramos un bar restaurante.

—¿Tiene mesa para dos? —le pregunta al camarero.

Este mira a su alrededor y dice:

—Solo tenemos el banquito que hay junto a la ventana.

Miro las ventanas plegables que señala. Hay una mesa alta que da a la calle. Christopher me mira como si buscase mi aprobación.

Asiento.

—Me parece bien. —Nos sentamos—. Gracias.

—¿Les traigo algo de beber?

Me lanzo a por la carta de bebidas. Joder. Si voy a mentir a alguien a la cara, voy a necesitar un buen copazo.

160

—Un margarita, por favor.

—¿Tenéis tequila de la marca Patrón? —le pregunta Christopher.

—Sí.

—Pues que sean dos.

—Qué rasca hace esta noche. —Me ciño más la ropa—. Gracias por traerme el cárdigan.

Christopher sonríe y dice:

—No hay de qué.

—¿Cómo ha ido el trabajo? —le pregunto.

—Uf, eso... —Pone los ojos en blanco—. Eso no es un trabajo, más bien una cámara de tortura.

—¿Por? ¿Qué ha pasado?

—A ver. —Tuerce los labios como si tratara de dar con las palabras exactas—. Me he tenido que poner un traje que echaba un tufo inhumano, por no hablar de que daba más calor que el culo de Satanás. Y, encima, me han pegado tan fuerte en el paquete que aún tengo un huevo en el esófago.

Abro los ojos como platos.

—¿Qué dices?

—Lo que oyes. —Se encoge de hombros—. No incluiría ser el osito Binky entre mis mejores momentos.

Me parto de risa.

—¿Que has sido el osito Binky?

—El mejor que ha pasado por ese parque.

—No lo entiendo. ¿Quién te ha pegado?

—Un mocoso. No te preocupes, le he dado su merecido. Y luego... me... Me han echado.

—¿Por qué será? —Me entra la risa tonta al imaginarme a un niño de cuatro años atacándolo—. ¿Te han echado?

—Sí.

—Con lo bien que te venía el dinero... ¿Y qué pasa con Eddie? Pobre, que te consiguió el trabajo.

—Lo pienso ahora y me siento fatal.

—Tendrías que haber hecho de tripas corazón... por él.

Abatido, dice:

—Ya.

—Cuando uno está sin blanca, cualquier trabajo vale.

—Ya. —Exhala—. La próxima vez aguantaré, pero, en serio, eso no era un empleo, era un ataque.

Solo de imaginármelo me entra la risa.

—Cómo me gustaría haberlo visto.

Esboza una sonrisilla, apoya el dedo índice en la sien y me mira. Está claro que su prioridad es otra.

—¿Qué pasa? —le pregunto.

—¿No vamos a hablar de lo de esta mañana?

Me hago el longuis y digo:

—¿De qué?

—Estabas enfadada conmigo.

—Sus bebidas —dice el camarero mientras nos las sirve.

—Gracias —respondemos.

«Hazte la indiferente».

—No, qué va —miento.

Christopher frunce el ceño.

—Es que estaba cansada y refunfuñona.

—Conmigo nunca estás así.

—Entonces, ¿por qué me llamas Gruñona?

Alza las cejas como si no lo hubiera convencido.

—Solo digo.

Le da un trago a su margarita y comenta:

—No está mal. —Se chupa los labios para saborear la sal. Tras unos segundos de silencio, añade—: No me acosté con ella.

«Joder, lo sabe».

Abro mucho los ojos y digo:

—Me da igual.

—¿En serio? —Me dedica una mirada sensual.

—¿Qué pretendes? —le espeto.

—¿A qué te refieres?

—Parece que me estés provocando para conseguir algo... ¿Qué quieres?

—Que me contestes.

—¿A qué?

—A qué está pasando —especifica.

Me hago la tonta y replico:

—No sé de qué hablas.

—Bernadette me ha dicho que te gusto.

162

«Me cago en ti, Bernadette».

—No sé de dónde habrá sacado esa idea —miento.

—Entonces, ¿no te gusto? —Apoya el rostro en la mano con una pachorra la mar de *sexy,* como si tuviera esta conversación todos los días.

—Claro que me gustas, Christopher, pero no eres la clase de hombre con el que me gustaría estar, si es a lo que te refieres.

—¿Y eso?

Lo miro mientras lo considero.

—No eres mi tipo.

—Soy el tipo de todas.

Sonrío y digo:

—A eso voy.

—¿Qué?

—Que no busco el tipo de todas.

—Me he expresado mal. —Esconde los labios como si estuviera molesto consigo mismo y agrega—: He elegido mal la frase. Lo que quería decir es cómo es posible que no sea tu tipo. Explícamelo.

—A ver… —Hago una pausa para elegir bien mis palabras—. Eres divertido, haces que todo el mundo esté a gusto, te apuntas a un bombardeo y te importan el aspecto y la popularidad, pero, aunque nos llevamos sorprendentemente bien…

Me corta y dice:

—Al grano.

—No tienes… —Me encojo de hombros.

—¿No tengo qué?

—No tienes la inteligencia emocional que busco.

Me mira como si estuviera desconcertado. «Sigue», me digo.

—¿Y eso qué coño es? —me espeta, mosqueado.

Le devuelvo la pelota y digo:

—¿Por qué me lo preguntas? ¿Me estás confesando que te gusto o estás tanteando el terreno para comprobar qué opino?

No responde.

—Porque un hombre con inteligencia emocional me contaría cómo se siente, no intentaría sonsacarme qué pienso para valorar sus alternativas.

Se recuesta, ofendido.

—No me parezco a las chicas en las que te fijas, Christopher. Reconócelo.

—Cierto. No te pareces en nada.

—Y no estás preparado para dejar de acostarte con otras. Quizá nunca lo estés. A lo mejor en tu futuro no entra la monogamia.

Por cómo tuerce los labios, sé que tengo razón.

«Mierda, ojalá no la tuviera».

Me mira a los ojos y dice:

—Podría probar.

Arrugo la frente y pregunto:

—¿Probar qué?

—Probar a no acostarme con otras. —Se encoge de hombros—. Y vemos qué tal.

No es lo que llamaría yo una declaración de amor. Sonrío con pesar y comento:

—Vaya.

—¿Qué?

—Que un hombre me diga que no se tirará a todo lo que se menea para ver qué tal… no me basta para poner fin a una amistad.

Me mira a los ojos y pregunta:

—¿Quieres el cuento de hadas?

—Merezco el cuento de hadas.

Mira su copa y asiente.

—Tienes razón, te lo mereces.

Nos quedamos callados, cada uno en nuestro mundo.

—Algún día conocerás a una mujer y sabrás sin ninguna duda que es con ella con quien quieres estar.

Me mira con sus ojos afligidos y añade:

—¿Y si no? ¿Y si soy tan idiota que no capto las señales?

—Entonces vivirás más feliz que una perdiz en la tierra de la soltería. Seguramente tengas hijos de mujeres distintas y los veas cada dos fines de semana.

Frunce el ceño como si mi vaticinio lo asustara.

—No es lo que quiero —susurra.

Lo tomo de la mano y le digo:

—No puedo ayudarte con esto, cielo.

—Pero hacemos muy buenas migas —susurra.

—Ya. —Le aprieto la mano—. Y seré tu amiga hasta que me muera. Pero quiero esperar a mi príncipe azul. —Sonrío esperanzada—. Vendrá a por mí, lo sé.

Me mira y me dice:

—¿Cómo lo sabrás? ¿Cómo lo sabrás cuando lo conozcas?

«Ya lo sé».

—Porque no probará a no acostarse con otras. Me querrá tanto que solo de pensar en acostarse con otra se le revolverán las tripas. Porque en eso consiste el amor. En anteponer otra persona a todo lo demás. En entregarte a esa persona al cien por cien. En confiar plenamente en la mujer a la que amas.

Noto confusión en su mirada. No entiende lo que le digo.

—Seguro que algún día te pasará. —Doy un trago a mi bebida con una sonrisa.

Exhala con pesadez y dice:

—Ojalá fuera tan optimista como tú.

—De cara a futuros intentos, que sepas que decirle a una mujer que probarás a no tirarte a todo lo que se menea seguramente sea lo menos romántico que he oído en mi vida.

A juzgar por la sonrisa radiante con la que me obsequia, sé que nuestra amistad está a salvo.

—Pues a mí me gustaba cómo sonaba.

Me río.

—Tonto.

—No me creo que me rechaces, Gruñona. —Arruga el ceño—. ¡Si soy un partidazo!

—Ya, qué locura, ¿eh?

—¿Y eso en qué lugar nos deja? —me pregunta.

—Seguimos siendo amigos y, mientras tanto, intentas enamorarte de alguna.

Frunce un poco el ceño y dice:

—¿Y cómo lo hago?

—Bajando la guardia.

—No…

Lo interrumpo.

—Ya, sé que no es fácil.

Apoya la cabeza en la mano y el codo en la mesa y dice:

—¿Por qué cortaste con tu novio?

—Probó a no acostarse con otra y… fracasó.

Me mira a los ojos.

—Y de paso me rompió el corazón.

—No fue culpa tuya —me dice en voz baja.

—Ya. —Bebo; me parte el alma recordar cómo me rompió el corazón en mil pedazos.

Cuando volvemos a quedarnos callados, se me ocurre algo.

—¿Por qué te embarcaste en este viaje?

Se encoge de hombros y dice:

—Por muchos motivos.

—¿Cuál era el principal?

—Para descubrir quién era.

—¿Y qué has averiguado?

Coge la copa por el tallo y, sin levantarla de la mesa, le da vueltas con los ojos clavados en ella.

—Que no siempre me gusta quien soy.

—¿Por ejemplo?

—Por ejemplo, ahora.

Se me cae el alma a los pies. Lo sabe…, sabe lo que quiero y que no puede dármelo.

No me corresponde, tal y como yo creía.

Ay…

Lo he presionado para que me diga sin titubeos en qué punto estamos y ya tengo mi respuesta.

Pasa página.

—Estoy cansada. —Sonrío sin ganas y añado—: Vamos tirando ya.

Christopher

Volvemos al hostal en silencio. Vamos del brazo, como siempre que paseamos. Sin embargo, esta vez el silencio me incomoda. Se me pasan por la cabeza un millón de preguntas.

«No tienes la inteligencia emocional que busco».

No dejan de repetirme que no tengo inteligencia emocional. Pero ¿por qué?

¿Qué es lo que no entiendo?

¿Qué coño hace un hombre con inteligencia emocional? Porque de verdad que no tengo ni idea de qué estoy haciendo mal.

Llegamos al hostal y, antes de que suba las escaleras, la giro hacia mí y le digo:

—Un momento, Hayden.

—¿Qué pasa?

Me trago los nervios que se me han subido a la garganta.

—Soy consciente de que no soy el tío romántico que buscas.

Me mira a los ojos.

—Pero ¿me haces un favor?

—¿Cuál?

—Dame un beso de despedida.

—Chris…

—Solo uno.

«Necesito saberlo».

—Uno y ya está. Y después seremos solo amigos y todo volverá a la normalidad.

Antes de que rechiste la beso con ternura. Su sabor es dulce y…

Exquisito.

La abrazo y, esta vez, la beso como es debido y meto la lengua entre sus labios separados. Me devuelve el beso, y, para mi sorpresa, se me eriza el vello de los brazos.

Se me pone dura.

«Ah…».

Su cuerpo encaja a la perfección con el mío. Volvemos a besarnos. Es comedida, seductora y besa con lentitud. No me lo esperaba para nada. Tengo que esforzarme por mantener los ojos abiertos.

«¿Qué coño me pasa?».

Corta el beso de sopetón y se aparta de mí. Me mira a los ojos cuando dice:

—Adiós, Christopher.

Da media vuelta, sube las escaleras a toda prisa y entra en el edificio. La observo perplejo, excitado y confundido.

Mmm… Interesante.

Me miro la tienda de campaña que tengo entre las piernas.

—¿Qué coño miras? —le susurro con rabia. Me tiro del pelo—. Olvídate. No vas a follártela.

∞

Apoyado en el codo, observo a la mujer fatal con su pijamita rosa, relajada y a gusto bajo las sábanas.

Me dan unas ganas de follármela...

«Hayden Whitmore».

¿Habrá habido en la historia una tentación más irritante y molesta?

No lo creo.

Hace una semana que me besó como si nada, una semana que me imagino cepillándomela, una semana que me la casco en la ducha hasta casi hacerme sangre. Y hace una semana muy larga que la sigo como un perrito faldero.

Aunque no se haya dado cuenta, y es que está pendiente de todo menos de mí.

Si ardiese en llamas, ni se enteraría, lo cual es irónico, pues es como me noto la polla ahora mismo.

Los demás se han ido a la playa y nos hemos quedado solos en el dormitorio.

Me mira y me pregunta:

—¿Qué tal el libro?

Hago una mueca de disgusto y echo un vistazo al título: *Inteligencia emocional.*

—No está mal, supongo.

Este libro no dice más que chorradas. La persona que ha escrito esto no tiene inteligencia emocional; tiene una tontería encima que no se la aguanta.

—¿Cómo es que te lo has comprado? —inquiere.

Esbozo una sonrisa falsa. «Eso mismo me pregunto yo».

Sonríe porque lo sabe y retoma la lectura.

—Me alegro de que lo estés leyendo.

«Calla, anda».

—Esta noche salgo —le comento.

—Vale. —Sin despegar los ojos de su libro, pasa la página.

—¿Te apuntas? —le pregunto.

—Mmm… —Arruga la nariz—. No creo.

Frunzo el ceño y digo:

—¿Y eso? ¿Qué vas a hacer?

—Anoche conocí a gente abajo. Me han propuesto ir a cenar con ellos.

Entorno los ojos y pregunto:

—¿Qué gente?

Estoy en alerta máxima. Algún romántico de mierda se le lanzará, la encandilará con palabras bonitas, promesas y… alianzas, y me la robará.

Que no es que sea mi novia ni nada, pero aun así…

—Unos tíos —masculla, indiferente.

—¿Qué tíos?

—Los holandeses.

Rubios de mierda. Uf, me hierve la sangre. Le gustan rubios.

—Allá tú —le espeto.

Asiente e, impasible, sigue leyendo.

—Ven aquí, que me arrimo a tu espalda mientras lees.

—Estoy bien. —Se gira y me da la espalda.

«Bien buena es lo que estás».

Sin ningún pudor, me meto en su cama. Puedo hacer la cucharita con ella; lo hemos hecho siempre.

Ahora, sin embargo, sé cómo acaba la historia: la abrazo, me imagino las mil posturas en que la pondría, me excito, ella sigue leyendo su libro —a saber por qué le interesará tanto—, y me voy a la ducha a meneármela solo.

La abrazo desde atrás y la acerco a mí. Inhalo su aroma y sonrío contra su pelo mientras el mundo se desvanece.

Es como un bálsamo para mí. En cuanto la abrazo, los problemas desaparecen.

Sigue leyendo y leyendo y leyendo.

¿Sabrá que estoy aquí siquiera?

—¿Qué es tan interesante que no paras de leer? —digo, refunfuñando.

—Todo —murmura con aire distraído—. Estoy llegando a la mejor parte.

—No…

—Shh.

—¿Me has mandado callar?

—Sí, cielo. Duérmete.

—Das mucha rabia, ¿lo sabías?

—Shh.

—Lo digo…

—Christopher —me espeta—. Estoy leyendo. Si no vas a dormir, vete a tu cama.

—Muchas mujeres se morirían por tenerme en su cama, ¿sabes? —Resoplo.

—Pues venga, ve a buscarlas —masculla mientras pasa de página.

—Voy a salir —le advierto.

—Vale.

La puñetera no me deja alternativa, y lo sabe.

—Voy a salir a conocer mujeres —insisto.

—Vale. —Me besa en el brazo—. Que te lo pases bien.

A tomar por culo. Esta noche voy a conocer mujeres y voy a mojar.

Se acabó lo de ser el perrito faldero de Hayden Whitmore.

Me incorporo.

—Si vas a la taquilla, ¿me traes el vestido blanco? —me dice.

Entorno los ojos. Sé a qué vestido se refiere; el mismo que me la pone tiesa nada más vérselo puesto.

—No, no vas a llevar eso sin mí.

—¿Por qué no?

—Porque no conocemos a esos mamones.

—¿Qué mamones?

—Los holandeses —le espeto—. A saber si son unos pervertidos.

—Ah… —Sigue leyendo.

Me levanto de la cama y le pregunto:

—¿Van Bernadette o Kimberly?

—Pues no se lo he sugerido.

—¿Y eso?

—No necesito escolta, Christopher.

—Con ese vestido, discrepo.

Me mira y me dice:

—¿Vas a dormirte pegado a mi espalda o vas a seguir despotricando?

—Te voy a dar yo a ti despotrique. —La abrazo con brusquedad desde atrás y digo—: ¿Qué tal si echamos un polvo?

—Señor, dame paciencia —susurra mientras lee—. Si estás cachondo, búscate a alguna con la que jugar. Qué pesadito estás.

—¿Prefieres leer a…? —Aprieto los labios porque no me salen las palabras.

—Sí —me espeta—. Lo prefiero.

—Tengo necesidades, Gruñona.

—Pues ve a satisfacerlas. No vamos a echar un polvo, Christopher. Ni ahora ni nunca. Deja de sugerirlo. Estás empezando a tocarme las narices.

Vale. Se acabó. No voy a aguantar que me insulte de esta manera. Me levanto indignado.

—Me voy.

—Vale.

—No me busques.

—Descuida.

La miro. Estoy que echo humo.

Realmente no me tiene ganas.

«¿Cómo es posible?».

Salgo con decisión y voy a mi taquilla. Saco lo que me pondré esta noche.

Paso.

No voy a volver a tirarle la caña… ¡nunca más!

Se acabó lo de irle detrás.

Hurgo en su bolsa, saco el vestido blanco y lo guardo en el fondo de la mía. Ahí no lo encontrará. Ese vestido solo puedo vérselo yo.

Paso de Hayden Whitmore.

Dos semanas después

Hayden

—Feliz cumpleaños, preciosa —me susurra Christopher.

Abro los ojos a regañadientes y veo una caja blanca atada con un lazo rojo en mi almohada.

—¿Eh? —Frunzo el ceño—. ¿Me has comprado un regalo?

Me besa en la mejilla desde atrás y dice:

—Pues claro. Es tu cumple.

—Pero estamos tiesos. —Arrugo el ceño mientras me incorporo en la cama.

—Vendería mi huevo izquierdo por ti.

—De ser tú, yo no lo haría. —Me echo a reír mientras cojo el valioso obsequio y lo agito junto a mi oreja—. A lo mejor te viene bien algún día.

Se ríe y me ordena:

—Ábrela.

Mientras me observa, desenvuelvo el regalo despacio. Es un collar. Una cadena fina y un disco plateado. Sonrío y digo:

—Es perfecto.

Sin sacarlo de la caja, lo gira y añade:

—Hay una inscripción.

La leo:

GHW
SIEMPRE
C

Miro a Christopher y le pregunto:

—¿GHW? ¿Qué significa?

—Gruñona Hayden Whitmore. —Me estrecha contra su cuerpo y me abraza fuerte.

Me echo a reír y digo:

—O Guapísima Hayden Whitmore.

—Graciosa Hayden Whitmore. —Me clava el dedo en las costillas.

Río mientras lo saco de la caja.

—Me encanta. —Lo sostengo en alto y digo—: ¿Me lo pones? —Nos incorporamos. Me aparta el pelo con delicadeza y me lo pone. Una vez en mi pecho, lo agarro—. Christopher, esto es muy especial. —Superespecial. Estoy segura de que no puede permitírselo.

Me deslumbra con una sonrisa radiante y dice:

—Lo mejor para mi chica.

«Su chica».

Nos miramos y saltan chispas.

—No deberías haberte gastado dinero en mí. —Sonrío.

—No te preocupes. —Se encoge de hombros y dice—:
No me hacía falta el huevo. —Me abraza más fuerte—. Tengo
todo el día planeado. Primero, desayunaremos pastel de cumpleaños. Luego nos bañaremos y nos iremos de pícnic. Y, por
la noche, saldremos a bailar.

Sonrío ilusionada. Siempre nos lo pasamos superbién juntos.

—¡Qué ganas!

Me suena el móvil, que está en la mesilla, y aparece un
nombre en la pantalla.

Regi.

¿Cómo?

Mi ex. ¿Qué hace llamándome por mi cumple?

—¿No lo coges? —me pregunta Christopher.

Lo medito un instante. ¿Por qué querría hablar con él cuando lo que me hace feliz está aquí? Al contrario que con Regi,
no me siento insuficiente ni insegura ni nada por el estilo.

Miro a Christopher y caigo en la cuenta de algo.

He olvidado a Regi. «Por fin lo he olvidado».

¿Cuándo ha ocurrido?

—No.

Sonrío a mi maravilloso y verdadero amigo; al hombre que
nunca me ha mentido; al hombre que se preocupa por mí día
tras día.

—No, no voy a cogerlo. —Me incorporo como un resorte
y digo—: Vamos a desayunar tarta.

Me hace girar hacia fuera, doy vueltas al son de sus risotadas y
vuelve a acercarme a él con fuerza.

Nunca me cansaré de bailar con Christopher Miles. Vamos
bailando por el mundo.

A Christopher le chifla, y yo… Yo soy su leal pareja de baile.

Me da otra vuelta y me atrae hacia él con ímpetu. Cuando me abraza así y lo escucho cantarme, no importa nada más.

—Tengo una petición —anuncia el DJ desde el podio. La gente calla y lo escucha—. La siguiente canción es para Gruñona Whitmore.

Christopher finge que se escandaliza y se queda boquiabierto mientras yo le sonrío como una tonta.

El DJ enseña una tarjeta mientras lee el mensaje.

—Aquí pone que se la dedica el hombre más *sexy* del mundo.

Me parto de risa.

Christopher alarga los brazos como si estuviera en un escenario y hace una reverencia. Los demás se ríen al ver que él es el artífice.

Suena la canción, que no es otra que «Halo», de Beyoncé. Sonrío a mi encantadora pareja, que me abraza y dice:

—Es tu canción, Gruñona.

—¿Por qué?

—Porque tienes un halo. —Me besa en la sien y me acerca a él—. Mi ángel.

—Eres tú el que tiene el halo, cariño —susurro.

—Es verdad, tienes razón. Deberíamos follar con esta canción de fondo. —Me hace girar con rudeza y yo me río.

—No lo estropees.

Me sonríe mientras bailamos. Noto una sensación extraña; afecto, aceptación y, por primera vez en mi vida, seguridad. Nos miramos mientras asimilamos lo que ha dicho.

Quizá sí deberíamos follar con esta canción de fondo.

Seis semanas después

Miro el reloj. Una hora para volver a verlo.

Los fines de semana se me hacen eternos.

¿Cómo es posible añorar tanto a alguien al que acabas de ver por la mañana? No tiene ni pies ni cabeza, ni siquiera para mí.

Los fines de semana, Christopher, Basil y yo volvemos a Barcelona para trabajar.

Los tres tenemos un buen trabajo y cobramos casi a jornada completa por trabajar solo doce horas al día. Vale la pena regresar. Además, aunque no lo reconozca, a Christopher no le gusta separarse de Eddie. Aún no se ve capaz de despedirse de él. El resto de la pandilla está en Portugal. Volveremos a reunirnos con ellos el lunes.

Hemos ido a todas partes: a Alemania, a Italia, a Suiza y, ahora, a Portugal. El mundo es un lugar maravilloso, y con él a mi lado todavía más.

Lo que Christopher y yo tenemos es raro. La primera vez que intentó besarme, en el agua, lo rechacé y él reculó. A la semana, me dijo que no podía darme mi relación soñada y zanjamos el asunto.

Entonces nos besamos y, desde ese instante, supe que yo quería más.

Me insistió, pero, tal y como predije, en menos de una semana se rindió.

Volvimos a ser solo amigos durante un par de meses…, pero entonces volvió a intentarlo.

Y algo cambió.

No sabría decir qué ni qué implica exactamente, pues a la hora de la verdad solo somos amigos y nunca nos hemos liado.

Pero es diferente.

Lo único que sé es que, cuando estoy con él, no me importa nada más.

Lo cual hace que la vida sea muy bonita ahora mismo, dado que nos pasamos todo el día juntos.

Acabo mi turno y me pongo a limpiar hasta que pueda irme.

—Adiós. ¡Que vaya bien la semana! —digo al marcharme.

Me dirijo a la esquina y allí, envuelto en sombras, lo veo, aguardándome en silencio en la oscuridad.

Me trae el cárdigan.

Se me parte el alma porque cree que no sabe ser romántico.

Si supiera…

Si viera lo que veo yo en él…

Está todo ahí, en su interior, esperando a que lo libere.

—Hola —le digo sonriendo.

Me mira con sus ojazos.

—Hola, preciosa —susurra antes de abrazarme.

Nos achuchamos como si llevásemos un mes sin vernos. Quiero decirle que lo he echado de menos hoy…, pero me contendré.

Ese no es nuestro rollo.

—¿Qué tal el día? —me pregunta cuando empezamos a andar. Me coge de la mano y me besa en la yema de los dedos.

—Lar… guísimo. —Suspiro.

—¿Qué tal la barriga? Me he quedado preocupado esta mañana cuando he visto que te encontrabas mal.

Le clavo el dedo en las costillas.

—¿Te imaginabas que algún día te preocuparías por el dolor menstrual de una chica? —le digo para chincharlo.

Se ríe y replica:

—Qué va.

—¿Hay alguna farmacia abierta? —Me agarro la barriga, que me duele—. Qué bien me vendría una bolsa de agua caliente.

—¿Todavía te duele? —pregunta, preocupado.

—Me he tomado unos analgésicos. En un ratito se me pasa.

Vamos a algunas farmacias, pero todas están cerradas.

—Me recuperaré. Las pastillas ya están surtiendo efecto. Vámonos al hostal.

—¿Seguro? —me pregunta.

Sonrío. ¿Quién iba a decir que mi amigo el mujeriego sería tan atento? Bajo su fachada de estrellita, es un trocito de pan.

Regresamos al dormitorio. Basil trabaja esta noche y no volverá hasta tarde.

—¿Vas a salir? —le pregunto.

—No. —Arruga la frente y agrega—: A no ser que te apetezca salir.

—No, me voy a duchar y me acostaré.

—Me parece bien.

Vamos al baño y nos duchamos. Me pongo el pijama y vuelvo al dormitorio.

Christopher ya está en mi cama. El corazón me da un vuelco.

Últimamente siempre dormimos juntos, enredados bajo las sábanas. Acurrucados.

Me siento tan cercana a él que… no sé explicarlo. Es una situación extraña.

Me tumbo a su lado y se gira hacia mí.

—He encontrado algo caliente para tu barriga.

—Ah, ¿sí? ¿Dónde?

Me toca el bajo vientre con su mano y dice:

—¿Qué tal?

A oscuras, nos miramos. Saltan chispas.

—Mejor —musito.

Es la primera vez que estamos a solas en nuestro dormitorio. Normalmente hay cuatro personas más con nosotros, charlando y riendo.

Esta noche es distinto.

Hay algo en el ambiente…, algo más.

Su rostro está a milímetros del mío y su cálida mano está en mi vientre con aire protector. Siento que este es mi sitio.

—¿Qué haces aquí conmigo? —pregunto en voz baja—. Deberías estar persiguiendo chicas.

—Tú eres mi única chica —susurra.

Nos miramos fijamente.

Deseo con todas mis fuerzas creerlo, pero no sé si soy lo bastante valiente como para dar el paso. Pero quiero…

—Chris…

Se acerca y me besa. Con suavidad, con ternura.

A la perfección.

Capítulo 12

Se aparta y me mira a los ojos como en busca de mi aprobación. Se apodera de mis labios de nuevo, pero, esta vez, no puedo contenerme y le devuelvo el beso. Con delicadeza, enredo la lengua con la suya, y acaricio sus hombros robustos.

Nos besamos una y otra vez. Me tumba de espaldas y se lleva mi pierna a la cintura. Cuando se cierne sobre mí, noto su enorme erección por debajo de los bóxeres, pegada a mi muslo.

«Dios…».

Qué grande, qué musculoso, qué… La madre que me trajo, nunca he estado con un hombre de este calibre.

Nos besamos con más intensidad y pasión, con un ardor infernal, y nos dejamos ir.

Me levanta la pierna con rudeza, mi rodilla le roza el pecho mientras me besa en el cuello.

Me muerde y me pasa los labios por la piel mientras restriega su erección contra mis pantalones. Madre mía…

Tira suavemente de mi labio inferior con los dientes; un tirón que me llega al fondo de mi sexo.

«¡Sí!».

Encajonado entre mis piernas, se restriega poco a poco con mi punto más sensible mientras nos besamos.

Le abrazo la cintura con las piernas mientras una fuerza imparable se gesta entre nosotros. Una bomba atómica que amenaza con explosionar. Necesito esto.

Lo necesito, joder.

Le bajo los bóxeres por la pretina, lo que libera su enorme miembro. Entonces me acuerdo.

No, hoy no.

Estoy en esos días. Venga ya, hombre. ¡No había otro momento, no!

—Mierda —mascullo.

—No pasa nada —murmura pegado a mis labios mientras me besa. Él no lo ha olvidado.

¿Para qué le habré bajado los calzoncillos si no puedo hacer nada?

«Seré tonta».

Me quita la parte superior del pijama por la cabeza, sonríe al ver mis pechos y se mete un pezón en la boca. Se esfuerza por abrir los ojos, que se le cierran del éxtasis.

—Sí —susurra.

Me toca por todas partes como si no supiera por dónde empezar. Las caderas se le mueven solas.

Lo observo con el corazón en la garganta. Verlo así me excita a otro nivel. Está tan embelesado y cachondo que podría correrme solo con verlo. Por no hablar de lo bien que se le da el tema.

Se dispone a bajarme los pantalones del pijama cuando le susurro:

—Chris, no podemos.

—Tranquila, preciosa. Solo nos estamos metiendo mano —murmura pegado a mis labios.

Me quita los pantalones.

¿Qué dice?

Estamos desnudos. Es un magreo arriesgado.

«No sigas por ahí».

Nos besamos y me acaricia el vello púbico con las yemas de los dedos.

—Mmm… —Y añade con voz queda—: Ni te imaginas las ganas que tenía de tocarte así.

Mientras nos besamos, dibuja círculos en mi clítoris, lo que me da escalofríos.

Ay, ay.

—Llevo meses deseando hacer que te corras —susurra—. Fliparías si supieras lo mucho que me pone tu cuerpo.

Me excito al instante.

Presiona lo justo con los dedos. Se me abre la boca.

Ah…, ah… ¿Cómo sabe exactamente dónde tocar? Parece que siga un mapa. Echo la cabeza hacia atrás. Qué bueno es.

Me cago en él y en su dilatada experiencia con las mujeres. No puedo aparentar indiferencia.

Su aliento en mi cuello, los círculos que trazan sus dedos, su erección pegada a mi cuerpo.

Mantener las piernas juntas es casi misión imposible.

Me estremezco, lo que hace que se ría junto a mi cuello, pues es plenamente consciente de que apenas me ha tocado y, aun así, voy a explotar.

«No».

Me muero de la vergüenza.

Tengo que impedirlo. Hago ademán de zafarme y vuelve a tumbarme.

—No te muevas —me exige a la vez que me sujeta.

Su forma de dominar no tiene rival; me pone como una moto.

Me guste o no, esta noche… me voy a correr.

Le agarro el miembro con la mano. ¡La madre que me trajo! Es enorme.

No lo abarco del todo. Me trago los nervios que se me han subido a la garganta.

Me levanta las piernas de modo que los muslos me rozan el pecho y se coloca encima de mí.

—Christopher —le advierto.

—Mano —me espeta.

A mí no me parece que esto sea meternos mano; parece que me la vaya a clavar en la cama.

—Pero…

—Silencio, Gruñona —susurra.

Me echo a reír. No esperaba oír esa frase en este momento de pasión.

Pasa la punta por los labios de mi sexo sin llegar a metérmela. Se echa hacia delante poco a poco y me frota justo en el clítoris.

Qué… gusto.

«Jo-der».

Me mira con sus ojos oscuros. Ladea la cabeza y me lame la pantorrilla. Su lengua es gruesa y fuerte. Veo las estrellas. Tiemblo tanto que no puedo parar.

Qué calamidad.

Soy de las que se corren al segundo.

—Me lo voy a pasar pipa adiestrándote —murmura. Me coge la cara con las dos manos y me da un beso de tornillo—. Chúpame la polla.

Abro los ojos como platos. Madre mía.

Es de los que dicen guarradas.

De pronto, no estoy confiada. Siento que soy una niña, inexperta e inmadura.

A puntito de correrse.

Me besa con vehemencia, me coge del pelo y me guía hasta su paquete.

Bueno, allá vamos. No es la primera vez que la chupo, pero sí la primera vez que se lo hago a un maestro.

Le lamo la puntita y le paso la lengua por el glande. Se tumba y, con los ojos clavados en los míos, respira hondo.

«Le gusta».

Su reacción me espolea y, despacio, me la meto en la boca. Se le agita la respiración, lo que me indica que él también está a punto de alcanzar el éxtasis. Lo masturbo a la vez que se la chupo. Sin dejar de mirarnos a los ojos, separa más las piernas.

A modo de invitación.

Se la agarro más fuerte y se la chupo con más ganas. Gime mientras lucha por mantener los ojos abiertos.

—Así.

Quiero darle más. Soltarle algo que no se espere…, una guarrada.

—Fóllame la boca —susurro con su pene dentro.

Se le oscurecen los ojos. Me toma del pelo con ambas manos y me la mete hasta la garganta.

Uy, no…, se ha pasado.

La tiene tan grande que me dan arcadas. Me aparta el pelo de la cara y me sonríe.

—No habérmelo pedido, Gruñona.

«Capullo».

Decidida a superarme, vuelvo a metérmela en la boca. Adopto un ritmo que lo hace gemir y echar la cabeza hacia atrás. Ojalá consiga que se corra.

Esta noche, voy a ser la mejor feladora del mundo.

Me agarra más fuerte del pelo y, cuando se estremece, me preparo.

—Voy a correrme —dice, y añade gimiendo—: Gruñona.

Me avisa por si no quiero que se corra en mi boca.

A la porra las normas. Estoy en la cama con un dios del sexo. Aquí las normas son que no hay normas.

—Adelante —lo desafío.

Tras echarme una mirada ardiente, separa más las piernas y, sin retirarse ni un poquito, se corre al momento en mi garganta.

Uf... Dios... Había olvidado esta parte... Aaah.

Puaj.

«Para».

Me dejo llevar y, a mi ritmo, me trago hasta la última gota. Paso la lengua por su polla. Con los ojos fijos en los suyos, me chupo los dedos, todavía manchados de sus fluidos.

Me mira de hito en hito. Entre el ceño fruncido y el pecho que le sube y le baja de lo mucho que le cuesta respirar, no tengo claro si está impresionado u horrorizado.

Quizá un poco de cada.

Le doy un besito en el glande y me acurruco en su pecho.

Está tan quieto que levanto la cabeza para mirarlo.

—¿Qué pasa?

Infla las mejillas como si estuviera sorprendido.

—Ha sido... cojonudo.

Lo beso en el pecho.

«Ya te digo».

Sonrío con aire soñoliento mientras me abraza y me da calor. Se oye una llave en la puerta.

¡Maldita sea! ¡Basil!

—Mierda —susurra Christopher—. ¿Qué hace aquí tan pronto?

Me incorporo, recojo los pijamas del suelo y vuelvo a taparnos a la vez que se abre la puerta.

—Eh —dice Basil como si nada al entrar. Ni siquiera nos mira.

—Hola —contestamos. Sigo con el corazón a mil.

—No os vais a creer lo que me ha pasado hoy.

Escuchamos su relato, pero, con cada palabra que dice, noto que Christopher se aleja más y más, aunque no sé si quiere escapar de Basil o de mí.

—Me voy a duchar —dice Basil al rato.

Nada más cerrarse la puerta, Christopher se levanta como un resorte y se pone los calzoncillos.

—Vístete —susurra mientras me tira el pijama—. Corre, que no se entere.

Arrugo el ceño.

¿Por qué no puede enterarse?

—Me doy una ducha rápida y vuelvo.

Sale escopeteado del dormitorio. Desconcertada, miro la puerta.

Llevamos meses mareando la perdiz. ¿Por qué no puede enterarse Basil? Creía que sería algo digno de gritar a los cuatro vientos.

«Quizá no».

Me visto y voy al baño. Con cada minuto que pasa, más miedo tengo. ¿Se arrepentirá? No ha reaccionado como esperaba.

Vaya lío.

Al volver al dormitorio, veo a Christopher en mi cama. Me sonríe con ternura y retira las sábanas.

Respiro aliviada.

Vale, todo va bien. Me estoy montando películas.

Me meto en la cama. Me abraza y apoyo la cabeza en su pecho. Me besa en la sien y me acerca a él.

—Que duermas bien, gruñona *sexy*.

Acaricio el vello oscuro que hay desperdigado por su pecho. Es un sueño poder tocarlo así por fin.

—Que descanses.

Se acerca a mi oreja y me susurra:

—La chupas de maravilla.

Sonrío a la oscuridad. Crisis abortada. Volvemos a gozar de la intimidad de siempre.

Basil regresa a la habitación y se pone a hablar. Habla y habla y habla y, como cada noche, nos cuenta su día con pelos y señales.

Lo escuchamos en silencio hasta que Christopher le pregunta:

—¿Nunca te han dicho que padeces verborrea?

Le clavo un dedo en las costillas.

—No, ¿por? ¿Qué es eso? —inquiere Basil con candidez.

Vuelvo a pegar a Christopher.

—Calla —susurro.

—Un bicho que pulula por aquí —miente Christopher.

—Pues espero que no me pique —repone Basil—, porque con ese nombre…

—Si cierras la boca, no te picará, te lo aseguro —masculla Christopher en tono seco.

—Buena idea —dice Basil mientras se mete en su cama.

Me echo a reír.

—Que descanses, Baz.

—Gruñona —susurra alguien.

Abro los ojos a regañadientes y veo a Christopher vestido y asomado a mi cama.

—¿Qué pasa? —inquiero, ceñuda.

—Tengo que irme.

—¿A dónde?

—A casa.

Abro los ojos de golpe y digo:

—¿Cómo?

—Tengo que firmar unos papeles con mis hermanos.

¿Y eso?

Me incorporo y me froto los ojos.

—¿Qué papeles?

—Unos de la herencia de mis padres. Se ve que tengo que firmarlos con mis hermanos el mismo día.

Lo miro sin dar crédito.

Ayer no me dijo nada.

—¿Y cuándo vuelves? —le pregunto, ceñuda.

—En unos días.

—¿Quieres que te acompañe?

—No —contesta con demasiada rapidez. Me da un besito en los labios y dice—: Tú pásatelo bien. Vete a Portugal con los demás.

Reflexiono un momento y digo:

—No, me quedaré aquí trabajando. María está enferma y me han ofrecido sustituirla. —Echo una ojeada a mi alrededor y veo su mochila en la puerta. Está llena—. Déjala aquí.

—No te preocupes.

Lo miro a los ojos. «No va a volver».

—Estoy bien —me espeta.

Pero no le he preguntado nada. No está bien. Está cagado.

—¿Vale? —Sonríe—. ¿Estamos bien? —Asiente como si quisiera convencerse a sí mismo—. ¿Vale? Todo va estupendamente. —Se traba y se levanta como un resorte.

Salgo de la cama y lo observo. Va de un lado a otro y mira a todas partes menos a mí.

—Christopher.

Se pone a guardar más cosas en su bolsa y a toquetear la cremallera.

—Christopher —digo más severa—. Mírame.

Me mira a los ojos.

—No pasa nada.

—Ya, todo va dabuten. —Asiente como para convencerse—. Sí, sí, dabuten.

Nunca le he oído decir la palabra «dabuten». «Sería la primera vez que me miente».

—Adiós. —Me da otro beso casto en los labios, recoge su mochila y, sin mirar atrás, sale zumbando por la puerta.

Me quedo muda de asombro.

¿Qué acaba de pasar?

—Os habéis acostado, ¿no? —pregunta Basil en tono seco.

Exhalo con pesadez.

—¿Es que no has aprendido nada? —Suspira—. No hay que enrollarse con los compañeros de habitación.

Se me humedecen los ojos. De haber creído que solo éramos compañeros de habitación, no lo habría hecho.

Pero creía que éramos algo más.

Christopher

Meto la bolsa en el maletero y me subo al asiento trasero del taxi.

—Al aeropuerto.

—Muy bien. —El taxista arranca y se incorpora al tráfico con tranquilidad.

El corazón me va a mil. Me giro y veo el hostal por la ventanilla trasera.

Me paso una mano por la cara. Mierda.

Mierda. Mierda. ¡Mierda!

Saco el móvil y llamo a Eddie. Contesta tras el primer tono.

—Hola, señor Christo.

—Eh, ¿qué pasa, tío? Tengo que irme un tiempo. ¿Te importaría cuidar de la señorita Hazen por mí?

—¿A dónde va?

—Tengo que firmar unos papeles en casa. —No es mentira. De verdad que tengo que firmar unos papeles. Pero no iba a hacerlo hasta la semana que viene. Pero sé que los chicos están en Nueva York esta semana. Debo regresar.

—¿Volverá? —me pregunta en voz baja.

Noto un matiz de desilusión en su voz. Cierro los ojos. Maldita sea.

—Pues claro que volveré.

—¿Cuándo?

—En un par de días.

—¿Qué día?

—Todavía no lo sé —le espeto—. ¿Vas a vigilarla por mí o no?

—Sí.

—Perfecto. Es que es muy confiada y no…

Me interrumpe y dice:

—Yo me encargo.

—Gracias.

Cuelga antes de que me dé tiempo a añadir algo más. Exhalo con fatiga. ¿Cómo es posible que la persona en la que más confío sea un chaval de catorce años que trabaja de noche en un bar?

El sudor perla mi piel. Me seco la frente. Joder. Acostarme con esa mujer —o casi acostarme con ella— va a hacer que se me vaya la puta olla. No me había sentido más voluble en mi vida.

Respiro hondo para serenarme y miro por la ventanilla. No debería irme.

Pero tampoco puedo quedarme.

Me estoy agobiando. No he pegado ojo en toda la noche.

Este era mi objetivo…, mi deseo.

¿Y ahora qué?

Joder, ¿qué he hecho?

Necesito pasar un tiempo con mis hermanos.

Me acaricio la barba incipiente mientras miro por la ventanilla.

«Vuelve».

«No la cagues. Hayden es lo mejor que te ha pasado en la vida».

«Vuelve».

—¿Podría…?

El taxista me mira por el retrovisor.

—Da igual —rectifico—. Déjeme en la terminal 1.

Salgo del aeropuerto JFK a las siete de la tarde. La limusina negra me espera junto al bordillo.

Brandon, mi chófer, me sonríe con amabilidad y asiente.

—Buenas tardes, señor Miles.

Sonrío y le estrecho la mano.

—Hola, Brandon. Qué bien que hayas venido.

Abre el maletero. Guardo la mochila y me siento atrás.

Cuando se incorpora al tráfico, observo asombrado mi ciudad natal. Es como si la viera por primera vez.

Qué bulliciosa.

Hay taxis amarillos por todas partes. Sonrío al notar que recupero la estabilidad.

—¿Recogemos a alguna chica, señor? —me pregunta Brandon.

Frunzo el ceño. ¿Tenemos por costumbre recoger chicas? Supongo que sí.

—No, esta noche no.

Me quedo callado mientras recorremos Nueva York. Miro la hora en el móvil. En España será la una de la madrugada.

Debería llamar a Hayden para decirle que el vuelo ha ido bien… ¿Y luego qué?

Imagino cómo iría la conversación y exhalo con pesadez.

No me apetece que me someta a un tercer grado. Vuelvo a guardarme el móvil en el bolsillo.

Al cabo de quince minutos nos detenemos frente a mi edificio.

—Hogar, dulce hogar —dice Brandon con una sonrisa.

—Y que lo digas. —Sonrío—. Lo echaba de menos.

—Ahora le llevo la bolsa —se ofrece.

—No, ya la llevo yo, gracias. —Me cuelgo el mochilón al hombro.

—¿A qué hora saldrá, señor Miles?

Arrugo el ceño. Es verdad, cuando vengo aquí salgo todas las noches.

—Hoy no saldré. Vete a casa. Cógete la noche libre.

Brandon alza las cejas sorprendido.

—Gracias por venir a buscarme.

Frunce el ceño.

Sonrío y entro en el vestíbulo.

El personal de conserjería se acerca corriendo cuando me ven con una bolsa tan pesada.

—Señor Miles, qué bien que haya vuelto. Ya se la llevamos nosotros.

—Ya puedo yo —repongo. ¿Por qué corren?

Miro a mi alrededor. Todo es de mármol y excesivamente lujoso. Hay ramos de flores frescas por todas partes y el personal va con trajes negros. El suelo está tan reluciente que parece un espejo.

¿Siempre ha sido tan lujoso? ¿Y nunca me había fijado?

Mmm…

Tomo el ascensor. Harold, quien lo maneja, me ve.

—Hola, señor Miles —me saluda sonriendo.

—Hola, Harold. —Me giro hacia el frente y le pregunto—: ¿Ha ido bien el día?

—Sí, señor. —Sonríe—. ¿Y el suyo?

Me encojo de hombros.

—Ha estado bien —miento. Ha sido el peor día del siglo.

Mientras subimos a mi ático, se me ocurre algo. ¿Se pasa toda la noche en el ascensor esperando a que la gente suba a su planta?

—¿Cuánto llevas siendo ascensorista?

—Diecisiete años, señor.

Lo miro.

Sonríe de oreja a oreja y dice:

—Y hoy es la primera vez que me llama por mi nombre.

Me quedo a cuadros. «¿Cómo?».

Se oye una campanita cuando llegamos a mi planta. Las puertas se abren. Horrorizado, miro a Harold.

—Que pase una buena noche, señor.

—Igualmente —digo en voz baja, atónito. No puede ser verdad, aunque, en el fondo, sé que sí.

«Soy un capullo».

Salgo a mi vestíbulo particular. Escaneo mi huella dactilar en el lector y las puertas dobles se abren. Al cruzarlas, entro en una estancia con ventanales que se extienden hasta el techo y muestran unas vistas espectaculares de Nueva York.

Con gran pesar, dejo mi mochila en el suelo y me asomo a una ventana a contemplar la ciudad. Nueva York bulle de actividad a mis pies; un espectáculo del que llevo siendo testigo toda mi vida y que incluso daba por sentado.

Esta noche me resulta ajeno.

Muy ajeno.

Me giro y observo mi suntuoso apartamento. Es enorme y tiene dos plantas. Sofás de cuero, relucientes suelos de hormigón y coloridos cuadros abstractos en las paredes.

Entro en la cocina y miro a mi alrededor. Es como si fuera la primera vez que reparo en los detalles. Electrodomésticos modernos y costosas encimeras de mármol. Abro una puerta y me asomo al interior. Un fluorescente ilumina una escalera que conduce a una cámara frigorífica más grande que la mayoría de las salas de estar. Mi bodega, en la que albergo cientos de miles de dólares en vino exótico.

Arrugo el ceño, perplejo.

Cierro la puerta y subo las magníficas escaleras imperiales que hay junto al ascensor interior.

Enfilo el pasillo; las luces del suelo se encienden a mi paso.

Mmm…, ¿acaso necesito esto? ¿Desde cuándo cuesta tanto apretar un interruptor?

Llego a mi cuarto y, desde la entrada, observo la cama gigante.

Pienso en los cientos de mujeres que han pasado por aquí, las fiestas, las orgías…, los orgasmos; tanto los que he dado como los que he recibido.

Abatido, entro en el baño y abro el grifo de la ducha. Miro el techo. Es una ducha de tres alcachofas equipada con accesorios de latón. Aunque estaba acostumbrado a verla todos los días, no me había fijado nunca. Lo daba por sentado. ¿Por qué tiene tres alcachofas?

«Ya sabes por qué».

Porque, por lo general, se duchan tres personas.

Miro a mi alrededor con otros ojos. El mármol es blanco y los accesorios son de latón. Hay un asiento de mármol pegado a una pared y un *jacuzzi* a ras del suelo. En los estantes hay unas toallas suaves de color azul marino dobladas a la perfección. Junto a ellas, cuatro albornoces azules cuelgan de unos ganchos de latón.

«Cuatro albornoces».

Este apartamento cuenta con lo mejor de lo mejor y rebosa lujo por cada rincón, pero… está vacío.

Muy vacío.

Hundido, me meto en la ducha y me pongo bajo el agua caliente. Se me acelera el corazón y, por enésima vez en el día de hoy, se me cae el mundo encima. Juro por Dios que se me está yendo la cabeza.

No me siento como en casa. Todo esto me resulta ajeno, lo cual es una putada porque… ¡estoy en mi casa!

Nueva York siempre ha sido el lugar al que pertenezco.

Si aquí no me siento como en casa, entonces ¿dónde?

«En Londres».

Si estuviera en el ático de Londres, otro gallo cantaría, seguro.

Ya está, eso es: Londres.

Respiro hondo para tranquilizarme. ¿Cómo no voy a estar inquieto o raro si anoche no pegué ojo y estoy para el arrastre? ¡Si hasta tengo *jet lag!* No voy a llamar a mis hermanos para quedar esta noche. Estoy que no estoy.

Salgo de la ducha y me seco. Me siento demasiado cansado para cenar, así que me voy a la cama.

Reina el silencio. A oscuras, miro el techo.

La cama es enorme, las sábanas están almidonadas y todo presenta un aspecto pulcro y aséptico.

Desolado.

Mi vida es un desastre.

Capítulo 13

Última planta del edificio Miles. Se abren las puertas del ascensor y salgo dando grandes zancadas.

—Buenos días, Sammia. —Sonrío. Qué alegría ver una cara conocida.

—¡Christopher! —exclama—. Qué sorpresa.

Se pone de pie. Me acerco a su mesa y le doy un beso en la mejilla.

—¿Me echabas de menos? —le pregunto.

—Ni un poquito —contesta con una sonrisa traviesa.

Sammia y yo somos muy buenos amigos. Llevamos años fingiendo que tonteamos.

—¿Sigues casada?

—Sí, Christopher. —Pone los ojos en blanco.

—Qué pena —repongo mientras paso por su lado—. Algún día… —añado mientras me alejo.

La oigo reírse y enfilo el pasillo hacia el despacho de Jameson. Entro. Está al teléfono. En cuanto me ve, deja la frase a medias y dice:

—Te llamo luego. —Cuelga sin esperar respuesta y se levanta al instante.

Me río y extiendo los brazos. Corre hasta mí y me abraza. Me embarga la emoción. No era consciente de lo mucho que lo añoraba hasta este preciso momento.

—No te esperaba hasta el viernes —dice mientras recobra la compostura y se aparta de mí.

—Cambio de planes.

Gira a mi alrededor y me mira de arriba abajo.

—Joder, vaya cambio.

—¿Cómo estoy? —le pregunto con una sonrisa.

—Moreno.

Ufano, pongo los brazos en jarras.

—Has engordado.

—Y una mierda he engordado.

Vuelve a sentarse en su silla y, sin quitarme el ojo de encima, descuelga el teléfono de su escritorio.

—Venid, que tengo una sorpresa para vosotros.

Sabía que mis tres hermanos estarían en Nueva York. Hay una junta a las nueve y la asistencia es obligatoria.

Me acerco al bar y observo el surtido de bebidas alcohólicas que no podía permitirme.

—¿Es demasiado temprano? —inquiero.

—En algún sitio son las cinco de la tarde —contesta Jameson como si nada.

Me sirvo un *whisky* y le ofrezco la botella. Sonríe y niega ligeramente con la cabeza.

—Esperaré a que sean las cinco aquí.

—Veo que sigues siendo un muermo. —Doy un trago a mi copa y sonrío cuando me quema la garganta—. Ah. —Sostengo la copa en alto y contemplo el líquido ámbar—. Esto es vida.

La puerta se abre de sopetón y aparecen Tristan y Elliot. Los dos se ríen en cuanto me ven y se acercan corriendo a darme un abrazo. Elliot se resiste un poquito más a soltarme.

—Quita, que me das grima. —No puedo evitar sonreír mientras me aparto de él.

Me pega fuerte y me dice:

—Menos mal que ya me has soltado.

—¿Me echabas de menos? —le pregunto.

—Qué va. Es que estoy hasta los cojones de hacer tu trabajo.

Me mira con cariño y vuelvo a abrazarlo.

—Te he echado de menos.

—Londres es una puta mierda sin ti.

—Cuéntanoslo todo —me pide Tristan mientras sirve tres copas de *whisky*.

Jameson hace una mueca y dice:

193

—Son las ocho y media de la mañana.

—No seas aguafiestas. —Tristan resopla mientras les pasa las copas. Alza la suya para brindar y los demás lo imitamos—. Juntos.

Se me humedecen los ojos. «Joder, cómo los he echado de menos».

Aquí está mi sitio, con mis hermanos, dirigiendo la empresa familiar.

—Juntos —repetimos todos.

—A ver... —empieza Tristan con una sonrisa—. Desembucha. ¿Qué pasó con la gorila en la niebla?

Me parto de risa.

—Hostia, qué noche más horrorosa. Encima la muy zorra me robó la tarjeta.

Se ríen.

—Taxista. —Jameson sonríe con suficiencia—. Tú. Taxista. Es que no me lo creo. Es la mejor anécdota que he oído en mi puta vida. Y que el tío te vomitase en el taxi y te solidarizaras con él y vomitases tú también...

—Puf —gruñen todos.

—No me lo recuerdes. —Me estremezco.

—Y anda que cuando te disfrazaste de oso y te pegaron en las pelotas...

Se tronchan al imaginárselo.

—Sí, sí, reíros todo lo que queráis —digo a la vez que pongo los ojos en blanco—, pero yo todavía saboreo lo victoria.

Se ríen más fuerte y yo apuro mi copa.

—Arreando, que faltan diez minutos para la reunión. ¿Podemos firmar los papeles del fideicomiso mañana? ¿Qué vamos a adquirir ahora?

—Un rascacielos de la Quinta Avenida. Llamaré al abogado para concertar una cita. ¿Estaréis por aquí mañana?

—Sí, sí, me parece bien —contestan todos.

—¿Cena y copas esta noche? —pregunto.

—Tú sí que sabes. —Tristan me da una palmada en la espalda, Elliot me alborota el pelo y Jameson me sonríe con complicidad—. Qué bien que hayas vuelto. No tengas más ideas de bombero.

—Vale. —Sonrío—. Da gusto estar en casa. —Echamos a andar hacia la sala de juntas.

Pero no fue una idea de bombero; fue una pasada. Probablemente, la mejor época de mi vida.

Descubrí otro modo de vivir, un modo con el que podía ser yo mismo.

Sin expectativas ni plazos; solos yo... y ella.

Una punzada de tristeza me cambia el semblante. Elliot se percata del gesto y frunce el ceño.

—¿Qué pasa? —me susurra mientras caminamos.

—Nada.

Me mira a los ojos.

—Déjalo. —Lo rozo al adelantarlo.

No estoy de humor para que me suelte un rollo psicológico.

Hayden

—¿Te has acostado con él? —grita Bernadette.

—No. —La rozo al adelantarla de camino a la ducha.

Las chicas han vuelto de Portugal por sorpresa. El hostal de mochileros en el que se alojaban ha cerrado porque ha sufrido una avería eléctrica y se han quedado sin luz. No tenían a dónde ir, así que han vuelto.

—Entonces, ¿por qué se ha ido? —me pregunta mientras me sigue.

—Tenía que firmar unos papeles en su casa —contesto.

—¿Lo has besado?

Vacilo.

—¡Eso es que sí! —exclama—. Lo sabía.

—No va a volver. Lo sabes, ¿no? —dice Kimberly mientras abre el grifo de la ducha de su compartimento.

—Claro que va a volver —le espeto mientras meto la cabeza bajo el agua.

—¿Cómo estás tan segura? —grita Bernadette.

—Porque... lo conozco.

—¿Sabías que se iría y aun así lo besaste?

—Sabía que se cagaría encima, si es a lo que te refieres.

—Entonces, ¿por qué lo besaste? —exige saber. Le molesta que nos hayamos besado. Adora a Christopher. Cree que se ha marchado por mi culpa.

—Porque no me quedó otra. Tiene que sobreponerse y volver por su propio pie.

—¿Y si no vuelve?

—Volverá.

—No las tengo todas conmigo.

—No lo conoces tanto como yo.

—No seas tonta. Se ha llevado todas sus cosas. ¿Estás ciega o qué?

—Soy consciente de que parece un disparate, pero sé que tenemos algo. Es real y… creo en ello —digo en alto.

—Tienes razón, sí que parece un disparate. Un hombre no huye cuando se acuesta con una mujer a menos que no desee volver a verla. Se ha llevado el gato al agua y se ha largado.

«¿Estoy siendo tonta?».

No.

Confío en él. Confío en lo nuestro.

—No nos acostamos. Tiene asuntos pendientes, nada más.

—¿Te ha llamado?

—No.

«¿Cómo es que no me ha llamado?».

—¿Y si se acuesta con otra mientras no está? —inquiere Bernadette.

Se me cae el alma a los pies porque soy consciente de que es muy probable. La gente asustada comete estupideces.

—Pues lo nuestro se acabaría. —Suspiro. Solo de pensarlo, me pongo mala—. Me lo contaría. Christopher es muchas cosas, pero mentiroso no es una de ellas. Sabría que la ha cagado y me lo contaría. No es ningún cerdo.

—Eso si vuelves a verlo.

—Sé que volverá.

—¿Cómo estás tan segura?

—Porque Eddie está aquí.

—¿Y?

—No se iría sin despedirse de él.

—Pero sí te abandonaría a ti…

—Déjalo, Bernadette —le espeto; se me ha acabado la paciencia—. No voy a hablar más del tema.

—Desengaño amoroso en tres, dos, uno… —masculla Kimberly.

—Ya ves —conviene Bernadette.

Exhalo con pesadez. Ojalá se equivoquen.

Por favor, que se equivoquen.

∞

Salgo del dormitorio dispuesta a ducharme.

—Buenos días, señorita Hazen.

Me giro y veo a Eduardo esperando pacientemente junto a la puerta.

—Buenos días, Eddie. —Sonrío. ¡Hay que ver lo mono que es!—. ¿Qué te trae por aquí? —le pregunto de camino a la taquilla.

—He venido a echarle una mano.

—No hace falta, tesoro. Ve a descansar. No necesito ayuda.

Pone cara de haberse llevado un chasco y, nervioso, retuerce los dedos frente a él.

Rectifico.

—Eso si tienes otras cosas que hacer, por supuesto. Voy al mercado. ¿Te apetece venir a hacerme compañía?

Se le ilumina la cara y dice:

—Vale, eso puedo hacerlo.

—Dame diez minutos para que me dé una ducha y nos vamos.

—¿Dónde la espero? —me pregunta ilusionado.

—Donde quieras.

Me obsequia con una sonrisa radiante. Me da un vuelco el corazón. Ya sé por qué Christopher está tan apegado a él. A mí también me ha conquistado.

Tras salir de la ducha, me visto. Veo a Eddie sentado en el suelo junto a la puerta de nuestro dormitorio.

—No hace falta que te sientes en el suelo —le digo—. Podrías haberme esperado en la recepción.

Se encoge de hombros mientras se pone en pie.

197

—No me molesta el suelo.

Dice la verdad. No le molesta nada y nunca se queja. Es el renacuajo más inteligente y trabajador que he conocido en mi vida. Su abuela debe de estar muy orgullosa.

Vale, no es tan pequeño, pero ya me entendéis.

Salimos del hostal y echamos a andar. Hace un día espléndido y el clima es agradable.

—Se está bien, ¿a que sí?

—Sí, sí. —Sonríe y mira a su alrededor.

Caminamos un rato en silencio.

—Mi plan es comprar fruta fresca, tomates y lechuga.

—Ya se lo llevo yo luego —se ofrece.

—Vale —digo—. Me harías un favor. —Por dentro sonrío de oreja a oreja. Con cada minuto que paso con él, más me cautiva.

—Le aconsejo que también compre manzanas y plátanos —propone.

—Me lo apunto —digo con una sonrisa.

Le suena el móvil. Lo saca del bolsillo y dice:

—Es el señor Christo.

—Yo no estoy —balbuceo—. Finge que estás solo.

—No sé mentir.

—Claro que sabes —le espeto—. Miéntele.

—Hola —saluda. Escucha y, a continuación, sonríe abiertamente.

Me paro y miro cómo habla por su flamante y lujoso iPhone.

—Sí, estoy bien. —Eddie sonríe. Reanudamos la marcha mientras aguzo el oído—. ¿La señorita Hazen? —Me mira y me dice—: Está bien. —Vuelve a escucharlo—. No, no se ha ido a Portugal. Los demás también están aquí. Su hostal cerró. —Vuelve a quedarse callado y frunce el ceño—. ¿Anoche? No sé qué hizo anoche.

—Salí —le digo articulando solo con los labios.

—Salió —miente por mí. Vuelve a mirarme y repite la pregunta que le ha formulado Christopher—: ¿Con quién?

—Con hombres —le digo en voz alta.

Eddie arruga el ceño y alza la mano.

—¿Con qué hombres? —articula solo con los labios.

—Con todos —le respondo de la misma manera.

Eddie asiente. Al fin ha entendido de qué va el juego.

—Con un montón de tíos. Y encima guapos.

Sonrío como una tonta al escucharlo.

«Le importa».

—¿Qué se puso? —repite Eddie, ceñudo. Me mira a los ojos y tuerce el gesto.

—El vestido blanco —articulo solo con los labios.

Eddie vuelve a mentir por mí y dice:

—No sé, un vestido blanco. —Eddie lo escucha y pone los ojos en blanco—. No voy a rompérselo.

Me tapo la boca con la mano para no reírme.

—No estoy seguro —contesta Eddie. Lo escucha un poco más y dice—: Vale, lo intentaré.

—¿Qué pasa? —pregunto con los labios.

Me hace un gesto con la mano para que no me preocupe.

—Estoy bien. —Sonríe—. No, hace sol. —Lo escucha de nuevo—. Empiezo a las tres. Luego voy a ir al mercado con la señorita Hazen a comprar fruta. —Arruga el ceño y me mira a los ojos—. ¿Que no le diga que ha llamado? ¿Por qué no?

Con el alma en vilo, espero a que responda.

—Ah…, entiendo. —Lo escucha y, al rato, sonríe—. Vale, adiós. —Cuelga.

—¿Qué te ha dicho? —suelto.

—Que no le diga que ha llamado.

—¿Por qué no?

—No sé, no me acuerdo —miente.

—¿Lo estás protegiendo? —exclamo.

—La llamará, no se preocupe.

—¿Cuándo?

—No lo sé.

—¿Te volverá a llamar? —le pregunto.

—Me ha dicho que me llamará mañana.

—Ah… —Repaso la conversación que han mantenido con la loca y absurda esperanza de desentrañarla.

Paseamos un rato en silencio.

—Le gusta —afirma.

Alzo la vista.

—¿Te lo ha dicho?

—No ha hecho falta.

—Entonces, ¿cómo lo sabes?

—Un hombre nota esas cosas… Además, ¿cómo no iba a gustarle?

Sonrío. Es para comérselo. Entrelazo el brazo con el de este hombrecito adorable, agradecida por su amistad.

—De camino a casa nos tomaremos un helado.

Eddie sonríe de oreja a oreja y dice:

—Vale.

Christopher

El restaurante está concurrido y animado, y la música suena a todo volumen. Estamos en Nueva York, así que, aunque sea lunes por la noche, todo el mundo está de juerga.

La ciudad que nunca duerme.

Mis hermanos ríen y hablan. Con cada segundo que paso con ellos, me siento más yo mismo.

Jameson aprieta el puño. Ya van unas cuantas veces hoy.

—¿Qué te pasa en la mano? —le pregunto.

—A saber. —La abre y vuelve a cerrarla—. Me molestan los dos dedos del medio, me duelen.

Le doy un trago al *whisky* y digo:

—¿Te has hecho daño?

—No. —Vuelve a abrir la mano—. Lo noto primero en los nudillos, después en los dedos y, finalmente, en la palma.

Elliot hace una mueca y dice:

—Qué mal rollo.

—SME —suelta Tristan como si nada mientras bebe.

—¿Qué es SME? —pregunto.

—Síndrome por masturbación en exceso.

Se me sube el *whisky* a la nariz.

—¿Cómo? —Toso.

—No es coña —repone Tristan con solemnidad—. Es un currazo satisfacer a nuestras mujeres.

—Cierto —conviene Jameson, que vuelve a abrir y cerrar el puño.

Tristan saca los dos dedos del medio y los dobla como si estuviera masturbando a una chica.

—¿Te duele hacer esto?

Jameson lo imita y se estremece.

—Sí. —Nos mira a todos y salta, horrorizado—: ¡Que tengo el síndrome ese!

—Pues estás apañado —dice Elliot—. Como haya un eslabón débil en la cadena de calentamiento, no vas a volver a mojar en tu vida.

—Joder —masculla Jameson por lo bajo—. ¡Si los tres cortarrollos que viven en mi casa de gorra ya se la han cargado pero bien!

—¿Te refieres a... tus hijos? —inquiere Elliot en tono seco.

Jameson entorna los ojos mientras mastica un cubito de hielo. Sonrío divertido.

—Te entiendo, tío. Yo he instalado un candado que te cagas de grande. Entonces, ahora, en vez de entrar en tromba, se quedan fuera aporreando la puerta y gritando: «¡Abrid!» —Tristan tuerce el labio con asco y agrega—: Y ahora, con el síndrome este obstaculizando la cadena de calentamiento, estoy... jodido, ni más ni menos.

—Y no en el buen sentido —remata Elliot con una sonrisa.

Jameson pone los ojos en blanco y apura la copa.

—Esto no venía en el folleto.

Todos prorrumpimos en carcajadas. Miro a mis tres hermanos felizmente casados y les pregunto:

—¿Y qué venía en el folleto?

—¿A qué te refieres? —inquiere Tristan.

—¿Cómo sabíais que habíais conocido a la...? —Hago una pausa.

—¿A la definitiva? —pregunta Elliot.

—Sí. —Me encojo de hombros—. Por curiosidad.

—Pues... —Jameson se acaricia la barba incipiente mientras hace memoria—. En su momento no tenía ni idea. No fue como si tuviese una revelación como tal.

—Ya, ni yo —conviene Tristan—. Pero era diferente a las demás.

—¿En qué sentido? —pregunto, intrigado.

—Supongo que... —Tristan hace una pausa y añade—: Era una amiga supermolona que molaba mucho más que yo, así que estaba como loco por tirármela.

Me río.

—Para mí fue distinto. No... —Jameson frunce los labios mientras piensa—. No quería separarme de ella. Estaba obsesionado con ella, pero de un modo diferente.

Arrugo el ceño y digo:

—¿Cómo que diferente?

—No soportaba volver a casa sabiendo que no la vería allí, así que lo evitaba a toda costa.

Los escucho con atención. Todo esto es nuevo para mí. Creía que habían sentido la imperiosa necesidad de casarse con sus mujeres nada más conocerlas.

—Me sentía más a gusto en su apartamento minúsculo que en mi ático —añade Jameson.

«¿Cómo?».

—Y yo —concuerda Tristan—. La añoraba. Cuando no estaba con ella, la echaba de menos. Estaba deseando llegar a casa para prepararle la cena y ver la tele en su sofá. Sin darme cuenta, el sexo pasó a un segundo plano.

—Pues menos mal, porque entre el síndrome y el candado que no sirve para nada... —Elliot brinda por Tristan.

Este se ríe entre dientes y dice:

—Ya ves.

—Entonces, ¿quieres decir que tu vida sexual es una mierda? —inquiero, ceñudo.

—Qué va —contesta—. El sexo es la pera limonera, pero más que cepillármela, quería hablar con ella porque era la primera que me escuchaba de verdad. Mi vida mejoró cuando llegó ella.

Se me acelera el corazón.

«Eso me suena».

—Para mí —interviene Elliot—, el cambio más radical fue que no quería acostarme con ninguna otra. De la noche a la mañana, dejaron de atraerme las demás mujeres.

Me quedo lívido. Llevo dos meses sin acostarme con una mujer.

Es como si ya no sintiera la necesidad. Preferiría tumbarme en la cama y ver a Hayden leyendo que acostarme con otra. La mayoría de los días los acababa haciéndome una paja en la ducha y arrimándome a su espalda tan contento.

«Mierda».

—¿Qué te pasa? Parece que hayas visto un fantasma —dice Tristan.

—Nada. —Sonrío para disimular.

Cambian de tema. Sin mover un músculo, doy vueltas a sus sabias palabras.

«Mi vida mejoró cuando llegó ella».

Miro hacia arriba y veo que Elliot no me quita ojo. Alza una ceja y yo aparto la vista.

«No empieces».

—¿Christopher? —me llama una voz femenina. Miro en su dirección y veo a Heidi acercándose a nuestra mesa. La acompaña Nicki.

«Mis dos chicas favoritas».

Sorprendido, me pongo en pie.

—Heidi. —Le doy un beso en la mejilla a cada una—. Hola.

—¿Has vuelto? ¿Cómo es que no nos has llamado? —Heidi esboza una sonrisa *sexy* y me mira de arriba abajo.

Entre las chicas y yo hay algo, algo muy bueno. «Había», me corrijo.

—Es que acabo de llegar. —Miro a mis hermanos, que les sonríen con cara de bobos. Vale, sí, lo pillo: están muy buenas—. Os presento a mis hermanos: Jameson, Elliot y Tristan.

Heidi los saluda con un gestito sensual y se contonea con aire juguetón.

—He oído hablar mucho de ustedes, caballeros.

—Hola. —Le sonríen como si fuese la mismísima Afrodita.

—¿Qué haces luego? —me pregunta—. ¿Quedamos?

—Es que... —Me ha puesto en un brete. Ceñudo, le digo—: Esta noche no puedo. —Abarco a mis hermanos con un gesto—. Te llamo.

—¿Me lo prometes? —Sonríe y me da un beso en los labios. Me aparto y digo:

—Claro.

Dan media vuelta y se pierden entre la multitud. Los cuatro las miramos. Heidi, con su ajustado vestido rosa chillón y su cuerpo de escándalo, no deja nada a la imaginación. Y Nicki es un sueño húmedo hecho realidad, la fantasía de todo hombre.

Abatido, vuelvo a sentarme.

—Pero ¿a ti qué mosca te ha picado? —susurra Tristan—. Túmbalas en la barra ahora mismo.

—Eso —conviene Jameson.

Aturullado, me rasco la cabeza. Cojo mi copa y me la acabo de un trago.

Sí que estaban guapas, sí…

«Joder».

Miro hacia arriba y veo que Elliot vuelve a alzar una ceja.

—¿Qué pasa? —le espeto con rabia.

Levanta las manos como si se rindiera y dice:

—Nada.

—No estoy de humor, ¿vale?

Cuando se da cuenta de que ha metido el dedo en la llaga, abre los ojos como platos.

El móvil de Tristan empieza a sonar y lo coge de la mesa.

—Eh, tío. Sí, ya estoy. —Se mira el reloj—. Recógeme de camino. —Lo escucha y dice—: Vale, hasta luego. —Cuelga—. Harrison ha salido de currar y va a venir a buscarme de camino a casa.

—Sí, yo también me voy a ir yendo —comenta Jameson, que levanta la mano para pedir la cuenta.

—Tomémonos otra tú y yo —me propone Elliot.

Asiento, pues me noto más voluble que nunca.

—Pillemos una buena curda.

Jameson me mira a los ojos y arruga el ceño.

—¿A ti qué te pasa? Estás raro.

—Sí —confirma Tristan—. Estaba pensando lo mismo.

—Nada —le espeto.

Elliot se reclina. Me mira con complicidad y le hace un gesto a la camarera para que venga. Cuando se acerca, le dice:

—Dos *whiskies*.

«Hayden se pediría un margarita».

—No —lo interrumpo—, tomaré un margarita. Bueno, que sean dos.

—Margaritas. —Elliot se estremece y dice—: ¿A ti qué coño te pasa?

—Que sean cuatro —le pido a la camarera.

—Entonces, ¿tacho el *whisky?* —le pregunta a Elliot.

—Sí —contesto por él.

Jameson se ríe por lo bajo y le da una palmada a Elliot en la espalda mientras se levanta.

—Que te vaya bien con este. Christopher se ha dejado las papilas gustativas en España.

Tristan también se levanta y dice:

—Menos mal que me voy. No me gustan nada los margaritas. —Se pone la chaqueta—. ¿A qué hora firmamos los contratos mañana?

—A las nueve —contesta Jameson.

—Hasta mañana. —Sonrío sin ganas.

Abandonan el restaurante con calma y vuelvo a mirar a Elliot, que se apoya en una mano y descansa un dedo en la sien. Con los ojos clavados en mí, me pregunta:

—¿Quién es la afortunada?

—Nadie —miento.

—Corta el rollo. ¿Quién es?

—Déjalo.

—No puedo ayudarte si no me lo cuentas.

No digo nada.

—A ver, capullo, no me mientas. Te pasa algo y quiero saber qué es.

—Cuatro margaritas —dice la camarera mientras nos los sirve.

—Gracias. —Elliot da un trago a su copa. Pone mala cara—. El primero siempre es el más fuerte. —Se chupa la sal de los labios—. La madre que me parió —masculla por lo bajo—. Está como el culo.

Exhalo con fatiga y digo:

—Se llama Hayden Whitmore.

—Bonito nombre. —Sonríe y le da otro trago al margarita—. Parece nombre de personaje de Jane Austen.

Sonrío y yo también bebo.

—Lo es.

Me mira como esperando a que me explique.

—Es buena, cariñosa, inocente y… —Hago una pausa—. Distinta a las mujeres que conozco. Curvilínea y dulce, inteligente e ingeniosa. Es perfecta, joder.

—Entonces, ¿cuál es el problema?

—No lo sé.

Frunce el ceño y dice:

—¿Cómo que no lo sabes?

—Pues porque no lo sé. —Echo la cabeza hacia atrás y bebo y bebo hasta que me acabo el margarita.

Elliot le da otro trago, sostiene la copa en alto y la observa detenidamente.

—Ahora está mejor. Los primeros tragos han sido… —Finge que le dan escalofríos.

—Sí que está mejor.

—¿De qué la conoces?

—Es una de las personas con las que comparto dormitorio en el hostal. Llevamos tres meses viajando juntos.

Asiente y me pregunta:

—¿Y cuánto hace que te acuestas con ella?

—No me he acostado con ella.

Confundido, tuerce el gesto.

—¿Cómo?

Me encojo de hombros y me bebo la otra copa.

—Ya.

—A ver si me aclaro. No te has acostado con ella.

Niego con la cabeza.

—Entonces no estás con ella.

—Técnicamente…, no.

—¿Cómo que técnicamente?

—Porque sí que estoy con ella. ¡Si me paso el día pegado a ella como una lapa! Pero no se acuesta con cualquiera y no estaba interesada en mí. Luego nos besamos, nos liamos, yo me acojoné y volví a casa.

Me mira y me dice:

—Define «nos liamos».

Inflo las mejillas y concreto:

—Un francés.

Horrorizado, abre los ojos como platos y pregunta:

—¿Le pediste que te la chupara y te largaste?

—No —farfullo—. Se encontraba mal y… —Me aprieto la nariz y digo—: Sí.

Me mira a los ojos.

—Somos amigos. ¿Qué digo? Mejores amigos. Y solo pienso en ella. Y voy y la cago —suelto.

—¿Por qué la has cagado?

—Porque soy… —Trato de dar con el término adecuado—… yo.

Elliot también se acaba su copa. Le hace un gesto a la camarera para que nos traiga otra ronda.

—Necesito más tequila para hablar de esto.

Durante un rato, no decimos ni pío.

—Entonces, ¿no te gusta?

—Ese es el problema: que sí me gusta.

Tuerce el gesto y dice:

—¿Y por qué no luchas por ella?

—Porque ya sé que voy a cagarla, y es la única persona a la que no quiero hacerle daño.

—¿Por qué crees eso? —inquiere, ceñudo.

—No soy lo bastante bueno para ella.

—Qué tontería —exclama, y resopla.

—Ah, ¿sí? —digo—. Lo he pensado largo y tendido y he llegado a la conclusión de que no duraría ni una semana en pareja. Y ambos lo sabemos. Me cansaría. Pensaría y me fijaría en otras. Nunca he sido capaz de pasar al siguiente nivel. —Trato de expresarme mejor—. No estoy hecho para ser hombre de una sola mujer. No quiero que nadie dependa de mí.

—¡Eso es porque no estabas enamorado! —me espeta.

«¿Cómo?».

Me cambia la cara.

—Estás asustado.

—Que no estoy asustado, tío —replico.

—Y una mierda. Te has enamorado de ella y estás acojonado.

—No estoy enamorado de ella —digo, furioso—. Es imposible. Si ni nos hemos acostado.

Me trago el otro margarita.

—Y, sin embargo… —Me abarca con la mano—…, no hay más que verte.

Me paso la mano por la cara, asqueado.

—Eh, sé que siempre me has dicho que, llegado el momento, elegirás a alguna y te casarás con ella. Pero te voy a contar un secretito: no funciona así. No se trata de una decisión deliberada. Algún día, una mujer te conquistará de tal forma que no te quedará otra que escuchar a tu corazón.

Lo miro. Menudo cacao mental tengo encima.

—No quiero acabar divorciándome.

Le cambia la cara y dice:

—¿A qué viene eso?

—Es que me niego. —La angustia me oprime el pecho—. Prefiero morir a divorciarme. No me perdonaría que mi matrimonio fracasase. Y ya que no lo voy a hacer bien, no lo hago y punto.

—Qué chorrada. —Tuerce el gesto—. ¿De qué coño hablas?

La camarera nos sirve cuatro margaritas más.

—Gracias. —Elliot asiente.

Nos quedamos callados, cada uno en su mundo.

—¿Qué crees que va a pasar? —me pregunta—. Si luchas por ella, ¿qué crees que va a ocurrir?

—Sé lo que pasará.

—¿Qué?

—Que la cagaré y… me dejará. Me quedaré desolado y veré a mis hijos cada dos findes. Lo dice ella, no yo.

—Pero…

—No quiero seguir hablando de esto —le espeto—. No voy a dar el paso con Hayden. Era el sueño que no pude cumplir. Volveré a Londres. Mis días de mochilero son historia. Está mejor sin mí, te lo digo yo.

—Eres idiota —me espeta.

Me bebo otra copa y la estampo en la mesa. Empiezo a ver borroso.

—Menos hablar. —Levanto la mano para que nos traigan otra ronda—. Y más beber.

Al cabo de cuatro horas, Elliot y yo salimos del bar dando traspiés y nos metemos en el asiento trasero del coche que nos espera.

—Estoy *margarracho* —le dice Elliot al chófer arrastrando las palabras.

Me río con ganas.

—¡Ya ves!

Seguimos riéndonos hasta que el vehículo se detiene frente al bloque de Elliot. Abre la puerta y lo echo de una patada en el culo. Se cae de bruces en la acera y me parto de risa.

—En marcha —le digo al chófer.

Arranca y, a los diez minutos, nos plantamos ante mi edificio. Salgo del coche y entro a trompicones. Mientras cruzo el vestíbulo, el conserje sonríe y me dice:

—Buenas noches, señor Miles.

—Hola. —Sonrío.

—Sus invitadas lo esperan en el bar.

—¿Eh?

Me señala la sala privada. Entro y veo a Heidi y Nicki esperando. Se les ilumina la mirada al verme. Freno en seco.

Corren hacia mí, me hacen pasar y me abrazan. Heidi se pone de puntillas y me besa en el cuello.

—Guapo, te echábamos de menos.

Miro a los dos pibones que tengo delante y noto un cosquilleo en el pene.

«¡Cuánto tiempo!».

—¿Qué te parece si seguimos con el reencuentro arriba? —dice con una sonrisa lasciva.

La miro a los labios y respondo:

—Me parece estupendo.

Capítulo 14

Atravesamos el vestíbulo y entramos en el ascensor mientras el personal finge que no nos ve. Me giro hacia las puertas y pulso el botón que conduce a mi planta.

—Madre mía, Londres es un rollazo sin ti. —Las chicas son modelos y, como yo, viven en Londres, pero viajan a menudo a Nueva York.

Sonrío divertido. Debo reconocer que también he añorado su desparpajo. Viven el momento al cien por cien, lo que es un gustazo.

—Seguro que habéis encontrado algún pobre diablo con el que entreteneros.

Heidi me pellizca el trasero y dice:

—Pero ninguno como tú, jefe.

—Tú juegas en otra liga.

Nicki sonríe. Se pone de puntillas para besarme, pero me vuelvo y le advierto:

—No tan deprisa. Espera a que lleguemos a mi apartamento.

Hace pucheros como si se hubiera ofendido.

—No me pongas esa cara o te lavaré la boca. —Arqueo una ceja y añado—: Y ya sabes con qué.

Se relame mientras me mira con sus ojos oscuros.

Toma ya.

Me empalmo. Noto un dolor agudo en el paquete.

«Echaba de menos a mis gamberras».

Llegamos a la última planta. Pongo el dedo en el escáner de huella dactilar. En un periquete, Nicki me adelanta, se quita el vestido por la cabeza y lo tira. Me deleito con su cuerpo de infarto y su tanga negro mientras luce palmito.

—¿No llevas sujetador? —le pregunto.

—He pensado que así te ahorraría tiempo. —Se inclina hacia delante y se quita el tanga sin doblar las piernas, como una *stripper*.

Me lo lanza como si fuera un tirachinas y lo atrapo al vuelo con una sonrisa.

—Qué considerada.

Heidi hace lo propio. Se desabotona la camisa y se la quita despacio. Me fijo en su sujetador de encaje negro y en su prominente busto.

Mmm...

El corazón me late con fuerza.

Qué raro. Siempre me ha atraído más el cuerpo de Nicki, pero esta noche son las curvas de Heidi las que me vuelven loco. ¿Por qué de repente me gustan las curvas?

«Hayden».

Estupefacto ante tal revelación, carraspeo.

—Voy a prepararnos una copa.

Trastabillo hasta el bar. Otra copa es lo último que necesito. Me lleno un vaso y me lo bebo de un trago. Miro la estancia de refilón y veo a las dos chicas desnudas.

Heidi está a cuatro patas en mi sofá meneando el trasero.

«Joder».

Me lleno la copa tan rápido que se me derrama. Echo la cabeza hacia atrás y vuelvo a bebérmela de un trago.

«Tío, sé fuerte».

Lleno tres copas y respiro hondo para armarme de valor. Regreso a la sala y me encuentro a Heidi despatarrada bocarriba y a Nicki a su lado separándole los labios de su sexo, rosa y húmedo. Lista y a la espera.

—A por ella, jefe —dice con una sonrisa ladina.

«Joder».

Se me revuelven las tripas y frunzo el ceño.

¿Eh?

Las miro un segundo. Sé muy bien que si decido seguir adelante, lo mío con Hayden se habrá acabado.

—¿A qué esperas, jefe?

—Deja de llamarme así.

—¿Cómo?

A tomar por culo.

No me creo que vaya a hacer esto.

—Tenéis que iros —digo.

—¿Cómo? —Heidi se apoya en los codos. Su cara refleja perplejidad.

—No digas tonterías. —Nicki sonríe y se acerca a mí a gatas. Me baja la bragueta y me echa el aliento en la polla, dura tras los bóxeres.

Se me calienta la sangre. Joder.

«Hayden».

Me aparto de ella y digo:

—Ahora mismo. —Me subo la bragueta y, con decisión, me dirijo a la puerta y la abro con brusquedad.

—¿Qué te pasa? —me espeta Heidi.

—¡De todo me pasa! —bramo—. Ahorraos la tentación y no volváis por aquí.

—¿La tentación? —A Heidi le cambia la cara—. ¿Sales con alguien?

¿Quién sabe? Yo no, desde luego.

Escondo los labios y opto por guardar silencio porque, dijese lo que dijese, mentiría.

—¿Y a mí qué? Ya ves tú —susurra Nicki mientras se acerca a mí contoneándose—. Me da igual si estás casado mientras pueda acostarme contigo. Si no dices nada, yo tampoco abro la boca —murmura con sensualidad mientras me deshace el nudo de la corbata—. Sabemos guardar secretos, ¿a que sí, Heids?

La miro. La tengo a huevo. ¿Qué digo? *Las* tengo a huevo. Y lleva razón: nadie se enteraría.

«Hayden».

Me zafo de su agarre, hago un ovillo con su ropa y se la tiro.

—Vístete.

—¿Cómo? —exclaman al unísono.

Voy a la cocina y arrojo las bebidas al fregadero.

—Largo. Ya —digo en voz alta.

—¿Por qué nos has traído si no querías vernos? —pregunta Nicki.

—No pensaba —digo. «Bueno, sí, pero con la polla».

Nicki vuelve a la carga y sugiere:

—Deja que te alivie.

—¡Joder, Nicki! —grito. Se me ha agotado la paciencia—. Ya vale. —Señalo la puerta—. Fuera. Ya. —Recojo el vestido de Heidi y se lo lanzo; cojo su tanga y se lo pongo en la mano—. Por favor. Lo siento. —Estoy tan aturullado que me trabo. Es la primera vez que hago algo semejante—. Marchaos, en serio.

Nicki sale por la puerta echando humo; Heidi se queda atrás y me pregunta en voz baja:

—¿Estás bien?

Se me hinchan las narices mientras la miro.

«¿Tengo pinta de estar bien?».

—Adiós, Heidi.

Por cómo me mira a los ojos un segundo más de la cuenta, sé que le preocupa de verdad.

«Hayden».

Me giro, camino hasta la ventana y contemplo la ciudad a mis pies. Oigo el chasquido que hace la puerta al cerrarse con suavidad. Me arrepiento profundamente. Avergonzado de mí mismo, cierro los ojos. ¿Qué bicho me ha picado?

Se me está yendo la cabeza.

Entro en la oficina a las ocho y media clavadas. Jameson y Elliot ya están en recepción.

—Buenos días.

Jameson hace una mueca al verme y dice:

—Vaya pintas.

—Es lo que tiene estar *margarracho*. —Mientras paso por su lado, le suelto a Elliot—: Y tú tienes la culpa.

Este se ríe. Enfilo el pasillo y entro en mi despacho. Me dejo caer en mi silla.

Joder, qué mal me encuentro.

Me duele la cabeza, tengo náuseas, siento vergüenza y...

Estoy abatido.

¿Qué pensarán Heidi y Nicki del calentón que me dio anoche?

Llaman a la puerta.

—Adelante —digo en alto.

La puerta se abre y aparece mi madre.

—Hola, cielo.

Y ahí está, la mujer más glamurosa de toda Nueva York. De punta en blanco, con su vestido de marca color cámel, sus tacones, su peinado impoluto y su espalda recta. Sonrío.

—Hola, mamá. —Me levanto y le doy un beso en la mejilla—. Estás preciosa.

Me sonríe y me dice:

—Vengo a invitarte a desayunar.

«Me cago en ti, Elliot».

—Hoy estoy muy liado.

—Tonterías. —Sonríe—. Solo te he visto dos horas desde que has vuelto. Necesito más tiempo.

—Ya he desayunado.

—Venga...

Ignora lo que le he dicho y abandona mi despacho.

—Me llevo a Christopher —informa a mis hermanos.

Tras cruzar el pasillo pisando huevos, veo que Elliot y Jameson siguen en recepción, hablando para hacer tiempo. Miro a Elliot con recelo.

—Te mato —le digo solo con los labios al pasar por su lado.

Sonríe y se despide de mí moviendo las puntas de los dedos.

—Diviértete —responde de la misma manera.

Está clarísimo que Elliot se ha chivado. No estoy de humor para comerme este marrón.

Subimos al ascensor y, tras entrelazar su brazo con el mío, mi madre me dice:

—Háblame de tu viaje.

—Ha estado bien.

—¿En pasado? —Me mira ceñuda y dice—: ¿Eso es que no vas a volver?

—No.

—Mmm…

Se abren las puertas del ascensor y, todavía del brazo, pasamos por recepción.

—¿Dónde quieres desayunar? —le pregunto.

—He reservado una mesa en Lamberts.

—Pero eso está muy lejos. Vayamos a la cafetería que hay aquí enfrente.

—No, por Dios. ¿Has probado el café que sirven ahí?

Su chófer abre la puerta trasera de su Mercedes negro y mi madre sube al coche.

—Gracias, Roger —le dice con una sonrisa.

Exhalo con cansancio y subo yo también. Con mi madre no se puede discutir. Es de ordeno y mando. Y se la obedece sin rechistar.

Al cabo de veinte minutos nos hallamos en su cafetería favorita. Sonrío al verla beberse su café con una taza de porcelana fina en tonos rosas y dorados y un platillo.

Me mira a los ojos y me sonríe con complicidad.

—A ver, cariño.

Pongo los ojos en blanco. Ya verás tú.

—Escúpelo.

—Yo no escupo. No soy un camello, Christopher.

Sonrío abiertamente. Ya tardaba en meterme un zasca. Creo que nos parecemos más a ella que a papá.

—Elliot me ha dicho que no estás bien.

—Qué va —miento—. Me habrá malinterpretado.

—A ver. —Incansable, me mira y me dice—: No nos vamos a ir hasta que no hablemos de qué te pasa.

—No hay nada de que hablar, mamá.

—Así que no quieres hablar de la cazafortunas a la que has conocido.

—No es una cazafortunas —salto—. Cree que estoy a dos velas.

—Ajá. —Sonríe con cariño—. Sabía que eso te haría hablar. Cuéntamelo todo.

Entorno los ojos. Maldita mujer calculadora.

—Entonces, ¿cree que estás… pelado?

—Sí.

—Tengo entendido que no es muy agraciada.

—¿Cómo? —Resoplo—. Está que te cagas.

—Esa boca —me recuerda con una sonrisa cómplice.

Nos quedamos callados un momento para tomar café.

—No te conviene —me dice mientras deja su sofisticada taza en su platillo a juego.

Me entran los siete males.

—¿Qué te hace decir eso?

—Es una mochilera que se aloja en hostales cochambrosos y cree que vas a estar con ella siempre. Debe de haberte hecho daño para que vuelvas a casa escopeteado. Seguro que ya te ha engañado y que tampoco le va el compromiso.

—Es al revés, mamá —le espeto. Me cambia la cara—. Un momento, ¿sabes que soy mochilero?

—¿En serio crees que me chupo el dedo? —repone mientras me mira—. Eso sí, las anécdotas sobre tu curso de pega en París eran la monda. Tu padre y yo nos hemos echado unas buenas risas.

—Me cago en… —Me paso las manos por el pelo. Solo lo ha dicho para pillarme.

—Habla conmigo, tesoro —me apremia.

La miro a los ojos y escondo los labios. Es lo más cerca que he estado de llorar en lo que llevo de adultez.

—La he cagado.

—¿Qué ha pasado?

Me encojo de hombros y digo:

—No sé.

—¿Por qué te has ido?

—No sé.

Echo una ojeada a la cafetería mientras repaso los últimos meses.

—Somos amigos, y ella es tan… guapa y dulce y opuesta a mí… Y luego nos besamos y… —Me encojo de hombros.

Me sonríe con ternura mientras me observa.

—Bueno. —Me enderezo—. Ya es agua pasada.

Me mira a los ojos y dice:

—Ah, ¿sí?

—O eso quiero que sea.

—Algunas cosas no se eligen. Te eligen.

Le doy un sorbo al café. No tengo nada que añadir.

—¿Te acuerdas de cuando te saqué del colegio y te pasaste el resto del curso con papá y conmigo e ibas a la logopeda los martes?

—A duras penas.

—¿Te acuerdas de lo que hablabas con la señora Theresa?

—No mucho.

—Hablabais de tus problemas y de tus miedos.

Arrugo el ceño y digo:

—¿La señora Theresa era loquera?

Saca un libro del bolso y me ordena:

—Lee esto.

Lo acepto y le echo un vistazo. Es una libreta. Hay cartas escritas a máquina enganchadas en ella. Me fijo en la fecha de la portada. Tendría unos diez años cuando se escribió esto.

```
En mi opinión, Christopher manifiesta
rasgos de perfeccionismo.
```

Lo siguiente lo anotó mi madre tras indagar sobre el perfeccionismo.

El perfeccionismo en psicología es un tipo de personalidad amplio caracterizado por la búsqueda de la perfección y la excelencia y acompañado de autocrítica y preocupación por los juicios ajenos.

Rasgos que muestra Christopher a simple vista:
- Actitud tajante.
- Es muy crítico consigo mismo y con los demás.
- Se guía por el miedo.
- Tiene expectativas irreales.
- Solo se fija en los resultados.
- No cumplir sus objetivos lo entristece y lo aterra.
- Miedo al fracaso.

- Procrastinación.
- Actitud defensiva.

Aunque no presenta la típica falta de autoestima, se ampara demasiado en sus hermanos, lo que denotaría una relación de codependencia. Cree que para ser aceptado debe destacar en todos los aspectos de su vida.

El fracaso no es una opción.

¿Cómo?

Frunzo el ceño a medida que leo. El siguiente párrafo lo escribió la psicóloga.

```
En el futuro, propongo que Christopher
siga con el tratamiento, pues, de
abandonarlo, es de esperar que los
síntomas se agraven conforme alcance
la madurez y establezca relaciones
personales.
```

Cierro la libreta y, molesto, se la devuelvo a mi madre.

—Tenía diez años.

Mamá me mira con ojos sabedores.

—Todos los niños de diez años son raros. —Me muevo en la silla, incómodo—. No soy perfeccionista.

No dice nada.

—Me da igual lo que ponga ahí. No soy perfeccionista.

Bebe un poco de café.

—Y, ahora que lo pienso, ¿cómo es que me llevaste a la loquera con diez años? —le espeto.

—Porque no probabas nada nuevo.

—¿A qué te refieres?

—A que si creías que no ibas a ser bueno en algo, directamente ni lo intentabas.

—¿Por ejemplo?

—Empezó en clase. Te negaste a hacer álgebra.

Frunzo el ceño. No recuerdo nada de lo que está contando.

—Tu profesora y tú llegasteis a las manos. Te cerraste en banda y te negaste a hacer la clase. Me llamó. En ese momento, empezamos a fijarnos en cosas que siempre habíamos considerado manías tuyas.

La miro.

—Tesoro. —Me coge de la mano y dice—: No es fácil ser el menor de los hermanos Miles y crecer con tantísima presión por ser perfecto.

—No me siento presionado.

—Con la familia no, pero… ha afectado a tus relaciones personales con las mujeres. Tienes treinta y un años y no te has echado ni una sola novia. ¿No te extraña?

La miro horrorizado.

—Puedes con esto y con más. —Me estruja la mano—. Sé que sí. Pero tienes que ser consciente de que no pasa nada si fracasas.

«Claro que pasa».

Se me forma un nudo en la garganta.

—Amar da miedo, lo sé —susurra—. Pero algún día tendrás que cederle el control a alguien. Lo único que tienes que decidir es si vas a confiar ciegamente en esta chica o si vas a dejarla escapar y arrepentirte el resto de tu vida.

«Hayden».

Se me humedecen los ojos.

Me tiende la libreta y me dice:

—Llévatela a casa y léela. Estúdiala. Mejor aún, ve al psicólogo. No quiero ver cómo te rompes el corazón tú solo.

—Ya es tarde. —Suspiro con pesar—. La he perdido.

Hayden

Estoy sentada en el banco que hay fuera del hostal. Miro la hora. ¿Dónde se habrá metido? En una hora empieza mi turno. A estas alturas ya suele estar aquí.

Espero diez minutos más. Entonces levanto la vista y al fin lo veo. Me saluda. Me mira con sus ojazos marrones y risueños y me dice:

—Hola, señorita Hazen.

—Hola, Eddie. —Contengo el aliento y le pregunto—: ¿Te ha llamado?

Le cambia la cara y niega con la cabeza.

—No.

Se me cae el alma a los pies.

Hace ocho días que Christopher se fue. Mierda.

Me equivoqué.

No va a volver.

Hace cuatro días dejó de llamar a Eddie, y ahora él está tan afligido como yo.

Lo que es triste, muy triste.

Los demás se marcharon a Alemania el lunes. No pude ir con ellos. ¿Y si vuelve y no estoy? Aunque sea solo para despedirse…

Espero que esté bien.

Sé que le importo. Me equivocaré en muchas cosas, pero no me he imaginado lo que sentimos el uno por el otro. Todo este tiempo supe que estaba jodido. Supongo que no era consciente de hasta qué punto.

Le he dado tantas vueltas al tema que estoy a un paso de volverme loca.

Y he llegado a la única conclusión posible: que quizá no le bastase mi cuerpo. He visto a las chicas con las que se da el lote y no estamos ni en la misma estratosfera. Quizá prefiera a chicas distintas a mí y por eso ha puesto pies en polvorosa.

La idea es deprimente, la vida es deprimente, y aquí estoy, en la otra punta del mundo, con ganas de abrazar a mi madre.

Eddie me acompaña a la parada del autobús. Esperamos en silencio, cada uno en su propio mundo.

—¿A qué hora sale de trabajar hoy? —me pregunta.

—A las ocho.

—No puedo ir a recogerla. Sigo en el trabajo.

—No pasa nada. —Sonrío y abrazo a mi pequeño guardián. Se ha adjudicado el papel de guardaespaldas que tenía Christopher y viene a buscarme cuando salgo tarde de trabajar—. Casi no es de noche a esa hora. Estaré bien.

Llega el autobús. Le doy un beso en la mejilla y le digo:

—Gracias por acompañarme. —Sonrío—. Que te diviertas en el trabajo.

—Qué va. —Pone los ojos en blanco—. Igualmente.

—Yo tampoco me lo pasaré bien.

Subo al autobús, me siento y me despido con la mano mientras nos alejamos.

Adoro a Eddie.

Cuatro horas después

Recojo la mesa nueve y le paso un trapo para limpiarla. Pongo los platos en la bandeja y, cuando me giro para volver a la cocina, freno en seco.

Christopher está en la entrada del restaurante y me mira con sus ojazos.

Sonrío ligeramente y él hace lo propio. Camina hasta mí. Dejo la bandeja y camino hasta él.

—Hola —susurra al abrazarme.

Me embarga la emoción.

—Has tardado un montón —replico.

—Mejor tarde que nunca.

Me besa con dulzura. Se resiste a despegar sus labios de los míos.

—¿Qué tienes que decir en tu defensa?

Me deslumbra con una sonrisa radiante y respondo:

—Que quiero dar el paso.

Capítulo 15

Toma mi rostro entre sus manos y me besa con una mezcla de alivio y felicidad y el punto justo de lengua. Sonreímos pegados a los labios del otro y nos besamos una y otra vez.

—¿Estás bien? —susurro.

—Ahora sí. —Y vuelve a besarme.

—Era tu primera y última oportunidad —murmuro.

—Me parece justo.

Me besa con más intensidad y olvidamos dónde estamos.

—Eh —salta mi jefe—, que está trabajando.

—Tengo que irme. —Sonrío mientras trato de apartarme de él.

Christopher acerca mi rostro al suyo como si fuera incapaz de dejarme marchar.

—Aún no. —Me besa de nuevo; un beso que me llega al alma—. ¿A qué hora sales?

—A las ocho.

—¿Quieres que venga a recogerte?

—Vale. —Me aparto de él.

—¿Te apetece que tengamos una cita? —me pregunta esperanzado.

Sonrío y digo:

—Vale.

—Vale —repite mientras me mira—. Vale… —Asiente como para tranquilizarse.

—Te estás repitiendo.

—Vale. —Frunce el ceño—. Ya lo he dicho, ¿no? —Al retroceder, choca con el cubertero—. Perdón —dice antes de darse cuenta de que no es una persona. Se ríe avergonzado y pregunta—: ¿A las ocho?

«Está nervioso».

—Vale. —Me río.

—Ya van muchos «vale» —repone.

—Ya está bien, hombre —interviene mi jefe.

Christopher me mira a los ojos y sonrío pletórica.

—Hasta luego.

Da media vuelta y abandona el restaurante casi a la carrera mientras que yo, orgullosa, me giro hacia la cocina.

Ha vuelto.

Christopher

Aligero y miro la hora. Las cuatro.

Mierda.

Solo dispongo de cuatro horas.

—¿Dónde demonios la llevo? —Cavilo hasta que decido llamar a la única persona romántica que conozco: Elliot.

—¿Cómo ha ido? —me pregunta.

—Para mi sorpresa, me ha… perdonado.

Se ríe y dice:

—Buena noticia.

—Le he propuesto que tengamos una cita esta noche.

—Buena idea.

—¿Tú crees? —Arrugo el ceño—. Porque, ahora mismo, lo último en lo que pienso es en ser romántico.

—Mmm… Para llegar a la mejor parte, antes tienes que pasar por la cita.

—No jodas, Sherlock —le espeto—. Dispongo de cuatro horas para preparar algo que la deje flipada. ¿Qué coño hago?

—Vale, a ver… —Reflexiona un instante y dice—: ¿Qué quieres hacer tú?

—No pasar nuestra primera noche juntos en una mierda de cuarto compartido, eso lo tengo claro.

—Reserva una habitación de hotel.

—Cree que estoy tieso.

—Dile que... —Se lo piensa un momento—. Dile que tu abuelo conoce al dueño y que tiene cupones para pasar la noche gratis, y que, como no los va a usar, te los ha regalado.

—Pues la verdad es que... —Asiento mientras le doy vueltas a su plan—... no es mala idea.

—Y llévala a cenar.

—Vale, vale.

—Pero no bebas mucho o la cagarás en la cama.

Ceñudo, digo:

—Define «cagarla en la cama».

—Ser demasiado bestia.

—¿Eso es un problema? —exclamo, horrorizado.

—Sí, es un problema. Las chicas buenas que llevan siglos sin mojar no follan como tú. Tienes que acostumbrarla. Ser amable y delicado en los primeros asaltos.

—¿Cómo? —grito. No miro por dónde voy y me topo con una señora mayor—. Lo siento mucho —le digo en voz alta mientras veo cómo se aleja renqueando.

—¿Qué haces? —me pregunta Elliot.

—Chocar con abuelitas. ¿Cómo que tengo que ser amable y delicado? ¿Cómo se folla con amabilidad y delicadeza? Y, sobre todo, ¿por qué alguien querría follar así? —Empiezo a sudar—. Voy a meter la pata, fijo.

—Irá bien.

Acojonado, digo:

—No... Esto no es buena idea... No sé por qué. ¿Cómo se me habrá ocurrido?

—Relájate.

—Relájate, dice. —Se me van a salir los ojos de las órbitas—. ¿Que me relaje? Relájate tú, no te jode —grito—. Vaya percal.

—Ya me encargo yo de reservar el hotel.

—Vale. —Me detengo en seco y echo a andar de un lado a otro. Respiro hondo para serenarme—. Algo bonito..., con *jacuzzi*.

—Vale. Luego te envío la dirección.

Solo de imaginarme desnudo en un *jacuzzi* con Hayden me pongo como un flan.

«Joder».

Freno en seco. De pronto, soy más consciente que nunca de lo trascendental que es esta noche.

Como si presintiera que me va a dar una crisis nerviosa, Elliot me dice con calma:

—Tranquilo. Tú puedes. No te rayes y todo irá rodado.

Asiento.

—Ni pienses en ello. Te mandaré la dirección del hotel. Haz el equipaje y ve a buscarla al trabajo como de costumbre. Todo irá bien.

—Vale. —Asiento. Tiene razón.

—Si acaso, pásate por una farmacia y compra lubricante.

Me aprieto el puente de la nariz.

—¿Me has oído?

—Sí —escupo—. No voy a hablar de ese tema contigo. —Y cuelgo a toda prisa.

Subo las escaleras del hostal y me voy directo a mi taquilla. Saco el regalo que le he comprado a Eddie. Cómo he echado de menos a ese renacuajo.

Me dirijo al bar. Como está sirviendo en la otra punta, no me ve. Me siento en un taburete. Observo embobado cómo pasa de un idioma a otro sin titubear. Se da la vuelta y, al verme, se le ilumina la cara. El estómago me da un vuelco.

Arrugo el ceño. «¿Y eso?».

—Eh, hola —me saluda con una sonrisa.

—¿Qué pasa, hombrecito? —Me río.

—¿Dónde se había metido?

—Tenía cosas que hacer en casa. —Le tiendo el regalo y le digo—: Para ti.

Mira la gorra de béisbol con los ojos como platos. Es azul marino y delante pone «NY» en blanco.

—Son las siglas de Nueva York —le digo.

Abre la boca como si acabase de entregarle una reliquia sagrada.

—Qué fuerte —susurra—. Qué chulada. —Me la devuelve—. Pero no puedo aceptarla. Es demasiado.

—Quiero que te la quedes.

—Ya me ha dado mucho.

—Póntela —le ordeno.

Se la pone y se agacha para mirarse en el reflejo de las resplandecientes puertas de la nevera. Sonríe pagado de sí mismo y dice:

—¿Estoy guapo?

—Guapísimo. —Sonrío. Su alegría es contagiosa.

Joder, qué bien me cae este crío.

—Muchas gracias. —Cuando me toca la mano, me dan ganas de abrazarlo. Pero me contendré porque sería muy incómodo, y no es más que un chaval que trabaja en la barra, y no debería abrazarlo.

Ahoga un grito y dice:

—La señorita Hazen.

—Ya he quedado con ella esta noche.

—Esperaba que volviera.

«Menos mal».

—Voy a llevarla a un sitio especial.

Me llega un mensaje al móvil.

Elliot: Bella Donna. Dos noches.

Hostia, dos noches. Es un pelín presuntuoso, ¿no? ¿Quién narices puede ser amable dos noches seguidas?

Uf, qué…

Supongo que improvisaré. Total, a lo mejor mañana me deja. El *jacuzzi* me vendrá de lujo para ahogarme.

A Eddie se le amontonan los clientes y me pregunta:

—¿Le apetece una birra?

—Pues… —Recuerdo lo que me ha dicho Elliot—. No, estoy bien. Hasta luego, colega.

Sonríe y dice:

—Gracias por la gorra. No me la quitaré nunca.

Hayden

Recorro el restaurante a la velocidad de la luz. Nunca he tenido tanta prisa por limpiar.

Miro la hora. Llegará en cualquier momento. Me seco las manos en el delantal, y es que las tengo húmedas y pegajosas. Uf, estoy nerviosa. Y no debería. Solo es Christopher. Pero ver nervioso a alguien que no tiene ningún motivo para estarlo me ha puesto nerviosa. Y con razón.

No me he acostado con cientos de chicos y soy una novata absoluta. No tengo un cuerpo de escándalo, y la última vez que nos lo montamos cogió y se largó.

Me asomo a la ventana delantera y lo veo dirigirse a nuestro punto de encuentro. Entorno los ojos para observarlo bien. Lleva una camisa bonita, vaqueros y una bolsa de viaje.

¿Eh?

¿Vamos a algún sitio?

¡Ay, madre! Necesito ducharme, depilarme las piernas… ¡No me digas que va a sorprenderme con una noche fuera en nuestra primera cita! Recuerdo otra cosa. ¡Mierda! Habrá rebuscado en mi mochila para cogerme ropa y habrá visto que tengo ropa sucia. ¡Socorro!

Como él no estaba cada día persiguiéndonos en plan sargento para que hiciéramos la colada, se me ha pasado. Lo último en lo que pienso cuando sufro un desengaño amoroso es en las tareas domésticas.

Seguro que ha hecho mi colada. «Maldita sea».

¡¿Por qué tiene que ser tan limpio?!

Seguro que me ha hecho la cama y ha ordenado el dormitorio. ¿Qué ha sido de la típica mujer que le da la tabarra al hombre? ¿Y si me interesaba el puesto? Que no, pero aun así…

—Buenas noches, Hayden —me dice mi jefe—. Muy bien hoy.

—Gracias. —El estómago me da un vuelco—. Hasta el próximo fin de semana.

Voy a la cocina a lavarme las manos y después, al baño. Me peino un poco delante del espejo y me limpio los restos de rímel.

Vale… Relajo los hombros.

Tranquila.

Cojo mi bolso y salgo a la calle. Cuanto más me acerco a él, más nerviosa me pongo. Me espera pacientemente con su bolsa de viaje en la mano.

—Hola —le digo con una sonrisa.

—Hola. —Se inclina y me besa con suavidad; se resiste a despegarse de mis labios.

«Cómo lo añoraba».

—¿Y esta bolsa? —le pregunto.

—Es que… se me ha ocurrido que…, si te parece bien… —dice a trompicones—…, podríamos irnos a un hotel.

—Ah…

—Que no significa que me tengas en el bote —añade—. No te flipes.

—Vale. —Me río. Me da la mano y echamos a andar—. Pero ¿te tengo en el bote?

—Ya te digo. —Me sonríe con sensualidad y me guiña un ojo.

—No hace falta que vayamos a un hotel. Es muy caro, y los demás ni siquiera están.

—No lo sabía cuando lo he reservado. —Hace una pausa y agrega—: Bueno, en realidad lo ha reservado mi hermano con unos cupones que tenía por ahí.

—¿Qué hermano?

—Elliot.

Sonrío al escucharlo.

—Así, si el hotel es una mierda, ya sabemos a quién culpar.

—Vale, tomo nota. —Sonrío. Caminamos un rato en silencio—. ¿Has cogido cosas para mí?

—Sí.

—¿Has hecho mi colada?

—Puede… —Me mira a los ojos y dice—: He hecho nuestra colada.

—Pero si acabas de llegar —replico.

—Tenía que lavar cosas.

—¿Me has hecho la cama?

Arquea una ceja y dice:

—Tal vez.

Escondo los labios.

—En mi defensa alegaré que, como tus sábanas olían a ti, me la he cascado en tu cama. Te la he hecho como agradecimiento mientras disfrutaba de la dicha que sigue al orgasmo.

Me parto de risa y él también. Nos miramos a los ojos más de la cuenta. Me derrito. Me besa y me dice:

—Te he echado de menos, Gruñona.

—No tanto como yo a ti.

Deja la bolsa en el suelo y me abraza. Nos besamos con ternura y parsimonia en mitad de la calle, delante de todo el mundo.

—Qué besucón estás hoy —le comento con una sonrisa.

—Sí, ¿no? —Frunce el ceño y dice—: Voy a tener que controlarme.

Vuelve a tomarme de la mano y seguimos andando.

—¿Dónde vamos a alojarnos? —le pregunto.

—No sé, en un hotel.

—Dime que tiene piscina.

—¿Te gustan las piscinas?

—Me encantan. Hace tres meses que no me baño en una. Es lo único que detesto de los hostales.

Se estremece y dice:

—¿En serio te meterías en una piscina en el hostal con la de guarros y salidos que se hospedan allí?

—Bueno, mi compañero de cuarto se la casca en mi cama mientras trabajo, así que… —Me encojo de hombros y rompe a carcajadas.

Qué gusto da y qué natural resulta reír con él y ser nosotros mismos. Me preocupaba que las cosas entre nosotros fueran a cambiar. Me alivia que, por ahora, todo siga igual.

—Saldremos a cenar —me informa con una sonrisa—. Que estamos de celebración.

—Vale.

Me muero de la emoción.

—¿Qué has hecho mientras estabas fuera? —le pregunto.

—Cosas.

Lo miro de soslayo y repito:

—¿Cosas?

—Cosas aburridas. ¿Qué te apetece cenar?

Está cambiando de tema.

—Algo picante.

—¿Picante? —Arruga el ceño y dice—: No te lo recomiendo.

—¿Y eso?

—Pues porque vamos a compartir baño.

Me echo a reír y comento:

—Bien visto.

Mira el mapa en el móvil y dice:

—Pues no está lejos ni nada el hotel. Cojamos un Uber.

—Vale.

Introduce nuestras coordenadas y dice:

—Esperaremos aquí.

Me lleva hacia la parte interior de la acera y me estampa contra la pared.

—¿Qué haces? —susurro. La gente nos mira.

—Besar a mi chica en la calle. ¿A ti qué te parece? —Y me besa en los labios.

«Su chica».

Sonrío pegada a su boca. Esta noche ya es un exitazo.

Al cabo de veinte minutos, el Uber nos deja enfrente del hotel más sofisticado que he visto en mi vida. Me asomo a la ventanilla y digo:

—¿Seguro que es aquí?

—Sí, sí. —Sale del taxi y me ayuda a bajar.

—Es demasiado elegante —susurro mientras unos porteros corren a echarnos una mano.

—Servirá. —Y se encoge de hombros.

Sonrío al entrar en la recepción. Los porteros se apresuran a sostenernos la puerta.

—Buenas noches, señor Miles —dice uno a la vez que asiente.

¿Eh?

—¿Cómo sabe tu apellido? —susurro.

—Ya sabes cómo son estos sitios tan distinguidos.

—Pues no, la verdad.

Me señala una sala de espera de postín y me indica:

—Siéntate ahí mientras hago el registro.

—No, te acompaño.

Me manda al sofá de un empujón y me dice:

—Insisto.

Madre mía.

—Vale.

Mientras se dirige al mostrador, miro al conserje y al personal, quienes, con sus trajes negros, son las personas más elegantes que he visto hasta la fecha en España.

A los cinco minutos, estamos en el ascensor de camino a nuestra habitación.

—¿Qué me has metido en la bolsa? —le pregunto.

—Adivina —dice con una sonrisilla.

—El vestido blanco.

—Bingo.

—¿No estás cansado ya de ver ese trapo viejo?

—Qué va. Por mí, como si te casas con eso puesto. —Alza mucho las cejas como si se escandalizara por lo que acaba de soltar por la boca—. Estoy desvariando, no..., no me hagas caso. —Ya vuelve a trabarse—. A ver, que no... Joder.

—Tranquilo, sé a lo que te referías. Te gusta el vestido, vale. —Escondo los labios para no sonreír. Qué divertido es.

Llegamos a nuestra planta y enfilamos el pasillo. Abre la puerta y, cuando entramos, me falta el aliento.

—¡Madre del amor hermoso! —exclamo—. No veas con el cupón.

Es un apartamento en todos los sentidos, con sus bellas obras de arte y sus muebles lujosos. Vamos al dormitorio, decorado con una cama con dosel y un *jacuzzi* gigante en el centro.

—Caray —exclamo, ojiplática—. Es...

Christopher entorna los ojos mientras mira a su alrededor.

—Qué sutil, Elliot —murmura.

—¿Por qué lo dices? —pregunto mientras me acerco a la ventana.

—Por nada. Mi hermano, que es idiota —me espeta.

Sigue aturullado por el comentario del vestido de novia.

—Me vendría bien darme una ducha. ¿Me dejas media hora para arreglarme? —le pregunto.

Me mira a los ojos.

231

—¿Qué te parece si bajas al bar, nos reservas mesa en el restaurante, te tomas algo mientras me esperas y nos vemos luego?

—Vale, me apetece una copa. —Me da un beso en los labios y abandona la habitación casi corriendo. El pobre diablo debe de creer que me ha pedido matrimonio o algo así.

De acuerdo.

Operación Pibón.

Abro el bolso y saco el vestido que me he comprado hoy. Está hecho un ovillo. Menos mal que es elástico y no hace falta plancharlo. Después de que Christopher haya venido a verme al trabajo, he aprovechado la pausa de la comida para salir pitando a comprarme un vestido para la cita. Hasta he cogido lencería *sexy*. Se salía de mi presupuesto, pero qué demonios, la ocasión lo merece.

Revuelvo entre las cosas que me ha metido en la bolsa y doy con mi neceser. Hurgo en él rápidamente y encuentro una cuchilla. Qué alivio.

—Menos mal.

Presa del pánico, miro la hora.

—Vale, al lío. Dispongo de veintiocho minutos para volverme absolutamente irresistible.

Treinta y dos minutos después

Me miro al espejo. No estoy nada mal. Me he recogido el pelo, aunque no por gusto. Por desgracia, alguien se ha olvidado de traerme las planchas, pero no pasa nada. Me he maquillado lo justo. Rezumo ilusión por todos los poros. Me giro para verme por detrás. Insisto, nada mal. Nunca sabré cómo he dado con un vestido tan bonito en tres minutos. Es ajustado y fruncido, los tirantes son finísimos y es de un tono malva precioso. No es algo que me compraría en una situación normal, pero para haber pasado siete minutos en una tienda, no está nada mal. Sonrío satisfecha. Tiene su encanto.

Respiro hondo para armarme de valor. Ahora sí que sí, la noche que tanto anhelaba. Por favor, que todo salga bien. Realmente creo que entre nosotros hay algo.

Me aplico un pintalabios llamativo y me estremezco. Uf, parezco una *stripper*. Me lo limpio con un pañuelo y me aplico otro.

—Qué feo. —También me lo quito y me decanto por uno más natural—. Este mismo.

Me calzo los zapatos; no son los que me pondría con este vestido, pero bueno..., es lo que hay. A Christopher le encantan estos zapatos. No deja de sacármelos para que me los ponga.

—Vale. —Cierro los ojos—. Por favor, que vaya bien.

Bajo al restaurante del hotel y lo busco con la mirada. Está en la barra. Se gira justo cuando lo veo. Me mira de arriba abajo mientras me deslumbra con la sonrisa más radiante del mundo.

Nerviosa, voy hasta él y le digo:

—Hola.

—Hola —susurra con tono sensual mientras me pone la mano en el trasero y me acerca a él—. Estás como un tren, Gruñona. —Y me besa con dulzura.

—Gracias. —Avergonzada, me encojo de hombros—. No me apetecía ponerme mi vestido de novia esta noche.

Se ríe entre dientes y dice:

—Menos mal. —Vuelve a besarme y saltan chispas. Que le den a la cita, volvamos arriba ahora mismo—. Te he pedido una copa.

Miro a la barra y veo dos margaritas.

—Mi favorita —repongo mientras me siento en un taburete a su lado.

Con la barbilla apoyada en la mano, me mira a los ojos y me sonríe con aire distraído.

—Tú sí que eres mi favorita.

Nerviosa, le doy un trago a mi copa porque no sé qué contestar a eso.

—¿Qué vamos a comer?

—Yo ya sé lo que voy a comer —me dice mientras me mira con sus ojos oscuros.

«Joder».

—Me refería a comer de comida.

Alza una ceja como si no me creyera y da un trago a su copa.

—No lo sé. ¿Damos una vuelta? No me sé ni los nombres de los restaurantes de por aquí.

—Vale. —Cojo mi copa y le doy un sorbo. Sonriendo, digo—: Sabe a gloria.

—Mientras estuve fuera, me pasé una noche especialmente larga bebiendo margaritas en tu honor.

—No me digas.

—Elliot y yo acabamos *margarrachos.*

Me echo a reír.

—¿*Margarrachos?*

—Ajá.

—Háblame de Elliot. —Sonrío—. Da la impresión de que sois muy íntimos.

—Pues la verdad es que... —Se lo piensa un instante—..., se parece mucho a ti.

—¿Y eso?

—Es cascarrabias, romántico hasta decir basta, confiable y leal.

Sonrío y digo:

—¿En serio?

—Como lo oyes.

—¿Y tienes tres hermanos?

—Sí. Jameson es el mayor, le sigue Tristan, después Elliot y, por último, yo.

—¿Eres el pequeño?

Asiente.

—¿Y os parecéis?

—Qué va. —Niega con la cabeza—. Somos todo lo contrario. Jameson es ambicioso e irascible. Tristan y yo nos parecemos muchísimo. Incluso físicamente. Y Elliot es una buena combinación de los tres.

Sonrío. Me encanta que me hable de su familia.

—¿Y tú? —me pregunta.

—Soy hija única.

Le cambia la cara y dice:

—¿Hija única?

—Mi madre sufrió una hemorragia mientras me daba a luz y, para salvarle la vida, le practicaron una histerectomía, lo que le impidió tener más hijos.

—Vaya. —Me escucha con atención—. ¿Y cómo es crecer sin hermanos? —Frunce el ceño—. Es que no me lo imagino.

—Siempre he vivido así. —Me encojo de hombros—. Así que…

Asiente mientras me escucha detenidamente.

Nos quedamos callados y bebemos. Hay una verdad incómoda que nos negamos a abordar.

No quiero ser quien la saque a colación. Tiene que ser él.

—Esta semana toca Alemania —digo con una sonrisa.

—Es verdad. —Asiente—. O podríamos quedarnos aquí un poco más. Hay un curso para ser barman que tiene buena pinta. Les pregunté si podía asistir y me dijeron que tenían un hueco la semana que viene.

—¿En serio? —Atónita, arrugo el ceño—. ¿Quieres ser barman?

—Bueno… —Se encoge de hombros—. He estado pensando en lo que quiero hacer los próximos nueve meses, y solo hay dos cosas que me interesan de verdad.

—¿Cuáles?

—Ser tu AP y preparar cócteles.

—¿Mi AP? —inquiero, ceñuda.

—Tu ayudante púbico.

Rompo a carcajadas.

—Me gusta cómo suena.

—¿Das pagas extras? —me pregunta.

—Pago en orgasmos.

Se ríe y choca su copa con la mía.

—Mi moneda favorita.

—Vale. —Me encojo de hombros—. Cuando acabes el curso para ser barman, nos vamos.

—Trato hecho. —Sonríe. Me acaricia el muslo por debajo de la mesa y yo bebo. ¿De verdad no va a decir nada de por qué se fue?

Volvemos a quedarnos callados.

—¿Qué más hiciste mientras estabas en casa? —le pregunto—. Me dijiste que tenías que firmar algo.

—Ah, sí. —Se encoge de hombros—. Y, aparte de eso, casi me dio una crisis de ansiedad.

—¿Por qué?

—Por ti.

Lo miro a los ojos y le pregunto:

—¿Por qué te fuiste?

—Me entró el pánico.

—¿Y eso? —susurro mientras le toco la mano con la que me acaricia el muslo—. ¿Por qué? Solo soy yo.

—Solo tú es… mucho.

Me cambia la cara y pregunto:

—¿Por qué lo dices?

—Por nada. —Bebe como si intentara dar con las palabras exactas—. Es que nunca… —Exhala con pesadez, no sabe qué decir.

—Christopher, puedes contármelo. Ante todo somos amigos —le digo para animarlo a hablar.

Me mira a los ojos y responde:

—Eres la primera con la que quiero algo más.

Lo beso con ternura.

—Eres la primera a la que le he sido fiel.

—¡Si hace nada que estamos juntos!

—Llevo meses sin estar con otras.

«¿Cómo?».

El corazón me da un vuelco. No ha hecho falta que se lo pida…

Ahora todo encaja.

Se encoge de hombros y dice:

—No podía… No… No quería pifiarla.

Sonrío a mi maravilloso hombre y respondo:

—No la pifiarás.

—¿Cómo lo sabes? —me pregunta.

—Porque mientras nos comuniquemos abiertamente, es imposible que la pifies.

Me mira.

—Huyendo es como la pifias.

—Lo siento, es que estaba muy… Y… —Me mira a los ojos; no sabe qué decir.

236

—Hagamos un trato —le propongo.

—¿Qué trato?

—Si la cosa se pone fea y te acojonas o no estás a gusto, dime «dame un momento».

Frunce el ceño.

—Así sabré qué pasa y me alejaré un poco para que te repongas.

—No quiero que me trates como si fuera de cristal —replica.

—No es eso. Pedir espacio es sanísimo para las relaciones. Tienes que aprender a confiar en lo nuestro.

Asiente con cara de ensimismamiento.

—Da gracias de que soy consciente de que eres un bebé adulto —comento mientras bebo.

Finge que se escandaliza y abre la boca. Para relajar el ambiente, le digo:

—A lo mejor hay que castigarte. Esta noche te daré unos azotes.

—¿De qué hablas?

—Hay cosas de mí que no sabes —le digo mientras me esfuerzo por mantenerme seria.

—¿Por ejemplo?

—Christopher. —Lo tomo de la mano y, con aparente solemnidad, añado—: Me gusta dominar y quiero atarte, pegarte con un cinturón y follarte con un arnés con consolador.

Se le sube el margarita a la nariz y se atraganta.

—¡Madre mía! —Tose.

—Y... quiero que te metas unas bolas anales que te he comprado —prosigo—. Sé que son grandes, pero así es como quiero que tengas de dilatado el ano.

Me mira con cara de espanto.

—Las tengo en el bolso. Te las introduciré yo —le digo seria, metida en el papel—. Si quieres, podemos ir al baño y hacerlo ahora. Te inclinas hacia delante hasta tocarte las puntas de los pies y ya está. Tengo lubricante. Solo te molestará un momento, pero ya verás que le cogerás el gustillo... por mí.

—Y una puta mierda. —Indignado, estampa la bebida en la barra—. Ni de coña. Ya te estás olvidando —me exige.

Incapaz de seguir con la farsa, me parto de risa. Cuando se da cuenta de que era broma, abre mucho los ojos y dice:

—¿Estás loca o qué? ¡Casi me da un infarto!

Me echo a reír.

—¡No te rías! —exclama—. Pensaba que había quedado con Jack el Destripador o algo así.

Me río con ganas y se une a mí. Aliviado, me coge de la nuca y me acerca a él para besarme.

—La única a la que le van a follar el culo serás tú —murmura pegado a mis labios.

—Eeeh…, va a ser que no. —Interrumpo el beso y digo—: No me va ese rollo. Ni siquiera lo he probado.

Abre los ojos como platos y pregunta:

—Entonces… ¿es todo mío? —susurra asombrado.

—No —contesto—. En realidad es mío.

Se le enciende la mirada. ¿Por qué habré bromeado sobre ese tema con un pervertido? Me va a salir el tiro por la culata… Nunca mejor dicho.

El barman se acerca y nos pregunta:

—¿Les sirvo algo?

Christopher me mira y me dice:

—¿Te apetece que vayamos tirando a otro sitio?

—No. —Sonrío—. Me gusta lo que hay aquí.

Entramos en la habitación en tromba y sin dejar de besarnos.

El deseo se ha disparado.

La habitación está a oscuras salvo por unas lámparas.

El aire huele a sexo, pero quizá se deba a la compañía.

Christopher Miles es sinónimo de sexo.

Es tarde. Ni siquiera hemos salido del hotel. Hemos bebido, comido y reído en el bar de abajo. Ya está siendo la mejor noche de mi vida.

Cuando Christopher me quita el vestido por la cabeza, la sala enmudece.

Me devora con su mirada oscura y se humedece los labios mientras se deleita con mi cuerpo.

Me hallo ante él vestida únicamente con lencería de encaje y tacones altos.

—¿Tienes idea de las ganas que tenía de tocarte así? —murmura mientras se apodera de mis labios. Me mete la lengua con suavidad. Se me cierran los ojos.

«Ah…».

—¿Tienes idea de las veces que me la he cascado imaginando que eras tú?

Sonrío mientras nos besamos.

Me desabrocha el sujetador y me lo quita despacio. Se le van los ojos a mis pechos turgentes y respira con brusquedad. Me los agarra con las manos y, sin dejar de besarme, me pasa los pulgares por los pezones, duros como piedras.

Se agacha y me descalza. Con los ojos clavados en los míos, me lame el muslo. Me apoyo en sus hombros para no caerme y lo observo.

Me besa justo ahí…

«Me falta el aire».

El corazón me hace pum-pum, pum-pum, pum-pum.

Madre mía, ¿podemos darle ya al tema? Estoy tan nerviosa que me voy a desmayar.

Me aparta las bragas y me lame con su lengua grande y gruesa. Me estremezco.

«Cuánto tiempo…».

—Mmm… —gime pegado a mí.

Se levanta con empuje y, de la mano, me lleva al dormitorio, únicamente iluminado por una lámpara. La atmósfera aquí es perfecta.

Me tumba en la cama, me baja las bragas y me separa las piernas.

—Así —susurra con voz grave y ronca; muy distinta a la que suele emplear.

Me acaricia el rostro, los senos y la entrepierna. Sin titubeos, me introduce un dedo bien al fondo y aspira con brusquedad.

—Qué gusto, joder —musita.

Me contraigo alrededor de su dedo, lo que hace que le brillen los ojos de deseo.

—Otra vez.

Cuando repito el gesto, se le crispa la mandíbula. Se levanta con premura y se quita los zapatos con los pies. A continuación, con los ojos fijos en los míos, se desabotona la camisa, lo que revela su maravilloso cuerpo: su torso amplio y bronceado, sus abdominales marcados y una línea de vello oscuro que se pierde bajo sus vaqueros.

Contengo el aliento mientras se baja la bragueta y se quita los pantalones y los bóxeres. Abro mucho los ojos, horrorizada.

La.

Madre.

Que.

Me.

Parió.

La tiene enorme, da la impresión de que esté hinchada. No se parece a ninguna otra que haya visto. Abro la boca para decir algo, pero no me salen las palabras.

Christopher sonríe como si me hubiera leído la mente y, con los brazos en jarras, me dice en tono arrogante:

—¿Y bien?

—Eeeh… —Me voy a quedar bizca—. Dame un momento.

—Se te ha acabado el tiempo.

Sonríe mientras se coloca sobre mí.

—En serio… —Estoy un poco cagada—. Es…

—Tuya.

El corazón me da un vuelco y le sonrío.

«Mía».

—Bésame —musita.

Esa palabra es mágica y hace que mi miedo se desvanezca. Me incorporo y lo beso. Nos tomamos nuestro tiempo: nos besamos con calma, agradecidos de estar aquí, disfrutando de la compañía del otro. La de noches que hemos pasado juntos…, y míranos ahora, desnudos y excitados a punto de hacerlo.

Es surrealista.

Se dispone a desplazarse hacia abajo, pero lo detengo.

—No.

Extrañado, dice:

—¿Cómo?

—Prefiero que… me beses mientras tanto. Estoy mejor si me besas.

Estoy demasiado nerviosa como para que me chupe ahí abajo la primera vez.

—Vale. —Sonríe pegado a mis labios—. Descuida.

Soy consciente de que es un mujeriego y que se habrá acostado con más tías de las que conozco, pero… esto es especial.

Me mira mientras me masturba con la presión justa y la profundidad adecuada.

Me retuerzo bajo su cuerpo a la vez que le pido más.

—Ya —gimoteo—. Necesito más. Ya.

Se la coge y me pasa la puntita por los labios.

—Condón —susurro.

—¿En serio? —pregunta, sorprendido.

—No tomo la píldora, así que, a no ser que quieras un bebé…

—No, por Dios.

Sale de la cama en un periquete y hurga en su bolsa. Vuelve y se arrodilla encima de la cama. Se pone el preservativo y se tumba encima de mí, encajonado entre mis piernas. Nos besamos con frenesí mientras acaricio su espalda musculosa de arriba abajo.

Madre mía, es perfecto.

Prueba a penetrarme, pero se topa con una barrera.

Ay.

Me besa con más intensidad y vuelve a intentarlo. Me quema.

—Aaaaah.

—Tranquila, preciosa —murmura contra mi cuello—. Estoy aquí. —Me besa en el cuello—. Relájate. Déjame entrar.

Asiento. Lo intento, de verdad que sí, pero ¡ay, madre!, ¿qué clase de pene tiene?

«De los grandes».

A juzgar por la desesperación con la que me besa, sé que se está reprimiendo. Con la respiración agitada, trata de contenerse.

Le rodeo la cintura con las piernas y me incrusta en el colchón. Me atraviesa un dolor fortísimo. Gimoteo.

—Shh, shh —me susurra al oído—. Estoy dentro. —Noto que sonríe contra mi cuello—. Estoy dentro, preciosa. —Me besa—. ¿Sabes lo que me pone esto, Gruñona?

Me echo a reír.

—¿El qué? ¿Que esté... tensa?

—Estás más que tensa. —Sonríe con lascivia—. Estás perfectísima.

Se lleva mi pierna al pecho y me chupa el tobillo.

—Vigila —le advierto.

Su mirada brilla con tal ardor que me suben unos escalofríos por la espalda.

—Necesito que te relajes —susurra.

Me revuelvo debajo de él; qué quemazón más apetitosa.

—Hayden —dice, lo que me devuelve a la realidad—. Mírame.

Lo obedezco a regañadientes.

—Como no te relajes, voy a hacerte daño. ¿Lo entiendes?

Asiento.

—Si soy muy bruto, me avisas.

—Estoy bien.

Con los ojos clavados en los del otro, la saca y vuelve a metérmela. Poco a poco, me voy dilatando.

Diosss..., qué gustazo.

Nunca me han follado así.

Cuando vuelve a metérmela, ya estoy muy mojada y me dejo ir un poco.

—Eso —me anima—. Muy bien, así me gusta.

Su voz ronca me pone a cien, así que abro las piernas para que me penetre sin problema. Se le ponen los ojos en blanco mientras se apoya en sus robustos brazos para no aplastarme. Separa las rodillas para montarme mejor y yo doy la talla. Durante un rato, nos movemos despacio. Me embiste con mesura y delicadeza, y, cada vez que la saca, me envalentono un poco más.

Me elevo de la cama para juntarme con él, que gime y se esfuerza por mantener los ojos abiertos.

—Joder..., qué gusto. —Jadea conforme nos ponemos más y más intensos.

242

Pronto ganamos intensidad. La cama choca con la pared y yo solo veo estrellas.

Me cuesta respirar.

—Hayden —gime—. Ah… Voy a correrme. —Gime de nuevo—. Pero a lo bestia.

Me pone como una moto oír su voz áspera y cachonda, así que me contraigo y me precipito sin control hacia un orgasmo devastador.

—¡Aaah! —grito.

—Jodeeer.

Gime mientras me acomete con fuerza y rapidez. Entonces se queda ahí al fondo y, tras notar el inconfundible tirón, se corre dentro de mí.

Nos besamos mientras nos movemos al unísono y nos vaciamos por completo. Apoya la cabeza en mi pecho. Sudorosos, resollamos. Noto que sonríe.

Tan pegados, tan perfecto.

Escandalizada, miro el techo.

«Dame un momento».

Capítulo 16

Abro los ojos a regañadientes y me encuentro con unos ojazos marrones. Christopher, tumbado de lado y apoyado en el codo, me observa.

—¿Qué haces? —inquiero, medio dormida.

—Admirar las vistas. —Sonríe y me besa—. Buenos días.

—Mmm... Buenos días —gruño con los ojos cerrados. ¿Cómo es posible que esté tan pizpireto de buena mañana?

Vuelvo a cabecear, pero noto que sigue observándome, así que abro un ojo. Sí, lo que yo decía: me está mirando.

—Vuelve a dormir.

—Tengo hambre.

Es pronto. Me giro y le doy la espalda.

—Pues asalta el minibar.

—No.

Lo ignoro.

—Vayamos a desayunar fuera. —Me da un golpecito en el hombro con el dedo.

Sigo con los ojos cerrados y digo:

—No.

Repite el gesto una y otra vez hasta que llega un momento en que no para.

—¿Por qué estás tan insistente?

—Es que me muero de hambre.

—Es imposible, Christopher. Ya cenamos anoche.

—Pero no comí mucho.

—No es culpa mía.

Me esfuerzo por volver a dormirme.

—Claro que es culpa tuya —dice.

—¿Y eso?

—Ayer no comí casi nada porque estaba nervioso.

Sonrío contra la almohada. Se abalanza sobre mí y me abraza. Con los labios pegados a mi sien, me pide:

—Aliméntame.

—Déjame dormir media horita más.

—No. —Me gira para tumbarme boca arriba, se acerca mi pierna a su cuerpo y, con suavidad, acaricia los labios de mi sexo con las yemas de los dedos—. ¿Cómo están tus partes nobles esta mañana?

Sonrío y pregunto:

—¿Mis partes nobles?

—¿A mi servicio y listas para la acción? —dice a la vez que me da una palmadita en el sexo.

—De eso nada, monada. —Cierro las piernas—. Mis partes nobles están destrozadas y no pueden entrar en combate.

Se ríe y comenta:

—Debilucha. —Se agacha y me besa ahí—. ¿Mejor así?

Sonrío y digo:

—No.

—Vale, pues me conformaré con el segundo premio.

—¿Qué segundo premio?

—Un desayuno romántico.

—Mmm… —Sigo con los ojos cerrados y me pongo de lado—. Anda, sé bueno y ve a la ducha a meneártela.

—Se acabaron las pajas. —Me muerde el trasero y añade—: Ahora tengo mi propia muñeca sexual. —Me da otro mordisco—. Y encima folla como un demonio.

—Te vas a enterar de lo demoniaca que puedo ser —repongo en tono seco.

Me tumba boca arriba de nuevo, me sujeta los brazos por encima de la cabeza y me mira.

—Después de comer hacemos lo que tú quieras. Todo el día para ti.

Su cabello oscuro le enmarca el rostro. Sus ojazos marrones prometen travesuras y mucha diversión.

Le sonrío y le digo:

—Anoche me lo pasé genial.

Me da un besito y se le pone dura.

—Y yo.

—¿No se te baja nunca o qué?

—A veces. —Sonríe y vuelve a besarme.

No puedo tener relaciones. Tengo el cuerpo muy sensible.

—¿No íbamos a salir a desayunar? —le pregunto.

—Sí, pero ahora tengo hambre de otra cosa.

Me lame los labios y es como si lo hubiera hecho en la entrepierna.

—¿Con qué frecuencia te gusta practicar sexo? —inquiero.

—En estas circunstancias —dice, y me embiste—, supongo que dos veces por día.

—Estás obsesionado. —Sonrío y agrego—: ¿Qué circunstancias?

—Pues teniendo a mi propia muñeca sexual.

Sonrío como una tonta. ¿Quién habría dicho que me gustaría que me llamase muñeca sexual? Hace tres meses me habría dado un síncope solo de pensarlo. Ahora me parece un apodo cariñoso.

—¿Tener novia, dices?

Se ríe.

—«Novia» está pasadísimo. Me gusta más el término «muñeca sexual». Mucho más versátil.

Me echo a reír.

—¿Y qué términos y condiciones implica ser tu muñeca sexual?

Frunce el ceño como si meditara la respuesta y dice:

—Pues… estaría bien alimentada. No faltaría un buen miembro en su dieta.

Me embiste de nuevo.

—¡No me digas! Eso no me lo esperaba. —Sonrío.

Se ríe y añade:

—Le haría la colada.

—¿Te la cascarías en su cama? —le pregunto aparentando seriedad.

—Por supuesto.

—¿La regañarías por ser desordenada? —inquiero.

246

—Cada hora.

Me echo a reír y digo:

—Pues estamos en las mismas.

Me besa con ternura. Se resiste a separarse de mis labios, lo que hace que me excite de golpe.

—¿Y qué pasa con las demás muñecas sexuales? —le pregunto.

—¿Qué pasa con ellas? —inquiere, mirándome a los ojos.

—Tú dirás.

—Si lo que preguntas es si habrá más muñecas sexuales, la respuesta es no.

Sonrío a mi hombre.

—A no ser… que algún día te apetezca hacer un trío. Si tú eres una de ellas te parece bien, ¿no?

Abro mucho los ojos, horrorizada.

Me clava el dedo en las costillas y dice:

—¡Que te lo has creído!

—No tiene ni una pizca de gracia —le espeto.

—Eso sí, hoy iremos a un *sex shop* —sugiere mientras me toma de la mano y me saca de la cama.

—¿Para?

—Voy a comprarte un vibrador.

—¿Cómo? —exclamo—. Si con lo que tienes ahí colgando te sobra para los dos.

Se ríe mientras me lleva al baño.

—Ese es el problema. Necesito herramientas de calentamiento.

Lo miro mientras abre el grifo de la ducha.

—¿Qué son herramientas de calentamiento? —pregunto.

—Juguetes con los que dilatarte cuando no me deje llevar. —Me mete bajo el agua, se enjabona las manos y me lava la espalda.

¿De qué va?

—¿Qué tiene de malo dejarse llevar? —le pregunto mientras me masajea los hombros desde atrás.

Me besa en la oreja y dice:

—Te duele todo ahí abajo, ¿a que sí?

—Sí.

—Pues solo usé el cinco por ciento de capacidad, más o menos.

Abro los ojos como platos. ¿Que eso era el cinco por ciento? ¡¿Qué cojones me está contando?!

Se ríe y vuelve a acercarme a él. Noto su erección en la espalda.

—Me muero de ganas de entregarme a ti al cien por cien, preciosa —me susurra al oído. Se me pone la piel de gallina.

Baja los dedos y acaricia con ellos mi entrada trasera. Aunque suavemente, está tanteando donde no debería.

—Te voy a meter hasta los huevos. —Me introduce la punta del meñique y, frenética, doy un respingo hacia delante que me hace agarrarme a la pared de azulejos—. Qué cachondo me va a poner esto, Gruñona —susurra lascivo mientras me frota ahí—. Qué ganas.

«Ay, madre».

Me trago los nervios que se me han subido a la garganta mientras me aferro a los azulejos como si me fuera la vida en ello.

¡Madre mía! Soy la muñeca de carne y hueso de un salido.

«Que empiece el entrenamiento».

Lo veo tomarse su café tan tranquilamente mientras lee el periódico…, como si no acabase de poner el mundo patas arriba.

Tal vez sea cosa mía…

La cafetería en la que estamos desayunando está concurrida y animada. Christopher se ha pedido una tortilla francesa y yo, tortitas. Y mientras que él está la mar de tranquilo y satisfecho, yo soy harina de otro costal. Estoy sonrojada, acalorada, satisfecha, anonadada de que me guste lo pervertido que es y, qué diantres, hasta un pelín avergonzada.

Esta mañana no nos hemos acostado. No nos ha hecho falta.

Se ha corrido al oírme gemir mientras me demostraba en la ducha lo que me estaba perdiendo.

Yo me he corrido escandalizada por lo mucho que estaba disfrutando.

Da un sorbo a su café y me mira con esos ojos oscuros. Noto que se me encienden las mejillas.

Enarca una ceja con gesto inquisitivo y dice:

—¿Qué pasa?

—Nada. —Sonrío con timidez.

Me sonríe con complicidad e, impasible y guapo a rabiar, reanuda la lectura.

Echo un vistazo a los demás clientes de la cafetería. ¿Notarán lo que hemos estado haciendo?

Es como si volviese a ser adolescente y lo viviese todo por primera vez.

El sexo con Christopher Miles no es solo sexo..., es un acontecimiento apoteósico de la historia de la humanidad.

Una revelación para las mujeres.

¿Quién lo iba a decir?

—¿Qué vamos a hacer hoy, Gruñona? —me pregunta como si nada.

Sonrío como una boba. «Más de lo mismo, porfa».

—No sé. Nos queda otra noche en el paraíso, así que tendré que ir al hostal a por ropa, y luego... —añado a la vez que me encojo de hombros—. ¿Qué quieres hacer tú?

—Me apetece ir a nadar a la playa. —Tuerce los labios y dice—: Tengo que buscar nueva lectura y quiero encontrar un *sex shop*.

—Shh —susurro mientras miro a mi alrededor con cara de culpabilidad—. No grites tanto.

Se ríe de que me dé vergüenza y articula solo con los labios:

—*Sex shop*.

—¿Qué libro te vas a comprar? —pregunto para cambiar de tema.

—No lo sé. Elegiré el que más me llame la atención.

Le suena el móvil, en la mesa. El nombre de Elliot aparece en la pantalla. Responde y dice:

—Hola. —Se ríe y dibuja un círculo en la mesa con el dedo mientras lo escucha—. De lujo.

Lo escucha atentamente y dice:

—No, estaba bien. —Sonríe—. Gracias por organizarlo.

Están hablando de la habitación.

—Hayden —dice, y me mira a los ojos— ha estado sensacional.

Me echa la mirada más fogosa del siglo.

Me ruborizo.

«La madre que lo parió». ¿Hace falta que se lo cuente todo a su hermano?

—Ajá —contesta, y vuelve a troncharse. ¿Qué es tan divertido?

La camarera viene para llevarse nuestros platos. Se inclina hacia Christopher y lo mira más de la cuenta. Limpia la mesa y le sonríe con aire juguetón con la esperanza de que se fije en ella.

¿Eh?

«Tía, que estoy aquí».

Él, totalmente ajeno a su presencia, sigue hablando.

A ver, soy consciente de que Christopher llama mucho la atención de las mujeres, y lo entiendo, está como un queso. Antes me molestaba lo descocadas que eran las chicas que coqueteaban con él, pero ahora que me acuesto con él en todos los sentidos, me repatea muchísimo.

La camarera se resiste a irse, pues espera a que la mire a los ojos.

¡¿Qué narices?!

Vuelve a inclinarse hacia él y Christopher la mira. La camarera esboza una sonrisa *sexy* y él frunce el ceño. También se ha dado cuenta.

Vale, hasta aquí.

—¿Estás tardando adrede para comerte a mi novio con los ojos? —le pregunto.

Sobresaltada, se vuelve hacia mí.

Christopher sonríe y asiente a su espalda.

—Es que…

—La mesa ya está limpia —repongo. A mí no me la da.

—Cierto. —Se va pitando a la cocina—. Lo siento.

¿Qué siente exactamente? ¿Haberse comportado así o que la haya pillado?

Imbécil.

—Va, Gruñona —me dice Christopher con una sonrisa. Escucha a Elliot, que estará preguntándose qué ocurre—.

Hayden, que se ha puesto en plan cavernícola y está espantando a las chicas —le cuenta a su hermano antes de volver a reírse.

—¿De qué vas? —susurro, furiosa—. No le cuentes eso.

—Te dejo —dice—, que me va a llevar al cuarto por las pelotas. —Se ríe—. Ojalá. —Y cuelga.

—No le digas a tu hermano que espanto a las chicas. Va a pensar que soy una psicópata.

—¿La has espantado o no? —inquiere.

—Esa no es la cuestión —le espeto—. ¿Y por qué le dices a tu hermano que te voy a llevar al cuarto por las pelotas?

—Porque rezo para que así sea, y que después me las chupes y reboten en tus nalgas. —Me guiña un ojo con picardía.

—¿Puedes hablar en serio un momento? —susurro con rabia—. Ni te voy a chupar los huevos ni van a… rebotar en mis nalgas.

Exhala con fatiga, como si estuviera agobiadísimo.

—Supongo que preferirás ir a comprar un libro.

Sonrío avergonzada por el ataque de celos que me ha dado y por haberme puesto en plan muermazo.

—Pues no —le informo—. Creía que ibas a llevarme a un *sex shop*.

Se le ilumina la mirada. Se frota las manos de la alegría y dice:

—Ahora nos entendemos.

⚭

Cinco horas después, salimos del vestíbulo del hotel de la mano para ir al hostal a buscar más ropa para esta noche.

Y… tal y como Christopher predijo, hemos ido al *sex shop*, hemos vuelto a la habitación y nos hemos pasado las dos últimas horas en la cama. Confirmo que ha habido tanto lametones como golpetazos. Asimismo, confirmo que este hombre es un animal. Yo misma siento que me estoy asalvajando.

Estoy colorada, emocionada y muy, pero que muy satisfecha.

—Buenas tardes —Christopher saluda a los porteros.

—Buenas tardes, señor —le contestan.

Mira a su alrededor y propone:

—Gruñona, ¿te apetece caminar?

—Está un poco lejos, ¿no?

—Hace buen día. —Tuerce los labios y dice—: ¿Uber entonces?

—Supongo.

—Tenemos bicicletas, señor —interviene uno de los porteros.

—¿En serio?

—Sí, señor. En la otra entrada, en la bocacalle, dispone de bicicletas.

Christopher me mira a los ojos y pregunta:

—¿Te apetece montar en bici?

Esbozo una sonrisilla. No dejo de montarme en cosas.

—Vale.

—Perfecto, gracias.

Caminamos hasta la otra puerta y vemos las bicis en fila. Son amarillo chillón y, como tienen el manillar curvado, parecen de época.

—¿Podemos llevarnos dos? —le pregunta al responsable.

—Claro.

El hombre desengancha dos bicis. Nos ponemos los cascos y montamos.

Me tambaleo al impulsarme.

—Hace años que no monto en bici —digo entre risas.

—Yo igual —repone Christopher mientras se concentra—. Ay, ay, ay. —Trastabilla y choca con el bordillo. Tiene que saltar para no caerse.

Me río tan fuerte que pierdo el control del manillar y yo también acabo en el suelo. Tirada en la bocacalle, me río mientras Christopher y los encargados me ayudan a ponerme en pie.

—A este paso, la cita de esta noche va a ser en el hospital —me dice mientras me levanta.

—Ya ves. —Me echo a reír. No puedo parar.

El responsable parece preocupado.

—¿Quiere que llame a un taxi?

—No, no se preocupe —responde Christopher la mar de contento—. ¿Estás bien, Gruñona?

—Sí, sí.

Arranco de nuevo; esta vez me esfuerzo por mantener el manillar recto. Me pongo de pie para pedalear, y Christopher me imita. Reímos a carcajadas como si fuéramos críos que montan en bici por primera vez. Llegamos a un cruce y miramos a ambos lados. A la derecha hay atasco, y a la izquierda no hay ni un alma.

Nos miramos y llegamos a la misma conclusión:

—A la izquierda.

Nos impulsamos y, con una sonrisa de oreja a oreja, ponemos rumbo a una nueva vida.

∞

El hostal para mochileros está a reventar de nuevos viajeros. Sus risotadas resuenan por los pasillos y el inconfundible olor a humanidad se respira en el ambiente.

Estoy en mi habitación cogiendo un par de cosas mientras Christopher aguanta la puerta y espera a que acabe.

—Este sitio es un cuchitril —murmura mientras mira el pasillo.

Un tipo que va al baño mira a Christopher de arriba abajo.

—¿Tú qué miras? —le salta este último.

El tío gruñe y sigue andando.

—Será maleducado —comenta Christopher, que resopla.

Sonrío y hago mi cama en un momento.

—Se acabó lo de ser mochileros, en serio —me dice.

—Sí, ya... —respondo mientras estiro la sábana—. ¿Y adónde nos vamos con nuestro dinero?

Esconde los labios como si mi argumento no lo hubiera convencido.

—Pues a un sitio mejor que este, ya te lo digo yo.

Las carcajadas de los borrachos del bar reverberan en el pasillo. Christopher, asqueado, niega con la cabeza y comenta:

—Me da mucha rabia que Eddie tenga que trabajar aquí.

—A Eddie le encanta su trabajo —comento, distraída.

—¿Tú crees? Con catorce años está obligado a trabajar para mantener a su abuela; eso no es infancia.

—No eres quién para juzgar.

—Mmm… —Se mira el reloj y dice—: Empieza en dos horas. Con suerte, para entonces los borrachos de mierda ya se habrán largado.

—Y, si no, nos quedamos hasta que se vayan —sugiero, pues sé que, de lo contrario, se pasará la noche preocupado.

—Vale. —Asiente.

—Pregúntale si le apetece venirse a la playa con nosotros —digo.

—¿En serio? —Sonríe, sorprendido—. ¿No te importa?

—¿Por qué me iba a importar? Yo también adoro a Eddie.

—Vale.

Sale al pasillo a llamarlo y yo miro el cuartucho. Christopher tiene razón. Ya va siendo hora de cambiar de aires.

∞

Esperamos en el bordillo, sentados en las bicis.

—Ya viene —dice Christopher, que saluda a Eddie emocionado.

Este se ríe y acude a nuestro encuentro con la gorra de NY bien calada.

—¿Qué pasa, mamón?

—Esa boca —lo reprende Christopher, que se quita el casco y se lo pasa a Eddie—. Póntelo.

—¿Eh? —Eddie sujeta el casco y mira la bici—. No entiendo.

—Siéntate en mi manillar, que nos vamos a la playa.

Al momento, Eddie me mira y me dice:

—¿Sabe manejar este trasto?

—No mucho. Te recomiendo que te abroches bien el casco.

Eddie se ríe y se pone el casco encima de la gorra. Se sienta en el manillar de Christopher y encoge las piernecillas.

Christopher se impulsa y se tambalea por el peso adicional. Eddie se carcajea y dice:

—Más deprisa.

—No soy una bestia, joder —salta Christopher.

—Discrepo —replico en voz alta.

Christopher me mira al captar el doble sentido.

—Eres una bestia de pacotilla —grita Eddie a todo pulmón—. Más rápido. Acelera.

—Te voy a dar yo a ti bestia de pacotilla.

Christopher se pone de pie y pedalea con más energía. Eddie se desternilla y yo pedaleo más deprisa para no quedarme rezagada.

Hacía siglos que no me lo pasaba tan bien.

Vamos por la calle cogidos del brazo y dando tumbos. Es más de medianoche. Volvemos al hotel. Qué maravilla de día. Esta tarde hemos ido a la playa y Christopher se ha pasado horas tirándonos al agua.

Hemos vuelto al hotel, hemos salido a cenar y hemos pasado otra noche tomando copas sofisticadas en bares exóticos.

—Madre mía, hemos gastado un montón de dinero —digo mientras caminamos.

—¿Qué más da? —replica Christopher—. No te preocupes tanto por el dinero.

—Ya te lamentarás por la mañana, ya verás —le recuerdo.

—Voy a hacer el curso para ser barman y me voy a buscar un buen trabajo para permitirnos un alojamiento mejor.

Arruga el ceño y articula solo con los labios:

—Tú y yo.

Lo agarro del brazo un pelín más fuerte. Desde que ha vuelto, lo está haciendo fenomenal.

No se ha acojonado ni una sola vez. Está preparado para esto…, para lo nuestro.

Es evidente.

Al doblar la esquina nos topamos con unos músicos callejeros. Son una banda con tambores y un saxofón. Desprenden buen rollo. La gente se agrupa a su alrededor y, conforme nos acercamos, Christopher me abraza y se pone a bailar. Me hace girar y yo mantengo el brazo en alto con aire teatral. Echa la cabeza hacia atrás y se parte de risa.

La banda se anima al vernos bailar y toca algo con más ritmo. Otras parejas se arrancan a bailar. Christopher me mueve de acá para allá. Reímos y nos lo pasamos en grande. Me aleja de él y me vuelve a acercar. Me da vueltas y vueltas y me abraza. Contemplo su bello rostro, hermoso y despreocupado.

—Hoy ha sido el mejor día de mi vida —me confiesa en voz baja.

Lo miro a los ojos y beso sus labios carnosos y perfectos. Quiero decirle que también ha sido el mejor día de la mía, y que un día entre sus brazos es un sueño cumplido.

Quiero decirle… que lo quiero.

Pero no lo haré, porque entonces sí que se acojonará.

—¿Volvemos ya? —susurro. Quiero demostrarle que me importa, aunque no sea con palabras.

—¿Y perdernos este pedazo de pista de baile? —exclama mientras me inclina hacia atrás. Me río mientras veo del revés lo cerca que está el suelo de mi cara—. Ni hablar.

Sigue bailando y pasándoselo en grande.

—¿Ni hablar? —Me río.

—Gruñona, este es el único entretenimiento que podemos permitirnos. Mañana volveremos a estar a pan y agua. Tenemos que disfrutar mientras podamos. —Me aleja de él y vuelve a acercarme.

Sonrío como una tonta a mi hombre y digo:

—Me encanta estar tiesa contigo.

Rompe a carcajadas y responde:

—Pues no te acostumbres.

Capítulo 17

—Vale, gracias —oigo decir a Christopher.

Entra en el baño bailando y, desnudo y con los brazos en jarras, dice:

—Adivina quién ha retrasado nuestra hora de salida.

—Tú.

—El puto amo. —Se señala el pecho—. Echa para allá.

Envuelta en burbujas, le hago sitio. Cuando se sienta, el agua caliente del *jacuzzi* desborda y empapa el suelo. Se mete hasta el cuello y se sitúa frente a mí.

Son las diez de la mañana y estamos aprovechando hasta el último segundo de paraíso.

Un baño caliente es un lujo que no ofrece el hostal.

—No quiero irme —digo refunfuñando.

Christopher cierra los ojos y se sume en una dicha apacible.

—¿Y crees que yo sí?

—¿Cuántos días dura tu curso?

—Viernes y sábado.

—Vale. —Reflexiono un momento y digo—: Entonces, ¿nos reuniremos con los demás en Alemania el domingo?

Asiente.

—Estoy pensando en dejar el trabajo en el restaurante.

—¿Y eso?

—Pues porque nos corta las alas.

—Qué va.

—Llevamos más de tres meses viajando y, por algún motivo, seguimos atascados en Barcelona, el sitio en el que empezamos.

Christopher se excusa diciendo:

—No siempre. Venimos cuando nos apetece. Solo volvemos los fines de semana.

—Cuesta dinero volver aquí cada finde.

—No tanto.

Sé que no hay una manera delicada de decir esto, pero…

—Eddie estará bien, Christopher.

Me mira a los ojos.

—Tiene abuela, un empleo… Esta es su vida. Aquí es feliz, y no debes olvidarlo solo porque no sea a lo que estás acostumbrado.

—Ya.

—Ser su guardaespaldas personal en el hostal no hará que alcances tus metas. Te has tomado un año sabático para viajar por el mundo y verlo en su totalidad. Volver a Barcelona cada fin de semana no va a hacer que lo logremos.

Exhala con cansancio y me enjabona los pies, apoyados en su pecho.

—Solo digo que te lo pienses.

—¿Qué harías si decidiese seguir volviendo cada finde?

—No sé. —Me encojo de hombros—. Supongo que no volvería contigo cada finde, solo de vez en cuando.

Me mira a los ojos y dice:

—Entonces, ¿pasaríamos los findes separados?

—Cielo. —Suspiro con pesar—. Cuando vuelva a casa, no quiero arrepentirme. En un año, esta aventura habrá llegado a su fin y me fustigaré por no haber visto más lugares cuando pude.

Asiente.

—Tienes que pensar en ti también. Si en tres meses te has encariñado tanto con Eddie, imagínate en nueve. No te digo que cortes todo contacto, sino que seas su amigo desde dondequiera que estés. Llámalo, escríbele cartas y ven a visitarlo una o dos veces al año. La amistad es más que defender a alguien en un bar. Además, ambos sabemos que Eddie es mucho más duro que tú.

Sonríe con tristeza mientras me escucha.

—Ya que estamos, ¿qué es lo que te fascina tanto de él? —le pregunto—. Aparte de que es la repera, claro.

258

—Lo admiro.

Sonrío.

—Es una de las personas más interesantes que he conocido en mi vida. —Sonríe taciturno—. Me gusta estar con él. Es inteligente y fuerte. —Se encoge de hombros—. De verdad, no puedo explicarlo.

—Está bien —digo.

Guarda silencio un momento y comenta:

—Pero… tienes razón.

—¿En qué?

—Haré el curso y el domingo nos marcharemos de Barcelona para siempre.

Sonrío con pesar; yo también temo despedirme de Eddie.

—¿He hecho mal en decirte esto? —le pregunto.

—No, tienes razón. No puedo posponerlo más.

Su móvil suena en la habitación de al lado. Frunce el ceño y dice:

—Jameson.

—¿Cómo?

—Es un mensaje de Jameson. El mayor de mis hermanos.

—¿Cómo lo sabes?

—Tengo un tono diferente para cada uno. —Sale del *jacuzzi,* va a por su móvil, vuelve al baño leyendo el mensaje y sonríe de oreja a oreja—. ¡Toma ya!

—¿Qué pasa?

Me tiende el móvil y leo el mensaje.

Jameson: Os he pagado cuatro noches más. Feliz cumpleaños. Besos, Jay.

Me quedo boquiabierta.

—¿Es tu cumple?

Se ríe y dice:

—Eso parece.

❧

Cuatro días y cuatro noches gloriosas.

Ha sido la mejor semana de mi vida.

Sol, risas, hotel de lujo y Christopher Miles. Es como si el universo hubiera sabido que necesitábamos estos días a solas y nos los hubiese concedido.

Con cada día, cada hora, ¡cada minuto!, me he rendido más y más a sus pies. Con cada segundo, me he prendado un poquito más de él.

Al no tener distracciones y estar completamente solos, nos hemos acercado de una forma que ni siquiera creía posible. Sexualmente, psicológicamente…, íntimamente.

Nos hemos unido muchísimo.

Es nuestra última noche en la habitación de postín. Christopher empieza mañana el curso para ser barman y, en tres días, nos marcharemos a Alemania y dejaremos España para siempre. Me hace ilusión pensar en lo que nos deparará el futuro porque, hasta la fecha, nuestra historia ha sido alucinante.

Estamos tumbados en la cama con la tele de fondo. Mi lámpara está encendida y el resto del cuarto está en penumbra. Estoy leyendo y Christopher, tumbado al revés, con la cabeza cerca de mis pies, se apoya en el codo y me mira. Me acaricia la pierna con un dedo con aire distraído.

—¿En qué piensas? —le pregunto.

Sonríe ligeramente sin despegar los ojos de sus dedos, que vagan por mi piel.

—Me preguntaba cómo es posible que cuanto más estoy contigo, más te deseo.

A oscuras, nos miramos.

—¿Siempre es así? —inquiere, extrañado, y mientras nos abarca con un gesto, añade—: ¿Esto es normal?

—No —contesto sin dudar—. Esto no es normal, es… especial.

Vuelve a quedarse callado. Me parece ver cómo le da al coco. Tiene preguntas. Todo esto de las relaciones de pareja es nuevo para él.

—Venga —lo animo—. Pregúntame lo que sea.

—Tu novio…

—Tú eres mi novio —lo corrijo.

—Tu exnovio…

—No era así —digo como si le hubiera leído la mente.

Frunce el ceño y pregunta:

—¿En qué era distinto?

—Pues… —Hago una pausa para valorar cómo de sincera voy a ser—. Al echar la vista atrás, y después de haberte conocido, creo que ni yo lo amaba a él ni él me amaba a mí, la verdad sea dicha.

—¿Y eso?

—Nos conocimos de niños. Era la primera vez que salíamos con alguien.

Me escucha atentamente. Sonrío al recordarlo.

—Nos magreábamos mucho a oscuras y éramos cariñosos. Nos preocupábamos el uno por el otro, eso sí, pero no era ese amor capaz de ganar guerras y conquistar el mundo.

—¿Y lo nuestro qué es? —susurra.

«Amor».

—Ya lo sabes.

«Me amas».

Me mira a los ojos.

—Nosotros podríamos ganar guerras y destruir el mundo.

Sonríe con dulzura, me besa en el pie y lo chupa.

El sexo ha subido de nivel.

Ha cambiado.

No siempre follamos, a veces hacemos el amor. Y Christopher Miles es un experto.

Tierno.

Cercano y entrañable. Cómo me besa, cómo se preocupa por mí, cómo venera mi cuerpo… Me lleva a un estado superior que ni sabía que existía.

Me babea el pie y, con los ojos clavados en los míos, me susurra:

—¿Cuánto?

Estábamos esperando a que la píldora hiciera efecto.

—Dale caña.

Le brillan los ojos de lujuria y aspira con brusquedad.

Sonrío y abro las piernas a modo de invitación.

—¿Tienes algo para mí, encanto?

—Ya ves.

Se levanta y corre al baño a por toallas y un bote de aceite. Extiende las dos toallas encima de la cama, me pone de rodillas y se queda de pie a mi lado. Me quita el camisón y me besa. Se echa un poco de aceite en el miembro, duro como una piedra, y se lo acaricia sirviéndose de mi mano.

Sonrío pegada a sus labios. Será cochino el tío.

Mientras nos besamos, tiramos de su polla cada vez más fuerte, casi con fiereza. Es entonces cuando reparo en que está actuando sin pensar. La primitiva necesidad de correrse dentro de mí se ha apoderado de él y le ha arrebatado el control.

Me gira y me pone a cuatro patas. Noto su barba incipiente en el trasero mientras me lame.

Ufff...

Me apoyo en los codos para abrirme más para él.

Chupa como si estuviera famélico, lo que hace que retuerza las sábanas.

Lo necesito. Necesito que me la meta entera. Meneo el culo a modo de invitación silenciosa.

—Fóllame —susurro.

Ya no tengo miedo. Ya sé cabalgarlo como toda una amazona.

Me embadurna el trasero de aceite, que baja por mi sexo. Me lo restriega por los labios hinchados.

—Joder, estás para comerte —murmura.

Para calentarme, me introduce un dedo, otro y otro más, y los gira de una forma exquisita.

—Dime lo fuerte que vas a explotar —musito.

Se ríe y me da un cachete en la nalga. Doy un respingo y grito al mismo tiempo. Me escuece la piel. Agacho la cabeza y sonrío. Esto es lo que mejor se le da. Nunca sé qué narices va a pasar. El placer que me brinda siempre va acompañado de una pizca de dolor.

Gloria con un deje de sufrimiento.

Se agarra su dureza y me da golpecitos con ella en el sexo. Entonces, me la mete de una vez y sin avisar.

Me falta el aire. Se queda quieto para que me acostumbre a su tamaño. Tiemblo.

Gime, a lo que sonrío con lascivia. Ahí está... El sonido perfecto.

Christopher Miles excitado es lo nunca visto.

Me toma de las caderas y me empotra en el colchón sin miramientos.

El aceite salpica por el roce.

Cierro los ojos para soportarlo mejor. La fuerza que irradia su cuerpo grande y musculoso domina la mía.

Me embiste con vehemencia y rapidez.

Sus penetraciones profundas en mi sexo húmedo resuenan por toda la habitación.

La cama choca con la pared; el ruido que produce el impacto de nuestros cuerpos es ensordecedor. Madre del amor hermoso…

Veo estrellas… Todas las estrellas. La luna, incluso.

¿Cómo se puede ser tan bueno en la cama? Un erudito en la materia, un catedrático, una deidad.

Estoy convencida de que, si se dedicase al porno, lo petaría.

Entre sus gemidos y su polla enorme y dura dentro de mí, me desato. Me contraigo a su alrededor y me corro con ganas.

Me da un cachete en el culo y se queda al fondo para correrse él también. Noto el inconfundible tirón de su pene, que arremete en lo hondo. Sonrío contra el colchón.

Entre jadeos, echa la cabeza hacia atrás. Le cuesta respirar. El sudor perla su piel.

Me acaricia el trasero y la espalda con ternura: qué diferencia con la paliza que acaba de pegarme.

—Ha sido cojonudo —comenta con voz ronca y morbosa.

—¿Cuánto falta? —pregunto entre resuellos.

Se ríe y la saca.

—Casi nada. —Me frota los labios con los dedos como para cerciorarse de que ha estado ahí—. El veinte por ciento. —Sigue frotando y, embobado, coge aire con brusquedad—. No tienes ni idea de lo cachondo que me pone verme dentro de ti, Gruñona.

Levanta la mano y me enseña cómo le gotea semen de los dedos.

—Burrísimo —articula solo con los labios para, acto seguido, chupárselos.

«Ay, ay, ay…».

La madre que lo parió.

Este hombre está más salido que el pico de una plancha.

Christopher

Enfilamos el pasillo del hostal. Es temprano. Hoy empieza el curso para ser barman, pero antes de irme quería dejar a Gruñona en el hostal.

No cancelamos la habitación antes de ir al hotel, así que seguimos teniendo la misma.

Nada más abrir la puerta, me llega el tufo a alcohol.

Joder.

Otras personas se alojan en nuestro cuarto.

Desconocidos.

Miro a las cuatro personas que hay en las camas: todos son tíos y van en ropa interior.

Siguen piripis.

Uno está desnudo y enseña la chorra mientras duerme.

«Joder».

—La puerta —gruñe uno.

Me vuelvo hacia Hayden, que mira sus cuerpos desnudos con los ojos como platos. Hasta ahora habíamos sido bendecidos con compañeros simpáticos y respetuosos.

—A tomar por culo. —La saco de la habitación—. No vas a quedarte aquí.

—No nos queda otra —replica mientras la llevo al despacho. Miro la hora. Mierda, no tengo tiempo para tonterías—. No pasará nada.

—Y una mierda no pasará nada —le espeto.

Entro en el despacho con decisión. Quiero ver a Howard, el director.

—Hola, Howard.

—Eh, Christo.

—Mira, tenemos un problema. Necesito una habitación individual para Hayden y para mí para las próximas tres noches.

Mira a uno y después al otro y dice:

—Por fin le has echado huevos y has dado el paso, ¿eh?

—Vete a tomar viento. Mira, hay unos borrachos de mierda en nuestro cuarto y no pienso dejar a Hayden con ellos. Voy a hacer un curso para ser barman este finde y la pobre no tiene a dónde ir. Están pedo y en pelotas. ¿Qué va a hacer?

—Iré a la playa a leer —propone Hayden.

—Está lloviendo —le espeto.

—Estaré bien —replica, indignada—. No soy una damisela en apuros, Christopher. Sé cuidarme solita.

—No quedan habitaciones individuales —dice Howard.

—Vale, pues volvemos al hotel.

Hago ademán de sacar a Hayden del despacho cuando se rebota y sentencia:

—No vamos a volver al hotel. No vamos a gastar tanto dinero. Nos quedamos aquí. No soy una princesa.

—Que no. —Estoy que trino—. Howard, llevamos tres meses viniendo aquí todos los findes. Tenemos preferencia, no jodas.

Me mira.

—¿Cuántas reyertas he parado por ti?

—Si la mitad las has provocado tú.

—Hablo en serio —farfullo.

Voy a llegar tarde al curso.

—Vale, te asignaré un cuarto con una condición.

—¿Cuál?

—Has dicho que ibas a hacer un curso para ser barman, ¿no?

—Sí, ¿por?

—Pues sustitúyeme en la barra esta noche.

—Si todavía no tengo ni idea.

—Así practicas —dice Hayden, que sonríe esperanzada.

Joder, no puedo dejarla colgada.

—Vale, pero quiero las llaves ahora.

—Hecho.

Me enseña las llaves. Se las quito de las manos y digo:

—Y me pagas.

—Quédate las propinas.

Nos disponemos a abandonar el despacho cuando dice:

—Otra cosa, Christo.

—¿Qué?

—Esta noche toca fiesta en honor a la luna llena.

—¡No jodas! —bramo—. Vendrá todo quisqui.

—Por eso necesitamos más gente en la barra —dice con una sonrisa falsa.

«Estupendo».

Arrastro a Hayden por el pasillo a toda prisa y abro la puerta del cuarto. En el centro hay una cama doble diminuta.

—Vaya antro de mierda —salto.

—Es que te has acostumbrado al hotel. No está tan mal… —Hayden se encoge de hombros y agrega—: Para leer me va de perlas.

—Estoy harto de los hostales. —Le doy un beso rápido y digo—: Nos vemos esta noche.

—No, que esta noche trabajas —replica para chincharme.

—No me lo recuerdes.

Estoy sentado en clase mirando la pizarra. El profesor habla y habla y habla.

Es el curso más aburrido e inútil que he hecho en mi vida. Miro la hora: las once.

Joder.

¿El tiempo se ha parado por completo o qué? Por Dios…

No aguantaré aquí sentado siete horas más. Voy a sufrir una muerte lenta y dolorosa.

Exhalo y me doy golpecitos en la frente con el boli mientras me esfuerzo por concentrarme.

Me pregunto cómo le irá a Gruñona. Saco el móvil, me lo pongo en el regazo y le escribo por debajo de la mesa.

Christopher: Eh, preciosa, ¿qué haces?

Espero a que me conteste…

Me muevo en el asiento. ¿Cómo es que no contesta?

Pasa una hora. Nada.

Me acuerdo de los borrachos de mierda del hostal y rompo a sudar.

¿Y si le ha pasado algo?
Le mando otro mensaje.

Christopher: Gruñona, estoy preocupado. ¡Respóndeme!

Miro el móvil como si así fuera a conseguir que sonase.
«Joder, Hayden, llámame».
—Señor Miles —dice el profesor.
Lo miro.
—¿Le molesto?
«Pues sí, la verdad».
—Deje el móvil. Ya.
Finjo una sonrisa y digo:
—Perdón. —Vuelvo a guardarme el teléfono en el bolsillo y miro la pizarra.
Este curso no sirve para nada. ¿A quién le importan las normas sobre el consumo de alcohol?
A mí no, desde luego.

Descanso para comer. ¡Aleluya! Salgo volando de clase y saco el móvil.
Cero llamadas perdidas.
Cero mensajes.
Me dirijo al comedor mientras intento llamar a Hayden.
No da señal.
—¿Dónde narices se ha metido?
Vuelvo a llamarla… Nada, no contesta. Cuelgo y la llamo otra vez.
No lo coge.
¡Se acabó! Voy a escribirle.

Christopher: ¡¡¡Llámame ya!!!

Compro un bocadillo y me siento a comer solo. Empiezo a sudar.
¿Y si le ha ocurrido algo?

Imagino todas las posibilidades.

A lo mejor se ha quedado frita; unos capullos la han acosado; la han atracado mientras iba de compras. O la han drogado y la están violando ahora mismo.

«Mierda».

Vuelvo a llamarla… Nada.

Tengo cosas mejores que hacer que estar todo el santo día preocupado porque mi novia haya desaparecido.

Ay madre, ¡que ha desaparecido!

La llamo de nuevo.

Las cinco en punto. Salgo del taxi en cuanto se detiene frente al hostal.

Estoy atacado.

Ha sido el peor día de mi vida. Hayden ha desaparecido y seguramente esté criando malvas.

Pago al taxista y subo los escalones de dos en dos. El sitio está lleno de gente vestida de blanco.

Maldita fiesta de los cojones.

Cruzo el pasillo corriendo y entro en tromba en nuestro cuarto. No hay nadie.

Noto una opresión en el pecho. Joder, ¿dónde se ha metido?

Bajo corriendo al bar y, presa del pánico, miro a mi alrededor. Veo a Eddie.

—¿Y Hayden? —le pregunto tartamudeando.

Mira hacia arriba y me señala un rincón. Hayden está allí, sentada con otras personas, riendo y pasándoselo en grande. Está relajada y parece que se divierte.

Y lleva el vestido blanco. Estoy que trino.

Nos miramos a los ojos. Me giro y vuelvo al cuarto hecho una furia.

Me meto en la ducha con paso airado. Estoy tan enfadado que ni siquiera pienso con claridad.

Me ducho y, al volver al dormitorio, me encuentro a Hayden tumbada en la cama.

—Hola, cielo. —Sonríe pletórica—. ¿Cómo ha ido?

—¡¿Por qué no cogías el teléfono?! —grito a voz en cuello.
Le cambia la cara y dice:
—¿Cómo?
—Llevo todo el día llamándote. Estaba preocupadísimo.
—¿De qué hablas? —Coge el móvil y frunce el ceño al ver la pantalla—. ¿Cuarenta y dos llamadas perdidas? —Me mira—. Pero ¿qué ha pasado?
—¡Pensaba que estabas criando malvas! —vocifero.
Sorprendida por mi tono, alza las cejas.
—No me grites, Christopher.
—¡¿Que no te grite?! —estallo—. Llevo todo el día preocupadísimo. ¿Eres consciente de lo irresponsable que eres?
—¿Cómo?
—Lo que oyes.
—He silenciado el móvil para leer y luego he ido al bar. Me lo habré dejado aquí. No esperaba que una patrulla canina fuera a rastrear mis movimientos.
—¡Patrulla canina, dice! —exclamo—. ¡Te voy a dar yo a ti patrulla canina!
—Siento que estuvieses preocupado, pero no pensaba que fueras a llamarme. —Pone los ojos en blanco.
—Esto es inadmisible —salto—. No me trates de tonto.
Pone los ojos en blanco y dice:
—Qué exagerado eres. Me vuelvo al bar.
—¡¿En serio?! —grito.
—Sí. Y tú ya deberías estar ahí sirviendo copas…, ¿recuerdas?
Señalo la puerta y sentencio:
—Pues ¡vete!
Indiferente a mi cabreo, sonríe de oreja a oreja.
—Vale.
Me da un besito en los labios y se va. Se me van a salir los ojos de las órbitas. No puedo creer que se haya ido en plena discusión. Qué rabia.
Tengo la presión por las nubes.
Voy a mi taquilla y, mientras saco la mochila, una pareja de borrachos cruza el pasillo. Empiezan a darse el lote y, como la chica camina hacia atrás, se cae encima de mí.
—¡Mira por dónde vas! —me grita el tipo.

Alzo las cejas. Me hierve la sangre. Ayudo a la chica a levantarse.

—Siento que no me hayas visto.

Se ríe y se cae con cada paso.

—Pues yo no —dice, coqueta.

El tío me mira con desconfianza y yo aprieto la mandíbula y le dedico una mirada asesina.

«Va, capullo, ven, que me pillas calentito».

—¿Vienes a la fiesta? —me pregunta la chica con una sonrisa *sexy*.

Pongo los ojos en blanco y vuelvo a centrarme en mi mochila. «Ni me hables».

Busco algo que ponerme. Tengo que ir de blanco.

Joder, lo único que tengo blanco es una camiseta de tirantes y unos pantalones cortos. No es lo ideal para trabajar en la barra, pero servirá.

Me visto y me miro al espejo. Joder, parezco un pijo. Tengo los brazos demasiado grandes para ir enseñándolos. Me las apañaré, no me queda otra. Voy al bar.

—Eh, esta noche me toca contigo —dice Eddie, que me sonríe la mar de contento.

—Guay. —Asiento—. ¿Qué quieres que haga?

Busco a Hayden con la mirada.

—Pero bueno, qué bombón —comenta una chica, extasiada—. Un orgasmo —me pide sonriendo.

—Otro para mí —dice su amiga entre risas.

—Que sea múltiple, que seguro que se te dan de maravilla —añade la primera chica, ante lo que se parten de risa—. Y nosotras también queremos probarlos.

Estupendo, tías cachondas y borrachas. Lo que me faltaba...

Les doy la espalda y le pregunto a Eddie:

—¿Dónde está el libro de cócteles?

Me lo da y se va a servir. Hay diez personas haciendo cola, esperando a que las atiendan.

Me gustaría saber qué tendrá la luna llena para que la gente aproveche para ponerse pedo.

Leo los ingredientes para hacer un orgasmo. Los preparo lo mejor que puedo y se los paso. Seguro que saben a rayos.

—Aquí tenéis.

—¿Qué haces luego? —murmura la chica con tono sensual—. Queremos devolverte el favor y hacer uno múltiple de verdad.

Sonrío sin ganas y digo:

—Estoy ocupado.

Observo a la multitud. Estoy ocupado buscando a la descarriada de mi novia. ¿Dónde leches se habrá metido?

—Una Corona —me pide un tipo.

—Enseguida.

Me giro a por la birra y veo a Hayden bailando con unas chicas.

«Mírala».

Sirvo a algunos clientes más, pero constantemente se me van los ojos hacia ella.

Está bailando y pasándoselo en grande, ajena a todo. Y encima lleva el vestidito blanco ese tan *sexy*.

No soporto que esté tan buena.

Se le acerca un tío y dejo lo que estoy haciendo. La rodea con un brazo y ella se aparta.

No les quito ojo.

—¡Dos Guinness! —grita alguien.

Me giro para servir las cervezas con los ojos clavados en mi chica. El tío no calla ni debajo del agua.

Hayden retrocede y él avanza.

Va a decirle algo al oído.

Es el colmo. Lo siguiente que sé es que estoy en la pista de baile estrangulándolo.

—Que la dejes en paz.

Hayden

Abro mucho los ojos, horrorizada.

—¡Christopher! —grito—. ¿Qué haces?

Christopher fulmina con la mirada al tío al que estrangula.

—No le toques un pelo. ¡¿Me has entendido?! —le grita en la cara.

El tipo se zafa de él y dice:

—Vete a la mierda, guapito. —Me agarra de la cintura con brusquedad y me pega a él—. Haré con ella lo que me dé la gana.

«Ay, no».

Christopher revienta. Me arranca de los brazos del imbécil, me aparta y le arrea en toda la cara.

—¡Aaah! —grito por el impacto.

El tío le devuelve el golpe y Christopher trastabilla hacia atrás. Corre hacia delante y derriba al tipo. Forcejean; vuelan brazos y puñetazos.

—¡Para, por Dios! —grito. Trato de intervenir para detener la pelea, pero no me dejan. La gente se acerca a mirar. Hay quien ayuda a Christopher y quien defiende al otro tío.

Paran la pelea y los separan.

Christopher me ve entre el gentío y yo alzo los brazos y digo:

—¡¿Qué haces?!

Se le dilatan los agujeros de la nariz. Se vuelve y abandona el hostal con paso firme.

¿Qué bicho le ha picado?

Cruza el pasillo casi a la carrera, abre las puertas delanteras y baja los peldaños. Se adentra en la calle oscura conmigo a la zaga.

—¡Christopher! —grito.

Pasa de mí y sigue caminando.

—¡Christopher! ¡Ni se te ocurra ignorarme!

Se detiene, pero no se gira.

—¿Qué demonios haces?

—Largarme de aquí —dice, todavía de espaldas a mí.

Lo alcanzo y me pongo delante de él para verle la cara. Se me cae el alma a los pies. Está alterado.

—¿Qué haces? —le pregunto en voz baja.

Me mira a los ojos.

—¿Qué pasa? —inquiero.

—¡No sé! —grita. Su mirada se ha vuelto torva, está despeinado y el pecho le sube y le baja como si le costase respirar. Debe de tener la adrenalina a tope.

Desconcertada, frunzo el ceño. Le pasa algo. Le está dando otro ataque de los gordos.

—No pasa nada… —musito.

—Claro que pasa, Hayden —exclama—. Me estoy volviendo majara.

Lo miro sin saber qué decir.

—Llevo todo el día de los nervios pensando en ti, y voy y… —Alza los brazos en señal de derrota y añade—: Cuando lo he visto tocarte, me… —Se mesa el cabello.

—Te has puesto celoso —digo con voz queda.

—¡Que no me pongo celoso! —grita, furioso.

Le está dando una crisis y no quiero echar leña al fuego. Debo tranquilizarlo.

—Siento no haberte cogido el teléfono hoy. No quería preocuparte —le digo.

—Esa es la cuestión, Hayden. Yo no me preocupo. No me pongo celoso. No sé si es que tengo altibajos o se me está yendo la olla —grita—. ¿Qué me pasa, joder?

Lo miro. No tiene ni la más remota idea…

—Estás enamorado de mí —le digo con un hilo de voz.

Le cambia la cara.

—Pero no pasa nada. —Sonrío ilusionada—. Porque yo también te quiero.

Me mira a los ojos.

—Gracias por cargarte un momento superespecial —lo regaño con los brazos en jarras.

Mudo de asombro, me mira.

—Cálmate, vuelve dentro y acaba tu turno —le exijo.

El sudor perla su frente. Tiene una mirada de loco. Es posible que salga por patas. Tiene que calmarse y volver al hostal. Como huya, lo nuestro se acabó. Paso de aguantar más movidas.

—Tu comportamiento es intolerable. No puedes dar una paliza a todos los hombres que quieran hablar conmigo. No está bien. —Me encojo de hombros, frustrada—. No soy un objeto. No tienes derecho a actuar así.

—Se la estaba buscando.

—Pues demuestra que eres adulto y márchate. Tú no eres así. Eres un amante, no un guerrero.

Me mira a los ojos.

—Entra y acaba tu turno. Me voy a la cama.

273

—¿No vas a volver a la fiesta?

—No. El tonto de mi novio me ha puesto de mala leche.

Exhala con pesadez, como si estuviera decepcionado consigo mismo.

—Va, entra.

Señalo la puerta. Se gira y sube las escaleras sin mucho afán.

—¿De verdad te vas a acostar? —insiste.

—Que sí —le espeto.

Lo rozo al enfilar el pasillo que lleva al dormitorio. Me sigue. Abro la puerta de la habitación y lo miro.

—¿Nos vemos cuando acabe? —me pregunta esperanzado.

—Como te portes como un idiota y vuelvas a pelearte, te juro que…

—No lo haré.

—Bien. —Entro en la habitación mientras que él aguarda en la entrada con indecisión—. Y esta noche duermes en el suelo —añado.

Asiente y se queda ahí plantado como esperando algo.

—No voy a decirte que te quiero. Por tonto. —Retiro las mantas con rabia.

—Ni yo a ti —replica.

Sonrío con disimulo. Sé que estamos bien.

—Vale, pues no me lo digas. —Me meto en la cama—. Largo.

En sus ojos destella un brillo indescriptible.

—Diría que tienes problemas para controlar la ira —sugiere.

—Te juro que… —Le tiro un cojín—. Vete.

Le da a la pared que tiene al lado. Sonríe con sinceridad por primera vez y dice:

—Buenas noches, Gruñona.

—Será «noches», porque de buenas no tienen nada —miento.

Cierra la puerta sin hacer ruido y le sonrío a la oscuridad.

Hemos discutido y se ha quedado… Es un avance.

Son las tres de la mañana cuando oigo que la puerta se abre. Christopher entra de puntillas haciendo luz con la linterna del móvil, se desnuda, se mete en la cama y se arrima a mi espalda. Huele a gel, como si acabase de ducharse. Sin abrir los ojos, sonrío.

Ha vuelto a casa.

Sin él, las noches son largas. Lo he echado de menos pese a que hayamos discutido.

—¿Qué hora es? —murmuro.

—Las tres. —Me besa en la sien—. Vuelve a dormirte. —Me besa en el hombro y unos escalofríos me suben por la espalda. Me aparta el pelo y me besa en el cuello con delicadeza—. Siento haberme portado así —murmura pegado a mi piel; me acaricia mientras piensa—. Es que no concibo que te aparten de mí —añade con tristeza—. Me raya que te cagas.

Noto su erección cada vez más fuerte detrás. Christopher Miles es un ser sexual. Es su manera de hacer las paces. Está asustado. A ver si consigo que se sienta mejor.

Lo complazco y alargo el cuello para brindarle acceso. Sube la mano hasta mi pecho y, mientras me mordisquea el lóbulo de la oreja, me pasa el pulgar por el pezón.

Se me clava su miembro en la cadera. Incluso a oscuras lo distingo con claridad meridiana.

Me giro y me siento a horcajadas sobre Christopher, que me mira fijamente.

Saltan chispas.

Me apoyo en las rodillas y me siento sobre su enorme erección. Me balanceo adelante y atrás para relajarme y que me penetre.

Su pene es grueso y está ansioso. Poco a poco, me hundo en él hasta el fondo. Christopher me agarra de las caderas y me mira embelesado.

—No me voy a ir a ningún sitio —le susurro—. Soy toda tuya.

Se incorpora como un resorte y me estampa un beso en los labios mientras me abraza fuerte. Qué cúmulo de sensaciones. Tan intenso que no se puede reprimir. Un cariño que no sabía que necesitaba.

A oscuras, nos movemos al unísono, saciamos nuestros cuerpos y nos rendimos a lo que sentimos el uno por el otro.

A lo largo de mi vida, he tomado muchas malas decisiones y he hecho cosas de las que me arrepiento. Pero si hay algo de lo que estoy segura es de que… estoy total e irrevocablemente enamorada del maravilloso Christopher Miles.

Estábamos destinados a conocernos.

Es el definitivo.

Capítulo 18

Me despierto al notar que la cama se hunde. Extrañada, abro los ojos a regañadientes. Christopher está sentado en la otra punta con los codos apoyados en las rodillas. Retuerce las manos ante él como si el mundo se fuera a acabar. Como si librase una batalla consigo mismo.

Uf, hoy no estoy de humor para sus numeritos.

Le pongo el pie en la espalda y lo empujo con suavidad.

—¿Me traes un café?

Me mira y pregunta:

—¿Quieres café?

—Sí, porfa. —Tengo que distraerlo para que deje de comerse la cabeza.

Se pone en pie y dice:

—Vale. Yo me encargo.

—Ya que estás, trae fruta también.

Mientras se viste, comenta:

—Oído cocina.

—Ay, calla, que hoy tienes clase, ¿no?

—Empieza a las diez.

—Vale. —Cierro los ojos. Tenemos que hablar largo y tendido de cómo se comportó anoche, pero no es el momento. Todavía lo está asimilando. Le dejaré espacio para que pueda pensar en ello.

Acaba de vestirse y pregunta:

—¿Te vienes?

—No.

Se queda ahí tanto rato que acabo mirándolo.

—Va, que quiero que me acompañes.

Exhalo con fatiga y me destapo.

—Vale.

Me levanto y me pongo algo mientras me mira.

—¿Cómo lo haces para estar tan tranquila todo el rato? —me pregunta.

—No es que esté tranquila, es que soy la adulta de la relación.

Frunce el ceño.

—A ti te toca la semana que viene, cuando yo esté haciendo el tonto.

Se aguanta las ganas de sonreír y dice:

—¿Eso es lo que hacen las parejas? ¿Turnarse?

—Ajá. —Me pongo de puntillas y beso sus labios abultados y apetitosos—. Mientras nos turnemos para hacer de adultos, todo irá bien.

—¿Y si estamos estúpidos a la vez? —inquiere.

—Pues acabaremos mal. —Le doy otro besito.

Asiente y me mira como si le hubiera descubierto un secreto sagrado. ¿Cómo es posible que no sepa estas cosas? Para tener tanta experiencia, no sabe casi nada de relaciones de pareja.

—Ir a por café y fruta es algo propio de adultos. —Sonríe mientras me toma de la mano.

Yo también sonrío y digo:

—Pues hoy te toca a ti.

Diez horas después

Estamos en la acera con las mochilas en el suelo. Christopher se mira el reloj y dice:

—¿Dónde se habrá metido? El taxi estará al caer.

—Vendrá.

Miro la calle. Si soy sincera, me preocupa un poco que no aparezca. Se suponía que Eddie vendría a despedirnos, pero no ha llegado.

No es propio de él.

Nuestro vuelo a Alemania sale en unas horas. No podemos esperar mucho más.

—Llámalo otra vez.

Christopher llama a su número, pero no da señal. Escudriña la calle en busca de su amiguito.

—Si supiera dónde vive, iría a su casa. —Empieza a pasearse de un lado a otro—. Joder, ¿por qué no le habré preguntado la dirección?

Vuelve a llamarlo.

—¿Y si le ha pasado algo?

Está empezando a impacientarse.

—Tranquilo…, vendrá.

Eddie

Oculto en un rincón del callejón, veo que el señor Christo y la señorita Hazen me esperan en la calle de enfrente del hostal.

Han venido a despedirse. Quiero acercarme.

Pero… no puedo.

Veo que Christo me llama con su móvil. Mi teléfono vuelve a vibrar y su nombre aparece en la pantalla.

CHRISTO

Se me cae el alma a los pies. Vuelvo a guardármelo en el bolsillo.

Veo que Christo se pasea y maldice mientras Hazen le habla con calma.

Con cada segundo de espera, la cosa empeora. Me entran ganas de cruzar la calle y suplicarles que no se vayan.

Pero sé que se marcharán de todos modos, así que… ¿para qué?

Llega un taxi. Christo mira en la dirección por la que suelo venir. Se me forma un nudo en la garganta. Con lágrimas en los ojos, veo que meten las mochilas en el maletero.

«No os vayáis».

Tras un último vistazo, se sube al taxi, que arranca y se aleja.

Agacho la cabeza… Se han ido.

Hayden

Un mes después. Ámsterdam

Hacer turismo de día, festejar en el trabajo de noche.

Siempre he oído hablar de Ámsterdam. Todo el mundo coincide en que es un lugar que hay que experimentar al menos una vez en la vida. Me imaginaba cafeterías en las que uno podría drogarse, trabajadoras sexuales y gente colocada paseando por la calle como tarugos.

Lo que no esperaba era encontrarme con un crisol de culturas tan bonito.

Canales largos con bellos puentecitos para cruzarlos, calles iluminadas con luces parpadeantes al anochecer, restaurantes preciosos y risotadas de lo más variopintas a lo lejos.

A Christopher y a mí nos chiflan los *brownies* de chocolate con ingredientes mágicos. Más de una noche nos da la risa tonta de camino a casa. Es una ciudad divertida y, al contrario de lo que pensaba, nada aterradora.

Y las bicis… No esperaba ver tantas.

En Ámsterdam, la gente no conduce; van en bici a todas partes. Así pues, enfrente de los restaurantes, las discotecas y la zona comercial, hay filas y filas de bicis anticuadas y bonitas con cestitas de mimbre en la parte delantera, encadenadas a su plaza.

Es una pasada. Por la calle no se oyen coches, sino timbres que advierten de que se acerca una bici a toda velocidad.

Estos son los detallitos de viajar, las peculiaridades que distinguen un sitio de los demás.

Ni en un millón de años habría imaginado que asociaría las bicis antiguas y monas con Ámsterdam, pero ahora sé que siempre será así.

Voy por las mesas recogiendo copas con Basil.

—Es el peor trabajo que hemos tenido —dice mientras pone los ojos en blanco.

Me echo a reír y comento:

—Es que vaya pintas llevamos.

280

¿Quién habría dicho que trabajaríamos en un local semejante? Christopher ha cambiado mi forma de ver la vida. Ya nada es tabú.

Me siento liberada y con más confianza sexual que nunca.

Trabajamos en un club nocturno de Ámsterdam. Cada diez minutos, hay un espectáculo sexual en directo. Vamos ligeros de ropa. Yo llevo un uniforme de criada francesa rematado con un liguero y una peluca larga y oscura. Basil va con pantalones de traje negros y pajarita.

Este sitio es un cachondeo. Hemos visto unas cosas alucinantes.

Basil y yo somos los recogevasos oficiales. Kimberly y Bernadette están en la cocina, y Bodie y Christopher, en la barra.

—Pues mira esos dos pringados —replica Basil, que mira hacia la barra con cara de asco.

Christopher lleva unos pantalones de traje negros y una pajarita negra. Va sin camiseta, lo que le permite presumir de músculos. Le ha crecido un poco el pelo y se le está rizando. Está guapísimo.

Sonrío al verlo. Se mueve por la barra como todo un profesional. Ríe y bromea con los clientes y agita la coctelera mientras charla con Bodie.

Se lo pasa muy bien trabajando aquí.

Suena una canción que le encanta, «Edamame», de bbno$, y se pone a bailar mientras trabaja. Las clientas se agolpan en la barra para disfrutar del espectáculo…, y no me refiero al del escenario.

Me río al ver cómo se lo rifan.

—Unos pringados muy guapos.

—Tengo que hacer un curso para ser barman —dice Basil, que suspira.

—Ya ves.

Sigo recogiendo copas y, al dejar la barra atrás, oigo que Christopher me llama.

—¡Hayden! —Lo miro y veo que me hace un gesto para que me acerque. Al llegar me presenta a un hombre sentado a la barra—: Este es el señor Escott.

—Hola —digo con una sonrisa.

—Quiere que trabajemos en un crucero de lujo por las islas griegas —me comenta Christopher sin dejar de atender a la clientela.

—¡Ostras! —Abro los ojos como platos—. ¡Qué guay!

—Quiere contratarnos a todos —dice Christopher, que sonríe de la emoción.

Miro al señor Escott y le pregunto para cerciorarme:

—¿A los seis?

—Sí, necesito esta energía en mi flota.

Señala a Christopher, que se parte de risa. Agita una coctelera para tres mujeres. Con el movimiento se le contraen el brazo y el abdomen. Las mujeres lo miran embelesadas.

—Pues a este le sobra —coincido.

—Si todos sois así, va a ser la pera.

Me río y digo:

—No hay nadie como él, señor Escott. Él juega en otra liga.

Sonrío al observar a mi hombre. No es broma, de verdad que está en otro nivel. Todas las noches veo cómo se desvive por sus clientes y me enamoro un poco más de él. No me pongo nada celosa.

Es como es.

No es un ligón asqueroso; es alegre y divertido, y hace que me sienta única.

Lo cual, para él, es así.

Christopher se acerca y me dice:

—Ve a preguntarles a los demás si se apuntan.

—Vale —digo con una sonrisa.

—Te espero aquí —me comenta el señor Escott.

—¿Cuándo quiere que empecemos? —grito para hacerme oír, pues la música está muy alta.

—El lunes.

—Vaya. —Frunzo el ceño—. ¿Tan pronto?

—Sí, es que todos los miembros de la tripulación del viaje chárter se han contagiado de varicela. O estáis disponibles la semana que viene o, lamentándolo mucho, no podré ofreceros el puesto.

—Vale. Voy a ver qué opinan los demás —digo, y me abro paso entre la multitud para dar con nuestros amigos.

Vuelvo al cabo de diez minutos.

—Aceptamos —le confirmo al señor Escott con una sonrisa.

—Fantástico. —Me tiende una tarjeta de visita y agrega—: Avisadme cuando lleguéis a Míconos.

—Vale. —Me la guardo en el bolsillo.

—Gruñona, ¿diez minutos y descansamos? —me pregunta Christopher alzando la voz para hacerse oír.

Miro la hora y digo:

—Venga, sí.

Siempre hacemos las pausas juntos.

—Ha sido un placer, señor Escott. Hasta la semana que viene.

—Estoy impaciente.

Me abro paso entre la multitud. Tengo mucho que hacer.

Al cabo de veinte minutos, me voy a la parte de atrás y enfilo el pasillo. Al pasar junto a una despensa, alguien me mete dentro con brusquedad, me estampa contra la pared y cierra de un portazo. Christopher me besa en el cuello a la vez que me sube la falda de sirvienta.

—Ya sé qué quiero picar.

Madre mía con este hombre y el efecto que tiene en mí… El rey de los pervertidos.

Amarlo me ha cambiado la vida. Me ha enseñado una versión mejor de mí misma.

Una versión *sexy* y espontánea que me encanta.

Me echo a reír mientras apoyo la pierna en un estante. Me acaricia el liguero y el muslo.

—Los bármanes de este local son muy atentos. —Sonrío pegada a sus labios.

—Encantados de ser de utilidad. —Me aparta las bragas y me introduce los dedos mientras me besa con pasión—. Mi gamberra está lista.

Me da media vuelta y me inclina hacia delante. Oigo que se baja la bragueta y me la mete hasta el fondo. Se me cierran los ojos a la vez que gemimos de placer. La saca y vuelve a embestirme.

—Cómo me gusta este trabajo, joder.

Christopher

Lunes por la mañana. Grecia

Esperamos en el muelle del puerto deportivo de Miconos. Los yates de lujo están en fila.

—¿Qué sabemos de navegar? —Basil suspira mientras observamos a las tripulaciones de los yates—. Tiene pinta de acarrear un montón de trabajo.

—Ojalá los uniformes sean monos. —Kimberly sonríe expectante.

—No serán peores que los últimos que llevamos —dice Basil, que agrega, irónico—: Tendría que haber currado con un trozo de carne atado al pecho.

—Las tenías a todas loquitas —comenta Hayden entre risas.

Baz tuerce los labios, asqueado.

Se nos acerca un tipo. Va muy formalito, con sus pantalones cortos blancos y su camisa de manga corta blanca. Los botones de esta son dorados, y unos flecos azul marino le adornan los hombros. Lleva gorra de capitán.

—Parece un piloto —susurra Bernadette.

—Ven a nuestro bote, porfa —ruega Kimberly en voz baja mientras lo mira más de la cuenta.

—Yate —la corrijo—. No es un bote.

—Ven a nuestro yate, porfa…, y a mi cuarto —añade.

Nos reímos y, entonces, el tipo llega hasta nosotros:

—Hola, soy el capitán Mark, el patrón. ¿Está aquí Hayden?

—Sí, soy yo. —Le sonríe y le estrecha la mano. Hayden siempre acaba siendo la portavoz con los jefes. Nos presenta—. Estos son Christo, Basil, Bodie, Kimberly y Bernadette.

—Hola —dice el capitán con una sonrisa—. Bienvenidos. —Se gira y echa a andar por el muelle. Lo seguimos—. He oído hablar muy bien de vosotros —prosigue.

Nos miramos los unos a los otros. Nadie salvo yo ha viajado en yate.

Pero tampoco es que vaya a reconocerlo.

—Estamos muy ilusionados. —Hayden sonríe para aparentar simpatía.

—Gracias por venir a echar una mano. Toda mi tripulación está enferma y no va a poder trabajar en los próximos quince días. Esta semana está repleta de viajes chárteres, así que menos mal que habéis aparecido.

Volvemos a mirarnos los unos a los otros. Hayden esconde los labios para disimular que está sonriendo. Se puede liar pardísima.

—Es este de aquí —dice el capitán Mark con una sonrisa—. ¿A que es bonito?

Miramos arriba y, lívidos, frenamos en seco.

—Sí —contestamos todos con una sonrisa falsa.

Ay, madre.

Esto no es un yate, es un superyate. Cuatro pisos y, como mínimo, cincuenta metros de largo. Es negro, sofisticado y...
Me cago en la puta.

¿Cómo vamos a pilotar este navío? No tenemos ni puta idea de cómo se hace.

Jo... der. Qué marrón.

OBSIDIANA

Ese nombre... Arrugo el ceño. Me suena.

«Obsidiana»... ¿De qué conozco yo este yate? Me devano los sesos para recordarlo.

—¿Siempre atraca aquí? —pregunto con fingida indiferencia.

—No, normalmente está en Montecarlo.

—Ah, vale.

Cada año veo el Gran Premio desde nuestro yate de Montecarlo. Recemos para que me suene de eso.

Hayden me mira con cara de susto y susurra:

—¿Qué hacemos?

—Tú tranquila —articulo solo con los labios.

Pero de tranquila nada. Qué pesadilla.

Cruzamos el puente y subimos a bordo. El exceso de lujo nos ciega.

Una cubierta enorme con *jacuzzi* y piscina, una zona de ocio al aire libre, bar… Todo es de una madera exquisita y los acabados son perfectos. Miro a mi alrededor. Mmm… No está mal.

Nos asomamos a las puertas dobles y echamos un vistazo al interior. Un salón de lujo con muebles magníficos. A la derecha hay un ascensor, unas escaleras que van arriba y abajo y un pasillo.

—Caray —susurran todos, maravillados.

—Venid, que os enseño los cuartos del servicio. Están bajo cubierta. Hay que prepararse, el dueño vendrá esta noche con unos amigos.

—¿Quién es el dueño? —pregunto.

—Se llama Julian Masters —dice el capitán.

«Mierda».

—¿De dónde es? —pregunto como si fuera tonto.

—Del Reino Unido. Como veis, está forrado. Es de rancio abolengo, pero es juez. Se ha traído a toda su familia de Australia para celebrar una despedida de soltero.

Me quedo blanco. Los conozco. Los conozco a todos.

Julian Masters es uno de los mejores amigos de Jameson. Fueron juntos al internado.

Estoy jodido pero bien.

Capítulo 19

—Dejad las mochilas, que os enseño el yate —dice el capitán Mark. Lleva una carpeta bajo el brazo. Le hacemos caso y lo seguimos—. En este piso hay un salón, un comedor de gala, un cine y dos baños.

Alrededor de la mesita de mármol color albaricoque hay tres sofás gigantes de color blanco. Los suelos son todos en espinapez y de madera oscura, y están cubiertos por alfombras grandes, exóticas y de color crema. Y los cuadros son espectaculares.

Lo reconozco: es precioso.

—¡Ahí va!

Aprovecho que se ponen a parlotear con efusión para quedarme atrás y pensar rápido en una vía de escape.

Me tienta mucho tirarme por la borda.

—Vayamos arriba. —El capitán sube las escaleras y lo seguimos—. Otro salón, un comedor informal y un bar de copas. Esta planta dispone de cuatro dormitorios para invitados.

—Madre mía. —Hayden abre los ojos como platos y me coge de la mano—. Qué sitio más chulo —me susurra fascinada—. En mi vida he visto nada igual.

Bah... Arqueo una ceja y miro a mi alrededor. «Mi yate mola más».

—Última planta: la *suite* del dueño. —Subimos un piso más. Se compone de un dormitorio con vistas por los cuatro lados. También hay un baño gigantesco con un *jacuzzi* a ras del suelo, y dos vestidores: uno masculino y otro femenino.

Esto sí que mola.

—Y aquí —dice el capitán a la vez que abre una puerta secreta— está el cuarto de los niños. Al señor Masters le gusta estar cerca de sus hijos. —Al asomarnos, vemos dos cunas y dos camas individuales. Hay juguetes y libros por todas partes. La habitación es bonita y está decorada en tonos pastel.

—¿Disponen de canguro cuando viajan? —pregunta Hayden.

—No, no tienen canguro. Cuidan de los niños ellos mismos.

Hayden me sonríe y me aprieta la mano.

—Ya me caen bien —susurra—. Yo tampoco tendría canguro.

Frunzo el ceño. ¿Cómo? ¿Que no tendría canguro… nunca? ¿Jamás de los jamases?

¿Cómo se tira uno a su mujer si no tiene canguro? ¿Moja cinco minutos por la noche y ya está? Eso en mi casa no, quita, quita.

Tendré cuatro canguros que irán rotando.

Es más… Sonrío al recordarlo.

La mujer de Masters era su canguro. Un pibón.

Me muerdo el labio para no sonreír. Qué cabrón. Me pregunto cómo fue la movida.

—Vamos bajo cubierta, que es donde dormiréis —prosigue el capitán Mark. Bajamos tres pisos—. Esto es la cocina.

Nos la enseña.

—Helga, la cocinera, vendrá esta tarde. Os turnaréis para ser su pinche. Es muy estricta. —Frunce el ceño y calla como si estuviera eligiendo con cuidado lo que va a decir a continuación—. Tiene una personalidad interesante.

Estupendo. Eso es como decir que es una bruja.

—Estos son los cuartos del servicio. Tres dormitorios. Uno es para Helga, que duerme sola. Luego hay un dormitorio doble con dos camas individuales y otro con cuatro pares de literas.

—Hayden y yo nos quedamos el doble —anuncio antes de que se me adelanten.

—Que sí, que sí —mascullan todos.

—Bueno —dice el capitán Mark con una sonrisa—, pues este es el yate. Espero que disfrutéis la estancia y que estéis a

288

gusto. Aprovechad la mañana para instalaros y descansar. Esta tarde practicaremos, y a las seis llegarán los huéspedes.

—¿Cuánto tiempo permanecerán a bordo? —pregunto.

—Dos días.

—¿Y… después? —inquiere Basil.

—Cuando el señor Masters no la usa, alquilamos la embarcación. El miércoles recogeremos a otro grupo.

—Ah, vale —dice Basil—. Entonces seguimos trabajando aunque no esté el dueño.

—Exacto.

—¿Tenéis lista de invitados? —pregunto—. Es que quiero ojearla para organizarme.

—Sí, toma. —Me pasa la carpeta—. Hasta dentro de unas horas.

Sube las escaleras y los demás se van a hacer sus cosas. Levanto el folio y leo la lista.

Julian Masters
Spencer Jones
Sebastian Garcia

«Mierda».

Bajo la carpeta de inmediato. No me hace falta ver quiénes son los demás huéspedes.

Los tres primeros son los tíos más cachondos del mundo. No aguantaré ni una hora con ellos, ya no digamos cuarenta y ocho.

Qué pesadilla.

Me van a desenmascarar delante de Hayden, y aún no me quiere tanto, tío. Me dejará por haberle mentido.

«Y con razón».

Llevo semanas intentando dar con la manera de contarle quién soy, pero nos lo estamos pasando tan bien que ni hemos hablado de lo que haremos cuando se acabe la aventura. No quiero que se entere así de que le he mentido. Tengo que ser yo quien se lo diga.

Joder.

Me resulta extraño que, desde que discutimos por primera vez hace seis semanas, no me haya dicho que me quiere; es verdad que solemos decirnos que no nos queremos, que para mí es como decirnos que sí; pero... ¿y si para ella no lo es?

¿Y si para ella es un decir?

Me paso la mano por el pelo con fastidio.

Quiero a Hayden en mi vida. Solo de pensar que podría perderla por mentirle... siento una presión en el pecho.

Bajo las escaleras detrás de ella con nuestras mochilas y entro en nuestro cuarto. Es pequeño y no tiene ventana. Sin embargo, sí que tenemos intimidad, que es lo importante.

En la esquina hay un escritorio y un armario. Hayden se pone a guardar sus cosas en los cajones. Me siento en la cama y la miro.

Tengo que decírselo.

—Menudo yate, ¿eh? —comento.

—Es una pasada. —Dobla una camiseta—. El trabajo de mi vida.

El corazón me va a mil.

—¿Te imaginas teniendo un yate así?

—¿Yo? —Se ríe—. Qué va.

—¿No te gustaría tener pasta? —le pregunto—. Tanta pasta como para permitirte este yate.

—Quita, quita, no soporto a los ricos.

Alzo mucho las cejas, sorprendido.

—¿Conoces a alguno?

—No. —Sigue doblando ropa.

—Eso es discriminación, ¿no crees?

Me mira, deja lo que está haciendo y se sienta en mi regazo. La abrazo y me da un besito en los labios.

—Me gusta la vida que tenemos.

La miro fijamente. Me aparta el pelo de la cara y me dice:

—No tienes que preocuparte por no tener dinero.

¿Eh?

—Me encanta lo nuestro. —Me besa en la punta de la nariz—. Me gusta que seas mi mejor amigo. —Me besa con una sonrisa—. Me gusta lo entregado que eres. Me gusta que seas amable y cariñoso. Me gusta que cuides de mí. Eres perfecto tal y como eres.

La miro a los ojos. Me he quedado sin habla.

No me salen las palabras. Llevo toda mi vida queriendo oír eso, que alguien me dijera que me quería por mi forma de ser.

«Amo a esta mujer».

Sonríe con ternura y me abraza fuerte.

—Tengo que contarte algo —murmuro.

Se quita la camiseta y dice:

—Y yo tengo que enseñarte algo. —Se pone de pie y se desabrocha el sujetador; sus pechos turgentes quedan al aire. Incapaz de contenerme, le cojo uno. Se me pone dura al instante—. Sigue. ¿Qué decías? —murmura mientras se inclina hacia delante y me besa.

Le subo la mano por el muslo y se la meto por dentro de las bragas.

«Céntrate».

Me distrae lo húmedo, caliente y suave que tiene el coño. Joder, qué gusto.

—¿Qué decías?

—No soy profesor —murmuro pegado a sus labios.

Frunce el ceño y se aparta de mí.

—¿Qué eres?

La miro a los ojos. «Tuyo».

Le cambia la cara y dice:

—¿Me has mentido?

Se me revuelven las tripas al percibir su tono de decepción. «No vayas a cagarla, imbécil».

Nos quedan ocho meses más juntos para tener esta conversación.

Si sobrevivo a este fin de semana y consigo que Masters cierre la bocaza. A ver, que tampoco me estoy haciendo pasar por rico, sino por pobre. No me odiará por subir de categoría, ¿no?

La miro y le paso un mechón por detrás de la oreja. Maldita sea. Nunca en mi vida he sido tan feliz. No estoy preparado para que la dinámica que tenemos cambie.

Necesito más tiempo.

—¿Y bien? —me pregunta—. ¿A qué te dedicas si no eres profesor?

—Soy conserje en un colegio —respondo sin pensar—. Me daba vergüenza decírtelo.

Se queda boquiabierta.

—Cariño —susurra con dulzura—, eso me duele.

Mira que había opciones. Pues voy yo y le suelto eso. ¡Joder! ¿Soy tonto o qué?

—¿Eres limpiador? —insiste.

—Sí. —Asiento.

Soy un embustero de mierda.

—Cielo —susurra mientras me da un abrazo—, me da igual a lo que te dediques. Lo que me importa es que seas buena persona. Y no solo eres buena persona; eres la mejor persona que conozco.

La estrujo entre mis brazos. Cierro los ojos y me acurruco en su cuello.

Esta mujer...

Esta maravillosa mujer me quiere aunque crea que me dedico a limpiar retretes.

No me la merezco.

—Para mí, lo nuestro no es ninguna tontería —le digo—. Quiero envejecer a tu lado.

—Y yo —responde con una sonrisa.

Nos tumbamos en la cama y nos besamos. Me falta otra pregunta por resolver.

—¿Dónde te ves viviendo? —inquiero—. Cuando esta aventura acabe...

—Mientras esté contigo, me da lo mismo.

Ya está.

Noto una emoción extraña en el pecho: una sensación de pertenencia. Es real. Se mudará por mí... Va en serio.

Se arrastra hacia abajo, me agarra la polla, dura como una piedra, y se la mete en la boca. La miro y ella clava sus ojos oscuros en los míos. Le da un lametón y me la chupa con tanta fuerza que me muero de placer. Me apoyo en los codos para disfrutar de las vistas.

Me da toquecitos con la lengua en el glande, lo que hace que inspire con brusquedad.

—Eres mía —le susurro mientras le aparto el pelo de la frente.

—Toda tuya. —Sonríe mientras me chupa. Se relame y dice—: Va, fóllame la boca.

La suave respiración de Hayden me indica que se ha quedado dormida.

Esta cama minúscula es un talismán para los orgasmos. Hemos echado el mejor polvo de mi vida.

En silencio, me pongo algo encima y salgo del dormitorio a hurtadillas. No se oye ni una mosca. Anoche salimos a tomar algo y acabamos durmiendo tres horas. Los demás deberían estar deshaciendo el equipaje, pero para mí que están agotados y están descansando (que buena falta les hace) para la que se va a liar esta noche.

Y cuando digo que se va a liar, es que se va a liar parda.

Con sigilo, subo las escaleras y salgo a cubierta. Miro a mi alrededor. ¿Y el capitán Mark?

Voy a la parte delantera del yate y lo veo al timón. Voy casi corriendo a la parte trasera y ojeo mi lista de contactos.

Masters

Lo llamo. Da señal.

—Miles —dice entre risas—. ¿Qué quieres? —pregunta en broma.

—Oye, tengo un problema —susurro con el corazón a mil.

—¿Cómo? Habla más alto. ¿Dónde estás?

Está en un bar o algo así. Oigo a gente reírse.

—Estoy de incógnito.

—¿Cómo?

—Me he cogido un año sabático, me he puesto un apodo y estoy de mochilero por el mundo.

—¡¿Cómo?! —salta, y al momento se parte de risa—. ¿Tú… de mochilero? —Vuelve a troncharse—. Me meo.

—Viajo con un grupito que no sabe quién soy. El caso es que nos han contratado para trabajar en un yate, pero no en cualquier yate, no… ¡En el tuyo! —le suelto de corrido.

—¡Venga ya! —me espeta.

—No le digas a nadie quién soy cuando vengas luego.

Se carcajea.

—Pues sí que es un problema, sí.

—Calla —le susurro con rabia.

—Christopher Miles está de camarero en mi puto yate —le dice a alguien.

—¡No jodas!

Oigo a alguien reírse. Entorno los ojos. Spencer Jones. Reconocería esa voz en cualquier parte.

El capitán Mark enfila el lateral del yate y me saluda alegremente.

«Mierda».

—Te dejo —balbuceo—. Ni una palabra. No me conoces.

—Ojalá.

Se ríe. Oigo que le habla a otro de mí. No me queda más remedio que colgar.

«Joder».

—¿Admirando las vistas? —me pregunta el capitán Mark con una sonrisa.

—Sí.

Sonrío con falsedad y me guardo el móvil en el bolsillo. Estoy de los nervios y con un estrés del copón, joder.

—¿Has deshecho ya el equipaje? —inquiere.

—Sí, es que tenía que hacer una llamada rápida.

—Os espero en cubierta en una hora. Os entregaré los uniformes y empezaremos a practicar.

—Perfecto.

Sonrío sin ganas. De perfecto nada, menuda mierda.

—Hasta luego.

Aprovecho que vuelve a la parte delantera del yate para girarme y contemplar el puerto. Le saco una foto y se la envío a Eddie.

Christopher: Miconos.

Me pregunto cómo le irá a mi coleguita de Barcelona. El miércoles, cuando la cosa ya esté más tranquila, lo llamaré… Si no me he tirado por la borda antes.

Regreso al dormitorio y me arrimo a la espalda de Hayden, que duerme.

Estoy muy preocupado.

Como el plan no vaya según lo previsto…

Pienso en las mil y una cosas que podrían pasar, en que me va a salir el tiro por la culata..., y, aunque sé que no estoy haciendo lo correcto, hay algo que tengo claro.

Solo un amor fuerte resistirá la vida que llevaba antes de esta aventura.

La gente, los lugares..., los *paparazzi* agobiantes.

Tengo que preparar más a Hayden. Necesitamos más tiempo.

∞

—Aquí tenéis vuestros uniformes —nos dice el capitán Mark mientras nos tiende unos portatrajes—. Hemos pedido las tallas que solicitasteis. Si no os van bien, hay más abajo, en el almacén.

El capitán se pone a hablar del yate y nos cuenta hasta el último detalle de la embarcación. Un rollazo. Miro a Basil, que ha abierto su portatrajes y frunce el ceño al ver lo que hay dentro. Me mira a los ojos.

—¿Qué pasa? —le pregunto articulando solo con los labios.

Me enseña una pajarita roja con purpurina.

—¿Qué cojones? —me dice también solo con los labios. ¿Eh?

Aprovecho que el capitán Mark sigue hablando para abrir mi portatrajes despacio. Hay tres uniformes y una percha de la que cuelgan unos pantalones de traje negros y una pajarita roja con purpurina.

—¿Y esto, capitán? —Le enseño la pajarita.

Me mira y me dice:

—Tu uniforme de esta noche.

—¿Mi qué?

—El señor Escott quería una tripulación variopinta para dar fiestas temáticas. Se os ha asignado un uniforme festivo como el que llevabais en el club en el que os conoció. —Sonríe orgulloso—. Se llevó muy buena impresión de vosotros.

Ya me imagino las caras de los chicos cuando me vean con esto.

No, por Dios.

No puede ser verdad.

Hayden abre su portatrajes y saca un uniforme de criada francesa rematado con un liguero.

—No voy a ponerme esto —dice, tajante.

—Pero…

—Me lo puse en un club privado en el que la gente mantenía relaciones en el escenario. Ni me miraban. Pasaba desapercibida. Pero vestirme así aquí, en este ambiente, me parece una ordinariez. No he venido a alegrarles la vista a unos ricachones como si fuera una *stripper.*

—Ni yo —interviene Kimberly.

—Lo mismo digo —se suma Bernadette.

El capitán Mark las mira desconcertado y dice:

—Vale, que las chicas se pongan otra cosa. Pero los hombres vais a llevar esos uniformes. El tema de esta noche es el cabaret. Las chicas tendréis que poneros algo a juego. Quiero que esta fiesta sea un desmadre. Encontraréis disfraces y adornos en el almacén que hay bajo cubierta.

Me mira y me dice:

—Christo, el señor Escott me ha comentado que bailas. ¿Te has traído tu música?

—¿Que voy a bailar yo? —pregunto horrorizado, y resoplo.

A Hayden le da la risa.

—No tiene gracia —escupo.

—Me ha enviado un vídeo de ti bailando mientras preparas cócteles.

—Estaba de guasa, no soy un profesional que se inventa coreografías.

—Me vale. —Mira el reloj y agrega—: En media hora viene el DJ.

—¿El DJ? —inquiere Basil, extrañado—. Pero ¿cuánta gente va a venir?

—Unas treinta personas, pero la mayoría no se quedarán en el yate. Los devolveremos a tierra en cuanto la fiesta acabe.

—¿Y eso a qué hora será? —pregunto.

—A la que quieran.

Los demás nos miramos. O sea, que no vamos a dormir en toda la noche por culpa de los mamones estos. Estupendo.

—Helga y Agnes estarán al caer.

—¿Agnes? —dice Hayden—. ¿De qué se encarga ella?

—No hemos trabajado nunca con ella, pero es animadora de fiestas y, dado que habrá tanta gente a bordo, se nos ha ocurrido que nos vendría bien alguien que lleve a cabo el programa.

—¿Un programa? —inquiero, frunciendo el ceño. «¿No es pasarse un poco?».

Miro a los chicos, que se encogen de hombros.

—Mierda —exclama Basil articulando solo con los labios.

El capitán Mark se va hacia las escaleras y dice:

—Sigamos practicando.

∞

—Estás guapo —me comenta Hayden con una sonrisa mientras me pone bien la pajarita.

Voy con pantalones negros, una pajarita roja con purpurina y el pecho al aire.

No se puede caer más bajo. Me lo van a recordar toda la vida.

—¡Todos a cubierta! —dice una mujer con voz ronca y grave por los altavoces. Tiene acento nórdico.

—¿Y esa? —pregunto, desconcertado.

—Será Agnes. —Hayden sonríe y me da un beso rápido—. ¿Estoy guapa?

Retrocedo y le pido:

—A ver, date la vuelta.

Gira. Me hace gracia su modelito. Tanto ella como las demás van de frutas.

Lleva medias verdes y un vestido de fresa rojo, grande y pomposo. De la diadema le salen hojas de fresa. Se ha pintado unos corazones enormes y rojos en las mejillas.

—Eres la fresa más mona que he visto en mi vida. —La embisto—. Voy a tener que comerte luego. —Vuelvo a embestirla—. Y hacer mermelada de fresa.

Se echa a reír y me enseña el móvil.

—¡Foto!

Me pongo detrás de ella, pego mi rostro al suyo y sonreímos a la cámara.

—Qué guay —comenta entre risas.

—Ya ves.

Pero ¿de verdad lo es? Porque a mí no me lo parece.

Hace un bailecito sin moverse del sitio que me saca una sonrisa. Su entusiasmo es contagioso.

—¡Espabilad! —exige la señora del altavoz.

Hayden abre mucho los ojos y se echa a reír.

Arrugo el ceño y digo:

—Tranquila, Agnes.

Abrimos la puerta del cuarto y oímos a los demás discutiendo en su cuchitril.

—No entiendo por qué no puedo ser la naranja —se queja Bernadette.

—Porque a mí me queda mejor el naranja —le espeta Kimberly.

—A ti te queda bien todo —replica Bernadette—. No quiero ser las uvas. Las detesto. —Se toquetea la diadema y dice—: Cómo pica esto, joder.

—Pues a mí sí me gustan las uvas —dice Basil mientras se peina ante el espejo—. Y las naranjas. ¿Por qué no celebrarán hoy una despedida de soltera? —Se toquetea el pelo un poco más—. Ojalá nos contratasen en los cruceros de *strippers,* que ahí los camareros se las tiran a todas. ¡Eso sí que sería un buen curro!

—¿Dónde se habrá metido? —masculla Bodie mientras se lleva el teléfono a la oreja—. No responde, mierda. Ya la he llamado cuarenta veces.

—Habrá conocido a otro, y tú aquí dando pena —dice Kimberly tan pancha mientras empuja a Basil para mirarse al espejo.

Anoche Bodie conoció a una chica en la playa y se ha obsesionado con ella.

—¡Arreando! —dice casi gritando la señora del altavoz.

Sonrío a mi fresita *sexy,* saco el móvil y le hago una foto. Finge que me lanza un beso. No puedo evitarlo y la abrazo y la beso.

—Uf, ¿no estáis cansados ya el uno del otro? —suelta Kimberly, que pone los ojos en blanco.

—No —contesto. Vuelvo a besar a Hayden—. ¿Quién se cansaría de una fresita así?

—¿Qué hacéis? ¡Que llegamos tarde! —exclama una voz.

Nos giramos y vemos a una mujer bajita y enfadada que cruza el pasillo como una exhalación. Lleva el pelo recogido en dos trenzas sujetas a la cabeza.

—Arriba. Ya —ordena.

—Perdón. —Hayden hace una mueca y sube las escaleras corriendo. La seguimos a toda prisa.

Vamos al salón principal y observamos nuestra obra de arte. Hay globos y serpentinas por todas partes. Está feo que lo diga yo, pero parece un cabaret de verdad.

—En fila —ordena Agnes.

Nos miramos extrañados. «¿Cómo?».

—En fila —repite—. Presentaos.

Nos ponemos en fila y nos presentamos cuando pasa por nuestro lado. Nos mira de arriba abajo.

—Veamos…, soy muy estricta —dice, seria—. Os mostraréis profesionales en todo momento y en el escenario —agrega, haciendo comillas con los dedos.

—¿En el escenario? —inquiero, sorprendido.

—Vais a actuar. —Sonríe con calma y añade—: Quiero cabaret. Quiero desmadre. Tiene que ser la noche más divertida de sus vidas.

Miro cómo se pasea de un lado a otro. «Relájate».

—Estoy en periodo de prueba y quiero este puesto, así que no me lo fastidiéis. Por favor.

—Vale, Agnes —decimos.

Se pone detrás de nosotros y revuelve en una caja.

—Christo, ven —me dice.

¿Eh?

Doy un paso al frente y me rocía el torso con algo que no sé qué es.

—¿Qué es esto?

—Purpurina corporal.

¿Cómo?

Me miro. Me ha rociado con aceite y purpurina dorada.

No…

Hayden me ve la cara y se mea de risa. Agacha la cabeza para que Agnes no la pille.

—Un paso al frente —les ordena Agnes a Bodie y a Basil.

Obedecen y también los embadurna de aceite brillante y dorado. Basil me mira a los ojos y me estremezco. ¿De qué cojones va esto?

—Voy a bajar a ver cómo va el menú. Los invitados llegarán en diez minutos. Recordad que sus deseos son órdenes.

Baja las escaleras y los demás nos miramos.

—¿Listos para brillar? —pregunta Kimberly.

—Pensad que solo es una noche. Mañana se habrá ido —susurra Hayden.

Uf, no estoy para tonterías.

El DJ empieza a pinchar en el balcón que tenemos encima. Pone música bailable y con marcha. Se encienden las luces de discoteca. Me voy al bar y me agacho detrás de la barra. Le doy un lingotazo al tequila.

Le escribo a Masters por si acaso.

Christopher: No me jodas. ¡¡¡No me conoces!!!

Diez minutos después

Nos ponemos todos en fila en la entrada del yate para recibir a nuestros invitados. Veo al numeroso grupo cruzar la pasarela. Me miro: pantalones negros, pajarita roja y embadurnado de aceite brillante y dorado.

«Tierra, trágame».

Oigo la voz grave de Masters cada vez más cerca y aprieto la mandíbula. Qué vergüenza. Hay unos veinte hombres y unas cuantas mujeres…

¿Mujeres? Pensaba que era una despedida de soltero. Serán *strippers*.

Cruzan el puente, y Masters, Jones y Garcia frenan en seco en cuanto me ven. Con los ojos como platos, se tronchan de risa.

Me cago en…

Me rodean y Garcia silba.

—Tenemos un problema —dice Masters con una sonrisa aviesa. Me pellizca el pezón y añade—: Me gusta este.

Aprieto la mandíbula y Hayden nos mira atónita.

Garcia se pone detrás de mí y me da un cachete en el culo.

—¡Que no me entere yo de que este culito pasa hambre!

Siguen rodeándome como si fuera su presa.

—Mi muñequito —comenta Spencer con una sonrisa amenazante.

Mis amigos, horrorizados, no dan crédito.

—Bienvenido a bordo, señor —digo a la vez que asiento.

Echan la cabeza hacia atrás y se mondan.

«Para mear y no echar gota».

—Señores, bienvenidos a bordo. Les presento a la tripulación que les amenizará la velada —dice Agnes sonriendo—. Va a ser la mejor noche de sus vidas.

—Misión cumplida. —Masters me mira con sus ojos de pillo y agrega—: Ya lo está siendo.

Los demás hombres embarcan y se ponen a bailar por el yate. Están como unas cubas. Arman escándalo y ríen.

Todos se van a sus puestos.

Yo me sitúo tras la barra. Los tres chicos se sientan delante.

—¿Qué os pongo? —les pregunto en tono seco mientras limpio la barra.

—Unas mimosas.

Me sirvo un chupito de tequila.

Miro a ambos lados. Me lo bebo de un trago y me acerco mucho a ellos.

—Escuchadme bien. Como me puteéis, os mataré y no me dará ninguna pena —susurro.

Se parten de risa como si fuera lo más gracioso que han visto en su vida… Seguramente sea así.

—¿Y todo por una chica? —inquiere Masters con una sonrisilla.

—No es una chica —escupo—. ¡Es *la* chica!

Capítulo 20

Hayden

Cojo una bandeja de *sushi* de aspecto refinado que hay en la cocina para que los invitados piquen.

—Cuando se los acaben, vuelves —me dice Helga, la cocinera.

—Vale.

Mientras subo las escaleras me encuentro con Kimberly, que baja.

—Madre mía, tía, ya están piripi —dice.

—Menuda nochecita más larga nos espera.

Llego al piso inferior y decido ir primero a la pista de baile.

La mayoría de los hombres están por ahí hablando y solo unos pocos bailan con las cuatro chicas contadas que hay.

Basil trabaja en la barra mientras mira embobado cómo las mujeres bailan ligeras de ropa. Le ofrezco la bandeja a un invitado y le digo:

—¿Le apetece un aperitivo?

—Gracias.

Cogen las porciones de *sushi* y, en menos que canta un gallo, vacían la bandeja. Bajo a la cubierta inferior y me dirijo a la cocina.

—Les han encantado —le digo a Helga—. ¡Un éxito!

—¡Qué bien!

Sonríe y me pasa otra bandeja. Vuelvo arriba y salgo a cubierta. Hay tres hombres en la barra hablando con Christopher y Kimberly.

Y qué hombres.

Un poco más mayores, de treinta y tantos, quizá, pero de una belleza superior.

302

Se me van los ojos a ellos mientras trabajo. No sé de qué hablan, pero debe de ser graciosísimo, porque no paran de reírse.

Kimberly los abandona y se abre paso entre la multitud para llegar hasta mí.

—¿Quiénes son los de la barra? —le pregunto.

Les echa un vistazo y dice:

—Vengo de estar con ellos. El del medio es el señor Masters, el dueño del yate. Debe de estar forradísimo —susurra.

—¿Y los otros dos?

—El rubio es Spencer Jones. —Lo mira más de la cuenta y añade—: Está tremendo. ¿Has visto qué sonrisa?

—Ya ves.

—Se nota que el otro es político.

—Ostras —comento, atónita—. Qué fuerte.

Vuelven a romper a carcajadas.

—Christo les habrá dicho que está saliendo con una de nosotras.

—¿Por qué lo dices?

—Porque me han preguntado cuál es su novia porque quieren conocerla.

—Ah. —Tuerzo el gesto—. Qué guay.

Sonrío con falsedad y salgo a cubierta.

—Ven aquí —me pide Masters mientras me hace un gesto con el brazo para que vaya.

Me acerco y, con una sonrisa tímida, les ofrezco la bandeja.

—¿*Sushi,* caballeros?

—Deja eso y habla con nosotros —dice el moreno mientras retira un taburete para que me siente a su lado.

—Hayden está muy ocupada —interviene Christopher—. Va, vete a trabajar.

«¿Cómo?».

—No, no, no. Para nosotros siempre hay tiempo —replica Spencer mientras le da unos golpecitos al asiento—. Siéntate.

—Hola —saludo con una sonrisa.

—Julian Masters. —Me estrecha la mano y dice—: ¿Qué tal?

—Hola, soy Hayden.

—¿Hayden qué? —inquiere a la vez que arquea una ceja.

—Funeraria —contesta Christopher por mí.

¿Eh? Lo miro al instante, sorprendida.

—¿Perdona?

—Es el cóctel que estoy preparando. —Sonríe sin ganas—. A la funeraria que vamos.

Prorrumpen en carcajadas.

—Yo soy Spencer —dice el rubio con una sonrisa mientras me tiende la mano—. Pero puedes llamarme Spence.

Christopher agita la coctelera con fuerza y a una velocidad pasmosa por encima del hombro mientras fulmina con la mirada a Spencer.

Lo miro extrañada. Qué raro está esta noche.

—Yo soy Sebastian Garcia —susurra el de pelo oscuro con voz grave y sensual mientras me da un beso en el dorso de la mano.

Un paño pasa por delante de mi rostro a toda pastilla y le da al señor Garcia en la cara.

—Putas moscas —salta Christopher.

¿Eh?

—De noche no hay moscas —repongo.

—No son moscas, son moscones.

Los hombres vuelven a desternillarse. Se ríen tan fuerte que les falta poco para caerse del taburete.

«¿Qué es tan divertido?».

Christopher llena las tres copas de cóctel que tiene delante y dice:

—Ya está. Tres viajes a la funeraria.

Masters coge la suya y le da un sorbo.

—Me sirve —dice a la vez que hace una mueca.

Spencer prueba la suya y pone mala cara.

—Joder, qué asco.

—¿Os lo estáis pasando bien? —les pregunto.

—De maravilla —contesta Sebastian—. Pero hay algo que sería la guinda del pastel.

—¿El qué? —inquiero con una sonrisa.

—Que don Christo aquí presente me hiciera un masaje en los pies.

«¿Cómo?».

Christopher le dedica una mirada asesina.

El señor Masters echa la cabeza hacia atrás y se ríe con ganas. Spencer casi se cae del asiento de lo que se está carcajeando.

Vale, no entiendo nada. Se habrán metido algo.

Estarán colocados.

Lo que dicen no tiene ni puñetera gracia. Asqueada, alzo las cejas y comento:

—Pues que os cunda.

Me marcho y vuelvo a pasearme para ofrecer *sushi*.

—¿Le apetece un poco de *sushi*, señor? —le pregunto a un hombre.

—Vale —acepta este con una sonrisa.

Miro hacia arriba y veo a Sebastian sentado en una tumbona quitándose los zapatos.

¿Qué hace este?

No me digas que de verdad Christopher va a masajearle los pies.

Madre mía, no soporto a los ricos.

Christopher se arrodilla ante él y le levanta un pie.

—Es la mejor noche de mi vida —comenta el señor Masters con una sonrisa mientras sujeta el móvil como si estuviera grabando el momento.

Sigo ofreciendo aperitivos y, de refilón, veo que Christopher le retuerce el dedo gordo a Sebastian con tanta fuerza que casi se lo parte.

—¡Aaah! —grita este último.

«Pero ¿qué bicho le ha picado?».

Repite el gesto, pero esta vez con todo el pie, como si quisiera dislocárselo o algo así.

—¡Aaah! —chilla Sebastian.

Los otros dos se mean de risa. Lloran y todo.

Me acerco a Christopher con decisión y le pregunto:

—Christopher, ¿podemos hablar un momento?

—Claro. —Se levanta y le dice a Sebastian—: Espere, que le pongo cómodo.

Con energía, tira de la palanca de la tumbona hacia atrás y Sebastian cae al suelo.

Cojo a Christopher del brazo y me lo llevo aparte.

—Pero ¿tú de qué vas? —le susurro con rabia—. Vas a hacer que nos echen.

—Me la suda.

—Pues a los otros cinco no.

—¡Hombre al agua! —grita el capitán Mark por el altavoz—. Tripulación, a cubierta.

Bodie corre por el lateral del yate con un salvavidas y lo arroja al mar.

Un hombre desnudo se tira al agua mientras sus amigos lo corean.

¿A quién se le ocurre·celebrar una despedida de soltero en un yate? ¡Menudo disparate! Se nos ha ido de las manos.

—Tenemos un problema —suelta Kimberly a nuestra espalda.

—¿Ahora qué? —susurro.

—Basil ha desaparecido.

—¿Cómo? —pregunto, preocupada.

—No lo encuentro. Debería estar en el bar de arriba, pero no está ahí.

—¿Y dónde está? —pregunta Christopher.

—No lo sé —farfulla—. He mirado en todas partes.

—¿Y si se ha caído por la borda? —exclamo, horrorizada.

—A saber. Si es que vaya tela… —Y se abre paso entre el gentío hecha una furia.

Christopher y yo vamos a cubierta a ver cómo sacan del agua a los dos hombres. Menudo espectáculo. Sus amigos se cuelgan de la barandilla, los llaman y los atosigan.

—Mmm… Acabo de encontrar a Basil —me dice Christopher.

—¿Dónde?

Señala tres pisos más arriba, a la *suite* del dueño. Miro y veo a una mujer con las dos manos en el cristal mientras le dan por detrás… Basil.

—¡¿Y este?!

—¡Ole sus huevos! —dice Christopher entre risas—. Ve a vigilar las escaleras.

—No voy a vigilar las escaleras para que Basil se tire a una *stripper*.

—¿Prefieres que vaya yo? —me dice mientras sube y baja las cejas con aire juguetón.

—No —le espeto—. Ya voy yo. Y no rompas más dedos.

Una de la mañana

Despedimos a los hombres, quienes, una vez en el muelle, caminan por el entablado sin prisa. Al final se van a buscar un club. Cogidos del brazo, cantan y montan un jaleo tremendo mientras se adentran en la oscuridad.

—Ha sido un placer, Hayden —me dice el señor Masters.

—Lo mismo digo. —Sonrío.

Con un brillo travieso en la mirada, comenta:

—A lo mejor nos reencontramos algún día.

—¿Quién sabe? —replico con una sonrisa.

«No voy a volver a ver a este hombre en mi vida».

Christopher niega con la cabeza y dice algo por lo bajini que los hace reír.

No sé qué les pasa a estos dos. Para acabar de conocerse, comparten un montón de bromas privadas.

Se planta en el muelle y sigue a los demás por el paseo.

Menos mal. No aguantaba ni un minuto más.

Exhaustos, nos desplomamos.

—Joder, macho, qué locura —comenta Bodie, que suspira.

—La mejor noche de mi vida —dice Basil.

—A ella también le ha gustado, Baz —lo felicita Christopher mientras le da una palmada en la espalda.

Basil sonríe orgulloso y pagado de sí mismo.

Nos quedamos un rato en silencio; estamos demasiado cansados para hablar siquiera.

—Esto parece una pocilga.

Miramos lo sucio que está el yate de lujo.

—¡Hemos arrasado! —exclama el capitán Mark, que baja las escaleras sonriendo—. Muy bien, chicos. —Aplaude con una energía envidiable—. Una limpieza rápida y a la cama. —Y sube las escaleras más contento que unas pascuas.

Christopher relaja los hombros. Parece que acabe de correr una maratón o algo así.

—Menos mal que ya se ha acabado, joder —masculla por lo bajo.

Esta limpieza va a ser de todo menos rápida. Está todo manga por hombro.

Junio. Croacia

Las olas besan la arena con suavidad mientras Christopher y yo paseamos de la mano por la orilla del mar. Es medianoche y hemos aprovechado que los demás siguen de juerga para venir a dar un paseo solos.

Últimamente lo hacemos mucho: preferimos quedarnos en casa o salir a cenar que ir de marcha con los demás.

Llevamos una semana en Croacia. No me creo lo bonito que es el gran y ancho mundo en el que vivimos.

—¿Sabes qué día es mañana? —me pregunta Christopher.

—¿Miércoles?

Me abraza y me dice:

—Mañana hace tres meses que empezamos a salir juntos.

Abro los ojos como platos y digo:

—¿Es nuestro aniversario?

—Nuestro *mesiversario*... —Se encoge de hombros y dice—: ¿Existe?

Sonrío a mi maravilloso hombre y digo:

—Ahora sí.

—Los tres meses más felices de mi vida, Gruñona.

Me besa en los labios y, entre eso y que la luna se refleja en el agua, sé que estoy en el cielo.

—Lo mismo digo.

Me mira a los ojos y añade:

—Te quiero.

Se me para el corazón.

—Estaba deseando que me dijeras esas dos palabritas —susurro.

Sonríe ligeramente y toma mi rostro entre sus manos. Significa muchísimo para mí que haya esperado para decírmelas, porque sé que las dice de corazón.

—Y yo a ti.

Nos besamos, un beso dulce y tierno cargado de amor.

308

Mi fiestero alocado le ha echado huevos y ha sentado la cabeza. Se ha enfrentado a sus demonios y los ha vencido.

«Por mí».

—No me imagino la vida sin ti —murmura pegado a mis labios.

—No será necesario.

Nos besamos a la luz de la luna y, bajo el manto de una noche perfecta, nos fundimos en uno.

«Me quiere».

Septiembre. Copenhague (Dinamarca)

¿Quién iba a imaginar que existía un sitio así?

El paisaje, la vida nocturna y el hombre tan *sexy* que tengo delante.

La pista de baile está atestada de cuerpos que se contonean al ritmo de la música electrónica. Son las cuatro de la mañana. Christopher planta sus manazas en mis caderas y se pega a mi trasero mientras baila. La tiene dura. Acerca los labios a mi oreja.

—Te necesito —me susurra lascivo mientras me muerde la oreja.

Ajenos a los demás, seguimos restregándonos. Nuestros amigos también están en la disco, pero, como de costumbre, nosotros estamos en nuestra burbuja.

En la que las reglas son que no hay reglas. Amamos con ternura y follamos con rudeza.

Me sube la mano por la pierna y, pese a estar rodeados de gente, me mete los dedos en la entrepierna. Sonrío contra su cuello.

«Qué travieso es».

Cuando nota lo mojada que estoy, aspira con brusquedad y me saca de la pista.

Lo siguiente que sé es que estoy pegada a la pared del pasillo que conduce al baño con las piernas alrededor de su cintura, me aparta las bragas y me la clava entera.

Nos miramos. Sentir su pollón tan adentro me hace gemir. Me muerde el labio inferior y me la mete fuerte, rápido y hasta el fondo.

Aquí mismo, en la disco, tan campante.

Me posee.

Noviembre. Casco antiguo de Gamla Stan (Suecia)

Caen copos de nieve en las calles adoquinadas y los edificios coloridos se funden con la noche. Este sitio parece sacado de un cuento de hadas.

La habitación es acogedora y se está calentito. Dormito en la cama. Estoy pachucha y no me encuentro bien.

Oigo la llave en la puerta y Christopher aparece con una bolsa de la compra.

—Hola, preciosa.

—Hola —lo saludo con una sonrisa.

—He comprado lo que me has pedido. Paracetamol —dice mientras vacía la bolsa—. Fresas. —Me las enseña—. Tampones. —Me enseña la caja—. Y chocolate. —Me enseña una tableta enorme de mi chocolate favorito. Rebusca en la bolsa y saca una barrita de chocolate—. Este para mí, que ambos sabemos que no vas a compartir el tuyo.

—¡Cómo lo sabes! —exclamo sonriendo.

Guarda las cosas, se ducha y se acurruca detrás de mí. Con delicadeza, me pone su mano grande y cálida en la barriga, que me duele, y me da un beso en la sien.

—¿Estás bien, cielo? —me susurra.

—Ahora que estás aquí, sí.

Me cuida superbién. Trata mi cuerpo como si fuera suyo.

Lo cual, en cierto modo, es así. Es algo que compartimos.

Mi protector, mi amante y mi mejor amigo en el mundo entero.

—Ya puedes dormir, princesa. Estoy aquí.

Diciembre. Tailandia

Estamos sentados a la mesa exterior, bajo los árboles y a la orilla del mar.

310

La playa está para enmarcar.

Es Navidad y, para darnos un caprichito, hemos alquilado una casa en Koh Samui durante dos semanas.

Los chicos están cocinando a la parrilla. Todos llevamos los sombreros de colores que nos han tocado en nuestras sorpresas navideñas.

No podría haber encontrado mejores compañeros de viaje.

Ni mejores amigos. Hemos vivido mil y una aventuras mientras recorríamos el mundo.

Christopher descorcha una botella de champán, nos llena las copas y alza la suya.

—Un brindis.

Los demás sonreímos y levantamos las nuestras mientras esperamos a que nos ilumine con su sabiduría.

—Brindo por las futuras Navidades, porque todas sean igual de felices que esta. —Alza más su copa y agrega—: Por la felicidad.

Me mira a los ojos; los suyos brillan de una forma que no sé explicar. Me llega al alma.

—Por la felicidad.

Bebemos y ponemos mala cara y nos estremecemos en silencio.

—¿Qué es esto? ¡Qué puta mierda, tío! —exclama Christopher, indignado—. He pagado veintidós pavos por este pis de burra.

Los demás se parten de risa mientras se atragantan con el que posiblemente sea el peor champán del mundo.

—Por morir envenenados en Tailandia —propone Basil a modo de brindis mientras vuelve a levantar la copa.

Nos reímos a mandíbula batiente y brindamos de nuevo.

—Por el veneno.

Marzo. Alemania

Estamos fuera del hostal, en el bordillo, esperando al autobús que se llevará a los demás al aeropuerto.

El viaje de nuestra vida ha llegado a su fin.

Es hora de volver a casa.

Christopher y yo saldremos desde otro aeropuerto. En media hora vendrá un taxi a recogernos.

Primero visitaremos a sus padres, después a los míos, y luego iremos a ver a Elliot a Londres… Y, después, ya veremos qué hacemos.

Christopher lleva toda la semana muy callado. Seguro que es porque la aventura se ha acabado.

Teme volver a su vida de conserje.

Pero sé que le irá bien. Que haga un curso o vuelva a estudiar o algo así. No quiero que se dedique a algo que lo avergüenza. Me parte el alma.

Me quedo atrás y veo cómo abraza a los demás para despedirse. Todos estamos llorando.

Porque, por más que insistamos en que nos mantendremos en contacto, no será así.

Cada uno de nosotros vive en una punta del mundo. Muy pronto, estas personas no serán más que recuerdos. No serán más que rostros en unas fotos, rostros con los que una vez viajé.

Los espera el bus.

Ahora me toca a mí abrazarlos. Con las lágrimas cayéndome por las mejillas, me despido de ellos.

Christopher los ayuda a meter el equipaje en el autobús, al que suben con pesar.

Me cuesta verlos alejarse.

El fin de una era.

Christopher me pasa el brazo por detrás mientras los vemos desaparecer en el horizonte.

—Pues ya está —dice en voz baja.

Asiento.

—Se acabó el viaje.

—Sí. —Asiento de nuevo mientras me seco las lágrimas—. Hora de volver a la realidad.

Esconde los labios y dice:

—Tengo que contarte algo.

—¿Que quieres quedarte? —inquiero con una sonrisa de esperanza.

—Ojalá pudiéramos.

Sonrío con tristeza. Ojalá.

Me mira a los ojos y dice:

—Hayden…, no soy quien crees que soy.

Frunzo el ceño.

—No soy conserje.

—¿De qué hablas?

Me toma de las manos y me sienta en un banco.

—Cariño —me dice con voz dulce y persuasiva, como si fuera a asestarme un golpe mortal—. ¿Te suena Miles Media?

—No.

—Es una empresa de comunicación de Nueva York.

—Vale, ¿y?

—Soy Christopher Miles.

Inquieta, pregunto:

—¿A dónde quieres llegar?

—Cielo. —Abre mucho los ojos con la esperanza de que lo pille—. Soy un Miles y trabajo en Miles Media.

—No lo entiendo —digo.

Una limusina negra se detiene frente a nosotros y un chófer uniformado de pies a cabeza baja para abrir el maletero.

—Te presento nuestro coche.

Horrorizada, miro el cochazo… ¡¿Que ese es *nuestro* coche?!

«¡Qué cojones!».

Capítulo 21

Lo miro a los ojos.

Es como si el tiempo se hubiera detenido… No lo comprendo. Miro la impoluta limusina y después a él.

«¡¿Cómo que ese es *nuestro* coche?!».

—Cariño, si no nos vamos ya perderemos el vuelo. Por favor. —Señala la limusina y al chófer que aguarda junto al maletero abierto—. Lo hablamos por el camino.

Lo miro estupefacta.

—Gruñona. —Me da un besito en los labios y dice—: Esto no cambia nada. Relájate.

Lleva mi mochila al coche, saluda al chófer, se la entrega y vuelve a por la suya.

—Amor, sube al coche.

¿Cómo puede decir que no cambia nada? ¡Lo cambia todo!

—Cielo. —Señala su coche como para recordarme que está ahí y me pide—: Entra.

Es entonces cuando me doy cuenta de lo que pasa. Me está forzando. Ha esperado a que faltase poco para que apareciese su coche para revelarme esa información y, así, evitar que me alterase.

Me abre la puerta y me sonríe con cariño.

—Pasa —me dice articulando solo con los labios.

Miro al chófer, que me sonríe con amabilidad. Como me siento tonta y no quiero montar un pollo, subo a la parte de atrás de la limusina.

Christopher se sienta a mi lado, acerca mi rostro al suyo y me da un besito.

—En marcha.

Sonríe la mar de contento y se lleva mi mano al regazo.

El vehículo se incorpora al tráfico. Por la ventanilla veo que la gente nos mira al pasar.

No sé qué decir.

Para acabar con el incómodo silencio en el que nos hemos sumido, Christopher se pone a hablar con el chófer, pero a hablar por los codos. Ya sé qué pretende. No quiere hablar conmigo de lo ocurrido hasta que estemos en el avión.

Me da un beso en el dorso de la mano.

—Te quiero —articula solo con los labios. Y vuelve a cotorrear con alegría—: Qué viaje más chulo. Me lo he pasado bomba. Voy a echar de menos a los compis. Tendríamos que quedar con ellos al menos una vez al año.

Asiento con aire distraído y sonrío sin ganas mientras vuelvo a mirar por la ventanilla.

¿Por qué me habrá mentido?

Al cabo de una hora, cruzamos una barrera que nos lleva a la pista de despegue. Frunzo el ceño. ¿Dónde vamos?

Si me hablase con Christopher, le preguntaría. Sin embargo, opto por guardar silencio.

Porque, como abra la boca, no sé qué va a salir de ahí. Primero tengo que asimilar esto o soltaré alguna burrada y me arrepentiré.

Porque, madre mía, la cantidad de burradas que se me están ocurriendo ahora mismo.

El vehículo se detiene junto a un avión. Me asomo a verlo. Es superpijo. Parece un Learjet o algo así. El chófer baja del coche y va a abrir el maletero. Miro de reojo a Christopher y le pregunto:

—¿Qué es esto?

—Nuestro avión.

—¿Tienes un avión?

—Sí. —Asiente. Arruga la frente como si estuviese reprimiendo las ganas de decir algo.

«¡¿Que tiene un avión?!».

Miro el vehículo anonadada.

—¿Es seguro?

—Segurísimo. —Sonríe, me pasa el brazo por detrás y me besa en la sien—. No te pondría en peligro.

«Pero sí me mentirías».

El chófer me abre la puerta. Le sonrío. Parece bonachón.

—Gracias.

Christopher sale y sonríe.

—Gracias.

Y, con disimulo, le da unos billetes de propina.

No doy crédito. Esto parece *La dimensión desconocida*.

Christopher me toma de la mano y subimos las escaleras. Dos auxiliares de vuelo y un comandante uniformados nos reciben al entrar.

—Buenas noches, señor Miles —dice el comandante a la vez que asiente.

—Thomas —dice Christopher entre risas—. Me alegro de verte, viejo amigo. —Y le estrecha la mano con fervor.

—Ha pasado mucho tiempo, señor.

—Y que lo digas. —Christopher mira a su alrededor y pregunta—: ¿Y la tripulación habitual?

—Le presento a Angela y Michelle. Las otras chicas están de baja por maternidad.

—¿Bebés? ¡Ostras, qué alegría! —Christopher sonríe y estrecha la mano a las dos auxiliares—. Un placer. Esta es Hayden —agrega, orgulloso.

—Hola. —Sonrío y les estrecho la mano.

—Un placer.

Parecen majas.

—Por aquí —me indica Christopher.

Miro a mi alrededor. Entre la moqueta y los asientos de cuero, es la cabina más extravagante que he visto en mi vida. Es tan sofisticada que parece salida de una peli. Christopher me lleva de la mano y pregunta:

—¿Dónde quieres sentarte?

«No me trates de tonta y no finjas que domino la situación, porque ya ves que no es así».

Me encojo de hombros y respondo:

—Me da igual.

Señala un asiento doble que hay al fondo y me dejo caer junto a la ventanilla. El piloto arranca y observo cómo la limusina abandona la pista de despegue.

Me muero de la vergüenza. Voy en pantalones cortos y camiseta. Siento que no llevo la ropa adecuada. Me toco la coleta; está despeinada. Madre mía, vete a saber qué pintas tengo. Ya me extrañaba que hoy Christopher se hubiera puesto vaqueros y camisa.

Ahora lo sé.

Trastea un poco y se sienta a mi lado. Me abrocha el cinturón y me pregunta:

—¿Estás bien, bombón? —Sonríe y me besa.

Las auxiliares están trajinando.

Asiento y sonrío sin ganas. No quiero montar un pollo y que se entere todo el mundo. Además, todavía estoy intentando serenarme para ver si me aclaro.

Hay mucho que asimilar.

El avión se pasa un rato dando vueltas. Christopher le da a la lengua y saca tema para compensar con creces mi silencio.

«Es consciente».

Cuando despegamos, me toca el muslo y susurra:

—¿Estás bien? Estás muy callada.

Sonrío y asiento. No lo estoy. Es mentira.

—¿Le traigo algo? —me pregunta la auxiliar.

—Pues... —Lo medito un instante y digo—: ¿Me trae una limonada?

—Ahora mismo. —Se vuelve hacia Christopher con una sonrisa y le pregunta—: Y a usted, señor Miles, ¿qué le apetece?

Esconde los labios mientras se lo piensa, y responde:

—Un *whisky* Blue Label y caviar de beluga. —Me mira y me dice—: ¿Tú quieres algo de comer?

Lo miro de hito en hito mientras asimilo lo que ha pedido.

«*Whisky* Blue Label y caviar de beluga».

¿Desde cuándo le gustan esas cosas? Niego con la cabeza y digo:

—No, gracias.

La auxiliar sonríe con amabilidad y responde:

—Enseguida, señor.

Se mete en la cocina y veo que Christopher apoya la cabeza en el asiento para relajarse.

«No lo conozco en absoluto».

Nueve horas después

El avión se detiene en la pista de aterrizaje. Me asomo a la ventanilla y veo un cartel.

BIENVENIDOS A NUEVA YORK

Christopher, impaciente por bajar, mueve la pierna. Sabe que me pasa algo. Me he hecho la dormida las nueve horas que ha durado el viaje para no tener que hablar con él. Más que nada porque... no sé qué demonios decirle.

Se ha tomado unas cuantas copas de *whisky*, ha comido caviar y ha visto un par de pelis; todo ello sin dejar de tocarme la pierna con actitud protectora.

—Señor Miles, ya puede desembarcar —anuncia el comandante por el altavoz.

Christopher se levanta, saca mi mochila del compartimento superior y trastea un poco. Me coge de la mano y me lleva fuera.

—Gracias.

Les estrecha la mano a todos, alineados junto a la puerta.

—Que tenga un buen día. —El comandante sonríe y añade—: Adiós, Hayden. Ha sido un placer.

—Hasta la próxima.

Ajena a lo que ocurre a mi alrededor, sonrío. Me da la sensación de que estoy viviendo una experiencia extracorpórea; aunque estoy presente físicamente, estoy tan anonadada que es como si no lo estuviera.

Me ha mentido. Durante doce meses me he enamorado de un hombre que no existe.

No me he sentido más traicionada en mi vida.

Salimos a las escaleras y, al mirar abajo, veo que nos espera otra limusina en la pista. El chófer viste un traje negro y aguarda junto al vehículo. Nos mira y saluda a Christopher, que ríe y también lo saluda. Baja las escaleras casi corriendo para llegar hasta él.

—Hola, Hans.

Ríe y le da un abrazo al chófer.

—Hola, señor Miles.

El hombre ríe, parece tan emocionado como Christopher. Este me pasa el brazo por detrás y, sonriendo orgulloso, dice:

—Te presento a mi Hayden.

—Hola —saluda Hans mientras me estrecha la mano.

—Hola —replico con una sonrisa.

Se nota que es un vejete adorable.

Guardan nuestras cosas en el maletero y nos sentamos en el asiento de atrás. Christopher me besa en la sien mientras me abraza y dice:

—¿Eres consciente de lo mucho que te quiero?

Miro al frente y me muerdo la lengua.

«Pues no mucho».

Christopher

Hans se pone al volante, abandonamos el aeropuerto y nos incorporamos a la carretera principal.

—Me temo que esta noche habrá un poco de tráfico, señor —me informa Hans—. De camino al aeropuerto había atasco.

—No te preocupes. —Sonrío mientras le agarro la mano a Hayden con firmeza y me la pongo en el regazo—. ¿Qué le vamos a hacer?

Hayden no aparta la vista de la ventanilla. Es la primera vez que la veo tan callada. En qué estará pensando…

No tengo claro si está sorprendida o cabreada. Espero que sea lo primero, aunque empiezo a sospechar que es lo segundo.

Tendría que habérselo dicho antes, pero es que… no sabía cómo.

Hans suspira al ver que los coches no avanzan.

—Y para colmo ha habido un accidente.

Al mirar hacia arriba me deslumbran las luces de una furgoneta de control de tráfico.

Exhalo con pesadez. Estupendo. Lo que me faltaba.

Se me ilumina el móvil.

EDDIE

Joder, qué inoportuno. Seré incapaz de fingir que estoy de buen humor. Me llamará para preguntarme si hemos aterrizado bien. Ya lo llamaré mañana.

Pongo el teléfono en silencio.

—¿Te apetece una copa de vino o de champán? —le pregunto a Hayden mientras abro el minibar.

Se gira hacia mí con una mirada que destila veneno.

Mmm…, nunca me ha puesto esa cara, y menos mal, porque no me gusta un pelo.

—No, gracias —contesta en tono seco.

Escondo los labios. Pues a mí sí. Me sirvo una copa de champán. No puedo contenerme y brindo con ironía.

—Pues beberé solo.

Nos miramos con animadversión.

«¿Preferiría que fuese más pobre que las ratas?».

Le doy un lingotazo al champán. Es suave, refrescante y exquisito.

A diferencia de ella ahora mismo.

⚭

Cuanto más rato pasamos en la limusina, más se enfada Hayden; parece un volcán a punto de entrar en erupción.

Cuanto más consciente soy, más me repatea.

¿En serio?

¿Preferiría que me dedicase a limpiar letrinas?

Eso no es querer a alguien; eso es capacitarlo… ¿Para qué? Ni puta idea. Pero fijo que es maltrato psicológico.

Cuanto más lo pienso, más sé que tengo razón. Si estuviera pelado y le hubiera dicho que tenía pasta, lo entendería.

Pero ¿esto?

No voy a permitir que se me critique por ser rico. Mis padres se han dejado la piel para construir el imperio Miles. ¿A qué vienen esos aires de superioridad? Aprieto la mandíbula y, mientras me paso el champán de un lado al otro de la boca, echo humo en silencio.

¿Cómo se atreve?

Yo no la critico a ella por dedicarse a meterles el puño por la vagina a las vacas. Y podría. ¡Vaya si podría!

Apuro la copa y, al momento, me sirvo otra sin preguntarle siquiera si a ella también le apetece una. Vuelvo a guardar la botella en el minibar.

Hasta aquí.

El ambiente ya está lo bastante calentito como para avivarlo más con alcohol.

Llevamos más de cuarenta minutos parados. ¿Qué pasa ahí delante?

Miro la hora. Joder. Menuda nochecita. Había reservado en mi restaurante favorito con la idea de pasar una velada superromántica.

Pero va a ser que no.

Bebo vino mientras la observo mirar por la ventanilla… Me hierve la sangre.

—¿Tienes frío? —le pregunto.

—No.

—¿Por qué estás tan borde? —mascullo entre dientes.

Me echa una mirada asesina y mira a Hans como para recordarme que está ahí.

¿En serio?

La observo con el corazón a mil.

No he hecho nada malo. Si le daba igual que no tuviera dinero, ¿por qué le importa que sí lo tenga? ¿Por qué se ha cabreado sin hablarlo siquiera?

La trato como a una reina y me lo paga tirándose diez horas sin dirigirme la palabra. Es exasperante.

Hans me mira por el retrovisor y me dice:

—Lamento el retraso, señor. Debería haber consultado el GPS antes de meterme en esta carretera.

Exhalo, molesto. «Pues sí, deberías haberlo mirado».

—No te preocupes, Hans.

Hayden chasquea la lengua, lo que hace que la mire al instante. Enarco una ceja con gesto inquisitivo.

Me imita.

«No me toques los huevos».

Aparto la vista. No me digas que nuestra primera pelea de enamorados va a ser en el asiento trasero de mi limusina en pleno atasco.

Paso.

Una hora y media de silencio después

Entramos en mi edificio. Hans, nervioso, empieza a toquetearlo todo. Incluso él se ha dado cuenta de que Hayden está enfadada. ¡Qué diantres! Hasta la estación espacial de Marte se ha dado cuenta de que está enfadada.

—Siento muchísimo el retraso, Hayden —le dice Hans tartamudeando.

Hayden sonríe con calma y comenta:

—No hace falta que te disculpes. No ha sido culpa tuya.

—Gracias por entenderlo.

Le sonríe de oreja a oreja mientras se adelanta a los porteros y se abre la puerta ella sola. Todos vienen en tromba a ayudarla.

Que sea maja con Hans me repatea todavía más. O sea que no está cabreada en general.

Solo conmigo.

Salgo detrás de ella.

—Señor Miles —exclaman todos emocionados—. Bienvenido a casa, señor.

—Qué bien volver a estar aquí.

Sonrío. Lo digo de verdad.

—Por aquí.

Le señalo el ascensor. Entramos y miro al frente. Pulso el botón que lleva al ático.

Hayden me mira y me dice con indiferencia:

—¿Vives aquí?

—Vivimos aquí —recalco mientras la fulmino con la mirada.

Esboza una sonrisa falsa que me pone furioso.

«Tú lo has querido».

Las puertas del ascensor se abren y salimos a mi vestíbulo. Paso mi huella dactilar por el escáner. Al entrar por las puertas dobles nos reciben unas vistas espectaculares de la ciudad de Nueva York, cuyas luces centellean hasta donde alcanza la vista.

Hayden, muda de asombro, se detiene en seco.

«Ya no te molesta tanto que esté forrado, ¿eh?».

Dejo el equipaje en el suelo y Hayden me sigue con indecisión mientras mira a su alrededor.

Trato de imaginar cómo debe de ser verlo por primera vez. Es un edificio moderno e industrial que reúne lo mejor de lo mejor en dos plantas.

Se asoma a la ventana y mira la calle, mucho más abajo.

—¿A qué altura estamos?

—A sesenta pisos de altura.

Frunce el ceño y se aparta de la ventana como si la aterrara.

—Te enseño la casa —propongo—. El salón. —Abarco con los brazos la estancia en la que nos encontramos. Me dirijo a la otra punta del ático y digo—: La cocina. —Abro la puerta invisible—. La bodega.

Mira a su alrededor con los ojos muy abiertos.

—Aquí al fondo hay cuatro dormitorios con sendos baños y el lavadero. El gimnasio. —Enfilo con ella el largo pasillo. Se asoma a todas las habitaciones. Señalo las escaleras que van arriba—. Por aquí.

Subo las escaleras. Lo mira todo mientras me sigue.

—Arriba hay otro salón, dormitorios y otra sala de estar o cine.

Decidida a guardar silencio, mira a su alrededor sin decir ni mu.

—Te presento el dormitorio principal.

Abro las puertas dobles que dan a mi cuarto. Los ventanales que van del suelo al techo ofrecen unas vistas de ciento ochenta grados de la ciudad de Nueva York.

Hayden se queda boquiabierta y oigo que incluso ahoga un grito.

Sonrío satisfecho.

No es por fardar, pero es el cuarto más impresionante del mundo.

Quizá no esté todo perdido.

—Mira. —Abro las puertas del vestidor—. Este será tu armario. —Se asoma a la enorme estancia vacía—. Lo decoraremos a tu gusto. Y mira esto, cariño. —La llevo al baño—. Mira la bañera. —Sonrío—. Es de hidromasaje. Podemos pasarnos horas aquí metidos. Te gusta mucho bañarte —le recuerdo.

Asiente y retrocede como si siguiera asimilándolo.

Abro mi vestidor.

—Este es el mío.

Se asoma y, tras fruncir el ceño, entra. Contengo el aliento cuando veo que inspecciona mis tres compartimentos de trajes caros. Pasa la mano por los zapatos alineados a la perfección. Mira el perchero gigante que tengo para las corbatas. Se acerca a la cómoda que hay plantada en medio.

«No abras eso…».

Tarde. Abre el cajón superior y observa mi colección de relojes de marca expuesta en una vitrina de cristal.

Cierra el cajón rápidamente y abandona mi vestidor.

¿Eh?

¿A qué ha venido eso?

Aguardo un momento y, al salir, la veo contemplar la ciudad por la ventana.

—¿No dices nada? —pregunto.

—Es precioso —contesta con una sonrisa forzada.

Hay más.

—¿Y?

—¿Qué…? —Hace una pausa como para dar con las palabras adecuadas.

Espero.

—¿Qué haces en Miles Media?

—Soy el jefe de *marketing*.

Me mira atónita. Noto que ya está haciendo cábalas.

—¿Y tu oficina?

Escondo los labios. Al lío…

—En Londres.

Alza las cejas a más no poder y dice:

—¡¿Vives en Londres?!

—Sí.

—¡Londres! —exclama—. ¡Vives en Londres!

—Ajá.

—¿Y cuándo pensabas decírmelo? —salta, ofendida.

—Te lo estoy diciendo ahora.

Me mira horrorizada.

—Te va a encantar, Hayz.

—No voy a mudarme a Londres, Christopher.

—¿Cómo dices? —le espeto.

—Lo que oyes. No voy a mudarme allí.

—Me dijiste que vivirías en cualquier parte mientras estuviéramos juntos —balbuceo.

—¿Cuándo he dicho yo eso?

—Pues un día. Lo recuerdo como si fuera ayer. Pero lo que querías decir era que te mudarías donde fuera por un pelagatos, pero no por mí.

—¿Te mudarías tú por mí? —replica.

—Si así estuviéramos juntos, sí.

—Vale, pues ya está. Decidido. —Se frota las manos y añade—: Viviremos en el campo.

Estoy que trino.

—No te pases de lista, Hayden —le grito—. Tengo obligaciones que cumplir con Miles Media.

—¿Y qué pasa con las obligaciones que tienes que cumplir conmigo? —me grita—. Mi trabajo está en el campo.

—Dirijo una empresa multimillonaria. Tengo que vivir a caballo entre Londres y Nueva York. No puedo vivir en el culo del mundo mientras tú juegas con las vacas.

—¡Que juego con las vacas, dice! —exclama con los ojos a punto de salírsele de las órbitas.

—Mi trabajo es importante.

—Claro. —Hace un aspaviento con los brazos y abandona la estancia con decisión.

—¡Vuelve aquí! —vocifero.

—¡Vete a la mierda!

Capítulo 22

Voy tras ella echando chispas.

—¿A dónde vas? —exijo saber.

—A la cama.

—¡Tu cuarto está ahí detrás!

—Eso no es un cuarto, Christopher; es un auditorio de Tinder. Si hasta me parece oír los gemidos que hay incrustados en las paredes.

—¿Qué coño significa eso? —estallo.

—¡Que no quiero dormir ahí! —grita—. Antes duermo en el lavadero que en esa cama.

Baja las escaleras a una velocidad pasmosa, cruza el pasillo y se dirige a uno de los cuartos de invitados.

—¿De qué vas? —suelto, desquiciado—. Ni se te ocurra reprocharme mi pasado. Que fueras una monja antes de conocernos no te da derecho a criticarme por pasármelo bien.

—Ya me ha quedado claro lo bien que te lo pasabas.

—¿Y eso a qué viene?

Sigue andando. Le piso los pies.

—Me estás juzgando en base a lo que consideras que es la vida de los hombres adinerados. ¿Tienes idea de lo inmaduro que es eso?

Se gira con ímpetu y replica:

—¿Acaso me equivoco? —exige saber—. Dime, ¿me equivoco? Corrígeme si es así. Eso es lo más parecido a un picadero que he visto en mi vida. ¿Se les caen las bragas cuando ven tu apartamento, Christopher?

Tuerzo el gesto. «¿Cómo?».

—¿Se te va la olla o qué? —bramo—. No sé quién coño eres ni qué mosca te ha picado hoy, pero… ya me estás devolviendo a mi Hayden.

—Pues vale.

—No me provoques, Hayden —grito, furioso. No he estado tan enfadado en mi vida.

—¿O qué?

—O te dejo, así de claro. No pienso aguantar berrinches que no tienen nada que ver siquiera con lo que estábamos discutiendo.

«¡Pum!».

Me cierra la puerta en las narices. Se me cruzan los cables y la aporreo con tanta fuerza que tiembla y se va a salir de los goznes.

—Hayden. ¡Sal de ahí ahora mismo! —le ordeno.

—Vete —grita. Por su voz noto que está llorando.

Se me cae el alma a los pies. «Está alterada».

La adrenalina me corre a toda velocidad por las venas. Me paso las manos por el pelo para ver si así me tranquilizo y camino arriba y abajo por el pasillo.

¿Qué cojones acaba de pasar?

Las seis de la mañana

Estoy reventado. No he pegado ojo en toda la noche y aún no he visto a Hayden.

A saber qué estará haciendo.

Le escribo una nota y se la dejo en la mesa que hay junto a la puerta principal.

He salido a correr.
No tardo nada.
Besos

Salgo de puntillas y cierro con el mayor sigilo posible. Subo al ascensor y pulso el botón del vestíbulo.

Tengo que ver a mis hermanos.

A los veinte minutos, mi coche se detiene. Salgo y echo a andar. Paso por delante de un quiosco en el que venden postales. Cojo dos de Nueva York.

—Cóbreme estas —le digo al dependiente.

—Enseguida.

Me las mete en una bolsa y me la tiende. Me la guardo en el bolsillo interior. Luego se las mandaré a Eddie. He estado enviándole postales desde todos los rincones del mundo. Las colecciona.

«Eddie fliparía con mi apartamento».

Hablando de él, voy a llamarlo. Marco su número mientras voy por la calle.

—Eh, señor Christo —dice.

—¿Qué pasa, colega? —pregunto con una sonrisa—. ¿Qué te cuentas?

—Nada, estoy de camino al curro. Llego tarde.

Noto que camina deprisa.

—¿Qué tal el vuelo?

Desesperante.

—Bien, bien —miento—. ¿A qué hora sales hoy?

—Cierro yo.

Pongo los ojos en blanco. ¿Por qué demonios ponen a un crío para que cierre el bar? No lo entenderé nunca. Miro la hora.

—Te dejo tranquilo. Te llamo mañana, ¿vale?

—Vale, guay.

—Qué gusto da hablar contigo, chavalote —le comento con una sonrisa.

—Lo mismo digo.

Cuelgo y cruzo la calle. Cuando entro en la cafetería, veo a Jameson y a Tristan sentados al fondo. Se ríen y se ponen de pie. Sonrío y voy hasta ellos casi a la carrera.

Menos mal.

—¡Eh! —Me abrazan entre risas y me dicen para chincharme—: Pero si es el mismísimo Romeo.

Me dejo caer en el asiento. Hay tres cafés en la mesa. Deben de llevar un rato aquí.

—¿Cómo ha ido? —me pregunta Jameson.

—Ha sido brutal, chulísimo, una pasada.

Tristan frunce el ceño y dice:

—¿Y cuál es la emergencia?

Los he llamado esta mañana temprano. Necesitaba desahogarme con alguien. Me aprieto el puente de la nariz y exhalo, frustrado.

—Ayer le confesé a Hayden quién era.

—¿Y?

—Se le fue la pinza que no veas.

Sorprendidos, preguntan:

—¿Cómo que se le fue la pinza?

—Pues que... —Me encojo de hombros; no sé cómo explicarlo—. Esa chica es el ser humano más tranquilo, equilibrado y dulce que he conocido en mi vida. No exagero. No la he visto alterarse por nada. No tiene genio..., o eso creía yo.

Me escuchan con atención.

—Le revelé quién era justo antes de que viniera mi coche a por nosotros.

—¿Por qué has esperado tanto? —inquiere Jameson—. Creía que el plan era contárselo la semana pasada.

—Iba a hacerlo... —Dejo la frase a medias—. Ahora creo que habría sido mejor ceñirme al plan.

—¿Y qué pasó? —pregunta Tristan.

—Le dije quién era y se quedó callada. No me habló en las doce horas que duró el viaje. Después llegamos a mi casa y empezó a despotricar y a irse por las ramas.

—¿Por ejemplo? —pregunta Jameson.

—Pues me dijo que no quería dormir en mi cuarto porque era un auditorio de Tinder y los gemidos de las mujeres con las que me había acostado estaban incrustados en las paredes.

—No le falta razón. —Tristan alza las cejas como si considerase su argumento y me dice en broma—: Todo tu apartamento huele a sexo.

—Ya me cae bien —comenta Jameson entre risas.

—No tiene gracia —les espeto.

—Perdona. —Jameson se pone serio y dice—: Va, sigue. ¿Qué pasó luego?

Exhalo con fatiga.

—Me echó en cara mi pasado, le entró el berrinche del siglo y se fue a dormir abajo, al cuarto de invitados.

Me miran con el ceño fruncido y preguntan:

—Y cuando se calmó, ¿qué te dijo?

—Nada.

—¿No has probado a hablar con ella?

—No. ¿Por qué? —les espeto—. No he hecho nada malo.

—Le has mentido... durante doce meses, tío —dice Tristan, que agrega con tono jocoso—: ¿Qué esperabas?

—Esto no, desde luego. Y no le he mentido, solo me guardé unos detallitos sin importancia.

Me quedo callado; no sé qué más decir.

—Pues... enhorabuena —replica Jameson en tono seco mientras bebe café—. Misión cumplida.

—¿Qué misión? —Suspiro.

—Querías encontrar a una chica que te amase por tu forma de ser. —Se encoge de hombros y añade—: Si esto no te parece prueba suficiente, apaga y vámonos.

Pongo los ojos en blanco.

—Se siente traicionada —dice Tristan.

—Solo tengo ojos para ella —reconozco, y resoplo—. ¿Traicionada por qué?

—Siente que no te conoce.

—Me conoce mejor que nadie —susurro con rabia—. Puede que hasta mejor que yo. —Pongo los ojos en blanco—. No me he enamorado para que se me rebote a la mínima.

—Christopher —dice Jameson a la vez que me da una palmada en la espalda—, las mujeres son criaturas complejas. Esta es la primera pelea de muchas. No es más que la puntita. Ya verás cuando te joda pero bien.

Tristan se ríe y añade:

—Ya ves. ¿Qué más te dijo mientras discutíais?

—Que no se va a mudar a Londres conmigo. Entonces me preguntó si yo me mudaría por ella.

—¿Qué le contestaste?

—Que no me iría a vivir al culo del mundo para que jugase a hacerles guarradas a las vacas.

—¿Ves? —Jameson echa la cabeza hacia atrás y se troncha como si fuera lo más gracioso que ha oído en su vida—. Es que eres tontísimo.

Exhalo con pesadez. Durante un rato no decimos nada.

—Es una cuestión de control —sugiere Jameson.

—No es una persona controladora —digo—. Para nada.

—No querer el control y no tener el control son cosas distintas.

—Me dijo que viviría donde fuera mientras estuviéramos juntos —arguyo.

—Eso fue antes.

—¿Antes de qué?

—Antes de saber que no depende de vosotros.

—Londres es una ciudad preciosa —digo, incrédulo—. No lo entiendo. No es que no vayamos a volver nunca. También podemos comprarnos una casa en el culo del mundo. —Me encojo de hombros y los miro—. ¿Qué problema hay?

—No puede estar segura.

—¿Quiere seguridad? Pues mañana nos casamos —susurro con furia—. Total, para mí ya lo estamos.

Me miran con cara de espanto.

—¡¿Va en serio?!

—¡Claro! —Los miro y pregunto—: ¿Estáis sordos o qué? Que es ella. Que es la definitiva.

Jameson abre los ojos como platos y dice:

—Mira que hay mujeres en el mundo. Y vas y te pillas de la que odia el lujo. —Vuelve a desternillarse—. Ah, qué ironía.

—¿Tú te crees? —Resoplo—. No he pegado ojo en toda la noche del miedo que me daba que fuera a dejarme.

—Dale tiempo. Se le pasará. A Claire también le costó acostumbrarse a mi tren de vida —me dice Tristan.

—A Emily igual.

Ojalá.

—Y por lo que más quieras —añade Jameson, que suspira—, cierra la bocaza.

—¿Ya está? —Tuerzo el gesto—. ¿Ese es el consejo que recibo de mi hermano? ¿Que cierre la bocaza?

Me llega un mensaje al móvil.

Mamá: Me muero de ganas de verte y conocer a Hayden por fin. Quedamos a la una. Besos.

—Ay, madre. —Me paso la mano por la cara.

—¿Qué pasa?

—Que hoy he quedado para comer con papá y mamá para presentarles a Hayden. —Pongo los ojos en blanco—. Se me había olvidado que reservé mesa la semana pasada.

—Consejito del día: mantén a Hayden bien lejos de mamá o date por muerto —dice Tristan con los ojos muy abiertos.

—Sí, buena idea.

Le escribo.

Yo: Perdona, mamá, es que tenemos un *jet lag* de narices. ¿Qué tal si lo dejamos para otro día? Te llamo mañana.

Me suena el teléfono al instante. Mis hermanos se parten; saben perfectamente quién es.

—Joder. —Lo cojo—. Hola, mamá.

Sonrío sin ganas y finjo que estoy contento.

—Cariño, ¿qué pasa?

—Nada, es que estamos molidos y prefiero esperar a que Hayden esté más como en casa. ¿Qué te parece si lo dejamos para dentro de unos días?

Se queda callada y hace sus conjeturas.

—¿Pasa algo?

—Sí. —Suspiro—. Hayden se acaba de enterar de quién soy y... tiene mucho que asimilar.

—¿Está agobiada?

—Sí.

—Espero que seas paciente con ella.

No digo nada.

—No quiero ni imaginar el disgusto que me habría dado si me hubiese enterado de que tu padre llevaba doce meses mintiéndome.

—No le he mentido, mamá.

—Sí, Christopher, le has mentido. Y descaradamente.

Uf, no estoy de humor para sermones.

—Te dejo.

—Llámame luego.

—Vale. —Abro mucho los ojos—. Sí.

Lo último que necesito es que otra mujer me toque los huevos. Cuelgo a toda prisa.

—¿Y qué vas a hacer? —me pregunta Tristan.

—No lo sé… —Me encojo de hombros.

Jameson sonríe pegado a su taza y dice:

—Te recomiendo que te arrastres.

Hayden

Tumbada en la cama, miro la pared. Estoy fatal. Desconsolada y triste.

Me he pasado la noche llorando.

El hombre del que estoy perdidamente enamorada no existe. Ya no sé qué es real y qué no.

Doce meses de engaño.

Si me ha mentido acerca de su identidad, ¿sobre qué más me habrá engañado?

Repaso una y otra vez la discusión que tuvimos anoche y cómo se nos fue de las manos. Lo furiosa que me puse y las cosas horribles que le dije. No sé por qué me afectó tanto ver su dormitorio… Lo único que sé es que me afectó.

Quizá es por mis complejos, los cuales son problema mío, no suyo. A lo mejor tiene razón y discrimino a los ricos. Tal vez tenga prejuicios sobre ellos. No conozco a ninguno, así que no tengo ni idea de por qué me enfadé tanto.

Necesito estar un rato a solas para pensar en mis cosas y en cómo repercutirá esto en mi futuro.

Llaman a la puerta con suavidad y la abren un poquito.

—¿Hayz? —dice Christopher—. ¿Puedo pasar?

—Sí.

Cuando entra y me ve, se le desencaja el rostro.

333

—Cielo —dice en voz baja—, tus ojos. —Se sienta a mi lado y me aparta el pelo de la cara mientras me mira—. Lo siento muchísimo. Odio haberte alterado.

De repente, los ojos se me vuelven a humedecer. Pestañeo para espantar las lágrimas.

«Deja de llorar».

—Anoche debería haber sido el adulto —dice mientras me mira a los ojos—. Y debería habértelo contado antes.

—¿Por qué mentiste? —musito.

Me mira un segundo antes de contestar y exhala con pesadez.

—No lo entenderás, y no es excusa para que me haya comportado así, pero… mis allegados me conocen como el heredero multimillonario de Miles Media.

—¿Eres multimillonario? —inquiero, estupefacta.

—Te ha gustado cómo lo he colado, ¿eh?

—Pues no.

«Ay, madre».

—Quería vivir una vida en la que nadie supiera quién era. Quería hacer amigos a los que les cayese bien por mi forma de ser, no por mi cuenta corriente o mi estatus.

Lo escucho frunciendo el ceño.

—Y entonces te conocí a ti. —Me sonríe con ternura—. No te parecías a nadie que conociera. Amable, dulce. Preciosa. —Hace una pausa y agrega—: Y con un genio muy escondidito.

Sonrío avergonzada.

—Y me enamoré locamente.

Se me forma un nudo en la garganta al escucharlo.

—Fui egoísta, lo sé. Pero, mientras nuestra vida fuera sencilla, quería estar a solas contigo lo máximo posible, hasta el último segundo. Porque sabía que en cuanto te enteraras de que estaba forrado, tu concepto de mí cambiaría.

Se me humedecen los ojos.

«Es verdad».

—Hayden…, mi vida es complicada. Y ajetreada y superestresante. Lo único puro y auténtico que le aporta felicidad… eres tú. —Me levanta la mano y me besa en la yema de los dedos—. Me has enseñado muchísimo sobre el amor y sobre lo que quiero en la vida.

Sonrío con lágrimas en los ojos.

—El hombre que conociste en el viaje es real. No te he mentido acerca de lo que siento por ti. Te prometo que lo nuestro es cien por cien real.

—No tengo ni idea de cómo vivir así, Christopher.

—Lo sé.

—Me aterra.

—Lo sé, princesa. —Me besa y dice—: Dame tres meses.

Frunzo el ceño.

—Tengo que ir a Londres tres meses. Elliot se ha encargado de todo y se ha tomado dos meses de vacaciones. Tengo que estar allí para dirigir el cotarro mientras él no esté. No puedo irme sin ti. No me pidas que lo haga.

Lo miro de hito en hito.

—Inténtalo... tres meses y luego ya veremos...

—¿Veremos qué?

—Veremos dónde quieres vivir.

—¿Y si no me gusta nada Londres?

Me mira y me dice:

—Pues reconsideraremos la situación.

—¿Qué significa eso?

—No sé. —Se encoge de hombros—. Mentiría si dijera lo contrario. —Arruga el ceño como si tratase de dar con las palabras exactas—. Mi puesto en Miles Media conlleva una gran responsabilidad. No tengo la libertad de la que gozaría un conserje para vivir donde me dé la gana.

Me da un besito y me toca la mejilla.

—Dame tres meses. No pido más.

Lo miro a los ojos.

—Hayden..., te quiero. Tenemos que solucionar esto, porque, ahora que sé lo maravillosa que es la vida a tu lado, no puedo volver a lo de antes. Soy consciente de que esta no es la vida que querías, pero, mientras estemos juntos, ¿acaso importa?

Él también me mira a los ojos. Se lo ve tan perdido y triste que se me parte el alma.

«Vaya riña más tonta».

Estoy mosqueada, y su mentira es imperdonable, pero, hasta cierto punto, lo entiendo. No quiero ni imaginar lo que debe de ser tener esta vida y no saber nunca qué es real y qué no.

—Tienes razón. —Lo beso con dulzura y digo—: Mientras estemos juntos.

Prolongo el beso y él me rodea con los brazos. Nos achuchamos y nos estrujamos con una emoción pura y dura.

—Perdón por ser una mala pécora anoche.

Noto que sonríe cuando dice:

—Pero mala, mala.

Esbozo una sonrisilla. Ahí está. El listillo ha vuelto.

—Tú ándate con ojo hoy, que estás en la cuerda floja.

Se ríe y alza ambas manos en señal de rendición.

—Vale, vale.

Vuelve a besarme. Me tumba de espaldas y me separa las piernas con la rodilla. Su erección me roza la pierna.

—Ni se te ocurra —mascullo en tono seco.

—¿Eh?

—Darle al tema es lo último que me apetece hoy.

Le cambia la cara y dice:

—¿Y qué hay del sexo de reconciliación del que tan bien he oído hablar?

Me incorporo y salgo de la cama.

—No sé, pero te vas a quedar con las ganas.

Exhala con cansancio y, abatido, se tira en la cama.

Abro el grifo de la ducha del baño integrado.

—Pues ¿qué te apetece hacer?

—No sé. —Me encojo de hombros—. Podrías enseñarme el museo que es tu casa. Luego iré a comprarme ropa.

Me quito el pijama, lo tiro al suelo y me meto en la ducha.

—¿Y eso? —me pregunta.

—Pues porque llevo doce meses tirando de los mismos seis modelitos, y a ti te sobra el dinero y yo parezco una mendiga.

Sonríe y, con el codo apoyado en la cama, dice:

—Si me mendigas mimitos, a lo mejor me lo pienso.

Pongo los ojos en blanco y digo:

—Paso.

∞

Al cabo de media hora, estoy sentada junto a la sofisticada encimera de mármol mientras Christopher nos prepara una tortilla francesa. Echo un vistazo a la cocina, que parece salida de una revista. Hay beicon, champiñones, zumo de naranja, cruasanes y otras cosas riquísimas.

—¿De dónde has sacado la comida? Todavía no hemos ido a hacer la compra.

—Mi ama de llaves se encarga.

Sorprendida, pregunto:

—¿Tienes ama de llaves?

—Tenemos —dice a la vez que nos abarca con un gesto—. Tenemos ama de llaves. —Le da la vuelta a la tortilla y agrega—: Haz lo que quieras con el apartamento. Decóralo a tu gusto. Como si contratas a un interiorista.

¿Cómo?

—No voy a tocar nada. No es mi casa.

—Claro que es tu casa. Vives aquí, así que también es tuya.

—Si ni siquiera estamos casados.

Pongo los ojos en blanco.

—Ya llegará el día. —Me obsequia con una sonrisa lenta y *sexy* y abre mucho los ojos—. Tú dame tiempo.

Noto mariposas en el estómago. Escondo los labios para no sonreír. Es la primera vez que hace alusión a algo así.

«Me ha gustado».

Echo otro vistazo. Siento que soy una niña en una tienda cara. Me da miedo tocar algo por si lo rompo.

Christopher me sirve el desayuno y me da un beso rápido.

—Come y te llevo de compras.

—¿Dónde se compra ropa por aquí?

—En la avenida Madison.

—¿Hay alguna tienda barata? Porque ando corta de pasta.

—Yo me encargo.

—Ni se te ocurra.

Finge que se escandaliza y señala mi plato.

—O te comes el desayuno o te llevo al cuarto y te doy lo tuyo.

Sonrío mientras muerdo la tostada.

Le suena el móvil, en la encimera.

MAMÁ

Sigue comiendo.

—¿No lo coges?

—No, que está muy pesada.

—¿Con qué?

—Con que quiere conocerte. —Pone los ojos en blanco—. Bueno, todos quieren conocerte.

Lo miro. Se aprende mucho de alguien por su familia. Y hay muchas, pero que muchas cosas que quiero saber de Christopher. Es la oportunidad de meterme de lleno en su vida y descubrir quién es en realidad.

—Llámala. Que cenen con nosotros esta noche. Yo también quiero conocerlos.

—¿Seguro? Mi familia es muy intensa.

—No será para tanto.

Se ríe y dice:

—Cómo se nota que no los conoces.

Capítulo 23

Mientras vamos de la mano por la calle, agarro a Christopher con una fuerza hercúlea. Miro a mi alrededor como si fuera una niña y viese el mundo por primera vez. Cientos de coches, gente guapa y rascacielos tan altos que a duras penas se ve el cielo. Las tiendas son de lujo; no se parecen en nada a las tiendas a las que suelo ir a comprar ropa. Hasta los maniquíes de los escaparates son atractivos.

Y minúsculos.

¿Aquí no hay tallas normales o qué?

La avenida Madison es sinónimo de diminuto.

Las mujeres, pese a correr de un lado a otro, van de punta en blanco, estilosas y guapísimas. Cuando nos veo a Christopher y a mí en un escaparate, me muero de la vergüenza. Él, con sus vaqueros negros y su camisa, parece un dandi, mientras que yo llevo una camiseta informal y unos pantalones cortos que no me he quitado en más de un año.

Están raídos y descoloridos. Estoy despeinada y no me he maquillado. Voy hecha un cuadro y, para colmo de males, tengo los ojos y el rostro hinchados de haberme pasado la noche llorando.

Cómo echo de menos nuestra vida de mochileros, tan relajada…

Pasamos por delante de una *boutique* enorme y sofisticada cuyo maniquí lleva un vestido negro y zapatos bonitos.

—Aquí —sugiere Christopher.

—Parece cara —susurro.

Abre mucho los ojos.

—Vale.

Me lleva dentro.

—Hola —dice con una sonrisa.

—Hola.

Las empleadas lo miran de arriba abajo y arrugan un poquito el ceño al verme.

Estupendo, debo de parecer la ramera a la que se ha propuesto adecentar o algo así.

—¿Necesitan ayuda?

Christopher va a abrir la boca, pero lo mando callar con la mirada.

—Solo estamos mirando, gracias.

Arquea una ceja.

—Ni se te ocurra —susurro.

Esconde los labios para mantener la boca cerrada y se queda detrás de mí mientras echo un vistazo.

Me fijo en un vestido negro. Miro el precio: 4300 $

—La madre que… —susurro mientras lo suelto de inmediato.

Sigo caminando. Christopher lo saca del perchero y se lo cuelga del brazo.

—Ni te molestes —murmuro—. Es una clavada, Christopher. No me voy a gastar tanto en un vestido. Ni que estuviera hecho de oro, no te jode.

—Shh… No hables —susurra mientras sonríe con falsedad a la dependienta.

Abro mucho los ojos, molesta.

Señala una hilera de vestidos y me pregunta:

—¿Qué más te gusta?

—De aquí nada —murmuro—. Estos precios son una burrada.

Me acerca a él por la cintura, me da un besito y me dice en voz baja:

—Cuando vayamos al culo del mundo, te compras lo que quieras, pero esta noche voy a presentarte a mi familia y vamos a cenar con ellos, así que te harán falta vestido y zapatos. Sé buena y pruébate algo o el día se nos va a hacer eterno.

Lo miro de hito en hito.

—*Capisci?*

—Sí.

Ojeo los vestidos. Me fijo en uno gris muy bonito. Cuando voy a darle la vuelta a la etiqueta, Christopher me lo quita de las manos para que no vea el precio.

Pongo los ojos en blanco y sigo caminando.

—¿Los tienes de su talla? —le pregunta a la empleada.

—Voy a ver.

Sonríe y se va a la trastienda.

—¿Cómo sabe mi talla? —mascullo entre dientes.

—Porque es su trabajo —mascula él también—. En Nueva York recibes lo que pagas.

—¿Eso es que el vestido viene con coche incluido?

Se ríe por lo bajo y sigue mirando.

—Puede.

Saca unas cuantas prendas más y se las cuelga del brazo.

—Ahora que lo pienso, ¿dónde vamos a cenar? —le pregunto—. ¿Hace falta que me ponga un vestido? ¿No puedo ir en vaqueros y ya está?

Sonríe con cariño y me besa.

—¿Te he dicho que te quiero?

—¿Eso es un no? —digo, desafiante.

—Es un... —Hace una pausa para pensar bien lo que va a decir—. Es un... ponte lo que quieras, que te querré de todas formas.

Pongo los ojos en blanco. Cree que debería llevar vestido.

La empleada regresa y anuncia:

—Le he dejado los vestidos en el probador, señorita.

—Hayden —la corrige Christopher—. Se llama Hayden.

—Encantada, Hayden —me saluda con una sonrisa—. Yo soy Camelia.

—Un placer —dice Christopher con su voz grave y sensual.

—¿Y usted es?

—Christopher Miles.

La chica abre los ojos como platos y mira a las demás.

—Señor Miles.

«Sabe quién es».

Mierda.

—El mismo —dice Christopher con una sonrisa—. Hayden tiene un... —Hace una pausa—... evento especial esta noche. No es de por aquí. ¿Podrías ayudarla a encontrar lo que busca?

—Descuide, señor —le dice con una sonrisa cómplice.

Maldita sea.

Sí que debo de parecer la fulana a la que se ha propuesto adecentar. Exhalo con esfuerzo mientras miro a mi alrededor. Qué vergüenza. Christopher se dirige al mostrador y le tiende su tarjeta de crédito a la chica.

—Hayden no tiene ropa aquí.

—Entendido.

Vuelve y me da un beso en los labios.

—Cariño, me voy aquí al lado a tomar un café. Te dejo en las hábiles manos de Camelia.

«¿Que me vas a dejar aquí?».

—Estaré en la sala anexa —comenta como si me hubiera leído la mente.

—Vale.

Me rasco la cabeza de la vergüenza y miro cómo sale por la puerta.

—Hayden —me dice la empleada con una sonrisa, lo que hace que vuelva a centrarme en ella—, vamos a dejarte divina de la muerte para esta noche.

—No sé yo.

Derrotada, suspiro.

—¿A dónde vas, guapa?

—A conocer a sus padres.

—Vaya. —Abre mucho los ojos—. Pues habrá que sacar la artillería pesada. —Da una vuelta a mi alrededor mientras me mira de arriba abajo. Llama a la otra empleada—: Stephanie.

—Dime.

—Llama a la peluquería y reserva una cita urgente para Hayden. Hay que hacerle un *blowout*.

—¿Qué tiene de malo mi pelo? —pregunto, ofendida.

Camelia arquea una ceja y dice:

—Todo, cariño, todo.

Me aplico el pintalabios con soltura y escondo los labios mientras me miro al espejo.

—Estás para comerte —murmura Christopher pegado a mi cuello mientras me mordisquea la clavícula.

—Para.

Me lo quito de encima y me miro. Llevo un vestido cruzado y ajustado de color negro con mangas transparentes y taconazos de tiras de color carne. Mis amigas están bien arriba gracias al sujetador más *push-up* del mundo. Hasta llevo un tanga *sexy*. Mi pelo está tan espectacular que juraría que es una peluca. Y mi maquillaje posee un brillo natural.

Detesto admitirlo, pero Camelia sabe lo que se hace. Voy a arrasar.

Christopher me recorre con las manos de arriba abajo. Está alucinando. Es la primera vez que me ve tan arreglada.

—Bésame —me susurra en tono lascivo.

—Me acabo de pintar los labios.

—Bésame.

Me mordisquea el lóbulo de la oreja.

—Tú no quieres besarme. —Pongo los ojos en blanco—. Tú quieres tumbarme en el tocador y follarme desde atrás.

—Mmm… —Sonríe como si se lo imaginara—. Tienes razón, sí. Mucho mejor. Hagamos eso.

Me sube una pierna al tocador.

—Después de tu numerito de ricachón…, bueno, de tu numerito de pobretón —rectifico mientras bajo la pierna—, me debes la tira de orgasmos múltiples.

—Cuenta conmigo. Soy tu hombre.

Me agarra de las caderas y me embiste.

—Ahora no. —Me zafo de él y me giro para verme por detrás—. ¿Estoy guapa?

Me coge la mano y se la lleva al paquete.

—¿Tú qué crees?

—Creo que estás enfermo, eso creo.

—No se te escapa una —murmura pegado a mi cuello mientras me roza la piel con los dientes—. Castígame.

—Ay, para ya —le espeto con fastidio—. No voy a conocer a tu familia oliendo a sexo.

—Uy, quita, quita.

Intento ponerme seria, pero fallo estrepitosamente.

—En marcha.

∞

Al cabo de media hora, nuestro coche para en una calle ajetreada y concurrida. Christopher abre la puerta y baja del vehículo.

—Gracias.

—Que disfruten de la velada —nos desea Hans con una sonrisa.

—Gracias —le digo yo sonriendo.

Christopher me tiende la mano para ayudarme a bajar del coche y echamos a andar hacia el restaurante. Estoy como un flan.

—¿Algún consejo? —le pregunto.

—¿Para?

—Para tratar con tu familia.

Me pasa el brazo por detrás y me besa en la sien mientras caminamos.

—Les vas a encantar, Gruñona.

—¿Cómo lo sabes?

—Porque me encantas a mí.

Le sonrío, ante lo que se detiene y me besa con dulzura.

—Gracias.

—¿Por qué?

—Por... —Se encoge de hombros—. Por aguantarme.

Sonrío con la sensación de que lo nuestro ha mejorado muchísimo y volvemos a besarnos. Nos resistimos a despegarnos.

—¿Preparada? —me pregunta.

—Preparadísima.

Me coge de la mano y entramos en el restaurante. Está de moda. Las mesas están a tope.

—Buenas noches, señor Miles —lo saluda el camarero con una sonrisa.

—Hola —le dice Christopher.

344

—Por aquí.

El camarero da media vuelta y echa a andar. Lo seguimos. Me doy cuenta de que unas cuantas personas se giran al ver pasar a Christopher.

¿Es que aquí todo el mundo lo conoce o qué?

Tras cruzar un largo pasaje abovedado, llegamos a una zona semiprivada. Forma parte del restaurante principal, pero dista un poco de él. Su familia está sentada a una mesa grande y redonda. Se levantan al vernos.

—Hola, gente —dice Christopher con una sonrisa—. Os presento a Hayden.

—Hola —saludo con voz de pito mientras miro a mi alrededor, nerviosa.

—¡Hola! —exclaman todos, entusiasmados.

—Te presento a mi hermano Jameson y a su esposa, Emily.

—Hola. —A mí me va a dar algo. No me había dicho que su hermano estuviera de toma pan y moja.

Me saludan con un beso en la mejilla.

—Hola. —Su mujer está embarazada.

—Y estos son Elizabeth y George, mis padres.

—Hola.

Su padre me da un beso en la mejilla y su madre, un abrazo.

—Hola, preciosa. ¡Qué alegría conocerte por fin! —Me toma las manos mientras me observa detenidamente.

Va tan engalanada que parece una reina o algo por el estilo. Es muy atractiva para su edad.

—A ver, mamá, que me la asustas.

Christopher la mira atónito mientras me retira la silla. Me siento junto a su cuñada con ganas de que la velada se acabe ya.

Emily me llena la copa y me susurra:

—Bebe.

Me echo a reír. Ya me cae bien.

—Buena idea.

—¿Y los Anderson Miles? —pregunta Christopher.

—Ah, llegarán tarde, como siempre —dice su madre mientras alza su copa. Se vuelve hacia mí con una sonrisa y añade—: Christopher no me había dicho que fueras tan guapa.

—Gracias. —Avergonzada, frunzo el ceño.

—¿A que sí? —Christopher sonríe orgulloso mientras se lleva mi mano al regazo.

Emily nos observa y mueve los hombros de la emoción. Mira a los demás comensales. Me siento un mono de feria.

—¿Y bien? —Su madre sonríe mientras nos mira a los dos—. ¿Cómo os conocisteis?

—Venga ya, mamá. —Christopher suspira—. Acabamos de llegar. Espérate a que Hayden esté borracha para interrogarla.

Todos se ríen y yo bebo vino. La cosa va en serio. «Y tan en serio».

Un chico se acerca corriendo.

—¡Abuela! —grita mientras abraza a la madre de Christopher desde atrás.

Esta se ríe con ganas y dice:

—Hola, cielo.

Se sienta a su lado. Su abuela le aparta el pelo de la frente mientras hablan. Tendrá unos diez años.

—Hola, Patrick —dicen todos sonriendo.

—Te presento a Patrick, el hijo de mi hermano Tristan —dice Christopher, que me señala y agrega—: Esta es Hayden.

Patrick nos mira anonadado; primero a mí y luego a Christopher.

—¿Dónde has estado?

—De viaje.

—¿Y por qué has tardado tanto en volver?

Todos se ríen.

—Perdonad el retraso —dice una mujer mientras se quita el abrigo. Es guapa, tiene el pelo oscuro y está embarazadísima—. Soy Claire.

Sonríe mientras me estrecha la mano. Christopher se pone de pie y la abraza entre risas. Es evidente que están muy unidos.

—¿Qué le has hecho a mi hermano? —le dice en broma.

—Ya viene —contesta ella mientras pone los ojos en blanco.

Me giro y veo que se acerca un chico grande, un adolescente, seguido de un hombre que es el clon de Christopher. Por poco se me desencaja la mandíbula. El parecido es extraordinario.

—Hola —dice—. Perdón por llegar tarde. —Sonríe y me mira—. Tú debes de ser Hayden.

—La misma.

Me levanta de la silla para abrazarme. Es alto y guapo como sus hermanos. Eso es genética y lo demás son tonterías.

¡Caray! Qué bien huele.

—Soy Tristan.

—Hola.

—Te presento a mi hijo Harry —me dice mientras señala al grandullón. Madre mía, ¿lo tendría con diez años?

—Hola. —El chaval sonríe y me estrecha la mano.

Tristan le retira la silla a Harry para que sepa dónde sentarse.

—¿Qué quieres tomar, cielo? —le pregunta a Claire.

Esta, harta de estar embarazada, exhala y dice:

—Ya lo sabes.

Tristan arquea una ceja con picardía y pregunta:

—¿Limonada?

—Uy, qué rica —masculla Claire en tono seco.

Me mira sonriendo y le pregunto:

—¿Cuánto te falta para salir de cuentas?

—Estoy de ocho meses, así que, con suerte, unas semanas.

Tristan le toca el vientre con aire protector y dice tan pancho:

—Tú quédate ahí y pórtate bien. —Y se gira para hablar con Jameson.

Claire pone los ojos en blanco y dice:

—Tristan está obsesionado con los bebés. Es el tercero en cuatro años.

Emily y yo nos reímos.

—El por saco que va a dar cuando nazca —se lamenta Claire, que vuelve a poner los ojos en blanco.

Confundida, miro a los chavales.

—Son mis hijos —me explica—. Y ahora también los de Tristan. Los adoptó cuando nos casamos. Su padre biológico falleció.

—Ah. —Sonrío al atar cabos—. Entiendo.

Miro a Tristan embelesada. Se hizo cargo de los hijos de Claire. No me lo esperaba para nada. «Es buen tío».

Harry está viendo algo en el móvil con el volumen tan alto que lo oímos todos. Tristan finge que se raja el cuello como si le dijera «corta eso».

Harry pone los ojos en blanco y Tristan lo mira serio. Harry exhala y baja el volumen. Me muerdo el labio para no sonreír.

Patrick charla con su abuela, que se ríe y le habla como si tuviera todo el tiempo del mundo mientras el niño juguetea con su cabello. Le cuenta con pelos y señales cómo le ha ido el entrenamiento de béisbol y ella lo escucha atentamente.

«Me cae bien».

Me vuelvo hacia Emily. Tiene el pelo oscuro y es guapa.

—¿De cuánto estás tú?

—De cinco meses.

Ostras, creía que estaba de más.

—Parezco un tonel. —Exhala—. El cuarto ya. Mi barriga no da más de sí. Debo de tener una tienda de campaña ahí dentro.

Claire la manda callar y dice:

—Te recuperarás.

«Madre mía».

Jameson se estira y apoya el brazo en el respaldo de Emily mientras habla con los chicos. Le dibuja círculos en el hombro.

—Pues qué poco se llevan vuestros hijos —comento con una sonrisa.

—Demasiado poco. —Emily pone los ojos en blanco—. Jameson está deseando que aprendan a usar el orinal.

—No me extraña.

—¿Qué opinas de Nueva York? —me pregunta Claire con una sonrisa afable.

—Es… —Me encojo de hombros.

—Es asimilar mucho —susurra.

Emily me coge la mano y me dice:

—A nosotras nos pasó igual.

«Me entienden».

—Decidme que se vuelve más fácil.

Se miran y se ríen.

—Uy, cariño, no —me dice Claire—, pero te acostumbrarás.

Me obligo a sonreír.

—Papá —dice Patrick desde la otra punta de la mesa.

Tristan sigue hablando con Jameson y Christopher.

—Papá.

Ni caso.

—Papá.

Sigue hablando.

—Papá.

—Papá está hablando, Patrick —le dice Claire—. Llámalo bien.

—¡Perdón, papá! —grita.

Se hace el silencio en la mesa y Tristan, sobresaltado, lo mira.

—Dime, Patrick, ¿qué pasa?

—Que quiero patatas fritas.

Tristan lo mira impasible y le da un trago a su cerveza.

—Vale, pues pídetelas.

Jameson se ríe por lo bajo y yo me esfuerzo por no sonreír. Pues sí que son intensos, sí.

Hablamos, reímos… No me esperaba una velada como esta en absoluto.

Harry va a coger algo y, sin querer, vuelca su vaso. La bebida empapa la mesa. Tristan, imperturbable, la limpia con una servilleta mientras habla.

Nos sirven la cena y comemos mientras charlamos. Está riquísima.

No me siento excluida y la conversación fluye con naturalidad.

Patrick va a coger algo y también vuelca su vaso. Tristan pone los ojos en blanco y le dice a Jameson solo con los labios:

—Me cago en…

A lo que este vuelve a reírse.

—Jay. —Emily se masajea el pecho y dice—: Me duele aquí.

—A mí también —mascula Tristan en tono seco mientras limpia el desastre—. No des a luz, Anderson, que con estos de aquí ya voy servido.

—Pues cuidado, no te atragantes —le dice Jameson.

La escena me hace reír. Todos hablan y ríen pese al estropicio y ni se inmutan.

Miro a Christopher, que me echa la mirada más ardiente del siglo.

Saltan chispas mientras nos comemos con los ojos.

Él, su familia, los niños… Ha sido una noche redonda.

∞

Christopher abre la puerta principal y entramos en su apartamento.

—¿Te apetece una copa o algo?

—No, gracias.

Me lleva de la mano, pero titubea al ver las escaleras que conducen arriba.

—Es verdad, que vamos a quemar la cama del auditorio de Tinder, ¿no?

Sonrío agradecida de que no se tomase el comentario a pecho.

Permanecemos abajo y me dice:

—Eso sí, de cara al futuro, que conste que nunca he estado en Tinder. —Me mete en un cuarto de invitados—. Mañana también habrá que quemar esta cama. —Me besa con rudeza mientras me hace entrar en el dormitorio de espaldas—. Serán tus gemidos los que quedarán incrustados en las paredes.

Con los ojos fijos en la tarea que tiene delante, se desata la corbata y, despacio, me quita el vestido y lo arroja al suelo.

Estoy ante él vestida con lencería de encaje negro. Me mira a los ojos con sus orbes oscuros a la vez que se arrodilla ante mí.

Me besa en las caderas y en el bajo vientre. Me falta el aire.

Lo nuestro se ha intensificado. Es como si hubiera subido el nivel de conciencia.

La cosa ha cambiado ahora que sé quién es en realidad. Podría estar con cualquier mujer y, sin embargo, me ama a mí.

A una chica de campo normal y corriente.

Me besa con ternura en las bragas y cierra los ojos a causa del éxtasis.

«Amo a este hombre».

Baja más y me lame la cara interna del muslo mientras me mira con sus ojos oscuros. Gira la cabeza y me da otro mordisquito en la pierna.

El corazón me hace pum-pum, pum-pum, pum-pum. Intento calmar mi respiración.

Christopher me mordisquea por encima de las bragas y, mientras toma aire con brusquedad, se la coge. Se recoloca el paquete como si le doliese el bulto que le arruga los pantalones.

Tras quitarme las bragas, me quedo ante él en taconazos y sujetador de encaje negro.

No ha hecho amago de descalzarme, lo que me hace pensar que quiere que me los deje puestos.

«Qué pillín».

Con los ojos clavados en los míos, acaricia los labios de mi sexo con las yemas de los dedos, que le brillan a causa de mis fluidos. Se los lleva a la boca y se los chupa.

Joder.

Me pongo como una moto.

Se levanta y se pasea a mi alrededor sin perder detalle de mi piel desnuda, como un cazador que evalúa a su presa con avidez.

Está distinto, se lo ve más… amenazante.

Más en armonía consigo mismo. Aunque quizá se deba a que por fin está mostrando su verdadero yo.

Primero me presentó su versión mochilera; ahora es su faceta de multimillonario pervertido la que brilla en todo su esplendor.

Una vez detrás de mí, me desabrocha el sujetador y me lo quita despacio. Me pasa los pulgares por los pezones, duros como piedras, y me araña el lóbulo de la oreja con los dientes, lo que hace que se me ponga la piel de gallina.

—Inclínate —me ordena con voz grave y ronca.

No entiendo. Extrañada, pregunto:

—¿Cómo?

—Que te inclines.

Obedezco. Aspira con brusquedad al ver mi sexo.

—Así me gusta —dice para alentarme.

Con el corazón a mil, me apoyo en las rodillas.

—Pon las piernas rectas. —Me separa los pies y me toca las rodillas para que las enderece.

Madre… Voy a tener que empezar a estirar, que no soy contorsionista.

Se yergue y me sube la mano por la espalda. Por entre las piernas veo cómo se le marca el paquetón. Sonrío.

Qué salido está.

Sin avisar, me agarra del pelo y me echa la cabeza hacia atrás. Cuando me mete tres dedos hasta el fondo, me flaquean las rodillas.

«Zas».

Me da un cachete en el trasero.

—Que te estés recta, joder.

La madre que lo parió.

Me esfuerzo por no doblar las piernas, pero con tacones altos cuesta.

Me introduce más los dedos y me masturba con ellos. Me duele tanto el tirón del pelo que pongo mala cara.

No sé qué manera de follar es esta, pero no veas cómo me pone.

Mi excitación sube de nivel. Estoy tan mojada que se oye por toda la habitación cómo me mete y me saca los dedos. Me los clava tan adentro que me falta el aire.

Me estremezco.

—Ni se te ocurra correrte —gime.

—¿Cómo?

—Me esperas. ¿Queda claro? —dice con una voz grave y áspera empañada por el morbo.

Pongo los ojos en blanco al oírlo.

Vale… Reconozco que el rollo multimillonario me pone que te cagas.

Cuando vuelve a masturbarme con los dedos, tiemblo de lo lindo.

«Zas».

Me da una cachetada y me entra la risa floja. Que esto me esté gustando es para hacérmelo mirar.

Se planta delante de mí, lo que hace que me fije en sus impolutos y costosos zapatos negros. Tiene la respiración agitada, lo que me indica que está a punto de desmadrarse.

Me acaricia la espalda y vuelve a colocarse detrás de mí. Dibuja círculos en mi piel para calmarse. Para dominarse.

Oigo que se baja la bragueta.

Cierro los ojos y aguardo. Sí.

«Fóllame».

Me agarra del pelo y se lo enrolla en la mano para ejercer un control total sobre mi cuerpo.

Por entre mis piernas atisbo su polla dura y gruesa colgando entre las suyas con pesadez.

De su pene palpitante e hinchado surcado por mil venas gotea líquido preseminal.

Madre mía.

Lo pasa por abertura húmeda y se ríe con aire siniestro.

Sonrío. Me encanta ese sonido.

Entonces me penetra con fuerza, tanta que me roba el aliento.

Mi cuerpo se descontrola.

La brutalidad con la que me agarra el pelo, el alcance de su miembro, la celeridad de sus violentas embestidas.

Mi cuerpo está a su merced. El maestro y su disciplina.

Paf.

Paf.

Paf.

Ah… Joder.

Veo las estrellas y caigo de lleno en un subespacio en el que no he estado jamás. Grito mientras me corro con ganas y me estremezco sin control.

Me la saca, me tira a la cama y me abre las piernas.

Tiemblo como una marioneta. Sin dejar de mirarme con sus ojos oscuros, se quita la camiseta, lo que deja a la vista sus anchos hombros, su pecho musculoso salpicado de vello oscuro, sus abdominales y esa uve tan perfecta que conduce a su paquete.

Se quita los vaqueros a patadas y contengo el aliento.

¿Y ahora qué hace?

Se agacha entre mis piernas, me separa los labios con los dedos y me lame.

Me mira a los ojos mientras me lo come sin prisa. Está más excitado que nunca. Va con todo: con la cara, con la perilla… Se ensaña con mi parte más íntima.

Me pasa su lengua vigorosa con rudeza. Me acabo de correr y ya me están entrando ganas de repetir.

«Joder».

¿Cómo puede ser tan *sexy?*

Sonríe con lascivia. Le brillan los labios a causa de mis fluidos. El corazón me late desbocado.

Parece que esta noche llegaremos al cien por cien.

Capítulo 24

Christopher

Tumbado de lado, observo a Hayden dormir. Se le infla y desinfla el pecho al respirar y se le mueven las pestañas.

En mi vida he visto una criatura más hermosa, más tranquila y serena.

Sonrío con ternura. Es como si contemplara la excelencia; como si constantemente me maravillara su perfección.

Qué enamorado estoy de esta mujer.

Anoche, al verla con mi familia, tuve la clásica revelación. De pronto, lo supe.

No concibo la vida sin ella; no quiero hacerlo.

Y lo tuve clarísimo: quiero casarme con Hayden Whitmore.

Cuando lleguemos a Londres, buscaré un anillo de compromiso e idearé la pedida de mano perfecta.

Quiero dejarla boquiabierta.

Pero ¿cómo?

¿Y si…? Pienso en las mil y una posibilidades. ¿Dónde nos casaríamos? Solo de imaginármela caminando hacia el altar vestida de blanco me muero de la emoción.

«No me reconozco».

Abre los ojos poco a poco. Cuando ve que la observo, sonríe con dulzura.

—Buenos días, señorita Whitmore.

Al abrazarla, noto su sonrisa en el pecho. Me besa en la piel mientras la estrecho entre mis brazos.

Nos sumimos en un silencio agradable durante un rato.

—¿Qué haces despierto? —me pregunta con su voz ronca de recién levantada.

—Pensar en lo que haremos hoy.

—Mmm… ¿Y qué se te ha ocurrido?

—Pues… —La beso en la sien y le digo—: He pensado que podríamos ir a casa de tus padres unos días antes de lo previsto.

Se aparta para mirarme y dice:

—¿En serio?

—Ajá. Podríamos ir hoy, así estás más tiempo con ellos antes de irnos a Londres.

—¿Y qué pasa con tu familia? —inquiere.

—Bah. —Me encojo de hombros—. Ya los veo mucho por trabajo. Sobrevivirán. Si quieres, nos vamos después de desayunar.

—Qué fuerte. —Sonríe ilusionada—. Vale. —Se levanta de un salto y va corriendo al baño, pero antes de entrar vuelve y me besa—. Te quiero.

Sonrío de oreja a oreja mientras la veo volver a meterse corriendo en el baño.

Una hora después

Hayden mira a su alrededor mientras vamos por el aparcamiento subterráneo. Pulso el botón y las puertas de mi garaje empiezan a subir poco a poco.

—Aquí está.

Atónita, mira dentro y dice:

—¡¿Este es tu coche?!

—Sí.

Sonrío orgulloso. Es bajo, negro y ronronea como un gatito.

—¿Qué clase de coche es?

—Un McLaren.

Tuerce los labios como si se hubiese quedado igual.

—¿No tienes algo menos pichabrava?

—¿Pichabrava? —exclamo, horrorizado. Bueno, puede que tenga razón en parte—. A mí sí que se me pone brava después de conducirlo.

—Christopher —dice mientras lo mira de hito en hito—. No podemos ir a visitar a mis padres con esto.

—¿Por?

—Porque es grotesco.

—No es grotesco, Hayden. —Exasperado, pongo los brazos en jarras—. Es una puta obra de arte.

Pone los ojos en blanco e insiste:

—No vamos a ir a la granja con esto.

—¿Por qué no?

—Ya te lo he dicho. Mi padre se reirá en tu cara.

—¿No le van los coches?

—No le van los pichabravas.

—Noticia de última hora: todos los hombres son unos pichabravas, Hayden. —Pongo los ojos en blanco y señalo el coche de al lado—. Vale, ¿pues qué tal el Porsche?

—No.

Hago una mueca.

—¿Y el Aston Martin?

—¿No tienes algo menos…?

La interrumpo y digo:

—¿Espectacular?

—Ostentoso.

—No —le espeto, mosqueado—. ¿Por qué querría algo así? —Me cuadro y mascullo en tono seco—: A Eddie le fliparían estos coches.

—Pero Eddie no está aquí.

Se dirige al ascensor.

—¿A dónde vas? —le grito.

—A llamar a una empresa de alquiler de coches —contesta.

—¿Por?

—Porque mi padre te comerá con patatas como te presentes con ese coche de postureo.

La sigo con decisión.

—¿Coche de postureo?

∞

Vamos por la carretera dando botes.

—No puedo quejarme de la suspensión de esta tartana. —Miro a Hayden de soslayo y agrego—: Porque no tiene.

357

El Toyota todoterreno que me ha obligado a alquilar es eso, una puta tartana, y, para más inri, solo estaba disponible en rojo.

Un todoterreno rojo. Tierra, trágame.

Prefiero morirme a que me vean en este trasto.

Hayden va sonriendo. Acaricia el salpicadero y dice:

—Me encanta este coche.

—¿Este? —repongo, incrédulo.

—Sí. —Sonríe abiertamente y dice—: Es muy *sexy*.

La miro serio.

—Este coche no me da ganas de mojar.

—Pues a mí me gusta —comenta mientras se encoge de hombros entre risas.

Escondo los labios y comento:

—Menos mal que para los hombres tienes mejor gusto.

—Es por aquí. —Señala un camino y dice—: Gira a la derecha.

Me meto en el camino y pasamos por colinas verdes y ondulantes salpicadas de árboles gigantescos.

«¡Ahí va!».

—Qué campo más bonito —comento mientras miro a mi alrededor.

—Qué campo más divino.

Sonrío, impresionado.

—No digas nada de nada —me pide.

—¿Eh?

—Es que todavía no les he hablado de ti. No he encontrado el momento.

La miro de reojo y digo:

—¿Y eso qué significa?

—Pues que... —Abre mucho los ojos para expresarse mejor—. Pues que no digas nada hasta que hable con ellos. Ni siquiera les he contado que me voy de casa.

Abro los ojos como platos.

—¡¿No se lo has dicho?!

—No.

—¿Y cuándo piensas hacerlo?

—Hoy.

Alterno la mirada entre el camino y ella.

—¿A qué hora?

—Ay, Christopher —me espeta—, se lo diré cuando se lo tenga que decir. Hasta entonces, cierra la bocaza.

—Hostia, Hayden —mascullo—. Yo creía que esto ya estaba hablado.

—Paso de ir al paredón sola.

—¿Al paredón? —pregunto, atónito—. ¿Cómo que al paredón?

—Es aquí.

Llegamos a lo alto de la colina y a un claro enorme. Hay una finca principal y unas cuantas cabañitas alrededor. Es un lugar bonito que transmite calidez. Parece salido de una película para todos los públicos.

—Aparca aquí. —Me señala un claro en el que hay un montón de todoterrenos en fila.

Mmm… Quizá el McLaren no habría encajado con esta chatarra.

Aparco el coche y oigo que una puerta con mosquitera se cierra.

—¿Hayden? —grita una mujer.

—Soy yo, mamá. He vuelto.

—¡Ah! —La señora mayor grita mientras ella y Hayden corren la una hacia la otra. Se abrazan y la mujer llora de alegría. Hayden también llora.

Por Dios… Me esfuerzo para no poner los ojos en blanco.

Qué exageradas.

Se abrazan una y otra vez mientras yo me quedo ahí plantado como un pasmarote.

«Hola… Estoy aquí, ¿recuerdas?».

—Mamá —dice Hayden con una sonrisa—, te presento a Christopher.

Su madre me mira de arriba abajo y comenta sonriendo:

—Bueno, bueno, bueno, ¿no serás tú el hombre más guapo que he visto en mi vida?

—Hola.

Sonrío y le tiendo la mano. Pasa de ella y me estruja tanto que por poco me rompe una costilla.

«Qué fuerza, macho».

—Hola, Christopher —me saluda la madre de Hayden con una sonrisa—. Yo soy Valerie.

—Encantado, Valerie.

Nos abraza por detrás y nos conduce al interior de la casa.

—Qué bien que hayas vuelto. Te echábamos muchísimo de menos.

Hayden sonríe de oreja a oreja y le da un beso en la sien a su madre.

—Te quiero, mamá. Cómo me alegro de verte. —Hayden sonríe y añade—: ¿Y papá?

—Trabajando. Vendrá a comer dentro de nada.

Hayden me sonríe. Está en su salsa. Contenta.

—Qué ganas tengo de verlo.

Mmm… Empiezo a entender lo del paredón.

«Mierda».

Pasamos por delante de tres perros enormes que duermen como troncos, subimos las escaleras, cruzamos el porche y entramos en la casa.

—Qué guapa estás, Hayden. Tan morena y relajada.

—Buah, mamá, qué pasada. Tienes que irte de viaje con papá.

Aprovecho que Hayden y su madre hablan y ríen para echar un vistazo a la casa. Es variopinta, como si hubieran saqueado un bazar. Los cuatro sofás que hay no pegan ni con cola. La mesa de comedor parece de época, pero las sillas son todas diferentes. Los adornos de las paredes van desde tapices hasta dibujos con ceras, pasando por cuadros. Por todas partes hay alfombras enormes cuyos colores no combinan. También hay una chimenea gigante. Las paredes están decoradas con tantos platillos antiguos que parece que sean un tesoro nacional. Huele a pastel recién hecho y la casa rezuma calma, como Hayden.

Sonrío. No es lo que esperaba, pero me cuadra. Ya entiendo un poquito más a Hayden.

—Prueba el pastel.

Valerie sonríe mientras levanta el paño que cubre el dulce.

—Recién salido del horno —añade Hayden mientras lo corta. Cada vez que clava el cuchillo sale humo.

—¿Lo ha cocinado usted? —pregunto, sorprendido.

—Pues claro.

Valerie arruga el ceño como si le hubiera preguntado una tontería.

—Mi madre es la mejor cocinera de Finger Lakes —dice Hayden con una sonrisa de orgullo.

—Qué bien.

Sonrío. Ese dato no me dice nada, pero vale.

La puerta se abre de golpe. Nos giramos para ver a un hombre grande y fornido quitarse las botas en la entrada.

Se parece a John Wayne..., pero más robusto y curtido por el sol. Su ropa de trabajo es vieja y está sucia. Se lo ve sensato.

—¿Esa es mi niña? —pregunta.

—Sí, papá, soy yo.

Hayden corre hasta él y se abrazan.

—Ya era hora de que volvieras —dice el señor con su voz grave.

Hayden ríe de pura dicha.

Su padre es grande y da miedo. Me levanto sin saber bien si darle la mano o salir corriendo.

—¿Y este quién es? —pregunta.

—Papá. —Hayden extiende el brazo hacia mí y dice—: Te presento a Christopher. Christopher..., te presento a mi padre, Harvey.

—Encantado, señor Whitmore.

Sonrío y le estrecho la mano.

La suya es tan callosa que no parece una mano... Podría ser papel de lija o un trozo de madera. Quién lo iba a decir, ¿eh?

Me mira de arriba abajo y comenta:

—Conque Christopher, ¿eh?

Esbozo una sonrisa falsa y Hayden me da la mano.

—Papá, Christopher es importante para mí.

Es como si le advirtiera que fuera majo.

Estupendo, lo que me faltaba.

El hombre señala la silla y dice:

—Siéntate, chico.

«Chico».

¿De qué va?

«No digas nada, no digas nada. Ni una palabra».

Impasible, tomo asiento.

Me observa detenidamente desde la otra punta de la mesa, y le vuelvo a sonreír sin ganas.

«Va, viejo, dispara».

—¿Dónde vives? —me pregunta.

—Papá —farfulla Hayden—, deja que se instale primero y luego le aplicas el tercer grado.

«O no me interrogas y ya está».

—Pero bueno —exclama Hayden—. ¿Y este quién es?

Seguimos la dirección de su mirada y vemos a un gato negro como el carbón. Es alargado y flaco. A decir verdad, parece más una rata que un gato.

—Es el gatito de Milly —contesta Valerie con una sonrisa.

—¿Milly ha tenido un gatito?

—Ha tenido ocho.

—Parece un jaguar —comenta Hayden, embelesada.

«Un jaguar mola más».

—Muy bueno ese gato —declara Harvey con solemnidad—. Muy perspicaz. Se llama Bryan.

¿A Harvey le van los gatos?

La madre que me parió, no tenemos nada en común. Hayden me sonríe y recuerdo qué hago aquí.

«Céntrate».

Trato de dar conversación.

—Qué casa más bonita.

—Gracias —dice Valerie con una sonrisa—. Llevamos aquí...

Habla y habla pero no me concentro. El gato se restriega contra mi pierna. Lo aparto un poquito, pero se tumba encima de mis pies.

—La finca que hay dos propiedades más allá... —prosigue Harvey.

Bryan me mordisquea los cordones, así que alejo el pie.

«Vete a la mierda, gato».

—¿De dónde eres, Christopher? —me pregunta Harvey.

Bryan me agarra las piernas con las zarpas y me muerde en la espinilla.

—¡Aaah! —Pego un bote y miro debajo de la mesa—. Bryan se está portando mal. —Miro con cara de pocos amigos al muy astuto—. No veas cómo se las gasta el pequeño jaguar.

—De Nueva York —contesta Hayden por mí mientras bebe café como si nada.

Unos dientes afilados me traspasan el zapato y se me clavan en el tobillo con saña. Me retuerzo de dolor por dentro y finjo que no sucede nada.

¡Aaah!

¿Qué coño le pasa al gato?

Harvey sigue hablando.

—Menuda ciudad más ajetreada.

—Y que lo digas.

Miro debajo de la mesa y veo a Bryan preparándose para volver a la carga. Mueve la cola de lado a lado y, listo para abalanzarse sobre mí, se retrepa. Empiezo a sudar.

«¿Una manita, Hayden?».

—¿Dónde vives? —me pregunta Harvey.

¿Los gatos transmiten la rabia? Un dolor agudo me recorre de arriba abajo cuando Bryan arremete de veras.

—¡Aaah! —grito.

—¿Qué pasa? —inquiere Hayden, inquieta.

—¿No le caes bien o qué? —me pregunta Harvey en tono seco.

—No, sí que le caigo bien. —Sonrío mientras unos dientes afiladísimos se me clavan en el hueso—. A lo mejor hasta demasiado bien. Es que mi madre es alérgica.

—¿No te gustan los gatos?

—Me encantan —miento con una sonrisa—. Estoy deseando acurrucarme con Bryan luego en la camita.

Tampoco es mentira. Llevo ya unos años amansando a gatitas. A jaguares pequeños e insignificantes con mala leche, ya no tanto.

Harvey me perfora con su mirada helada.

—Vamos a mi cuarto a deshacer el equipaje —nos interrumpe Hayden, que se pone de pie—. Ay papá, qué bien volver a estar en casa.

Harvey abraza a su hija.

—Cenamos a las seis —dice Valerie con una sonrisa.

Sigo a Hayden fuera y vamos al coche. Cogemos las bolsas y, cuando me dispongo a volver a la casa, me indica:

—Por aquí.

—¿Cómo?

—Tengo una casa aparte.

—¿En serio?

«Menos mal».

—Guay.

Subimos poco más de cien metros hasta llegar a una cabañita preciosa. Hayden abre la puerta y sonrío.

Esto ya me gusta más.

Está decorada en tonos pastel y los muebles son cómodos y transmiten calidez. Enseguida percibo la presencia tranquilizadora de Hayden.

—Qué bonita.

Sonrío mientras observo a mi alrededor.

—Me gusta. —La mira como si la viese por primera vez—. Mi cuarto está arriba.

Me lleva al segundo piso. Su cuarto ocupa toda la planta. Es femenino, mono y romántico…, como ella.

Y, a diferencia de mi dormitorio, en el que oye gemidos, aquí es patente el amor que ella y su ex se profesaban.

Miro su cama y me imagino a otro hombre en ella. ¿Se la tiraría aquí? Pues claro. Aparto la vista con rabia.

«Cómo me repatea que se la tirase».

—La cama es nueva —me dice como si me hubiese leído la mente.

Asiento agradecido.

—Bien. —La abrazo y le doy un besito—. A tu padre no le caigo bien.

Se echa a reír y dice:

—A mi padre no le cae bien nadie.

Volvemos a besarnos y enreda su lengua con la mía. Hago que se acerque a la cama de espaldas y le digo con una sonrisa:

—Habrá que estrenarla.

Me mira con esa cara tan bonita y sensual y me dice:

—¿Por qué será que sabía que dirías eso?

La tiro a la cama y le digo:

—Suerte.

⚭

Me afeito mientras Hayden se viste en el cuarto detrás de mí.

—¿Tienes claro el plan? —me pregunta.

—Sí.

—A ver, explícamelo.

—Te dejo hablar a ti.

Pongo los ojos en blanco mientras enjuago la cuchilla.

Hayden está cagada y reconozco que se me está pegando su cague. Fijo que el bueno de Harvey guarda alguna que otra escopeta.

Y luego está el gato salvaje que quiere comerme vivo debajo de la mesa. Recemos para que el muy cabrón esté por ahí cazando lo que cacen los gatos de noche.

—Y te comes todo lo que prepare mi madre.

Dejo de rasurarme y la miro.

—¿Eh? —Se me han frito las neuronas—. ¿Que me lo coma todo?

—Mi madre es muy de campo. Si quieres meterte en el bolsillo a mi padre, cómete lo que te ponga en el plato.

—Pero ¿qué va a cocinar?

—No lo sé. —Se pone desodorante y agrega—: Le gusta cocinar con casquería.

—¿Casquería? —inquiero, preocupado.

—Sesos, riñones y todo ese rollo.

—Estás de coña, ¿no?

Niega con la cabeza y dice:

—No.

La miro y empiezo a sudar. Solo de imaginarme una mesa con órganos, me mareo.

—Tú cómetelo —me apremia con los ojos muy abiertos.

—Pues claro que me lo comeré. ¿Por quién me tomas? ¿Por un debilucho?

«Me cago en todo lo que se menea».

—Hazme un hueco, que quiero peinarme —me dice.

La dejo a lo suyo y bajo las escaleras. Le escribo un mensaje a Elliot.

Christopher: Voy a cenar con la familia de Hayden. Su padre me la tiene jurada. Su madre cocina órganos y el gato de debajo de la mesa me va a arrancar los huevos. Si no vuelves a tener noticias mías, envíale este mensaje a la poli.

Capítulo 25

—Hola —dice Hayden con una sonrisa cuando entramos en la cocina.

—Hola. —Valerie sonríe mientras remueve algo en el hornillo—. La cena estará lista en diez minutos.

—Mmm, qué bien huele —comento.

No lo digo por decir, huele de maravilla.

—Lo mejor para mis amores —repone Valerie—. Tu padre está en el salón.

Hayden va para allá mientras que yo me quedo atrás, mirando a su madre. Es el amor por el campo personificado. Ya sé de quién ha heredado Hayden su simpatía y su buen humor.

Valerie lo tiene a espuertas. Emana de los poros de su piel. Lo noté en cuanto la vi por primera vez. Es como si ya la conociera.

Todo lo contrario del cascarrabias de su marido. Me da miedo que Harvey y yo no congeniemos y que se fastidie la cosa.

Hayden besa el suelo que pisan sus padres. Como la cague con ellos, la cago con ella.

Me quedo un ratito más en la cocina y le pregunto a Valerie:

—¿Qué tal el día?

—Bien, cielo. —Me sonríe con cariño y me mira con complicidad cuando me dice—: No da tanto miedo como parece.

—Está bien saberlo.

Remoloneo un poco más y le pregunto:

—¿Algún consejo?

—¿Para caerle bien a Harvey?

367

Asiento.

—Sé tú mismo.

Frunzo el ceño.

—Lo que más valora Harvey es la sinceridad.

—Y yo.

—Ya, lo sé —me dice mientras me frota el brazo.

—¿Lo sabe?

—Cariño, hablo con Hayden todos los días. Siento que te conozco de toda la vida.

Sonrío. Ya estoy más animado.

—Bueno, su hija ha salido a usted, señora Whitmore. Es la persona más maravillosa que he conocido en mi vida.

Se emociona y se le humedecen los ojos.

—Lo sé.

—¿Qué hacéis? —pregunta Hayden al volver a la cocina.

—Hablar —contesta Valerie con una sonrisa.

—Qué noche. —Hayden me abraza por la cintura y añade—: Todas mis personas favoritas juntas.

La beso en la sien.

—Ven a ver a mi padre.

Me coge de la mano y me lleva al salón. Harvey está en un rincón, sentado en su sillón reclinable.

—Hola, señor Whitmore —digo sonriendo.

Me mira a los ojos y señala el sofá.

—Siéntate.

—Gracias.

Me siento en el sofá.

—Mientras habláis, iré a echarle una mano a mamá —comenta Hayden.

«No me dejes con él».

—Vale —digo.

Harvey sigue viendo la tele con el mando a distancia en la mano.

Tuerzo los labios. Lo miro primero a él y después a la tele. Debería romper el hielo o algo.

—Da gusto volver a pisar suelo americano —digo.

Asiente y sigue viendo la tele como si le importase un comino. Espero a que diga algo… Nada.

«Será borde».

—Una granja de este tamaño debe de suponer mucho trabajo —digo.

—Ya está Hayden para ayudarnos —dice sin despegar los ojos de la pantalla.

Me aprieto el puente de la nariz. «La primera en la frente».

Me callo, pues no sé qué responder. Menudo rebote se va a pillar cuando se entere de que se muda a Londres conmigo.

Acaricio el reposabrazos del sofá mientras trazo un plan para pasar a la acción.

—¡A cenar! —grita Hayden.

Harvey se levanta, pasa por mi lado y abandona la estancia. Lo fulmino con la mirada mientras lo sigo.

¿En serio?

¿Se puede ser menos hospitalario?

Menos mal que Hayden se parece a su madre y no al borde este.

Llego y me encuentro un festín en la mesa del comedor, manjar tras manjar.

Jesús. ¿Lleva toda la semana cocinando o qué? No he visto a mi madre cocinar tanto en toda mi vida.

—¿Va a venir más gente? —pregunto.

—No. —Hayden sonríe y me señala mi silla—. Solo vamos a ser nosotros.

—Caray. —Me siento—. Qué pintaza.

Hayden se acomoda a mi lado, me da la mano y me sonríe.

No pasa nada. Es por ella.

Nos servimos en silencio.

—¿A qué te dedicas, chico? —me pregunta Harvey.

—Es Christopher —lo corrijo—. No me llame chico.

Hayden me da un pisotón.

«Compórtate».

Su padre me mira a los ojos mientras me meto el tenedor en la boca.

Mierda, se me ha olvidado comprobar si es casquería. Observo mi plato mientras mastico. No veo nada raro.

—Te he hecho una pregunta.

—Trabajo en publicidad —contesto en tono cortante.

Hayden me toca el muslo para recordarme que calle.

Tengo que cambiar de tema.

—¿Y el jaguar? —pregunto.

—Ah, ¿Bryan? —dice Valerie con una sonrisa—. No tardará en venir a cenar.

—¿Qué habrá estado haciendo todo el día?

—A saber —dice Harvey—. Cazar ratones.

Eso, no hablemos de mí.

—¿Cuánto hace que tienen la granja? —pregunto.

—Somos la tercera generación de estas tierras —contesta Harvey. Le guiña un ojo a Hayden y añade—: Y se viene una cuarta.

Hayden le sonríe a su padre. Se me revuelven las tripas.

Mierda.

«Esto parece una secta».

—¿Y dónde vives, Christopher? —me pregunta Harvey.

Me ha llamado Christopher. Me apunto un tanto.

—Vivo… —Hago una pausa. Joder, ¿cómo contesto yo a esto?—. Vivo a caballo entre Nueva York y Londres.

Harvey arruga el ceño y mira a Valerie.

—La familia de Christopher es muy exitosa —comenta Hayden.

—¿Cómo de exitosa? —inquiere Harvey en tono seco.

—¿Conoces una empresa muy grande llamada Miles Media? —le pregunta su hija.

—No.

—La de los periódicos.

—Sí, ¿qué pasa? —repone él.

—Pues ese es el negocio familiar de Christopher.

Su padre me mira a los ojos y dice:

—Entonces, ¿eres un… chupatintas?

El corazón me va a toda leche.

«No te pases, viejo».

—Trabajo en el departamento de publicidad de una empresa exitosa, así que le agradecería que no se pitorrease.

Una sonrisa asoma a sus labios cuando me mira a los ojos.

—Además, escribo con ordenador, no con boli. Es otra década —mascullo mientras me meto el tenedor en la boca.

Harvey, encantado de divertirse a mi costa, se ríe.

«Mamón».

Hayden me da unas palmaditas en el muslo para que me relaje.

—¿Y cómo crees que esto —inquiere su padre mientras nos abarca con un gesto— va a durar viviendo cada uno en un país distinto?

No digo nada y miro de reojo a Hayden. Arqueo una ceja.

«Díselo. Díselo ya».

—Tengo que anunciaros una cosa. —Hayden hace una pausa y agrega—: Me voy a vivir con Christopher a Londres.

El ruido que hacen los cubiertos al chocar con los platos resuena por toda la sala.

Valerie ahoga un grito.

Empiezo a sudar. Me cago en la mar salada.

Harvey me mira con sus ojos fríos y mastica mientras asimila la noticia.

—Será una... nueva aventura —dice Hayden mientras los mira nerviosa.

—¿Y en qué parte de Londres vives? —me pregunta Harvey.

—Tengo un apartamento en la ciudad.

—¿Un apartamento? —Frunce el ceño—. ¿En serio esperas que Hayden viva en una caja, en el centro, sin respirar aire puro?

—Papá —susurra Hayden.

Le levanta la mano para mandarla callar y dice:

—Piénsatelo muy bien, tesoro. En Londres no hay vacas.

Hayden guarda silencio.

—Esto no me gusta. No me gusta un pelo —se queja Harvey.

—Es una prueba.

—¡¿Una prueba?! —estalla Harvey.

—Para Hayden —aclaro—. Si no le gusta vivir en la ciudad..., entonces... —Me encojo de hombros.

—Entonces ¿qué? —me espeta.

—No lo sé, pero, señor Whitmore, debe saber que amo a Hayden —declaro—. Nunca antepondría mi felicidad a la suya.

Hayden me agarra la mano que tengo en el regazo.

—Y algún día me casaré con ella. Con su permiso o sin él.

Entorna los ojos y me ofrece una mirada asesina.

—Si a Hayden no le gusta vivir en Londres, no la obligaré a vivir allí en contra de su voluntad.

—¿Y si quisiera vivir aquí?

—Pues me mudaría con ella.

Me encojo de hombros.

—¿Qué significa ese gesto? —brama—. No voy a dejar el futuro de mi hija en manos de un gesto de indiferencia.

—Significa que… lo entendería —le espeto.

—Mientras esté contigo, estaré bien —me dice Hayden con una sonrisa.

La beso y respondo:

—Y yo, preciosa.

—Me marcho un rato —nos espeta Harvey.

Arroja su servilleta sobre la mesa con enojo y se va hecho un basilisco.

—¿No vas a acabártelo? —le pregunta Valerie.

—Se me ha quitado el hambre —grita.

Lo oímos cruzar el pasillo y cerrar de un portazo la puerta del dormitorio.

Hayden exhala y su madre no mueve ni un músculo del estupor.

—Lo quiero, mamá —susurra Hayden.

—Ya.

Valerie sonríe con pesar.

—Tengo que…

Valerie la interrumpe y dice:

—Ya, ya lo sé.

En ese momento entra el gato, se tumba en el suelo y se pone a hacer monerías como si se hubiese propuesto distraernos. Pongo los ojos en blanco.

«¿Y tú dónde estabas hace diez minutos? Ya llegas tarde, Bryan».

Dos horas más tarde estamos tumbados en la cama viendo la tele, yo con la mano en su cadera y ella de espaldas a mí. Hayden está muy callada y casi no ha abierto la boca desde que su padre se fue echando chispas.

—Ya entrará en razón —le digo—. En cuanto me conozca, seguro que...

Me interrumpe:

—Ya, ya lo sé.

Aunque, siendo sincero, no sé si cambiará de opinión.

No podríamos ser más diferentes.

Hayden apaga la lámpara de su mesita y dice:

—Que descanses.

—¿No me das un beso de buenas noches? —le pregunto.

Se incorpora y me besa.

—Te quiero.

—Y yo a ti —repongo con una sonrisa.

Se tumba y vuelve a darme la espalda. Nada, que me he quedado sin polvo campestre.

—¿Me he comido algún órgano antes? —le pregunto.

Se echa a reír y dice:

—Tonto, que te estaba tomando el pelo.

—Ah. —Sonrío—. Pues menos mal.

Me lo había tragado. Apago la tele y la lámpara de mi lado. Una vez a oscuras, se oye a lo lejos:

—Muuuuu. Muuu.

Me paso más de media hora oyendo la sinfonía de las vacas.

—¿Qué le pasa a esa vaca? —pregunto—. ¿No se le irrita la garganta?

—Es que hay unas cuantas preñadas. Alguna se habrá puesto de parto.

—Ah. —Arrugo el ceño. Qué curioso—. ¿Cómo se sabe que están preñadas?

Se echa a reír y dice:

—Tú eres tonto.

—Pero...

—Buah, Christopher, me meo —dice entre risas.

«¿Qué es tan gracioso?».

A oscuras, me pregunto por qué soy un bufón por no saber contestar una pregunta tan lógica como la que he formulado.

No, en serio, ¡¿cómo se sabe?!

El rugido de un motor enorme me despierta. Frunzo el ceño.

¿Qué narices es eso?

Hayden no está en la cama.

Es temprano, está amaneciendo. Me levanto y me asomo a la ventana con los ojos entornados. ¿Eh?

¿Estaré viendo visiones?

La niebla lo cubre todo. A lo lejos, Hayden cruza el prado al volante de un tractor la hostia de grande. En su regazo hay un perro.

Me cago en la leche.

¿Conduce tractores? ¿Y... los perros montan en tractores?

La madre que me parió. ¿Qué será lo próximo?

Bajo, me preparo un café y me ducho. Ya ha salido el sol y Hayden no ha vuelto todavía.

Abro la puerta principal y me encuentro a otro perraco tumbado en la entrada.

—Qué perro eres —mascullo mientras lo salto—. ¿Qué pasa? ¿Pesas tanto que no puedes subir al tractor o qué?

Salgo al prado y miro a mi alrededor. El sol brilla y los pájaros cantan. Hasta yo debo reconocer que el paisaje es precioso. Me dirijo hacia donde iba Hayden. Me pregunto dónde estará.

Al cabo de quince minutos, cuando llego a lo alto de la colina, veo el tractor parado, a Hayden y un poco de alboroto.

¿Qué hacen ahí?

Entorno los ojos para ver mejor. Creo que Harvey también está allí. Mmm... No puedo dar media vuelta. Ya me han visto.

¿Qué le voy a hacer? Si le caigo mal, pues le caigo mal.

Me acerco más y más. No tengo ni idea de qué pasa ahí.

Hay una vaca tumbada de lado alzando una pata. Las demás vacas del prado mugen al verla.

Qué raro… Sigo avanzando y, conforme me aproximo, veo a Hayden de rodillas junto a la vaca.

¿Qué hace?

¡Ah!

Abro mucho los ojos, horrorizado.

Hayden le está metiendo el brazo por el culo a una vaca…, o por la vagina…, o por…

Me quedo lívido y me flaquean las rodillas.

No me encuentro muy…

Hayden

¡Plof!

—Vamos, no me jodas —se queja papá.

Miro hacia arriba y veo que Christopher se desmaya y se da un buen porrazo.

Me entra la risa floja mientras giro al ternero.

—Ayúdalo, anda.

—Sí, hombre —replica papá en tono seco.

—¿No ves que estoy liada?

—No estoy para aguantar tonterías de un niño pijo —masculla mientras se dirige hacia Christopher, que sigue inconsciente.

—Cuidado, preciosa —susurro mientras coloco bien al ternero—. Así mejor.

Veo que papá se agacha junto a Christopher. Sonrío cuando le da una palmadita en la cara.

Dejo lo que estoy haciendo un momento para ver cómo van.

Christopher vuelve en sí y se incorpora.

—Amor, ¿estás bien? —le grito.

Asiente, avergonzado.

—Está perfectamente —grita papá.

Lo coge de la cabeza, le mira el pelo y dice algo que no llego a oír.

Christopher se lo quita de encima y dice:

—Que no me toques, hostia. —Y resopla.

Escondo los labios para no sonreír.

—Al tonto este hay que ponerle puntos en la cocorota —me informa mi padre.

—¡No fastidies!

Me pongo en pie.

—Tú quédate ahí —me grita mi padre mientras ayuda a Christopher a levantarse—. Ya lo llevo yo al pueblo.

Me quedo mirándolos mientras por dentro evalúo los riesgos. Vale…, que se vayan. Si tienen que resolver sus diferencias a golpes, que así sea. Estoy convencida de que llegarán a un entendimiento.

—¿Seguro? —grito—. No puedo dejarla.

Christopher asiente y corro hasta él. Un hilillo de sangre le baja por la nuca y se le mete por dentro de la camiseta.

—¿Estás herido?

—Solo mi orgullo —contesta encogiéndose de hombros.

Mi padre echa la cabeza hacia atrás y se troncha. Yo trato de aguantarme la risa, de verdad, pero fracaso estrepitosamente.

—Qué bien que os haga tanta gracia —nos espeta Christopher—. Tengo una hemorragia interna y quizá pronto un aneurisma.

—Mi padre cuidará de ti —le digo con una sonrisa.

—¿Tú crees? —salta Christopher con los ojos como platos.

—Entra en casa, chico, que te coso —le dice papá en broma—. Tengo aguja e hilo en el botiquín.

Me muerdo el labio para no desternillarme.

—No me vas a tocar la cabeza ni muerto, chalado. Tiene que atenderme un cirujano plástico especializado. ¡Y no me llames chico! —brama Christopher.

Papá se ríe más fuerte mientras lo levanta del brazo. Sigue grogui; quizá sufra una ligera conmoción.

—Eres mucho más imbécil de lo que pensaba.

Vuelvo con la vaca y me arrodillo a su lado. El parto debería ir según lo previsto ahora que he girado al ternero.

Podría llevar a Christopher al hospital yo misma, pero… no lo haré.

Necesitan estar solos.

Son las once. Me acabo de duchar, he hecho la colada y estoy esperando a que Christopher vuelva del hospital. Papá me ha llamado mientras le estaban dando puntos. Está bien, no tardarán mucho en volver.

Dispongo de una semana para conseguir que papá vea a Christopher con mis ojos. No tengo muy claro cómo lo haré. Yo tardé tres meses en descubrir cómo era en realidad.

Y qué realidad más bonita.

Llaman a la puerta.

¿Por qué llama?

—Está abierto —digo en voz alta.

Saco la ropa del cajón, la meto en el cesto y, cuando llego al salón, me paro en seco.

Regi está ahí.

Me falta el aire. Es la primera vez que lo veo desde que me rompió el corazón hace tres años.

Está mayor, más ancho…

—Hola, Haze. —Me sonríe ilusionado.

Muda de asombro, frunzo el ceño.

Se acerca a mí y dice:

—Estás… —Se traga el nudo que se le ha formado en la garganta—… preciosa.

—¿Qué haces aquí? —pregunto, incrédula.

—Quería verte.

—¿Y eso?

—No dejo de pensar en ti.

Se me acelera el corazón de la rabia.

—No sigas.

—¿Acaso tú no piensas en mí?

—No —escupo.

A ver, sí, todos los días…, hasta que conocí a Christopher.

Ya no.

—Te echo de menos —susurra.

—¿Cómo? —Tuerzo el gesto.

—Era joven, Haze. —Se encoge de hombros—. No sabía lo que hacía.

La puerta se abre de golpe y entra Christopher. Ahora sí que se me para el corazón.

Mierda.

Nos mira a Regi y a mí y dice:

—Hola.

—Hola, cariño —lo saludo con una sonrisa—. Te presento a Regi. Regi, te presento a Christopher, mi prometido.

Christopher va a fruncir el ceño, pero entonces lo pilla.

—¿Quién eres tú? —le pregunta a Regi.

Regi, enfadado por cómo lo he presentado, alza el mentón.

—Soy el novio de juventud de Hayden. Su primer amor.

«Ay, madre».

Christopher alza una ceja y dice:

—Tienes un morro que te lo pisas.

—¿Y eso a qué viene? —inquiere Regi, ceñudo.

—Le debes una disculpa a Hayden.

—¿Por?

Christopher lo fulmina con la mirada y se acerca a él.

—¿Te pego, a ver si así lo recuerdas, cobardica de mierda?

Regi retrocede.

Me derrito con Christopher. Mi príncipe azul.

—No tengo nada por lo que disculparme —escupe Regi.

—Uno —dice Christopher con calma.

Lo miro estupefacta. ¿Qué mosca le ha picado? ¿Lo está amenazando con una cuenta atrás?

—Dos…

—Christopher —balbuceo—, déjalo.

—Te debe una disculpa, Hayden —me espeta—. Quiero oírla.

—No voy a pedir perdón por ser joven —salta Regi—. No es asunto tuyo.

—Hayden es mi único asunto. —Christopher lo coge por la camiseta y lo saca por la puerta. Lo tira por las escaleras, cinco peldaños, y le grita—: Tuviste tu oportunidad y la cagaste. No vengas ahora a fastidiarme la mía. Como no te alejes de ella, te las verás conmigo.

Regi mira atónito la casa. El pecho le sube y le baja de lo que le cuesta respirar.

—¿Me has oído? —le dice Christopher en tono amenazante.

Regi asiente y, tras echarnos un último vistazo, vuelve a su coche haciéndose el duro.

Perpleja, salgo a la entrada y, al girarme, veo a mi padre junto a la puerta. Lo ha oído todo.

Abro mucho los ojos. No doy crédito.

Una sonrisa asoma a los labios de papá, que me guiña un ojo y, sin mediar palabra, echa a andar hacia su casa.

—Cenamos a las seis —anuncia.

Miro a mi hombre, rebotado y furioso, y le sonrío.

—Esta noche vas a tener suerte.

—Ya era hora —refunfuña mientras pasa por mi lado y entra en la casa—. Qué mal me cae ese tío.

Cierra de un portazo la puerta con mosquitera y yo sonrío satisfecha.

«Ese es mi hombre».

Una semana después

Estamos en la sala de embarque del aeropuerto. Ha sido una semana estupenda y, aunque a mis padres no les hace gracia que me mude, creo que entienden qué veo en Christopher.

El muy sabelotodo ha hecho sonreír a mi padre más veces de las que este está dispuesto a admitir.

Y a mi madre… A mi madre la tiene casi conquistada también.

Christopher está leyendo un libro. Vamos a coger un avión comercial porque los de su familia no estaban disponibles.

—Voy a comprar una revista —le digo.

—Vale.

Estoy ojeando las opciones que me ofrece el quiosco cuando un titular hace que me detenga en seco.

«Al fin se le ve el pelo a Christopher Miles».

¿Qué es esto?

¡¿Va por mi Christopher?! Cojo el periódico y le digo al quiosquero:

—Cóbreme este.

Le pago, me siento y paso las páginas hasta dar con el artículo en cuestión.

Estoy a cuadros. Hay una foto que ocupa media plana en la que salimos Christopher y yo. Es la mañana siguiente de llegar a Nueva York, la mañana siguiente de haberme pasado la noche entera llorando.

Paseamos de la mano por la avenida Madison. Llevo unas pintas espantosas y la luz incide en mí de tal forma que parece que tenga celulitis en el tobillo.

Tengo la cara hinchada por haber llorado tanto. Estoy feísima.

Leo el artículo.

«Christopher Miles vuelve de su año sabático con una del montón».

Capítulo 26

Christopher

Sonriendo, veo a Hayden entrar en el quiosco a comprarse una revista.

—¿En qué piensas? —me pregunta Harvey, sentado a mi lado.

—En lo afortunado que soy.

—Y que lo digas.

—Solo la tenemos a ella.

Por cómo Valerie retuerce los dedos en su regazo, sé que no lleva bien la situación.

—Cuidaré de ella, señora Whitmore. Se lo prometo.

Asiente con los ojos húmedos y, como si presintiera que se va a poner a llorar, se levanta.

—Voy al baño —dice, y sale escopeteada.

Veo a Valerie enjugarse las lágrimas mientras se va y me desanimo.

—Christopher… —dice Harvey mientras me mira.

—Dígame.

—Si conoces a Hayden tan bien como creo, entenderás que es especial.

Asiento.

—Sí.

—Hayden no es como los demás. Es diferente. Es amable, confiada y no le gusta el mal rollo. Nunca la oirás quejarse.

—Esas son precisamente las cualidades que más admiro de ella, señor Whitmore.

—Ser tan empática con los que la rodean es su mayor virtud y su peor defecto —prosigue—. Esperábamos que ver mundo la fortaleciera, pero ha vuelto tan enamorada de ti que no piensa con claridad.

Lo miro a los ojos.

—Lo que quiero decir es que tendrás que ser tú el que se asegure de que es feliz.

Frunzo el ceño.

—Antepondrá tu felicidad y tus necesidades a las suyas porque cuando Hayden ama a alguien, es para siempre.

Se me forma un nudo en la garganta.

—Es un tanto reservada, pero confío en que sabrás leer entre líneas y me garantizarás que la protegerás a ultranza…, aunque salgas perjudicado.

Me imagino a Hayden dejándome… y lo hecho polvo que me quedaría.

No levantaría cabeza.

Se me humedecen los ojos y veo borroso a Harvey.

—Se lo prometo.

Le estrecho la mano y a él también se le humedecen los ojos.

«Me cago en la puta».

Avergonzado, me seco las lágrimas.

—Ya vale —digo entre risas.

Me abraza y me dice:

—Te confío lo más preciado que tengo. Prométeme que la cuidarás.

—Le doy mi palabra.

Cuando me da una palmada en la espalda, sé que no hay vuelta atrás.

A partir de ahora, tengo que comportarme como un adulto. No puedo seguir metiendo la pata. Si voy a desvivirme por una chica como Hayden, tengo que echarle valor y ser el hombre que merece.

—Pero ¿qué ven mis ojos? —exclama Hayden a nuestro lado—. ¿Ahora resolvéis vuestras diferencias con un abrazo?

Nos separamos al instante.

—Es que le estaba diciendo lo mal que me cae —comenta Harvey con voz solemne.

Me río porque ahora sé que este señor es un buenazo.

—Eso, eso.

—¿Y mamá? —pregunta Hayden mientras mira a su alrededor.

—Estará en el baño, llorando —contesta Harvey.

—Pobre. —Le cambia la cara—. Voy a ver cómo está. —Me pasa un periódico y arquea una ceja—. Ya verás qué interesante.

El tonillo con el que lo ha dicho me desconcierta. Leo el titular del *Ferrara News*.

Mierda.

Harvey y yo volvemos a sentarnos y, mientras él sigue hablando, hojeo el diario como quien no quiere la cosa hasta que doy con el artículo en cuestión.

«Christopher Miles vuelve de su año sabático con una del montón».

Inspiro con brusquedad de la rabia.

Qué cara más dura.

Qué. Cara. Más. Dura.

«No os metáis con Hayden».

«A mí criticadme todo lo que queráis, pero, como os metáis con ella, os vais a cagar».

Me levanto, no puedo estar sentado del cabreo que llevo.

—¿Le apetece un café? —le pregunto a Harvey.

—No, gracias.

Con decisión, me dirijo a la cafetería y repaso mi lista de contactos. Al doblar la esquina llamo al abogado principal de Miles Media.

—Christopher —dice, sorprendido—. ¿Cómo estás?

—Furioso —gruño—. Se ha publicado un artículo hoy en el *Ferrara News* de Estados Unidos sobre mi novia. Exijo venganza, que se retracten y que se disculpen. Y como se les ocurra publicar otro artículo sobre ella…, los llevaré a los tribunales —susurro con rabia—. Las fotos están retocadas y son una puta basura —escupo.

—Tranquilízate.

—No voy a tranquilizarme —digo casi gritando—. Ya estás arreglándolo. ¡Arréglalo, joder!

—Me pongo a ello.

Cuelgo al momento. La adrenalina corre a toda velocidad por mis venas. Estoy tan enfadado que no pienso con claridad. Me paseo de un lado a otro para calmarme. No he estado tan cabreado en mi puta vida.

«Del montón»... ¿De qué coño van?

¿Cómo se atreven?

¿Cómo se atreven a faltarle al respeto a una mujer usando una expresión tan despectiva? Y encima a mi mujer... Por ahí no paso.

Me suena el móvil.

JAMESON

—¿Qué? —pregunto.

—Lo acabo de ver.

—Ya puedes solucionarlo —digo en tono airado mientras me paseo—. No voy a permitir que la traten así.

—Estamos en ello, relájate.

—¡¿Que me relaje?! —grito—. *Ferrara* se ha pasado de la raya. Van a por ella.

—Eso no lo sabemos.

—¡Anda que no! Si está clarísimo —bramo. El corazón me va a mil. Estoy tan enfadado que no puedo ni hablar—. Estoy a punto de subir al avión. Arréglalo. —Y cuelgo.

Por la ventana contemplo los aviones en la pista mientras pienso en la que se nos vendrá encima cuando aterricemos.

Madre mía.

—Cielo. —Hayden me abraza por la cintura desde atrás—. ¿Pasa algo?

Me giro y, nada más abrazarla, me sereno. Esta mujer es tan relajante, tan guapa... ¿Qué cojones verá en mí?

—Lo siento muchísimo —susurro—. El... —Hago una pausa—. El artículo va por mí, no por ti. No te lo tomes como un ataque personal.

Me mira a los ojos y dice:

—Pues a mí me parece muy personal.

La estrujo con fuerza entre mis brazos. No tengo ni idea de qué decir para animarla.

—Estoy en ello —le aseguro.

—¿A qué te refieres?

—Quiero que se retracten.

Con el rostro desencajado, se aparta de mí.

—Entonces, ¿lo que has hecho es cerciorarte de que todo el mundo esté al tanto del artículo?

—Hayden, no pueden escribir algo así e irse de rositas. No me voy a quedar de brazos cruzados mientras una tonta te pone de vuelta y media.

—¿Cómo sabes que ha sido una mujer?

—Porque los hombres no hablamos así de las mujeres. Te lo digo yo.

—La foto estaba retocada —dice mientras me mira—. No tengo celulitis en los tobillos. Nadie tiene, ni siquiera un elefante.

—Ya, lo siento mucho. Es horrible.

La miro con el corazón en la garganta mientras espero a que estalle.

—No es horrible —comenta, ceñuda—, sino una labor periodística pésima por su parte. Si me hubieran llamado racista u homófoba, me habría ofendido y me habría dolido. —Se encoge de hombros—. Pero... no tengo nada de lo que avergonzarme. No soy supermodelo ni uso la talla más pequeña del mercado, y me parece bien.

Miro a la maravillosa mujer que tengo delante. Es tan diferente a las otras que conozco...

—A ver, tampoco es mi mejor foto, es evidente. —Abre mucho los ojos y agrega—: Salgo fatal, las cosas como son.

—¿Cómo es que no te afecta? —inquiero, ceñudo.

—Porque soy más que eso. Y si alguien me juzga por mi apariencia, el que queda retratado es él, no yo.

«Madre...».

—¿Te he dicho ya lo mucho que te quiero? —susurro.

—Más te vale, porque me voy a ir a vivir contigo al culo del mundo.

Me río y la abrazo. Nos quedamos así un rato, abrazándonos, hasta que, poco a poco, mi pulso vuelve a la normalidad.

—Mi madre está llorando. —Suspira—. Y los demás pasajeros están embarcando.

—Uf.

—¿Estás listo para ir al culo del mundo? —me propone con una sonrisa.

—Dime que te refieres a tu culo y que podré hacer con él lo que me plazca.

—De eso nada, monada. —Esboza una sonrisilla, da media vuelta y se va.

La miro… pasmado.

Es posible que Hayden Whitmore sea la persona más fuerte que conozco… No, que he conocido en toda mi vida.

Tranquila y alegre, una mujer de armas tomar.

Justo cuando pienso que no puedo quererla más, va y se supera.

La sigo a la sala de embarque. Apenado por sus padres, la veo darles un beso de despedida.

Le doy un beso a su madre y le estrecho la mano a Harvey, que me guiña un ojo para recordarme sutilmente lo que hemos hablado.

—Cuidaré muy bien de ella —le aseguro con una sonrisa, agradecido de que me haya concedido semejante regalo—. Adiós, señor Whitmore.

—Adiós, Christopher.

Cojo de la mano a Hayden, y, mientras se despide de ellos, damos inicio a una nueva vida.

Juntos.

Hayden

El coche entra en el aparcamiento subterráneo y, asombrada, me asomo a la ventanilla.

Qué cantidad de coches caros en fila.

Nos detenemos junto al ascensor. El chófer abre el maletero y se apea para sacar el equipaje.

—Hoy no volveremos a necesitar el coche —le dice Christopher—. Puedes irte a casa.

—De acuerdo, señor. —Asiente—. ¿Desea que les suba el equipaje?

—No, ya puedo yo. Gracias.

—Hasta mañana. —Se vuelve hacia mí y, con una sonrisa afable, me dice—: Que pase una buena noche, señorita Whitmore.

—Igualmente.

Sonrío. Este chófer me cae bien. Parece buena persona.

Christopher saca su mochilón y se lo cuelga a la espalda. Cuando se dispone a sacar el mío, agarro la correa y digo:

—Ya puedo yo.

—Ya te lo llevo yo.

—Soy perfectamente capaz de llevar mi propia mochila, Christopher. —Resoplo—. No me trates de tonta.

Se ríe y me la tira a los pies. Hace ruido al caer.

—Pero pásamela bien, hombre —refunfuño.

—No quería tratarte de tonta —masculla mientras subimos al ascensor. Se vuelve hacia delante con cara de pillo.

«Conozco esa cara».

Me planto a su lado y miro al frente.

—Supongo que este apartamento también me tocará las narices.

Se ríe por lo bajo y confirma:

—Ya te digo.

—¿Y la cama?

—Ya se ha quemado y se ha dado la orden de instalar una nueva para su alteza.

—¿Y dónde vamos a dormir?

—La nueva ya está lista para que la destroce con su fiel servidor.

—Has pensado en todo —digo con una sonrisa.

Entrelaza el meñique con el mío y sonreímos de cara a las puertas. Un gesto pequeño y sencillo, pero muy significativo.

—Sofá de cuero y baños blancos —anuncio.

Me mira extrañado y pregunta:

—¿Cómo dices?

—Seguro que tienes un sofá de cuero y baños de mármol blanco.

Sonríe. Le gusta este juego.

—¿Qué te hace pensar eso?

—Conozco tu gusto.

—Anda. —Enarca una ceja y dice—: ¿Tú crees?

—Sí, sí.

—¿Quieres apostar?

—Encantada. —Le tiendo la mano—. Cincuenta pavos.

Le brillan los ojos de regocijo.

—No, no, no, yo solo apuesto por cosas que necesito.

—¿Por ejemplo?

—Tu culo.

—¿Cómo dices? —exclamo, perpleja.

Se abren las puertas del ascensor y, sonriéndome, me dice:

—Lo que oyes. A ver si eres de las que apuestan fuerte. —Acerca los labios a mi oreja y susurra—: Veamos si te juegas tu cuerpo.

Me muerdo el labio para no sonreír.

«Es una prueba».

Escondo los labios y lo miro fijamente. Verás tú como me salga el tiro por la culata…

—Vale…, sexo anal. —Sellamos la apuesta estrechando las manos.

Abre la puerta con una risa malvada y yo me cubro los ojos y me río.

—Para. No puedo mirar.

—Tranquila, tengo lubricante —dice para chincharme mientras me lleva dentro. Sigo con los ojos tapados.

—Calla.

—¡Tachán! —Me baja los brazos. Estamos en el salón más bonito del mundo. Un sofá de cuero marrón chocolate se yergue orgulloso en el centro de la estancia.

—¡Ja! —Me carcajeo—. Lo sabía.

—Pero… ¿serán los baños blancos?

Sonrío. Este juego me está gustando a mí también.

Me giro y subo corriendo a su cuarto con él pisándome los talones. Atravieso el enorme pasillo como una exhalación y, al llegar al dormitorio, freno en seco.

Me falta el aire. Boquiabierta, miro a mi alrededor.

Está todo lleno de rosas rojas.

Hay jarrones por todas partes.

Rosas preciosas con capullos enormes.

Lo miro a los ojos y le digo:

—¿Y esto?

—Bueno… —Se encoge de hombros como si nada mientras mira a su alrededor—. Ya que te la voy a meter por detrás, al menos que el ambiente sea romántico.

Me parto. Me mira a los ojos y él también se ríe. Me abraza y me besa con dulzura.

—¿Es blanco? —murmuro pegada a sus labios.

—No.

Me separo de él y entro en el baño.

—¡Te he pillado! —grito.

Un baño de mármol blanco se alza en todo su esplendor.

—Vete a cagar. —Tuerce el gesto—. ¿Cómo lo has sabido? —Abre el grifo de la ducha y me estampa contra los azulejos. Se apodera de mis labios con avidez y me mete bajo el chorro de agua… vestida. Nos besamos con locura y desesperación.

Es un beso húmedo, apasionado y… perfecto.

«Como él».

Sin despegar los labios, me quita la camiseta mojada.

—¿Quién ha traído las rosas? —inquiero.

Me baja la bragueta y los vaqueros.

—Elliot.

Me echo a reír mientras me quito los pantalones empapados.

—¿Has obligado a tu hermano a traerme flores?

—Sí. —Me mete la lengua—. Me está ayudando con lo de dar por detrás con un toque romántico. Es un trabajo de dos.

Vuelvo a desternillarme. Me parto con este hombre.

Me besa de nuevo. Una vez que él también se ha deshecho de la ropa, nos miramos en silencio.

Su enorme erección me roza el bajo vientre y reclama mi atención. Se la acaricio mientras nos besamos. Aquí está más suelto. No me había dado cuenta de lo callado que estaba en casa de mis padres hasta que hemos aterrizado en el Reino Unido.

Su cabello oscuro le oculta la frente. Sus labios son carnosos, suaves y… Joder. Su cuerpo grande y musculoso está chorreando, y ahí está su erección…, esperándome.

Estoy en el cielo.

Sonríe con lascivia a la vez que me aúpa y me incrusta en la pared de azulejos. Se envuelve la cintura con mis piernas y me penetra hasta el fondo.

Me posee de tal forma que me estremezco. Esto es lo que mejor se le da: dominarme, metérmela tan hondo que ni recuerdo cómo me llamo.

Nos observamos —yo excitada a más no poder— mientras el agua nos cae en la cabeza.

Me mira a los ojos con sus orbes oscuros mientras me la saca y me embiste con fuerza.

—Aaah —grito. Las baldosas de mi espalda están frías y duras. Aunque tampoco es que me importe; cuando estamos en este plan, nada más importa.

Lo único que vemos es un orgasmo, un orgasmo brillante y cegador.

Me sujeta por los hombros y se aparta de mí.

—Levanta más las piernas —me ordena.

Se me cierran los ojos. «Mierda».

Alzo las piernas y él separa más las suyas para sostenerme mejor, y entonces vuelve a penetrarme. Lo hace con acometidas profundas y rigurosas. El agua impacta con fuerza en nuestra piel.

El ardor que me produce al meterme su enorme pene con tanto ímpetu es…

«Delicioso».

Respira con fatiga y pone los ojos en blanco. Esbozo una sonrisa triunfal. Así es como más me gusta verlo.

A mi merced, entregado. Mando yo… y lo sabe.

Me agarra de las pantorrillas. Sin titubeos, me empotra en la pared y me deja hecha un ovillo.

Y qué gusto… Qué gusto, joder.

—Ah… —gimo. Intento retrasarlo, pero no puedo. Necesito correrme ya. Entre fuertes temblores, llego a un clímax brutal que arrasa conmigo.

—Joder, joder, joder —gime mientras se queda al fondo y se corre al momento. Noto el inconfundible tirón de su miembro en mi interior.

Me mira a los ojos y le sonrío con dulzura.

He domado a mi tigre.

Estamos en la cama, tumbados de lado. Solo hay una lámpara encendida. Nos miramos.

Es tarde.

No sé por qué, pero me da la sensación de que esta noche hemos salvado otro escollo, hemos vencido una traba invisible que se interponía en nuestra relación. Que hemos pasado a otro nivel. Ignoro si es porque estamos en su casa habitual o por otro motivo, pero… algo ha cambiado.

Sus muros se han derrumbado un poco más. Día tras día, me adentro más en su interior.

Lo que supone un peligro, y es que no creo que sea sano amar a alguien como lo amo a él.

—Nunca pensé que viviría esto —me dice en voz baja.

Lo escucho.

—Oía a mis hermanos hablar de ello, me contaban cómo era…, pero, sinceramente, no lo creía posible.

—¿El qué?

—Que alguien fuese a amarme como tú.

Me embarga la emoción. Sonrío y lo beso con ternura. Nos resistimos a separarnos. Nos profesamos más cariño que nunca.

—Te quiero muchísimo —murmura.

Sonrío pegada a sus labios y pregunto:

—¿Lo dices para convencerme de que lo hagamos por detrás?

Se ríe entre dientes y confirma:

—Qué bien me conoces.

Christopher

Zzz, zzz, zzz, zzz… Mi móvil vibra encima de la mesita.

Me giro para apagarlo y exhalo con pesadez. Uf, no echaba de menos que ese ruido me despertara.

Hayden, adormilada, murmura:

—¿Listo para tu primer día de trabajo?

—Pues no mucho. —Suspiro. Supongo que debería hacerme más ilusión.

Sonríe y me besa en el pecho. Nuestras piernas están enredadas.

—Va, que te preparo el desayuno.

—No te preocupes, tú sigue durmiendo.

—No. —Se incorpora—. Tengo que adquirir una rutina. No me voy a pasar el día en la cama como una holgazana. —Se levanta y se pone el salto de cama—. ¿Y qué le apetece comer a mi hombre?

Se ata la prenda con un lazo.

—Un poquito de Hayden no estaría mal. —La cojo de la pierna al pasar por mi lado y la tiro a la cama. Nos besamos con delicadeza, sin prisa por separarnos—. ¿Te metes en mi maletín y me acompañas?

—Ojalá pudiera. —Se echa a reír—. Así jugarías conmigo en tus descansos.

Me río entre dientes.

—Planazo.

Me da un beso rápido y se pone de pie.

—Arriba, señor Miles. No querrás llegar tarde el primer día.

—Supongo que no. —Suspiro.

Hayden sale del cuarto y baja las escaleras.

Me ducho, me afeito y me pongo un traje azul marino y una camisa blanca. Qué raro se me hace volver a vestirme así. Mi año sabático se está volviendo un recuerdo lejano.

Algo que hice una vez.

—¡A desayunar! —me grita Hayden.

Sonrío. Sin embargo, el precioso *souvenir* que me he traído a casa vale la pena, y mucho. Con Hayden en mi vida, tengo la cabeza bien amueblada y soy feliz.

Me anudo la corbata y me peino. Me pongo el reloj, me calzo y me miro al espejo. Ya está, se acabó lo que se daba.

Toca madurar y dar inicio a una nueva vida.

Una con responsabilidades y alguien de quien ocuparme. Observo mi rostro y me invade la tristeza.

Nada volverá a ser como antes. A partir de ahora…

—¡Christopher! —me grita Hayden—. ¿A que subo y te doy unos azotes?

Sonrío y grito:

—Ya voy.

—No me vaciles.

—Dios me libre —mascullo para mí. Cojo el maletín y bajo.

Hayden está sentada junto a la encimera de la cocina; el apartamento huele a tortilla francesa y a café. Están dando las noticias estadounidenses. Verla así, con su salto de cama, despeinada y ese aire de recién follada…, me calma.

De pronto, todos mis miedos se esfuman.

Este es mi sitio y esta es la persona con la que quiero estar.

En Londres, mi hogar. Con mi amada y dulce niña.

Hayden enarca una ceja y dice:

—Pero ¡bueno! ¡Qué bien te sienta el traje! —Se levanta y me magrea el trasero—. Miau.

Cuando vuelve a sentarse, la miro a los ojos.

—¿Y esa cara? —me pregunta.

—¿Qué cara?

—Te brillan los ojos.

Me lanzo a por mi desayuno y digo:

—Es que estoy agradecido por muchas cosas.

—¿Por ejemplo?

—Por la tortilla y el café. —Le acerco la taza como si brindara y le guiño un ojo.

Se echa a reír.

—Me alegro de serle de utilidad, señor Miles —dice mientras me imita y brinda ella también.

—¿Qué vas a hacer hoy? —le pregunto a la vez que corto la tortilla.

—Pues… —Echa un vistazo al apartamento y dice—: Sinceramente, no tengo ni idea. —Se encoge de hombros—. Creo que haré un poco el vago y me iré a dar una vuelta.

Arrugo el ceño.

—¿Por dónde?

—Aún no lo he pensado.

—Tu chófer te llevará a donde te apetezca.

—O… podría coger un Uber —repone con los ojos muy abiertos.

—Cierto —convengo. Mi primera reacción es pedirle que no se aleje de casa, pero sé que no puedo hacerlo.

El artículo del periódico me ha alterado más de lo que me gustaría admitir. Soy consciente de que no puedo sobreprotegerla. Si esta va a ser su casa, debe encontrar su sitio en ella. Solo de pensar que no será así me pongo malo.

Cuando acabamos de desayunar, la abrazo y le doy un beso.

—Que pases un buen día —me dice con una sonrisa.

—No me gusta pensar que no te veré. —La estrujo fuerte—. ¿Seguro que estarás bien aquí sola?

Sin despegarse de mí, se echa a reír.

—Madre mía, qué pena doy —mascullo contra su pelo.

—Un poquito —dice juntando dos dedos.

La agarro del culo con brusquedad y uno nuestras pelvis.

—A ver si esta noche me quitas la tontería como tú sabes —le sugiero.

—Vale.

Le doy otro beso y cojo mi maletín.

—Adiós, preciosa.

Bajo con el ascensor y, al salir, veo que mi coche me espera.

—Buenos días, señor Miles.

—Buenos días, Hans.

Subo al asiento de atrás y miro por la ventanilla mientras nos incorporamos al tráfico.

Todo esto me resulta tan… extraño. Y mira que llevo toda mi vida adulta haciéndolo.

Siento que he estado fuera una eternidad en vez de doce meses.

Aprovecho que es hora punta en Londres para llamar a mi número favorito. Contesta al primer tono.

—Hola, señor Christo.

Su voz alegre me saca una sonrisa enorme.

—¿Cómo está mi colega?

Al cabo de cuarenta minutos, el coche se detiene junto al edificio de Miles Media. Me apeo y me fijo en lo elegante y moderno que es el rascacielos.

MILES MEDIA

Ostras, qué... grande.

Al cruzar el vestíbulo reparo en el mármol, en los guardias y en lo lujoso que es todo.

Subo a la última planta. Una campanita suena y las puertas del ascensor se abren. Al salir, tengo mariposas en el estómago.

Estoy de los nervios.

He llegado temprano. Paso por recepción, que está vacía, y me dirijo a mi despacho.

Al mirar el sofá, las hermosas vistas, el enorme escritorio y el bar a rebosar del rincón, me embarga una emoción desconocida.

Orgullo.

Mi familia ha levantado este negocio desde cero y se ha deslomado por él. Les debo mucho.

He disfrutado de una oportunidad irrepetible, y vaya si voy a recompensarles el privilegio.

Enciendo el ordenador con un nuevo objetivo: dar lo mejor de mí y trabajar con más ahínco que nunca.

Les debo eso al menos.

Abro mi bandeja de entrada. La reactivamos durante el fin de semana para que estuviese lista a mi regreso hoy.

Seiscientos veintiséis correos.

Joder.

Abro la agenda de mi ordenador y veo que casi toda la semana está llena de reuniones. Videoconferencias con París y Nueva York. Algunas que se alargarán hasta las tantas.

Uf...

Me da la sensación de que las primeras semanas van a ser un no parar mientras me pongo al día con todo. Elliot me echará un cable esta semana, pero después se irá dos meses de vacaciones. Qué menos.

Y yo manejaré el cotarro.

Le mando un correo a Elouise, mi asistente personal.

> Hola, Elouise:
> ¡Qué gusto volver a estar en casa!
> Conciértame una cita con la joyería Reynolds Jewels cuando mi horario me lo permita.
> A ser posible esta semana.
> Gracias.
>
> P. D.: Ven a verme cuando llegues.
> Christopher

Me levanto y, sonriendo, me preparo un café.

Un anillo solitario para mi princesa...

La vida es bella.

Hayden

Me paseo por el apartamento. Es grande, magnífico y silencioso a más no poder.

En este ático no se oye ni una mosca. Ni viento, ni lluvia, ni... vacas.

Nada.

Solo son las once. Es como si el tiempo se hubiera parado. ¿Qué hago lo que queda de día? Ya he hecho la colada y limpiado el apartamento, aunque tampoco es que hiciera falta. Ya estaba impoluto.

Cojo el móvil y hago ademán de llamar a Christopher. ¿Una llamada rapidita?

No...

Tengo que dejarlo trabajar tranquilo. No puedo llamarlo cada vez que me aburra. Lanzo el teléfono al sofá y me asomo a la ventana a contemplar la ciudad. Está lloviendo a cántaros.

Iba a dar una vuelta o… a buscar un vestido para la noche del viernes, pero no me apetece calarme hasta los huesos. Además, no sé dónde hay un paraguas.

No hay prisa. Ya miraré mañana. Tengo toda la semana para encontrar un vestido. No será tan difícil.

Me tiro en el sofá y apunto a la tele con el mando a distancia. Toca cita con Netflix.

Ojeo el catálogo de películas. Bien…, ¿qué puedo ver?

Miércoles

Me paseo por las tiendas como una autómata.

¿Cómo existe gente a la que le gusta ir de compras? Preferiría que me extrajesen los dientes antes que hacer esto por diversión.

Me suena el móvil. Lo saco del bolso y veo:

Miles Media

Uf, Elouise.

Esta semana he hablado más con la asistente personal de Christopher que con él.

—Hola, Elouise.

—Hola, Hayden —saluda la mar de contenta.

—Dime.

—Christopher me ha pedido que te llame.

«Cómo no».

—Ajá.

—Me ha pedido que te diga que tiene una videoconferencia a las seis y que llegará tarde a casa.

Pongo los ojos en blanco.

—¿Me lo pasas?

—Está en una junta que se alargará hasta bien entrada la tarde. ¿Quieres que le diga que te llame en la pausa entre la junta y la videoconferencia?

—No, no hace falta. —Exhalo con fatiga—. Vale, gracias por avisarme.

—También me ha pedido que te recuerde que has quedado con Zoe a las dos.

—Como para olvidarlo —mascullo en tono seco.

Se ríe y dice:

—No me das ninguna envidia, que lo sepas.

—Jo, Elouise, ¿quién me mandaría a mí?

—Te encantará. Zoe lleva muchos años siendo la *personal shopper* de Christopher. Estás en buenas manos. Y no olvides que el viernes por la noche asistirás a una gala benéfica.

«Uf, no me lo recuerdes».

—Es su manera de ayudarte —agrega.

—¿Ayudarme a qué? ¿A volverme loca?

—Tú arrasa —dice entre risas—. Gástatelo todo.

Me río. Qué bien me cae esta mujer.

—Gracias.

—Y Hayden…

—Dime.

—Llámame si necesitas algo.

—Descuida.

Sonrío. Parece que Christopher la haya contratado para ser mi niñera. Juro que la pobre me llama dos veces al día para ver cómo estoy.

—Que vaya bien.

—Adiós.

Miro el reloj. He quedado con Zoe dentro de una hora. Observo a mi alrededor… Me pregunto dónde habrá un bar. Necesito un vinito para ir de compras.

Sentada junto a la ventana del bar, bebo vino. He llamado a mi madre y a Eddie. Falta media hora para reunirme con Zoe.

No sé qué me pasa, pero me da la impresión de que en esta ciudad no corre el tiempo. En serio, los días se me hacen eternos.

—¡Es ella! ¡Está ahí! —oigo gritar a alguien en la calle—. Señorita Whitmore.

¿Eh?

Cuando miro hacia allí, me deslumbra un *flash,* y otro y otro más.

Me ciegan.

Una multitud me acorrala mientras me sacan fotos desde el otro lado de la ventana. Me agacho y me tapo la cara.

«¿Qué pasa aquí?».

Capítulo 27

Christopher

Proyecto la hoja de cálculo en la pantalla gigante y diez pares de ojos la observan.

—Lo que tenemos que hacer es centrarnos en el servicio de *streaming*. He echado una ojeada a los resultados que hemos obtenido en los últimos doce meses, y lo único que saco en claro es que…

Me suena el móvil, en la mesa.

Hayden

—¿Insinúas que no estás satisfecho con lo que hemos hecho mientras estabas fuera? —me pregunta Henry.

El teléfono no para de sonar.

La llamaré cuando acabe.

—No del todo, pero en parte es así —contesto—. Si cambiamos la estrategia, cambiaremos el resultado.

Me siento a mi mesa y los dejo debatiendo. Con disimulo, le envío un correo a Elouise.

> Eh, Elouise:
> Porfa, mira a ver cómo está Hayden, me ha llamado y no puedo cogérselo.

—Os enseño lo que creo que pasará si cambiamos el rumbo.

Me levanto y me reincorporo a la junta.

Hayden

No contesta.

—Joder, Christopher, cógelo.

Cuelgo y vuelvo a llamarlo.

He dejado la copa de vino a medias en la mesa y me he ido al baño a esconderme. Los fotógrafos se han amontonado en las puertas delanteras para sacarme una foto.

Estoy aterrada.

Están invadiendo mi intimidad de una forma muy rastrera. No quiero que circule por ahí otra foto mía. La última agobió tanto a Christopher que tardó tres horas en relajarse. Hay que ser canalla.

Entra una camarera y me dice:

—Hola.

—¿Siguen ahí? —le pregunto.

—Sí.

—¿Se puede salir por detrás?

—No —dice mientras los ve en la puerta—. Lo siento.

—Tranquila —digo a la vez que asiento.

Me suena el móvil.

ELOUISE

—Elouise, hola.

—Hola, Hayden —me saluda con alegría—. ¿Estás bien? Christopher está reunido.

—No, no estoy bien —susurro—. Estoy en un bar. Unos fotógrafos han dado conmigo y me esperan en la entrada, así que me he escondido en el baño —farfullo.

—Ay, madre. ¿Dónde estás? Le diré a Hans que vaya a buscarte.

Bajo el teléfono y le pregunto a la camarera:

—¿Cómo se llama este sitio?

—O'Brian's.

—¿Y la dirección?

Madre mía, debo de parecer tonta, pero es que iba por la calle sin pensar.

Me da la dirección y se la confirmo a Elouise.

—Tú quédate ahí. Hans te llamará cuando esté en la entrada —me dice con calma.

El corazón me va a estallar. Esto es muy fuerte.

Y muy… poco yo.

—Tú tranquila, Hayden. No te preocupes. Es lo que tiene salir con un Miles. Con el tiempo te acostumbrarás —me comenta Elouise.

«No creo».

—Tú quédate en el baño, que en nada Hans está ahí.

Uf, qué poco me gusta esta situación.

—¿Estás bien? —me pregunta.

—Sí —le espeto. No puedo ni disimular lo enfadada que estoy.

Me quedo en el baño y a los veinte minutos me suena el teléfono.

HANS

—Hola.

—Hola, señorita Whitmore. Estoy en la entrada.

Miro la puerta y veo el Mercedes negro parado en doble fila.

—Me acompaña un guardia de seguridad. Entrará a por usted.

Voy a llorar de la vergüenza. «Qué excesivo todo».

—Vale.

Cuando vuelvo a asomarme a la esquina, veo que un guardaespaldas grande y macizo sale del coche y entra en el bar. Me cuadro mientras me mentalizo.

Salgo pitando y el escolta me sonríe con amabilidad.

—Hola. ¿Es usted la señorita Whitmore?

—Sí.

—Pues en marcha. No se separe de mí.

Se gira y abandona el local mientras lo sigo como una niña. Se abre paso entre la vorágine caótica de *flashes* que me ciegan y de gente que me llama a gritos y me escolta hasta la parte trasera del vehículo.

El guardia se sienta en el asiento del copiloto y nos incorporamos al tráfico.

—Capullos —masculla Hans por lo bajo.

Recibo un mensaje de la asistente de Christopher.

Elouise: He cancelado la cita de esta tarde con Zoe. Habrá que buscar otra fecha. Le pregunto cuándo le va bien. Besos.

Exhalo con pesadez. Estupendo.

Ya no puedo ni ir de compras.

Era lo único que iba a hacer en todo el día… ¡Lo único!

Y también se ha ido a hacer puñetas.

Miro por la ventanilla; por dentro estoy que trino. Qué jeta tienen los mamones esos de perseguirme. ¿Por qué no informarán de noticias que importen de verdad?

—¿Adónde desea ir, señorita Whitmore? —me pregunta Hans.

—A casa.

Dos horas después

Me suena el móvil.

CHRISTOPHER

—Hola.

—Cielo, ¿estás bien? —me pregunta tartamudeando—. Estaba reunido. Me acabo de enterar.

—Sí, estoy bien.

Ahora que ya me he calmado me siento tonta por dejar que la situación me sobrepasase.

—¿Seguro?

—Sí.

—No podrán vender las imágenes. Están avisados. Siento que hayas tenido que lidiar con esto sola.

—No te disculpes. No ha sido culpa tuya.

—¿Quieres que vuelva? Anularé la reunión de esta tarde con París.

—No. —No puede volver a casa cada vez que me fotografíen. Soy consciente de que tengo que aprender a lidiar con este engorro—. Acaba lo que tengas que hacer. Estoy bien.

Se resiste a colgar.

—¿Seguro?

—Te lo prometo.

—Esta noche pídete algo a domicilio; no cocines, que voy a llegar tarde por la mierda de reunión.

—Vale.

—¿Qué tal si vas a que te den un masaje o a hacerte la pedicura…?

Pongo los ojos en blanco y digo:

—¿En serio?

—Es que he pensado que…

—Pues has pensado mal. Hasta esta noche. —Y cuelgo.

Tonto.

Porque un masaje o una pedicura me van a sentar de puta madre. ¿No me conoce o qué?

Tiro el móvil al sofá y me paseo por la estancia. Me aburro tanto que no pienso con claridad. Quiero ser positiva y estar a gusto aquí, pero, en el fondo, ya lo sé.

Esta no soy yo.

La vida de urbanita no es para mí.

Me apetece trabajar, pero, a su vez, no quiero comprometerme con nada hasta pasados los tres meses. Si al final decidimos no vivir aquí a largo plazo, no quiero defraudar a nadie.

«Pero ¿y si nos quedamos?».

Madre mía… Qué trauma vivir aquí para siempre. Sin hierba, sin sol, sin nada que hacer… Fantaseaba con la ilusión de que, al volver de mi viaje, montaría mi propio criadero. Llevo años preparándome para ello. Iba a buscarme un aprendiz y, quizá, alquilar un establo en el que trabajar.

Pero ¿ahora qué?

Me asomo a la ventana y miro la ajetreada ciudad que se halla mucho más abajo. Aquí no hay animales. Ni uno solo.

Salvo los *paparazzi*, claro.

Exhalo con cansancio. Me sabe mal pensar así. Quiero estar a gusto. Quiero apoyar a Christopher y ser la novia que merece, pero, cuanto más tiempo paso aquí, menos me reconozco. Es como si a cada minuto viese truncarse mis sueños y esperanzas poco a poco.

«Si me hubiera dicho quién era...».

Sé que he dicho que he perdonado a Christopher por mentirme, pues entiendo que tenía sus motivos.

Pero, en el fondo, estoy resentida. Su vida va viento en popa, mientras que la mía está en punto muerto.

No estamos en igualdad de condiciones. Todo gira en torno a él, a su vida, a su trabajo y... cómo encajo yo en su mundo.

Si le pidiese que se amoldase a mi vida..., ¿lo haría? Pues claro que no. Es que ni se lo plantearía. Es hasta absurdo desearlo, puesto que él gana muchísimo más que yo. Pues claro que su trabajo es prioritario.

Solo de pensarlo me hundo.

Me enamoré de un mero profesor que luego resultó ser un conserje, y he acabado con un adicto al trabajo... Entre los dos hombres de mi vida hay un abismo.

Diez de la noche

Están dando una peli, pero no la estoy viendo. A ver, nunca he sido muy fan de ver la tele, pero ahora que es mi única compañía, la aborrezco muchísimo.

Miro la hora en el móvil: las diez. Ostras, qué tarde se ha hecho. Pues sí que dura la dichosa videollamada con París. Pobre Christopher. Lleva en la oficina desde las ocho de la mañana. Espero que al menos haya comido algo antes de la reunión.

Trabaja demasiado.

Exhalo con tedio y apago la tele con el mando a distancia.

Me voy a la cama.

Cierro las cortinas automáticas y veo cómo las luces centelleantes de Londres desaparecen poco a poco.

Me cepillo los dientes y me acuesto. Sonrío al oler las sábanas recién lavadas.

Algo que al menos he hecho bien hoy.

Miro el techo mientras pienso en la semana que me espera. A lo mejor mañana voy a una librería a por provisiones.

Hace mucho que no leo. Quizá aproveche para comprar *Guerra y paz* y todos esos libros que nunca tengo tiempo de leer.

Es rarísimo. Cuando volví a la granja, sentí que aquel ya no era mi lugar, como si se me hubiese quedado pequeña. Pero Londres me resulta más ajena todavía.

He oído anécdotas de gente a la que le cuesta horrores establecerse en un solo sitio después de realizar un viaje larguísimo, pero es mucho peor de lo que imaginaba. Me han arrancado de un mundo de recuerdos sin tener ni idea de dónde querré pasar el resto de mi vida.

Exhalo con dolor.

¿Cómo demonios se asienta uno después de un viaje así?

Tengo que bajar de las nubes.

Tras dormitar un rato, noto que la cama se hunde.

—Cariño —me susurra Christopher mientras me aparta el pelo de la frente.

Sonrío y extiendo los brazos hacia él, que, aún trajeado, se tumba encima de las mantas y se acurruca en mi pecho.

—Perdón por volver tan tarde.

—No pasa nada. —Lo beso en la frente—. Estarás reventado.

—Mmm —susurra mientras se le van cerrando los ojos.

—¿Has cenado?

Asiente.

—¿El qué?

—Un *whisky* y frutos secos del minibar de mi despacho.

Sonrío en la oscuridad.

—Tienes la cena en un plato en la nevera. Caliéntatela en el microondas.

—¿La has preparado tú? —me pregunta con los ojos aún cerrados.

—No, la he encargado.

Sonríe y dice:

—Mejor.

—¿Por qué?

—Porque así no me sabrá mal dejarla para otro momento. Estoy molido.

—Dúchate —lo apremio, pues a este paso se va a quedar frito vestido.

—¿Te duchas conmigo? —Me muerde el pezón por encima del pijama.

—No —murmuro—, que ya estoy medio dormida.

—Aguafiestas. —Sale de la cama a regañadientes y se va al baño.

Sonrío. El cuarto huele a su loción para después del afeitado. La vida es más bonita cuando está en casa. Me relajo por primera vez en todo el día.

A los cinco minutos, se tumba a mi lado y me abraza. Lo hace con fuerza.

—Te quiero, preciosa —susurra con voz adormilada.

Giro la cabeza y lo beso.

—Y yo a ti.

—Que descanses. —Y vuelve a besarme.

Durante unos minutos, nos sumimos en un silencio agradable. Sus brazos grandes y fuertes me cobijan. No existe lugar mejor.

—Trabajas demasiado —murmuro.

Pero no contesta; ya se ha dormido.

Viernes por la noche

La gala benéfica: mi primer evento oficial en calidad de la pareja de Christopher Miles.

Estoy tan nerviosa que no dejo de obsesionarme con el más mínimo detalle.

La culpa es de Zoe, la *personal shopper,* por arrastrarme por todo Londres para dar con el atuendo perfecto para esta noche. Creo que está más nerviosa que yo.

Me he peinado y maquillado tal y como me ha indicado. Ahora me toca vestirme. Tengo la ropa extendida encima de la cama. Cojo la lencería de la marca Azótex y la miro. Es diminuta. ¿Seguro que Zoe ha acertado con mi talla?

Parecen bragas de niña.

Recuerdo lo que me dijo Zoe mientras estábamos de compras: «Este vestido exige una ropa interior que se ajuste al cuerpo. Acuérdate».

Vale.

Entro en el baño y cierro la puerta. No quiero que Christopher entre de sopetón y me pille batallando con las bragas del demonio.

Me las pongo y… La madre que me parió, qué ceñidas son. Meto tripa y, no sin esfuerzo, me las subo poco a poco. Con los brazos en jarras, me miro al espejo. La lencería negra de licra parece un pantalón de ciclismo reluciente. Madre mía… A ver quién es la guapa que respira esta noche.

Me pongo el sujetador de encaje negro. No he visto un sostén más *push-up* en mi vida. Las tetas me llegan hasta el cuello. ¡No me digas que hay tías que llevan esto todos los días!

Me he dejado el pelo suelto y me he hecho unas ondas largas al estilo hollywoodense; me he pintado los labios de rojo y me he maquillado de forma sensual.

Vuelvo al dormitorio para ponerme el vestido. Christopher me mira al pasar. Se detiene y se asoma a la puerta. Lleva un esmoquin negro, camisa blanca y pajarita negra: qué morbo dan los hombres trajeados. No he visto a nadie más guapo en toda mi vida.

«Qué bombón».

Inquieto, me mira de arriba abajo.

—¿Qué está pasando aquí?

Me muerdo el labio para no sonreír. Lo dice por mi ropa interior.

—Me estoy vistiendo —contesto—. No tardo nada.

Entra en el dormitorio y se pasea a mi alrededor mientras me mira de arriba abajo.

—¿Qué…?

Pongo los brazos en jarras y espero a que lo diga en voz alta.

Abarca mis bragas con un gesto y pregunta:

—¿Qué es esto?

—¿Qué es qué?

—Las bragas gigantes que llevas puestas.

—Azótex.

—Hayden, lo último que me apetece al verte de esta guisa es azotarte.

Me echo a reír.

—Que no, tonto, que se llaman así. Sirven para disimular los michelines y aplanar el vientre.

Enarca una ceja mientras se pasea a mi alrededor. Sin quitarme el ojo de encima, dice:

—Qué fuerte.

—¿El qué?

—Qué estrategia más ingeniosa —masculla para sí.

—¿Eh?

—Venden bragas de abuela a las mujeres con la promesa de que, si se las ponen, se verán más delgadas y esbeltas y se las recompensará con unos azotes. —Asiente mientras medita la idea—. Brillante. Tengo que contratar al jefe de *marketing* de esa empresa. Lo han bordado.

Me río. Típico de él analizar la estrategia de *marketing*. Con los brazos en jarras, digo:

—Pues es lo que llevan las casadas.

—Sé que hablo por todos los hombres del planeta cuando digo que... —anuncia, y añade haciendo una mueca—:... así se le quitan las ganas a uno de pasar por la vicaría.

Me echo a reír y digo:

—Sal, anda, que tengo que vestirme.

Me da un beso rápido y se va.

—¡Quítatelas! —exclama mientras enfila el pasillo—. Que se note que mi mujer tiene curvas.

Sonrío mientras me pongo el vestido. «¡Es que me lo como!».

—Sus asientos están por aquí, señor Miles —nos indica el acomodador.

Agarro a Christopher de la mano con fuerza y entramos en el salón de baile. Embelesada, miro a mi alrededor. Madre... mía.

Este sitio es impresionante.

Un cuarteto de cuerda toca en el rincón. Los enormes floreros de cristal, las lámparas de araña a baja altura y las velas que iluminan las mesas crean una atmósfera maravillosa. Los asistentes van de punta en blanco y superglamurosos. Parlotean y ríen a carcajadas.

Dios… Esto es la leche.

De pronto, me siento fuera de lugar, como si no encajase aquí, más nerviosa que nunca. Le estrujo la mano a Christopher.

—No pasa nada, Gruñona. —Me guiña un ojo y agrega—: Estás preciosa.

¿Cómo es posible que siempre sepa qué decir?

Me obligo a sonreír mientras me conduce a la mesa.

—Hola. —Sonríe a todo el mundo mientras añade con orgullo—: Os presento a Hayden.

Me pongo roja.

—Hola.

—Estos son —dice a la vez que los señala— Margaret y Conrad, y Eva y Mario.

Los saludo con la mano. Madre mía, qué incómodo es esto.

—Estos son Edward Prescott y Julian Masters.

Me fijo en el último hombre. Lo he visto en algún sitio.

Pero ¿dónde?

Me guiña un ojo con aire sensual y alza su copa.

—Te dije que volveríamos a vernos, Hayden.

Abro los ojos como platos. No puede ser.

Es el dueño del yate de Grecia. ¡¿Qué me estás contando?! ¿Son amigos?

Lo miro atónita y boquiabierta.

Él y Christopher se parten de risa. Mi novio me da un apretón en el hombro y me dice:

—Parece que hayas visto un fantasma.

Avergonzada, río. No sé qué decir.

—Y este —añade con una sonrisa orgullosa— es Elliot, mi hermano. Elliot, te presento a mi Hayden.

Elliot me sonríe con cariño. Su mirada me resulta familiar.

Ostras, se parece a Christopher.

Se levanta y me besa en la mejilla.

—Hola. Cómo me alegro de conocerte por fin. —Me mira más de la cuenta mientras me analiza. Su escrutinio hace que me sonroje. Retira la silla de su lado y me dice—: Siéntate conmigo.

Porras. ¿Es necesario?

Tomo asiento junto a él y Christopher se sienta al otro lado.

Me toca el regazo con aire protector mientras el camarero nos sirve champán.

—Qué bien que hayas venido —le dice el señor Masters, sentado enfrente—. ¿Qué tal las vacaciones?

—Una pasada. —Christopher me mira a los ojos y comenta—: Me he traído a casa un *souvenir* estupendo. —Y me da un apretón en la pierna.

—Ya lo veo. —Julian sonríe mientras nos mira—. ¿Te gusta Londres, Hayden?

—Es preciosa.

Levanto la vista y veo que Elliot me mira fijamente. Se toca la sien con el dedo y me observa a conciencia. Miro de reojo a Christopher, que charla la mar de contento con los demás comensales.

«Socorro».

Doy un trago a mi bebida. Jolín, esto parece un examen. Miento: no lo parece, lo es. Fijo.

—¿Has venido solo? —le pregunto a Elliot.

—Sí, mi mujer está en Hawái. Se fue la semana pasada con su hermano. Yo cogeré el primer vuelo que salga mañana.

—Hawái. Qué bonito —digo con una sonrisa.

—¿Has estado? —me pregunta.

—No, pero es uno de mis destinos soñados.

—Tenemos una casa allí. Somos muy afortunados de poder escaparnos allí un par de meses al año.

—Buah, qué chulo. —Luego le pregunto—: ¿Qué os hizo decantaros por Hawái para pasar las vacaciones?

—Mi mujer vivió allí una temporada y se enamoró perdidamente de la isla.

Sonrío al escucharlo.

—Qué pena que no haya venido. Te caería genial. Se parece un montón a ti.

Vaya… Ojalá estuviera aquí.

Los comensales se ponen a hablar mientras yo observo la estancia, asombrada. Nunca había estado en un lugar tan glamuroso.

Mujeres preciosas con vestidos preciosos. Por no hablar de los hombres. ¡Menudos ejemplares! Si la belleza fuese un sitio, sería este.

Estoy flipando.

Qué bien le sienta a todo el mundo vestir de etiqueta.

—¿Vienes a la barra? —le pregunta Elliot a Christopher.

—No, me quedo aquí con Hayden. —Me besa en la yema de los dedos y me sonríe.

Una sonrisa asoma a los labios de Elliot, que dice:

—¿Quién eres y qué le has hecho a mi hermano?

Christopher se ríe y yo también. ¿Soy mala persona por alegrarme de que haya cambiado?

La noche es una velada en la que impera el glamur.

Los asistentes se paran a hablar con Christopher y le dicen que se lo ve relajado y contento.

Y él… está como pez en el agua.

Todas las miradas recaen sobre él. Todos quieren hablar con él, que ríe y bromea. Los tiene a todos comiendo de su mano. Gracioso, encantador y *sexy* a rabiar, Christopher Miles es el niño bonito de Londres.

Cuanto más tiempo paso aquí, rodeada de belleza y glamur, más se impone una pregunta que había relegado al fondo de mi mente.

«¿Qué ve en mí?».

Soy una chica de campo cualquiera.

No soy despampanante, ni sofisticada, ni ostento un cargo de prestigio, y no me parezco en nada a los pibones que se mueren por cruzar la mirada con él.

Estoy fuera de lugar.

Por primera vez en mi vida, noto que me trepa un sentimiento ajeno que se asienta en mi estómago como una bola de plomo.

Inseguridad.

Fijo que no soy la única aquí que se lo pregunta.

«¿Por qué ella?».

¿Por qué ha decidido sentar la cabeza con alguien tan normal? Ahora que estoy más familiarizada con su vida y la gente con la que se codea, entiendo por qué mi presencia ha causado tanto revuelo. Por qué los fotógrafos se pelean por sacarme una foto y me siguen a todas partes. Quieren averiguar qué ve en mí. Están esperando a que rompamos para llevarse la exclusiva.

«Ya vale».

Asqueada por el rumbo que han tomado mis pensamientos, doy un trago a la copa de vino. No es sano pensar así.

Christopher me tiende la mano y me dice:

—¿Bailas, princesa?

Sonrío agradecida de estar con él.

—Encantada.

Me lleva a la pista de baile y me abraza mientras nos balanceamos al ritmo de la música. Ajeno a las miradas de los demás, me besa en la sien.

—Estás preciosa —me dice con una sonrisa.

Me obligo a sonreír.

«¿Hasta cuándo te lo parecerá?».

∞

Al salir de la tienda me encuentro con una marabunta de *paparazzi*.

—¡Hayden, Hayden, aquí! —me gritan.

Agacho la cabeza mientras un guardia de seguridad me escolta hasta el coche. Abre la puerta, nos sentamos en el asiento trasero y me sacan de ahí.

—Imbéciles —escupe Hans, que suspira al incorporarse al tráfico.

Poco a poco, mi pulso vuelve a la normalidad.

No puedo ir a ningún sitio sin que me sigan.

La caza de Hayden Whitmore se ha convertido en un deporte. Los fotógrafos me acechan día y noche.

Tenía pensado comer fuera, pero ya no puedo.

¿Para qué?

Estaría todo el rato hecha un manojo de nervios, pues sabría que me esperarían a la salida.

—¿Adónde quieres ir, Hayden? —me pregunta Hans.

—A casa. —Suspiro.

Me mira por el retrovisor y me sonríe con pesar.

—Enseguida.

Un mes después

Sentada en el suelo con las piernas cruzadas, miro por la ventana. El cielo es gris.

Los nubarrones descargan.

¿Es que aquí nunca para de llover o qué?

Desde que estoy en Londres, ha llovido todos los puñeteros días. Y, como las plantas, me muero sin luz solar.

La vida se me escurre entre los dedos. Un manto pesado descansa sobre mis hombros, pero, por más que me empeño, no consigo quitármelo.

Todos los días son iguales.

No puedo salir porque me persiguen. No puedo tomar el sol porque no hay sol. No puedo sentir la tierra bajo mis pies porque no hay tierra.

Lo único que hago es… esperar a que Christopher vuelva a casa para sentirme completa de nuevo.

Me falta algo… Me falta todo. Pero, a su vez, no.

Estamos juntos. Estoy con Christopher, el amor de mi vida, apoyándolos a él y a su cargo de vital importancia. Debería estar como unas pascuas.

Pero no es así.

Me sorprendo llorando en la ducha o mirando al infinito. He perdido el apetito.

La pena me consume… Por más que lo intente, soy incapaz de alegrarme.

Siento que mi vida se va. Mi yo de antes. La vida que tenía.

«Me añoro».

Quiero vivir aquí con Christopher.

414

Lo amo más que a nada. Iría al fin del mundo con tal de estar juntos… Pero es como si ya lo hubiera hecho.

Sin embargo, se pasa el día trabajando, hasta los fines de semana. Soy consciente de que no es culpa suya, que su vida es así. Se está dejando la piel. Lo sé.

Tengo que animarme ya porque quiero estar a gusto aquí. Quiero emocionarme al despertar cada mañana. Quiero apoyarlo y hacer amigos, pero en cuanto salgo por la puerta, los fotógrafos me siguen, lo que es un lío tremendo, así que me quedo en casa. Así es más fácil.

Pero estoy perdida en una jungla de cemento.

Necesito el sol. Notar el calor en la piel, el viento en el pelo.

La hierba bajo los pies.

El aire puro…

Las vacas.

Se me llenan los ojos de lágrimas, que desbordan y me caen por las mejillas con lentitud. Me las limpio con rabia. Esto se tiene que acabar. Tengo que salir del bucle. Esto no le va a hacer un favor a nadie, y menos a mí.

Zzz, zzz… Zzz, zzz…

Me suena el móvil. Cierro los ojos; no tengo fuerzas para contestar.

Sé que es Christopher, al igual que sé que en cuanto me note en la voz que estoy llorando volverá a casa corriendo…, tal y como hizo ayer.

Por más que se empeñe, por más que nos queramos, no puede solucionar mi problema.

«Echo de menos mi hogar».

Capítulo 28

Christopher

Exhalo con pesadez mientras miro la pantalla del ordenador. Le echo un vistazo al móvil, en la mesa. Debería llamar a Hayden.

«No».

«Hoy ya la has llamado».

Trato de volver a concentrarme, pero me hago un lío con las cifras.

Una llamada rapidita y ya está.

«No».

¡Me cago en la hostia! No voy a poder concentrarme hasta que sepa que está bien.

Marco su número, pero no contesta.

Mmm…

Le escribo.

Christopher: Eh, preciosa, ¿qué tal?

Dejo el teléfono a un lado y vuelvo a mirar la pantalla del ordenador. Me llamará cuando pueda.

Vuelvo a lo mío y, a los veinte minutos, cojo el móvil de nuevo. ¿Cómo es que no me ha llamado? Voy a llamarla otra vez. «Para ya».

Joder.

No estoy adelantando nada porque me paso el día preocupado por Hayden.

«Céntrate».

Me ha dicho que está bien. Tengo que creerla. Es que ¿cómo va a estar mal? Si tiene Londres entera a su disposición.

Pues claro que está bien.

El instinto me dice que está rara, pero a lo mejor estoy viendo problemas donde no los hay. Vuelvo a lo mío y, cómo no, a los diez minutos, cojo el teléfono de nuevo.

«Llámame, venga».

Jameson y Tristan entran en mi despacho tan tranquilos y dicen:

—¿Vamos a comer?

Exhalo con fatiga. La mañana se me ha pasado volando y no he avanzado ni con el trabajo ni con Hayden.

«Joder, tengo que centrarme».

—Sí, vale.

—¿Qué pasa? —me pregunta Tristan, suspicaz.

—Nada. —Me pongo de pie—. Andando.

Al cabo de veinte minutos estamos en un bar que hay cerca de la oficina. Hemos pedido. Yo estoy bebiendo agua.

—¿No te pides una birra? —me pregunta Jameson.

—No, estoy muy ocupado. —Me paso una mano por la cara—. Desde que volví no doy pie con bola.

Tristan sonríe mientras mastica un cubito de hielo de su agua.

—Se te han acabado las vacaciones y toca volver a la realidad, ¿eh?

—No es tanto el trabajo, es Hayden. Los *paparazzi* no la dejan ni a sol ni a sombra, y no soporta el tiempo que hace aquí.

—¿El tiempo? —inquiere Tristan, ceñudo.

—Últimamente está nublado de cojones. Desde que llegó, rara vez ha visto el sol. —Me encojo de hombros—. No dejo de repetirme que se acostumbrará y se adaptará…, pero, entre nosotros, lo dudo mucho.

—Entonces, ¿te irás de la ciudad? —me pregunta Jameson.

—No. Y una mierda. —Tuerzo el gesto—. Me encanta vivir en la ciudad. Detesto lo contrario. Además, le pedí que me diera tres meses antes de tomar una decisión. Habrá momentos en los que tenga que vivir en una ciudad, y quizá no sea en esta. Podría ser en cualquier otra. Y va a tener que apechugar. No quiero pasar por todo el rollo que comporta una mudanza para que luego la cosa no vaya bien.

Mis hermanos arrugan el ceño y se miran.

—¿Qué pasa? —les espeto.

—¿Es ella la que está a prueba tres meses? —me pregunta Tristan, sorprendido—. ¿O eres tú?

—Diría que los dos, pero ese es el tiempo que voy a tener que hacer horas extras en Londres. Pasado ese periodo, ya podremos hablar de lo que haremos a largo plazo. Pero, en este momento, sin Elliot al frente, no queda otra.

—¿Y los dos próximos findes qué? —interviene Jameson.

—¿Qué pasa los dos próximos findes? —pregunto, extrañado.

—El próximo finde viene el equipo de París a recibir la formación, y la semana siguiente tenemos un congreso en Alemania. Así que, técnicamente, no vas a estar libre en veintiún días.

Me aprieto el puente de la nariz y digo:

—Joder. Estar al cargo de alguien es una auténtica pesadilla.

—Cómprale un cachorro —sugiere Jameson encogiéndose de hombros.

—Tened un bebé —propone Tristan, que sonríe mientras bebe—. Acabará tan reventada que se la sudará si estás vivo o muerto...; ya no digamos dónde vive.

—No es mal plan, la verdad. —Me río.

—O si se te ha caído el rabo —masculla Jameson en tono seco.

—Ahí le has dado —conviene Tristan.

—Entonces paso.

Llega nuestro almuerzo. Comemos un rato en silencio.

—¿Y qué vas a hacer? —me pregunta Jameson.

Me encojo de hombros y digo:

—Nada. Estará bien. Pero si sale el sol un ratito, casi que mejor.

Me llega un mensaje al móvil. Es de Hans.

Hans: Hola, señor Miles. Espero no estar metiéndome donde no me llaman, pero me parecía oportuno informarle de que Hayden ha tenido un mal día.

Frunzo el ceño y le contesto.

Christopher: ¿Por qué lo dices?

Me manda una imagen. Es una foto de Hayden en un parque. Está sentada en el césped. Está colorada y llora. Se la ve confundida y desamparada.

Muy… diferente de la Hayden alegre de la que me enamoré.

Su tristeza traspasa la imagen. Se me forma un nudo en la garganta al verla.

Me levanto y digo:

—Me voy.

—¿Qué pasa? —inquieren ambos, preocupados.

Cuando les enseño la foto, les cambia la cara.

—Joder… —susurra Tristan—. No tiene buena pinta.

—No me digas. —Molesto, arrojo la servilleta sobre la mesa—. Adiós. Luego os cuento.

Salgo del restaurante con un objetivo. Llamo a Hans.

—Hola, señor Miles.

—¿Dónde estás?

Hayden

Sentada, miro al infinito. El banco del parque es duro y frío y rebosa decisiones imposibles.

La zozobra me oprime el pecho, pero no sé cómo librarme de ella. Todos los días me levanto decidida a ser feliz.

Pero a la hora del almuerzo ya estoy hecha un mar de lágrimas…, y no soy de las que llora con facilidad.

Nunca he tenido motivos para llorar, y no estoy segura de tenerlos ahora.

Está clarísimo que nos amamos, pero, en muchos sentidos, es un amor turbulento y complicado.

He metido la pata. Lo gracioso es que en su momento fui consciente, pero no quise montar una escenita y acabar discutiendo. Pero debería haberlo hecho. Debería haber peleado con más arrojo y haberme defendido.

Al echar la vista atrás, creo que Christopher debería haber venido solo y, una vez que cada uno se hubiera acostumbrado a su entorno, lanzarnos a la aventura de vivir juntos en una urbe.

Todo ha pasado muy deprisa. He tenido que asimilar mucha información de golpe; ha sido un todo o nada desde el principio.

Entender las cosas *a posteriori* es maravilloso.

Si hubiera…

Christopher me confesó quién era un segundo antes de que apareciera su coche porque sabía que no le montaría un pollo delante del chófer.

En ese momento no me lo tomé bien, pero lo dejé pasar porque entendía su deseo de ser anónimo, y más ahora que la prensa me persigue día y noche. Comprendo que necesitase escapar de la realidad, y admiro su tesón. Ahora que lo conozco, imagino que tuvo que echarle valor.

Deseaba encontrar a alguien que lo amase por su forma de ser. Misión cumplida: lo quiero.

«A muerte».

Pero ¿qué pasa con mis elecciones? ¿Acaso importan ya?

Lo tenía todo pensado, y, ahora, mis sueños y esperanzas se han… volatilizado.

Christopher es el amor de mi vida —mi alma gemela y eso—, pero para estar con él debo renunciar a mi esencia.

Y para que se mudase conmigo, él tendría que renunciar a la suya.

Nadie gana. Uno va a tener que perderlo todo para contentar al otro.

Y quiero ser yo. No quiero que sufra así…, pero es más duro de lo que creía.

«Más solitario».

Me echo a llorar.

Si pretendo ser yo misma, no puedo vivir en una ciudad. Si quiero una vida junto a Christopher, debo quedarme.

No es justo que tenga que elegir a uno de los dos.

Tampoco pierdo.

Las lágrimas me caen despacio.

—Hola, princesa —me dice Christopher detrás de mí.

Sobresaltada, me vuelvo.

—¿Estás bien? —me pregunta.

Le doy la espalda y me limpio las lágrimas en un momento. Jolín, ¿cómo ha sabido dónde estaba?

—Sí.

Se sienta a mi lado y mira el parque.

—¿Qué pasa?

—Nada. —Trato de disimular que estoy llorando—. No pasa nada.

Arquea una ceja.

Pongo los ojos en blanco y digo:

—No insistas.

Aprovecho que nos quedamos callados para estrujarme el cerebro en busca de las palabras adecuadas.

—Hayden…, tienes que hablar conmigo. No puedo ayudarte si no me hablas.

«Sé sincera».

—Creo que voy a volver a Estados Unidos unas semanas —digo en voz baja.

—¿Cómo? —inquiere, ceñudo—. ¿Y eso?

—Es que estás muy liado y yo… necesito aire puro… y…

Me mira a los ojos.

Me preparo para verbalizar nuestros mayores temores.

—Me está costando… No tengo claro que la vida de urbanita sea para mí.

—Mi vida está en la ciudad, Hayden —repone en tono brusco.

Se me humedecen los ojos.

—Ya lo sé.

—Me dijiste que me darías tres meses.

—Lo sé.

—Solo han pasado unas semanas. Es normal que no te hayas adaptado aún. Date tiempo. Ya cambiarás de opinión.

«¿Que ya cambiaré de opinión?».

Este no lo pilla.

—No quiero cambiar de opinión, Christopher —salto, frustrada—. Estoy pensando a largo plazo.

—¿Y?

—Que es imposible que forme una familia en estas circunstancias.

—¿Y eso qué cojones significa? —brama, furioso.

Me encojo de hombros.

—¿No lo sabes? —me espeta—. ¿Me estás diciendo que no vas a querer formar una familia aquí y te encoges de hombros? Llevas aquí nada y menos, Hayden.

—No te enfades.

—Pero ¿cómo no me voy a enfadar? —dice, alzando la voz—. Si estas circunstancias son lo mejorcito de Londres. Tienes chófer, escolta, vives en un ático que vale cuarenta millones de dólares, puedes hacer lo que te dé la gana... ¿Y no te vale?

—Pero no tengo al conserje del que me enamoré, ¿a que no? —replico—. No soporto que te pases todo el santo día trabajando. Si te hubiera conocido así, no estaríamos juntos ni de broma.

Se recuesta en el banco y me sonríe con sorna.

—Ya lo sabía yo.

—¿El qué?

—Me preguntaba cuánto tardarías en reprochármelo.

Me está tocando las narices.

—¿No puedo decírtelo o qué? Como diste el tema por zanjado, ¿ya no se puede sacar? ¿Así va a ser nuestra relación? ¿O se hacen las cosas a tu manera o no se hacen?

—No me vengas con monsergas, que no me gusta.

—Perdone usted. —Noto la adrenalina en las venas—. No me disculparé por sentir que me has decepcionado. Te lo buscaste tú solito al mentirme durante doce meses, así que ni se te ocurra sentarte ahí a justificar tus actos como si el problema fuese mío.

Pone los ojos en blanco, lo que me cabrea.

—Me vuelvo a la granja una temporada.

—No, de eso nada —me espeta.

—¿Cómo que no?

—Me dijiste que me darías tres meses, y vaya si me los vas a dar. Tienes un mal día. ¿Vas a volver corriendo a casa con mamá y papá cada vez que tengas un mal día?

«Flipante».

—Esto demuestra que no te has enterado de nada de lo que te he dicho —grito.

—Como vuelvas a la granja, se acabó —grita.

—¿Cómo? —Tuerzo el gesto—. Pero ¿qué dices?

—Lo que oyes. —Alza el mentón con actitud desafiante—. Yo tengo que vivir en la ciudad. No hay alternativa. Si no vas a querer darle una oportunidad en condiciones… —Levanta las manos en señal de derrota—. No tiene sentido. Paso de tener una relación a distancia. No funcionaría.

—¿Por qué no?

—¡Porque necesito sexo! —brama.

Muda de asombro, me reclino en el banco.

«Alucino…».

Me doy de bruces con la realidad, una realidad que me rompe el corazón en mil pedazos.

No vamos a solucionarlo. Con un nudo en la garganta, digo:

—Si te importa más el sexo que mi felicidad…, supongo que… esto es un adiós.

Pone los ojos en blanco y replica:

—No exageres, anda. Ya sabes a lo que me refiero.

—Sí, ya lo sé. —Me pongo en pie y anuncio—: Me voy a casa.

—Esta es tu casa —dice mientras se levanta indignado.

Pongo los ojos en blanco.

—Solo serán unas semanas. ¿Quién es el exagerado ahora?

—No te vas a ir.

—No puedes prohibirme volver a casa, Christopher. No voy a consentírtelo.

—Dijiste que me darías tres meses.

—Me voy a casa unas semanas. No es para tanto.

—No. Te quedas y solucionamos esto juntos. No me vas a poner entre la espada y la pared cada vez que te entre nostalgia. Como te vayas, se acabó lo que se daba.

«¿De qué va?».

Alucino. ¿Prefiere que cortemos a seguir sin sexo?

Vaya…

Su silueta se desdibuja.

—¿Quién eres tú? —susurro mientras lloro.

423

—Soy el hombre que te quiere.

—¿Seguro?

Se le infla y desinfla el pecho de lo que le cuesta respirar.

—Me voy.

—Pues —empieza a la vez que se encoge de hombros— adiós, muy buenas.

Lo miro a los ojos y le digo:

—¿Y ya está?

—¿Para qué retrasarlo más? Si me abandonas sin intentarlo, volverás a hacérmelo. No voy a dejar la ciudad, Hayden. No sería yo.

Ay, madre.

Se acabó de verdad… Noto una opresión en el pecho.

Nos miramos; tan cerca y, a la vez, a años luz.

—Te quiero —susurro.

—Está claro que no lo suficiente. —Y se aleja.

—¿No vas a venir a despedirme? —le grito.

—No. —Se gira hacia mí y me perfora con su mirada glacial—. Adiós, Hayden. —Se adentra en el parque y yo vuelvo a sentarme, estupefacta.

Jaque mate.

Guardo la última de mis pertenencias en mi maleta, abierta encima de la cama, y echo una ojeada al dormitorio.

¿Será la última vez que lo vea?

No puede ser…

No. Lo arreglaremos. Sé que sí. Nos queremos demasiado como para no estar juntos. Miro la hora en el móvil: las seis y veinte de la tarde.

¿Dónde se habrá metido?

Le he escrito tras reservar el vuelo para que supiera la hora a la que me iría. No me digas que no va a venir a despedirme.

Sé que podría quedarme aquí una temporada y marcharme después; planearlo mejor e irme la semana que viene o algo así, pero sabiendo que se va a pasar las próximas tres semanas trabajando, paso de quedarme un día más en este apartamento sola. Además, me ha cabreado que me haya dicho a la cara que no puede vivir sin sexo. Sé que solo lo ha hecho para desconcertarme.

Y ha funcionado. Me ha desconcertado..., pero no para bien.

Al revés, me ha motivado más a luchar por mi felicidad. Yo nunca lo atacaría con un comentario así en una discusión. Me ha sorprendido que haya caído tan bajo. Bueno, a decir verdad, no me sorprende. Christopher siempre se las ingenia para mangonearme. Pues esta vez se va a quedar con las ganas. No me va a meter miedo con sus truquitos. Si quiere acostarse con otra, allá él.

Luego que no me venga llorando.

—Gruñona —me llama desde el piso de abajo.

«Ha vuelto».

Voy a la cocina casi corriendo. Está sirviendo dos copas de vino. El corazón me da un vuelco al verlo. Entre su traje azul marino a medida que le sienta como un guante y su camisa blanca almidonada, es la perfección masculina personificada.

—Hola —digo con una sonrisa esperanzada.

—Hola. —Me da un beso en la mejilla y me pasa una de las copas—. Tenemos que hablar.

Me coge de la mano y me lleva al salón. Nos sentamos en el sofá. Me trago los nervios que se me han subido a la garganta. Ha llegado el momento, el momento de hablar de nuestro futuro.

Me mira a los ojos y me pregunta:

—¿Cuánto hace que no eres feliz aquí?

—No es que no sea feliz por ti...

—Contesta a la pregunta —repone con rotundidad.

«Sé sincera».

—Casi desde el principio.

Enarca una ceja y da un trago al vino.

—Que quede claro que no es ni por ti ni por nuestra relación. Te quiero más que a nada.

—Más que a vivir en el campo no.

«Está dolido».

—Chris, es que... —titubeo; no sé qué decir. Hay que poner las cartas sobre la mesa—. ¿Dónde te ves viviendo a largo plazo? Es decir, ¿dónde te ves criando a tus hijos?

—A caballo entre Londres y Nueva York.

—¿En apartamentos?

—Sí. Mis apartamentos son más grandes que la mayoría de las casas.

—Ya. —Asiento—. Es verdad, sí. ¿Y siempre trabajarás en Miles Media?

—Claro, es el negocio de mi familia. Nunca me iré de la empresa.

—Vaya. —Le doy un trago al vino; no tengo ni idea de qué responder a eso.

Su futuro es inamovible.

—En un mundo ideal, ¿dónde te ves viviendo? —pregunta.

Lo miro a los ojos. No quiero decirlo en alto porque, en cuanto lo haga, no podré retirarlo.

—Sé sincera, Haze —me pide en voz baja.

—En el campo.

—¿Dónde?

—No lo sé. —Me encojo de hombros—. No tiene por qué ser en la granja de mis padres, pero en un sitio similar. A la larga quiero montar mi propio criadero. Es a lo que me dedico, lo que me apasiona y lo que más echo en falta.

Veo el dolor en su mirada.

—¿Vivirías... en una granja? —le pregunto, vacilante—. ¿Te ves viviendo en el campo?

—No.

—¿Probarías?

—No tendría sentido. Ya sé que lo aborrecería.

Nos miramos con la certeza de que no hay nada que hacer.

—¿Qué es lo que detestas de la ciudad? —me pregunta.

—Todo.

—Sé más concreta.

—La contaminación, la gente, el caos, los *paparazzi*... Hay un jaleo tremendo. No me reconozco. —Lo cojo de la mano y le digo—: Y ansío encajar, porque te quiero, pero sé que, como me quede, tendré que renunciar a mi esencia.

Me mira con ojos torturados.

—Quizá debería hacerlo… —Me encojo de hombros—. A lo mejor si…

—No. —Me interrumpe—. No quiero que lo hagas. —Me toca el rostro y añade—: Eres perfecta tal y como eres. No cambies.

Se me humedecen los ojos y una lágrima me cae por la mejilla. Me la limpia con el pulgar.

—Chris, ¿qué va a pasar con lo nuestro? —susurro.

Con los agujeros de la nariz muy abiertos, dice:

—Habrá que dejarlo.

Me duele todo al tratar de contener las lágrimas.

Me da un besito y dice:

—No puedo pedirte que cambies, Hayden, y sé perfectamente que yo tampoco puedo.

«Ay, no».

—Pero si yo te quiero —susurro.

Con los ojos llorosos, dice:

—Y yo a ti. Siempre.

Me abraza y me estruja fuerte. Entonces ya no me reprimo más y lloro en su hombro.

—¿Cómo…? ¿Cómo es posible que dos personas que se quieren tanto se separen? —pregunto entre sollozos.

—Porque los cuentos de hadas no existen.

Lloro más fuerte.

—No digas eso.

—En el fondo siempre lo supe.

Me aparto de él y digo:

—No me lo trago. —Me entra el pánico. Se está despidiendo de verdad—. No. Me quedo. Lo arreglaremos. Yo puedo —tartamudeo—. Irá bien.

—No, Hayden, no lo arreglaremos. —Se pone de pie y agrega—: Ve a por tus cosas. Te llevo al aeropuerto. No serás infeliz por mi culpa ni un minuto más. Le prometí a tu padre que cuidaría de ti, y eso es lo que haré.

—No quiero irme —susurro.

—Pero tampoco quieres quedarte.

Sollozo en alto. Abandona el salón y al momento vuelve con mi maleta.

—Va.

Rompo a llorar.

—Pero si nos queremos.

—Este es uno de esos casos en los que no basta con quererse.

Noto una opresión en el pecho. «No, por favor».

—Ve a por tus cosas.

Lleva mi maleta a la puerta y sale al vestíbulo. Sollozando, voy a por mi bolso y cojo todo lo que quiero llevarme.

Lo peor es que, en el fondo, sé que tiene razón.

Tengo que irme y él tiene que quedarse.

Echo un último vistazo al apartamento. Aunque es precioso, siempre se me ha antojado frío y poco acogedor, y ya sé por qué.

Porque no es mi hogar.

Tuerzo el gesto y lloro más fuerte. Salgo por la puerta principal y subo al ascensor.

Christopher está serio y mira al frente. Bajamos a la planta baja con mis débiles sollozos de fondo. Me lleva el equipaje al coche, lo guarda en el maletero y se sienta al volante.

Me paso todo el trayecto al aeropuerto llorando mientras él se lleva mi mano al regazo y, de vez en cuando, me besa en la yema de los dedos.

Al llegar al aeropuerto, en lugar de aparcar, me deja en la entrada.

—¿No vienes? —susurro.

Se le humedecen los ojos.

—... no puedo.

—Cielo... —digo sollozando.

—No sigas.

Por cómo sale zumbando del coche, sé que necesita acabar con esto cuanto antes. Abre el maletero y saca mi equipaje.

Nos miramos. Nos separa un mar de tristeza y amargura.

—¿Te llamo cuando llegue? —susurro.

—No.

Frunzo el ceño.

—Tiene que ser una ruptura total.

«Ostras».

Hechos un mar de lágrimas los dos, nos abrazamos en mitad de la calle.

—Siempre te querré —susurra.

—Te quiero. —Me aferro a él con fuerza.

«Lo nuestro no puede acabar así».

Como si no pudiera soportarlo, se aparta de mí a toda prisa, sube al coche y, sin mirar atrás, se incorpora al tráfico.

Me quedo en la acera y, con la vista empañada por las lágrimas, veo el deportivo alejarse.

—Adiós, amor mío.

Capítulo 29

El tiempo pasa muy rápido…, salvo cuando se te desangra el corazón.

En ese caso, cada instante, cada aliento, cada hora amarga se te antojan una eternidad.

Hace tres semanas que Christopher me dejó en el aeropuerto.

Tres semanas que se me hundió el mundo.

Me encantaría decir que estoy sanando y que me recuperaré pronto, pero no puedo.

Porque ya no brilla el sol.

Mi cuerpo vive en Estados Unidos, pero mi corazón vive en Londres…, con él.

Pienso en él todo el tiempo, raya en lo insano.

Me preocupa que no se cuide, que no coma, que esté trabajando en exceso, cosa que ya sé que hace…

Y sé que tengo que dejar de comerme el coco, pero ¿cómo se apaga el corazón?

¿Hay un interruptor, acaso? Que alguien me lo diga, porque necesito encontrarlo.

Contemplo los verdes prados por los que paso con el tractor. Está amaneciendo. El sol asoma por el horizonte y da comienzo a un nuevo día.

Y, aunque sé que este es mi sitio, todos los días son negros por la oscuridad que nace de mi interior.

Lo peor es que toda esta experiencia me ha cambiado por completo. Ya ni siquiera soy feliz en la granja. Es como si lo que creía que ansiaba hubiese quedado relegado a un segundo plano. El concepto que tenía de mí es falso.

Nada tiene sentido.

Tengo claro que no quiero vivir en Londres, pero… tampoco soporto estar aquí. A lo mejor debería marcharme a un sitio nuevo y empezar de cero. Pero ¿dónde?

Cualquier sitio sin él es un horror.

Soy consciente de que no tengo alternativa. De que es lo que hay.

Él es de ciudad y yo, de campo.

El motivo por el que no podemos estar juntos sigue vigente. No ha cambiado nada.

Mi corazón sigue hecho trizas.

Christopher

El agua ardiendo me cae en la cabeza. Si me quedo lo bastante aquí debajo, acabará saliendo clara.

Tengo que quitarme esta angustia.

Con la mano en los azulejos y la espalda en la pared, sé que he tocado fondo.

Son las tres de la mañana y una nueva oscuridad se cierne sobre mí.

Arrepentimiento.

Gracias a él soy más consciente de quién soy.

«Y quién no».

Apoyo la cabeza en las baldosas y pienso en mi querida Hayden.

¿Dónde estará?

Al rato, salgo a regañadientes de la ducha y me envuelvo la cintura con una toalla. Bajo las escaleras y busco en mi lista de Spotify la canción que necesito escuchar.

Últimamente me la pongo en bucle. Por un instante, me anima y me recuerda tiempos más felices.

Me recuerda a ella.

Cuando empieza a sonar, me tumbo en el sofá a escucharla. Es el himno de Hayden. Le pega muchísimo.

Y, al son de la evocadora letra de «Halo», de Beyoncé, me lamento de mi suerte.

—A ver, lo que digo es que —explico mientras señalo la pizarra— distamos mucho de alcanzar nuestro objetivo.

Las diez personas sentadas a la mesa miran la pizarra.

Me suena el móvil, en la mesa. Miro el nombre. «¿Será ella?».

TRISTAN

Paso.

Prosigo con la exposición.

—En esta hoja de cálculo… —Apunto con el mando a la pantalla y proyecto la diapositiva correspondiente.

Me suena el móvil. De nuevo, miro quién es. «¿Será ella?».

ELLIOT

«Joder». ¿Por qué me llamarán todos esta mañana? ¡Que estoy ocupado!

Sigo hablando, y a los cinco minutos vuelve a sonarme el teléfono.

JAMESON

¿Eh?

«Hostia puta, tío, que me dejéis en paz, que estoy en una junta importantísima».

—Si os fijáis en las tendencias de los últimos años… —Señalo una gráfica. Entonces llaman a la puerta—. Adelante.

Entra Elouise.

—Christopher, Jameson por la línea dos. Dice que es urgente.

Frunzo el ceño.

—Dice que vayas a tu despacho.

—Mmm… —Miro a los presentes y les anuncio—: Disculpad, pero tengo que atender esta llamada. Descanso de diez minutos.

—Vale —reponen todos.

Salgo y enfilo el pasillo con paso airado. Me cago en la hostia. No tengo tiempo para tonterías.

—Dime.

—Página cuatro del *Ferrara News* —gruñe Jameson.

—¿Cómo?

Abro el periódico en el ordenador y tomo asiento.

Me aparece una fotografía que ocupa media plana.

«Christopher Miles deja a la del montón por una supermodelo».

Es una foto enorme de Hayden en el banco del parque. Estoy sentado a su lado. Ella llora y yo parezco enfadado. Al lado hay una foto en la que se me ve a mí con Amira Conrad, una modelo que está saliendo con un colega. Me encontré con ella el otro día en la barra de un restaurante a la hora del almuerzo. Han inmortalizado el momento exacto en que le pasé un brazo por detrás y la saludé con un beso. Nos sonreímos. Parece que estemos enamoradísimos.

Me hierve la sangre.

—¡No me jodas! —susurro con rabia.

—¿Sabes algo de Hayden? —inquiere Jameson.

—No.

—La cosa no pinta bien.

—¡No me digas! —estallo—. Adiós.

Cuelgo y ojeo mi lista de contactos. Hago ademán de llamar a Hayden… Quizá ni siquiera vea el diario… Entonces, se me cae el alma a los pies.

Da igual si lo ve o no.

Hemos terminado.

No me quiere ni a mí… ni a mi vida.

Algún día pasaré página y ella también. Me entran los siete males solo de imaginarme a un paleto de pueblo brindándole la vida que yo no he podido ofrecerle…, por más que lo desease.

La imagino viviendo en una granja enorme con montones de críos despreocupados y libres, siendo feliz, y sonrío con pesar. Quiero que tenga eso. Quiero que tenga lo que siempre ha deseado. Merece ser feliz.

Dejo el móvil en la mesa.

Los ojos se me van a la ventana y a la bulliciosa ciudad de abajo. Hayden está lejísimos. Qué tristeza.

Me llaman por el interfono.

—Dime.

—¿No vuelves? —me pregunta Elouise.

«Mierda, la junta».

—Ya voy.

Sentado a mi mesa, miro por la ventana. La gente habla, va y viene, pasan cosas…, pero mi cabeza está muy lejos de aquí.

Pienso en ella.

Siempre en ella.

Seis semanas es mucho tiempo. Demasiado.

La situación no ha mejorado, sino que ha empeorado. Una soga se ciñe a mi cuello sin que pueda evitarlo. El único momento en que soy feliz es cuando hablo con Eddie, pero hace una semana que no me coge el teléfono y me preocupa. ¿Por qué me salta el contestador?

Miro la hora. ¿Y si llamo al hostal para ver cuándo le toca trabajar? Llamaré a Howard, el director.

Busco el número en internet y lo marco mientras me paseo de un lado a otro.

—Hola, Barcelona Mochileros.

—Hola. ¿Podría hablar con Howard?

—Un momento.

Me pasan con una extensión.

—¿Diga?

—Howard —digo—, soy Christo.

—Pero bueno —comenta entre risas—. ¿Qué tal, tío?

—Bien, bien. ¿Y tú?

—Igual que siempre. Todo bien por aquí.

—Perdona que te moleste. Es que estoy intentando localizar a Eddie, pero no responde.

—Ah, eso… Es que se lo han robado.

—Pobre. —Se me parte el alma al pensar en lo triste que estará—. Me preguntaba qué habría pasado. He estado llamándolo y enviándole mensajes, pero no contestaba.

—No tiene sentido que le escribas —dice como si nada.

—¿Por qué?

—Porque… no sabe leer.

—¿Cómo? —pregunto, ceñudo.

—No sabe leer ni escribir. Ya lo sabes.

—Venga ya —le espeto—. Pues claro que sabe.

—Christo…, sabes que es un sin techo, ¿no?

—¿Cómo? —susurro—. ¿Va en serio?

—Sí —contesta como si tal cosa—. No es coña. Es huérfano.

El corazón me va a mil.

—¿Sus padres están… muertos? —exclamo.

—Su padre se marchó antes de que naciera, y su madre falleció en un accidente de tráfico cuando tenía ocho años o así. No le quedan ni abuelos ni tíos ni tías. Estuvo en el programa de acogida un tiempo, pero lo acogieron unos idiotas y acabó huyendo.

Mudo de espanto y horror, me desplomo en mi asiento.

—Pero ¿dónde duerme? —susurro con un nudo en la garganta.

—En una casa abandonada a la vuelta de la esquina.

Me pongo de pie y le pregunto:

—¿Dónde está?

—Está casi detrás del hostal. Está tapiada. No tiene pérdida.

No cuelgo, pero tampoco digo nada. Me he quedado sin habla.

«Santo cielo».

—No le digas que he llamado, ¿vale?

—Vale.

—¿Cuándo le toca trabajar?

—Mañana por la noche.

—Gracias.

Cuelgo y, horrorizado, miro la pared.

Me cago en la leche.

Barcelona

El Uber se detiene junto al bordillo.

—Aquí ya me va bien —le digo al taxista.

Nunca en mi vida había cogido un vuelo tan rápido. No sé qué hago aquí, pero tenía que venir.

Tengo que verlo.

Al doblar la esquina, veo la antigua casa abandonada.

Estoy al borde del llanto. ¿Cómo un chaval tan maravilloso tiene una vida tan horrible y no me ha dicho nada? Creía que éramos mejores amigos.

No lo entiendo.

Veo que algo se mueve y me escondo detrás de un arbusto. Eddie sale de la casa y echa a andar con aire despreocupado. Valiente y estoico.

«Pobre crío».

Espero a que doble la esquina y me dirijo a la casa abandonada. Está destartalada y a duras penas se mantiene en pie. Tiene dos plantas y una escalera que da al exterior. Las puertas delanteras y las ventanas están tapiadas, así que voy a la parte de atrás, donde descubro una puerta vieja y rota.

¡NO PASAR!

PELIGRO: SUSTANCIAS QUÍMICAS

Con indecisión, abro la puerta, que emite un chirrido fuerte y estruendoso. Me asomo al interior.

Oscuridad.

—¿Hola? —grito.

Silencio.

—¿Hay alguien?

Silencio.

Enciendo la linterna del móvil, empujo más la puerta y entro. Los suelos están destrozados. Está oscuro y huele a humedad. Las paredes están agujereadas y hay grafitis por todas partes.

Se me revuelven las tripas.

Ilumino la estancia con la linterna. ¿Dónde duerme?
Tengo que verlo.

Registro todos los cuartos. Es peor de lo que pensaba.

Mucho peor.

Se me nubla la vista. Me seco los ojos para ver. Llego a la habitación del fondo. Cuando me asomo, se me parte el alma.

En el suelo no hay más que un colchón y un saco de dormir.

Entro a echar un vistazo. Las postales que le envié se exhiben en la pared sujetas con esmero, como si fuesen trofeos. Y, entre ellas, justo en el centro, una foto de Hayden plastificada.

—Eddie —susurro mientras lloro—. Mi pobre Eddie.

Me lo imagino durmiendo aquí, en la oscuridad, con este olor a humedad.

Solito.

Sin nadie que lo cuide o que haga que se sienta protegido.

Tuerzo el gesto. Qué realidad más cruda y tangible la suya.

Más desoladora y triste.

Desengancho la foto de Hayden. Aparece sonriendo; se la ve feliz y relajada. Noto una opresión en el pecho y sollozo en alto.

«También la echa de menos».

—¿Quién anda ahí? —brama Eddie.

Me recompongo y me limpio las lágrimas.

—Soy yo —grito.

—¿Quién?

—Christo.

Al abrir la puerta, se le desencaja el rostro. No puedo evitarlo y rompo a llorar.

—No… —dice—. ¿Qué haces aquí?

—He venido a por ti.

Arruga el ceño.

—Y te juro por mi vida —susurro mientras lloro— que no volverás a estar solo nunca.

Capítulo 30

Me mira a los ojos.

—Coge tus cosas —le digo mientras me sereno.

—¿Por qué?

—Te vienes conmigo.

—¿A dónde?

—A Londres.

—¿De qué hablas? —pregunta, sin entender nada.

—He venido a llevarte a casa.

—Ya estoy en casa.

—Esta no es tu casa —escupo—. Tu sitio está conmigo…, al menos hasta que seas más mayor.

—¿Y Hazen?

Se me dilatan los agujeros de la nariz, y, con la garganta dolorida, admito mi fracaso.

—Hemos roto.

Agacho la cabeza, avergonzado.

—Ostras… —Se acerca y me toca el hombro—. No pasa nada —añade en voz baja mientras me da unas palmaditas—. Ya se arreglará.

Eso me altera más. ¿Qué hace consolándome en un momento así?

«Es Eddie».

—Venga, chavalote, nos largamos de aquí —suelto de corrido.

Me mira desconcertado a más no poder.

—Te estoy pidiendo que te mudes conmigo. ¿Quieres? Cuidaré de ti, te protegeré.

Va a decir algo, pero entonces cierra la boca, como si se contuviese.

—Dilo.

—¿Por qué alguien como tú querría vivir con alguien como yo? Lo veo borroso.

—Porque... te he echado de menos.

Abre los ojos como platos y dice:

—¿En serio?

—Sí, tonto, en serio —le espeto—. Más te vale que tú también a mí.

Se muerde el labio inferior para no sonreír.

—Va, coge tus cosas.

—¿Y a dónde vamos?

—No sé. Ya lo pensaremos. —Alzo las manos en señal de derrota—. ¿Quieres las postales? —agrego mientras desengancho una.

Al mirarme, veo el miedo en sus ojos. ¿Cuántas veces lo habrán decepcionado a lo largo de su vida?

—Podrás volver a Barcelona cuando te apetezca... Te lo prometo. Yo mismo te traeré.

Se queda quieto y mira a su alrededor.

—¿Puedo llevarme mi saco?

El nudo de la garganta me aprieta tanto que casi me asfixia. Asiento.

Me ha dejado sin habla.

—¿Quieres las postales? —le pregunto.

—Sí, porfa.

Me pongo a desengancharlas.

—¿Puedo llevarme la cocina de gas? —me pregunta con timidez.

De espaldas a él, cambio la cara. No se me acaban las lágrimas.

—Sí.

—¿Y la linterna?

—Sí, sí... Llévate lo que quieras.

«Me mata».

Espero a que guarde los pedazos de su vida con cuidado. Cosas que a mí me parecen trastos, él las considera tesoros de un valor incalculable. Espero pacientemente. Joder...

Esto sí que no me lo veía venir. ¿Qué estamos haciendo?

Con unas bolsas de plástico, un hornillo de gas portátil y un saco de dormir enrollado, nos dirigimos a las puertas. Eddie se detiene y mira a su alrededor.

Espero. No sé qué decir para que no sea un momento tan dramático, pero es que no hay nada que decir.

Es un dramón de cojones.

Mis lágrimas… Otro toque dramático, pero es que no podría contenerlas ni aunque quisiera.

Estas últimas semanas mis sentimientos han alcanzado un punto crítico, y estoy desquiciado y agobiadísimo.

Eddie me mira y me pregunta:

—¿Por qué lloras?

—Se me ha metido algo en el ojo. —Me encojo de hombros, avergonzado—. ¿Estás listo?

Asiente. Salimos a la calle y, mientras pido un Uber, se sienta con sus cosas en el suelo de hormigón a esperar.

—Tengo que reservar un hotel —mascullo para mí mismo mientras ojeo rápidamente la web de reservas.

—¿No te vas a alojar en el hostal?

—No vas a dormir en el dichoso hostal —digo—. Ni hablar.

—Pero esta noche trabajo.

—No. —Sigo mirando la web—. No vas a volver ahí nunca más.

—Christo, tengo que trabajar esta noche. No voy a dejarlos tirados.

—Te he dicho que no.

—Me la suda —escupe.

Molesto con su tono, lo miro.

—Es la primera y la última vez que me faltas al respeto, ¿entendido?

Agacha la cabeza y guardamos silencio un rato.

¿Qué hago ahora? Esto es totalmente nuevo para mí. Si lo presiono antes de que confíe en mí, se marchará.

Me cago en el niño y en su intachable ética laboral.

—Vale. Nos alojaremos en el hostal para que trabajes. Pero solicitaremos habitaciones individuales, y, si no tienen, nos iremos a un hotel.

440

—Vale.

Sigue de morros un rato.

—Llamaré al hostal para hacer una reserva, ¿vale?

Se encoge de hombros con actitud chulesca.

Llamo al hostal, que, por suerte, dispone de dos habitaciones de lujo con baño integrado. Vamos a por las llaves y subimos a la última planta.

—Es aquí —digo mientras abro la puerta que conduce a su habitación.

Con los ojos como platos, pregunta:

—¿Vamos a alojarnos aquí?

—Ajá.

Se queda a mi lado en silencio y mira embobado hasta el último detalle.

—Pues sí que tiene que ser pijo el colegio en el que enseñas.

—Ah..., sí. —Hago una mueca—. En cuanto a eso... No soy profe.

Me interrumpe y dice:

—Lo sé.

—¿Qué sabes?

—Que eres conserje.

«Flipo».

—Mi familia dirige una empresa que hace periódicos.

Frunce el ceño.

—Se podría decir que estoy... —Me encojo de hombros—... forrado.

—¿Cómo que forrado?

—Que no tengo problemas de dinero.

Me mira impasible, como si no concibiese la idea.

—Ya lo entenderás —le digo con una sonrisa—. Tú dormirás aquí.

Me mira con gesto inquisitivo.

—¿Y tú?

—En la habitación del fondo.

—Ah.

Por cómo retuerce los dedos, sé que está desbordado.

—¿Tienes pasaporte? —le pregunto.

Niega con la cabeza.

—¿Y partida de nacimiento?

—¿Qué es eso?

«Mierda».

—No pasa nada. Ya lo solucionaremos. —Miro el reloj—. Ve arreglándote, que empiezas en una hora.

Asiente.

Entro en su cuarto y le abro la puerta del lavabo.

—Te presento tu baño.

—¿Seguro que podemos usarlo? No nos meteremos en un lío, ¿no?

«Qué bien me cae este crío, hostia».

Sonrío y digo:

—Sí, chavalote, seguro. He pagado por las habitaciones. Puedes usarlo.

—Vale.

Perdido a más no poder, retuerce los dedos mientras mira a su alrededor.

—Ten, una toalla. —Se la paso—. Si quieres, dúchate antes de ir a currar.

—Vale.

—Usa el gel y el champú de los botecitos. Te espero fuera.

Me dispongo a salir por la puerta cuando dice:

—Christo.

Me vuelvo.

—No hace falta que te preocupes por mí. Estoy bien. Que seamos amigos no significa que tengas que llevarme contigo. Las cosas no se hacen así.

—Lo sé. —Me siento en la cama sin saber qué decir. Le doy unos golpecitos para que se siente a mi lado. Se acomoda despacio—. Sé que estarás perfectamente aquí. Eres valiente y fuerte y te las apañas bien solo. —Echo una ojeada al cuarto mientras pienso en la manera adecuada de expresarlo—. Pero siento que tenemos que estar juntos..., ¿me explico?

Me mira a los ojos.

—Y... ¿quién sabe? —Me encojo de hombros—. A lo mejor tu madre quiso que nos conociéramos.

Se le humedecen los ojos mientras me mira de hito en hito.

—No sé cómo narices se cuida de un niño, así que… sé paciente conmigo, ¿vale?

No dice nada.

Le toco la rodilla y digo:

—Saldremos adelante juntos…, tú y yo.

Mira la mano con la que le toco la rodilla y, despacio, pone la suya encima.

«Es la primera vez que nos tocamos».

El momento es tierno y emotivo, y supone un punto de inflexión para los dos.

Vuelve a formárseme un nudo en la garganta. Avergonzado, Eddie se limpia los ojos.

—Pues eso. —Me levanto—. Ve al bar a servir a los mamones esos mientras yo averiguo cómo sacarte del país.

—¿Por qué tú puedes decir palabrotas y yo no?

—Porque yo soy el adulto y tú el niño.

Me mira a los ojos mientras asimilamos mis palabras.

«Yo soy el adulto y tú el niño».

Se me acelera el corazón. Es entonces cuando sé que la vida no volverá a ser la misma.

Ni para él ni para mí.

Capítulo 31

Hayden

Se oye un cuervo graznar a lo lejos; un canto apacible que me llega al alma.

No hay duda de que mi sitio está en el campo. Mi regreso no ha hecho más que afianzar lo mucho que me gusta esta vida.

«Si hubiera…».

La mecedora se ha convertido en mi mejor amiga.

Cuando me estreso —que es a menudo—, mecerme me mantiene serena. Como a un bebé, me calma hasta que me encuentro mejor. A cámara lenta, los tenues rayos dorados desaparecen tras la montaña al ponerse el sol.

Seis semanas sin él.

Sin besos, ni abrazos, ni bromas privadas, ni… amor.

Y, aunque algunos días se me pasan volando, otros me roban el aliento.

Y me dejan casi sin vida.

Marco el número y espero. Me salta el contestador.

«El teléfono al que llama está apagado».

—Eddie, ¿dónde estás?

Me preocupa. Llevo un par de semanas sin saber nada de él. Nos llamamos por turnos y ahora le toca a él…, pero ni llama ni contesta.

No es propio de Eddie. Es tan puntual que podría decir el minuto exacto en el que siempre llama.

Espero que esté bien.

«Está bien. No te preocupes».

Oscurece y la cálida brisa me aparta el pelo de la cara y me trae cientos de bellos recuerdos. Sonrío al pensar en mi maravilloso Christopher. No lamento lo más mínimo haberme enamorado de él; ahora sé lo que se siente al estar en el paraíso, cuando por un tiempo... fue mío.

Me recuesto en la mecedora, me tapo las piernas con la manta de punto y me relajo.

«Si hubiera...».

Diez días después

Mientras el avión aterriza en Barcelona, por la ventanilla veo cómo la pista pasa a toda velocidad. No he logrado contactar con Eddie, y me estoy empezando a preocupar de verdad. Sé que debe de haber un motivo de peso para que no conteste al teléfono, pero no me quedaré tranquila hasta que vea cómo está.

Además, necesitaba una excusa para marcharme del pueblo. La granja me asfixia.

A decir verdad, no sé dónde demonios está mi sitio ahora mismo. No estoy a gusto en ningún lado. Espero que poner tierra de por medio me aclare las ideas.

Sigo sin trabajar. Cada vez que voy a aceptar un puesto, algo me frena, lo que no tiene sentido, porque de verdad que quiero sentar la cabeza. Tengo veintiséis años y no tengo trabajo.

Uf...

Trato de ser indulgente conmigo misma. En cuanto supere la ruptura, las cosas cambiarán. Seguro.

Sin mucho afán, bajo del avión, recojo mi equipaje y reservo un Uber para ir al hostal. Cuando el vehículo se detiene junto al bordillo, miro por la ventanilla, embelesada. Me asaltan cientos de bellos recuerdos.

Aquí fue...

En este hostal fue donde nos conocimos.

El conductor interrumpe mi ensoñación y se apea. Indecisa, yo también salgo.

No esperaba que me emocionara tanto volver a ver este sitio.

—Aquí tiene. —El conductor deja mi maleta en la acera.

—Gracias.

—Que pase una buena noche.

—Igualmente.

Sube al coche y se marcha mientras yo miro el hostal, embobada. Ahora mismo no sé si quiero entrar. ¿Y si alojarme aquí reabre la herida que he estado curando? Qué rabia me daría.

Tengo que pasar página. «Entra, anda».

Armada con mi maleta, voy a recepción. Falta poco para las diez de la noche, así que estarán a punto de cerrar. No hay nadie en el mostrador.

—¿Hola? —grito.

Oigo música y risas que provienen del bar. Sonrío. Por aquí todo sigue igual.

—Un momento —dice una voz femenina desde el despacho.

Espero pacientemente. Al rato aparece la mujer y dice:

—Perdona, estaba atendiendo una llamada. —Sonríe. Es nueva, no me suena haberla visto por aquí.

—Tranquila. He hecho una reserva a nombre de Hayden Whitmore.

—Enseguida. —Teclea algo en el ordenador y dice—: Vale, has solicitado una habitación individual para una semana, ¿no?

—Sí.

Comprueba las llaves y toda la pesca, y yo observo el entorno, tan familiar. No hay duda de que este sitio me anima.

—Una cosa: ¿se podría ampliar mi reserva una semana más? —le pregunto.

—A ver, deja que mire. —Vuelve a teclear—. Sí, se puede. —Me tiende la llave—. ¿Ya te has hospedado con nosotros?

—Sí —contesto con una sonrisa.

—Qué guay. Estás en la última planta, habitación doscientos nueve. Sube por las escaleras que verás al fondo del pasillo. El ascensor no funciona.

El puñetero ascensor no funciona desde que vine aquí hace más de un año.

—Gracias. ¿Sabes si Eddie trabaja esta noche en el bar? —le pregunto.

—Ni idea, lo siento —contesta—. He estado tan liada que no he podido ni pasarme.

446

—Vale, gracias.

Cruzo el pasillo y subo los dos pisos con la maleta a cuestas mientras sonrío para mí misma. No me puedo quejar del servicio de los hostales de mochileros porque… no hay.

Atravieso el pasillo pisando huevos, encuentro mi cuarto y abro la puerta. Hay una cama doble, mesita de noche y un lavamanos con espejo. Está limpio y ordenado. Ojalá quedasen habitaciones con baño privado. ¿Qué le vamos a hacer? Esta ya me vale.

—Con esto voy que chuto.

Dejo el equipaje en el suelo, me lavo la cara y me hago una coleta alta. Me pongo un vestido de tirantes fresquito y bajo al bar.

La música está alta y hay gente bailando. Han colgado luces de fiesta en el patio, que vibra al ritmo de la noche.

—Hola, encanto —me dice un tío con una sonrisa mientras me mira de arriba abajo—. ¿Adónde vas?

—Hola. —Sonrío sin ganas mientras busco a Eddie. «Contigo a ningún sitio».

Me abro paso entre la multitud y entonces lo localizo. Está sirviendo a un buen puñado de tíos. Se le ilumina la cara al verme. Sin pensárselo dos veces, sale corriendo de detrás de la barra y me abraza con tanto ímpetu que por poco me tira.

—Hazen. —Me estrecha con fuerza—. Has vuelto.

Me río.

—Pues claro que he vuelto. Me tenías preocupadísima. ¿Cómo es que no coges el teléfono? —le pregunto.

Se le desencaja el rostro y dice:

—Es que me lo han robado.

—Ay, pobre. —Es evidente la pena que le da—. Tú tranquilo, que en nada te compras otro. —Lo veo gigante—. ¿Has pegado el estirón o soy yo? —comento entre risas.

—Puede.

Me separo de él y lo miro de arriba abajo.

—Menos mal que estás bien.

Tengo que mirar hacia arriba para ver cómo me sonríe de oreja a oreja, pues ya es más alto que yo.

—Qué guapo estás —le digo con una sonrisa de orgullo.

Me pasa un brazo por detrás y me acerca a él.

—¿Te alojas aquí?

—Sí. Tú vuelve al trabajo, nos vemos luego.

—No te irás ya, ¿no? Siéntate en la barra y tómate algo —me dice esperanzado mientras me retira un taburete del otro extremo.

—Vale. —Sonrío y tomo asiento.

Eddie vuelve corriendo a su puesto, me prepara una copa y me la sirve.

—Gracias.

—Acabo a la una —me informa.

—Uy, peque, si yo me acostaré mucho antes.

Me sonríe como un tonto.

—¿Qué pasa?

—Me has llamado peque.

Me derrito con lo mono que es este niño.

—Pues claro. Es que eres peque.

Se ríe y vuelve a lo suyo. Le doy un trago a mi bebida y, al levantar la vista, me encuentro con los ojos de Christopher, sentado en la otra punta de la barra.

«¿Cómo?».

Sin dejar de mirarnos, me obsequia con una sonrisa lenta y *sexy*.

El corazón me da un vuelco a cámara lenta. Se levanta y se acerca a mí.

—Gruñona —me dice con una sonrisita.

—Hola.

Me abraza y, pegada a su hombro grande y robusto, cierro los ojos. Su loción para después del afeitado me embriaga.

«Lo echaba de menos».

—¿Qué haces aquí? —me pregunta.

—Como no conseguía contactar con Eddie, me preocupé. ¿Y tú?

—Igual.

Nos miramos con una complicidad maravillosa. Señalo los taburetes y digo:

—Tómate algo conmigo.

—Vale. —Retira un taburete y se sienta. Estoy hecha un manojo de nervios.

No me lo creo. ¿Qué probabilidad había de que nos topáramos en la otra punta del mundo?

—¿Qué tal? —me pregunta.

—Bien —miento—. ¿Y tú?

Se encoge de hombros y dice:

—He estado mejor.

«Vaya…».

Lo miro a los ojos. Me entran ganas de achucharlo y decirle que lo quiero y suplicarle que volvamos.

—¿Cuánto llevas aquí? —le pregunto.

—Una semana.

Frunzo el ceño. Pensaba que estaba hasta arriba de trabajo.

—Me he enterado de que Eddie es huérfano y vive en la calle —me confiesa en voz baja.

—¿Qué dices?

—Está solo, Gruñona.

Con el rostro descompuesto, miro a Eddie, que sirve a un cliente la mar de contento.

—¿Y sus padres?

—No conoce a su padre y su madre falleció cuando tenía ocho años. No le quedan parientes. Estuvo en el programa de acogida, pero lo acogieron unos idiotas y a los once años se escapó.

—¿Va en serio?

Asiente con pesar.

—Madre mía, pobre Eddie.

—No sabe leer ni escribir —añade con un hilo de voz.

Se me humedecen los ojos.

—Me lo voy a llevar a casa.

—¿Cómo que te lo vas a llevar? —inquiero, extrañada. ¿Está tomando decisiones sobre su futuro a largo plazo sin consultarme?

«Normal, hemos roto».

—Se vendrá a Londres a vivir conmigo. —Se encoge de hombros y agrega—: Si logro sacarlo del país, claro.

Lo miro con un cacao mental de narices.

—No tiene ni pasaporte ni partida de nacimiento. Mi amigo Sebastian Garcia me está echando una mano. El que conociste, ¿te acuerdas?

Lo miro fijamente. Me ha dejado tan pasmada que soy incapaz de articular una frase.

—No.

—Estaba con Julian Masters en el yate de Grecia.

«Aaah…, el guapete».

—¿El moreno? —pregunto para hacerme la tonta.

—Sí. Pues es político en Londres y es de ascendencia española. Me está ayudando con el papeleo.

—Christopher… —Hago una pausa para pensar en lo que voy a decir—. No puedes sacarlo de España. Es su hogar.

—Ah, ¿sí? —repone con tono de fastidio—. Dormía en el suelo, en un colchón manchado, en una casa abandonada, solo. Sin agua ni luz. Sin nada. Había colgado mis postales en la pared junto con una foto tuya en el centro. Solo nos tiene a nosotros, Hayden. Literalmente. No voy a dejarlo aquí. Es que me niego.

Miro a Eddie, que sirve a un grupo de hombres en la barra, y me embarga la emoción. Me duele la garganta al tragar saliva.

«Pobre Eddie».

—Aunque solo sea hasta que tenga dieciocho o diecinueve años y pueda pagarse un alquiler —dice bajito—. Lo escolarizaré para que aprenda a leer y a escribir y así, al menos, que tenga opciones.

Asiento al escucharlo, pero guardo silencio.

No hay nada que decir. Estoy profundamente aturdida.

Christopher me mira a los ojos y me pregunta:

—¿Qué opinas?

Le doy un trago a mi copa y me encojo de hombros.

—¿Has pensado bien en lo que supondrá esto para tu futuro? Un niño da mucho trabajo, Christopher.

—Ya. —Se aprieta la nariz—. Pero ¿qué quieres que haga?

—No sé —susurro.

Nos quedamos en silencio un rato.

—¿Qué opina Eddie? —pregunto.

Se encoge de hombros y dice:

—Le hace ilusión venirse conmigo. Es que es eso o pasarse el día asustado por si algún cabrón le roba el móvil mientras duerme en el suelo.

«Joder».

No me imagino lo que debe de ser no tener a nadie. El miedo que habrá pasado. La silueta de Christopher se desdibuja. Me limpio las lágrimas en un santiamén.

Christopher mira al frente. Se lo ve agobiadísimo...; ahora sé que lo está.

—Eres un gran hombre, Christopher.

Me mira a los ojos. Saltan chispas. Despacio, me pasa un mechón por detrás de la oreja.

—No sabes lo que me alegro de verte.

Nunca he necesitado tanto abrazar a alguien.

Pero no puedo.

Se me acelera el corazón. Estoy totalmente saturada. Todo es diferente, pero, a la vez, no ha cambiado nada. El berenjenal sigue siendo el mismo, pero se ha complicado aún más, si cabe.

«Hay un niño de por medio».

Me levanto de sopetón y digo:

—Me voy ya.

—¿Cómo? ¿A dónde? —inquiere, sorprendido.

—A la cama. Estoy... reventada.

—¿Te alojas aquí? —me pregunta, ceñudo.

—Sí.

—Yo también —me dice con una sonrisita—. Pues hasta mañana.

—Vale, adiós —suelto de corrido. Tengo que alejarme de él cuanto antes.

Hay mucho que asimilar.

Veo a Eddie de refilón. Le lanzo un beso mientras subo a mi cuarto. Entro en tromba y me paseo de un lado a otro.

¿Y ahora qué?

Christopher

451

Estoy tumbado en la arena, a oscuras. A lo lejos se oye el barullo propio de las fiestas. La playa está desierta y en silencio. Pienso en un millón de cosas.

«Verla esta noche…».

Se me hace raro no tocar a Hayden, no abrazarla y no decirle lo mucho que la necesito.

Nunca he creído en el amor. Pensaba que era una ilusión que solo los solteros se convencían de necesitar. No creía que fuera posible que alguien me importase como me importa ella. Y aunque sé que no podemos estar juntos y que lo nuestro no funcionaría, verla en persona ha reabierto una herida… Mi corazón quiere lo que no puede tener.

Volver a estar entre sus brazos.

Recuerdo lo distante que ha estado antes en la barra; tan distinta a la Hayden cariñosa y amable que conozco.

Estas siete semanas se me han hecho eternas, y, sin embargo, al verla esta noche, ha sido como si nunca se hubiese ido.

Sigo sintiendo lo mismo; puede que incluso con más intensidad.

Estoy muy, pero que muy jodido.

Miro la luna. La cantidad de noches que nos hemos tumbado en esta playa a imaginar el futuro. Pero, al echar la vista atrás, me doy cuenta de que era ella quien lo fantaseaba todo y yo el que la escuchaba. Yo ya conocía mi destino, pero me lo guardaba para mí. De haber sido sincero conmigo mismo y con ella, nos habría ahorrado un montón de sufrimiento.

Entender las cosas *a posteriori* es maravilloso.

Si hubiera…

Hayden

Tras un sueño reparador que ha sido mano de santo, entro en el comedor con determinación renovada. Anoche fui muy borde cuando Christopher me contó lo que había planeado para Eddie. No fui nada comprensiva. En mi defensa alegaré que estaba en *shock*.

Que vaya a hacerse cargo de Eddie es lo último que me esperaba, pero, después de estar toda la noche dándole vueltas, no me extraña. Christopher es la persona más bondadosa que conozco.

Pues claro que se haría cargo de él. Lo adora. Y tiene razón: no puede quedarse aquí solo.

Lo veo hablando por teléfono en la mesa del fondo. Me saluda.

Vale...

Decidida a ser de más ayuda, relajo los hombros y voy a sentarme a su lado.

Sonríe mientras escucha a la persona con la que habla.

—De acuerdo. —Calla y escucha—. ¿Y no se puede acelerar el proceso de alguna forma?

Frunce el ceño y se pasa una mano por la cara.

—Mierda...

¿Pasa algo?

—¿Qué pasa? —le pregunto articulando solo con los labios.

Pone los ojos en blanco y dice:

—Gracias, valoro el esfuerzo. —Calla otra vez—. Pues ya me dirás algo.

Lo escucho en silencio.

—Vale, gracias. —Cuelga y suspira con fuerza.

—¿Qué pasa? —insisto.

—Tengo una buena noticia y una mala.

—Primero la buena.

—Puedo sacar a Eddie del país si es como empleado y no como niño sin techo.

—Vale, guay, mola. —Sonrío—. ¿Y la mala?

—Que hasta dentro de un par de semanas el papeleo no estará listo.

—¿Y qué tiene eso de malo?

—Que tengo que regresar a la oficina. No me queda otra. Tengo la agenda llena de reuniones y no puedo volver a anularlas, pero tampoco puedo dejarlo aquí solo. Si le pasara algo, no me lo perdonaría.

—Ostras... —Lo medito un instante—. Pues ya me quedo yo con él.

Christopher arruga el ceño.

—Sí, ¿por qué no? —Me encojo de hombros—. Lo cierto es que no tengo prisa por volver. Me quedo con él y tú te vas a trabajar, y cuando el papeleo esté listo, entonces vuelves a por él.

—¿Harías eso por mí?

—Pues claro. Haría lo que fuera por ti.

—¿En serio?

—Eres mi mejor amigo —arguyo con una sonrisa.

Le cambia la cara.

—¿Solo tu amigo?

—Cielo... —Me encojo de hombros y le toco la mano, apoyada en la mesa—. Empezamos como amigos y siempre lo seremos.

—Pero ¿y...?

—Nuestra situación no ha cambiado. Por más que nos importe el otro... —Dejo la frase ahí porque no quiero acabarla en alto.

—Tienes razón —conviene—. Lo nuestro nunca funcionará. Lo sé bien.

Se me cae el alma a los pies. Esperaba que me dijera que lo nuestro tiene arreglo.

«No ha cambiado nada».

—¿Y cuándo te vas? —pregunto para cambiar de tema.

—Mañana.

—Vaya.

Me mira a los ojos.

—¿Tan pronto?

—Sí.

Abatida, asiento.

—Vale.

—Os buscaré un lugar bonito para que os alojéis mientras tanto.

—No, aquí ya estamos bien. Así Eddie puede seguir trabajando y no notará tanto cambio.

—¿Seguro?

—Segurísimo. —Sonrío y le digo—: Tú vuelve a Londres y haz lo que tengas que hacer. Estaremos bien.

Me entran ganas de decirle que me dan igual los planes que tenía; que, mientras él forme parte de ellos, me vale. Pero sé que no puedo. «Ahora te aguantas».

—Volveré a por él en cuanto pueda.

«A por él».

—Vale —digo con una sonrisa forzada—. Qué suerte tiene de que vayas a hacerte cargo de él.

—Soy yo el afortunado.

Nos miramos y…

«Madre mía…».

Amo a este hombre maravilloso.

Eddie entra en el restaurante como una estrella del *rock*. Christopher sonríe y lo llama con un gesto.

—Eddie, campeón.

—Hola, Hazen. —Sonríe mientras se sienta a mi lado.

—Buenos días, peque. —Sonrío mientras le aparto el pelo de la frente. Cuando él también me sonríe, me derrito. Es que me lo como.

—Buenas noticias —le dice Christopher—. Están arreglando el papeleo para que te mudes conmigo.

Eddie, entusiasmado, abre mucho los ojos.

—¿En serio?

—En serio —contesta Christopher con una sonrisa—. Pero… tardarán un poquito.

—¿Cuánto?

—Unas semanas. Y tengo trabajo, así que volveré a Londres.

A Eddie le cambia la cara.

—Pero Hazen se quedará contigo hasta que vuelva.

Eddie me mira como para confirmar que es así.

—¿Te parece bien? —le pregunto con una sonrisa.

Se muerde el labio inferior para no sonreír.

—¿Y luego vendrás con nosotros a Londres? —inquiere esperanzado.

—Hazen no vive en Londres —contesta Christopher por mí—, vive en el campo.

—Ah. —Eddie arruga el ceño al asimilar la respuesta.

—Ya verás lo bien que nos lo vamos a pasar mientras Christopher no esté —le aseguro con una sonrisa para tranquilizarlo.

Asiente. Es obvio que le inquieta que no vaya a regresar.

—Volverá a por ti, Eddie. Te lo prometo.

Eddie me mira a los ojos y después se gira hacia Christopher.

—Pues claro que volveré a por ti. Te lo dije: juntos siempre —le dice Christopher.

«Ay…».

Se me forma un nudo en la garganta. Al instante, echo la silla hacia atrás, no vaya a ser que me ponga en evidencia.

—Tengo cosas que hacer. Hasta luego. —Me levanto.

—Vale. —Eddie sonríe alegremente—. Adiós.

—Adiós.

Abandono el restaurante y salgo a la calle. No tengo nada que hacer, pero sé que no puedo estar cerca de Christopher Miles. Ánimo.

Tengo que ser fuerte.

⧸∞⧸

A las once de la noche, entro en el baño comunitario. Hay algunas duchas en marcha, pero, afortunadamente, no hay mucha gente.

Hace más de una hora que me fui del bar del hostal.

Es duro estar cerca de Christopher, y más cuando ni me mira. Este destino es la tortura más lenta y dolorosa del mundo.

Dejo mis cosas en el lavabo y me miro al espejo largo y tendido. El reflejo me muestra un rostro alicaído que no reconozco.

He perdido a Christopher.

Exhalo con esfuerzo, entro en el cubículo y abro el grifo. Cuelgo la toalla en un gancho y me desvisto. Me meto en la ducha y echo la cabeza hacia atrás para que me caiga el agua caliente. A ver si lavándome el pelo me animo.

Salgo de la ducha y, cuando voy a coger mi neceser, veo que no está en la balda.

—Venga ya. —Pero si lo he traído. Estoy segura.

Mierda, me lo he dejado en el lavabo. Me ato la toalla y, al abrir el cubículo, me encuentro cara a cara con Christopher.

Está desnudo salvo por la toalla blanca que lleva enrollada a la cintura. Está bronceado y fuerte. Su amplio pecho hace que me flaqueen las rodillas.

No puedo contenerme y ahogo un grito.

—¿Qué haces? —pregunto tartamudeando.

—Ducharme. —Me mira de arriba abajo y, cuando vuelve a mirarme a los ojos, los suyos refulgen de deseo.

El aire podría cortarse con un cuchillo.

De pronto, lo tengo encima. Me estampa contra la pared y me tira del pelo para echarme la cabeza hacia atrás y que lo mire a los ojos.

—Me tienes ganas.

Saltan chispas.

—Lo sé.

Se apodera de mis labios con tanta rudeza que tuerzo el gesto. Es un beso salvaje y frenético lleno de sentimientos reprimidos. Sobre todo, odio por lo que le hemos hecho pasar al otro.

Me mete a la fuerza en el compartimento, cierra de un portazo y me sujeta contra la pared.

Nos besamos como si nos fuera la vida en ello. Desbordados por la emoción, chocamos los dientes y nos dejamos ir.

Se arranca la toalla y libera su enorme erección, que se alza con fuerza entre sus piernas. Gimoteo cuando me la restriega.

¡Síííí!

Me aúpa, me separa las piernas, se la agarra y me penetra de golpe y sin contemplaciones.

—Toma ya… —susurra.

Nos miramos mientras mi cuerpo se adapta para acogerlo.

«Ah… Cómo lo echaba de menos».

La saca despacio y me la mete hasta el fondo. Sigue así un rato más hasta que se le va la cabeza y me folla con brutalidad y rapidez.

Con rabia.

El golpeteo de nuestras pieles húmedas resuena por todo el baño. Veo las estrellas.

Acapara mi atención mientras me devora: me muerde en el cuello, me agarra del culo con las dos manos y me abre bien con sus embestidas violentas y profundas.

Pero es mi corazón el que está en peligro, pues se precipita desde mi pecho y se sume por el desagüe junto con el agua de la ducha.

Me está follando como si no me conociera, como si fuéramos extraños.

Quizá lo seamos.

Se queda al fondo y, tras el inconfundible tirón, se corre y yo me echo a llorar. Nunca se corre antes que yo... Ni una sola vez.

Está claro que ya le da igual.

Se da cuenta de que estoy llorando y me mira a los ojos con los suyos, atormentados.

—No puedo hacerlo —susurra.

Me la saca y sale a toda prisa del compartimento. Lo oigo ducharse y sollozo en silencio.

Sola.

Se está quitando mi olor... por última vez.

Capítulo 32

Esperamos al Uber frente al hostal. Eddie charla la mar de contento mientras que Christopher y yo estamos extremadamente incómodos.

Él ni me mira, y yo me limito a contemplar su bello rostro con la esperanza de atisbar alguna emoción.

La que sea.

El calentón de anoche ha reabierto la herida, y me estoy desangrando y necesito una transfusión urgentemente.

Llega el taxi. Christopher abraza a Eddie.

—Cuida de Hazen —le pide—. En unas semanas vuelvo a por ti y nos vamos a Londres a iniciar una nueva vida juntos.

Eddie sonríe orgulloso a su protector y le dice:

—Vale.

Cuando Christopher me mira a los ojos, me invade una tristeza demoledora. Me abraza y me pega a él, bien cerca.

«No te vayas...».

Nos aferramos al otro sin ganas de despedirnos, pero conscientes de que debemos hacerlo.

Se separa de mí y retrocede.

—Tengo que irme.

Me obligo a sonreír y le digo:

—Buen viaje.

—Llámame si necesitas algo —me dice.

«Te necesito a ti».

—Vale.

Le alborota el pelo a Eddie y le dice:

459

—Hasta pronto, chavalote.

Se despide con un breve gesto mientras sube al Uber, que se incorpora al tráfico poco después.

Eddie y yo lo vemos alejarse mientras mi corazón se hace añicos a mis pies.

El chico se vuelve hacia mí y me dice tan pancho:

—¿Vamos a la playa?

Su cándida inocencia me hace sonreír.

—Vale.

Christopher

Sentado a mi mesa, miro al infinito.

No me he sentido más miserable en toda mi vida.

No solo he perdido a la mujer a la que amo, sino que la he utilizado para tener sexo.

Y ella se dio cuenta.

Tuve que hacerlo. No pude evitarlo. Tuve que disociar conceptos para pasar página.

En ese momento necesitaba su cuerpo, y no soportaba necesitarla.

Era mejor si fingía que el polvo de esa noche en la ducha no nos rompía el corazón a ambos.

Era mejor si fingíamos que no nos conocíamos.

Entonces, ¿por qué me siento tan mal?

Como si todo mi mundo se fuera a pique.

Lamento haberla perdido. Pero lamento todavía más habérmela follado.

Con Hayden Whitmore solo hago el amor, ni más ni menos.

¿Cómo hemos llegado a este punto? Ni idea.

Creo que estoy fatal. Quizá ya no pueda tener sexo esporádico.

No dejo de ver el dolor que rezumaban sus ojos al mirarme.

Se dio cuenta. Se dio cuenta de que, en ese momento, podría haber sido cualquier otra.

Solo lo hice para proteger mi corazón partido.

No funcionó.

No puedo dejarlo correr. Tengo que disculparme por haber sido tan frío.

La culpa me reconcome.

La llamo. Da tono. Cierro los ojos.

—Hola… —dice.

Impactado por lo mucho que me afecta oír su voz, permanezco a la escucha con un nudo en la garganta.

—Hola, Hayden —logro decir al fin.

Ella guarda silencio y espera a que hable yo.

—Hayz. —Pruebo a verbalizar mis intenciones—. Llamaba para disculparme.

—¿Disculparte por qué?

—Por cómo me comporté la otra noche en la ducha.

Silencio.

—Es que… —Se me empaña la vista por las lágrimas—. Quería olvidarme de ti.

—¿Por qué?

—Porque estoy enfadado contigo por romperme el corazón.

—Chris… —dice con voz queda.

—Me siento fatal y no me lo perdono. Nosotros no somos así. No te merecías ese trato.

—No pasa nada —susurra. Está llorando.

—Es que… —Se me descompone el semblante—. Es que te echo de menos.

—Lo sé, cariño. Y yo a ti.

Así no vamos bien.

—Te dejo —suelto.

—Christopher…

—Adiós. —La corto y cuelgo.

Entierro el rostro en mis manos. Decir que estoy desolado es quedarse corto.

Hayden

Me estoy tomando el café del desayuno mientras Eddie me cuenta con pelos y señales cómo le fue el trabajo anoche.

461

—Y entonces uno se puso a tirar hielo y se armó otro follón. —Prosigue con su anécdota larga y enrevesada.

Sonrío al escucharlo. No sabía que fuera tan charlatán; quizá me haya dado cuenta ahora al pasar tanto tiempo juntos.

Hace dos semanas que Christopher se fue. Estoy contenta de haber aprovechado ese tiempo para conocer más en profundidad a Eddie.

Miro la hora. Christopher no tardará en llamarlo. Lo telefonea todas las mañanas y, cuando acaban de hablar, le pide que me ponga.

Nuestras conversaciones de cinco minutos me alegran el día entero.

Charlas sobre nada que lo son todo.

Puntual como un reloj, me suena el móvil. Es él. Se lo paso a Eddie, que, con una sonrisa de oreja a oreja, dice:

—Hola, Christo.

Lo observo mientras hablan. Eddie charla entusiasmado y sonríe como un bobo. A él también le alegra el día hablar con Christopher.

Aguardo pacientemente a que acaben de contarse lo que han hecho las últimas veinticuatro horas.

«Me toca».

Christopher habla y Eddie sonríe al escucharlo.

«Me toca», pienso.

Es eso o arrancarle el teléfono.

—¿Hoy? —pregunta Eddie—. Vamos a ir a la frutería y luego Hazen quiere comprarse un vestido, así que tendré que acompañarla. —Pone los ojos en blanco como si fuese un engorro.

Sonrío. En realidad le encanta hacer cosas cotidianas. Se lo pasa pipa haciendo lo que sea conmigo.

Eddie baja el móvil y me dice:

—Christopher dice que nada de vestidos blancos.

Me río.

—Dile que hemos estado leyendo —le insto articulando solo con los labios.

—Ah, sí. —Eddie sonríe ilusionado—. Hazen y yo leemos juntos. Me está enseñando.

Christopher eleva el tono de voz. Eso es que se alegra.

—Y hemos comprado lápices y hemos estado dibujando en la playa —le cuenta orgulloso.

Sonrío al escucharlo.

—Y Hazen me ha comprado libros infantiles. —Pone los ojos en blanco—. Sobre animalitos, coches y esas cosas.

—Libros que ya te sabes de pe a pa —comento—. Hay que volver a empezar, acuérdate.

Hablan y hablan. «Va, que me toca».

Por fin, Eddie me tiende el teléfono.

—Quiere que te pongas.

El corazón me da un vuelco.

—Hola.

—Hola, Gruñona —me dice con una voz grave y sensual que me reconforta y me alborota al instante—. ¿Cómo estás?

«Ahora bien».

—Bien, ¿y tú?

—También.

Permanecemos a la escucha como si tuviésemos un millón de cosas que contarnos, pero fuésemos incapaces de decirlas.

—¿Qué tal el día? —pregunto.

—Ajetreado. Estoy intentando adelantar todo lo que pueda para estar libre cuando venga Eddie.

—Bien pensado.

—Hoy he hablado con la embajada. Por lo visto, tardarán dos semanas más.

—Vaya.

—¿Te parece bien? —inquiere.

—¿Y no podrías pasarte un finde a vernos…, digo, a verlo? Mierda.

—No puedo, preciosa. Tengo trabajo.

«Preciosa».

—Lo entiendo. —Me resisto a colgar mientras pienso en algo ingenioso que decirle—. ¿Has salido por ahí? —le pregunto, nerviosa.

—Llevo sin salir desde que te fuiste.

—¿En serio? —susurro.

—No se me ha perdido nada fuera.

Sonrío. Permanecemos a la escucha un rato más. Ahora, cuando hablamos, se respira magia.

Una magia más intensa que el sexo, más especial que el amor. Un entendimiento que ni nosotros entendemos.

—No te imaginas lo mucho que te agradezco el favor que me estás haciendo —me dice en voz baja—. Quizá algún día Eddie y yo podamos ir a visitarte a la granja.

—Me encantaría.

Noto una opresión en el pecho. No quiero que vengan solo de visita.

—Mejor te dejo ya —digo.

—No, no cuelgues —farfulla sin pensar—. Digo… Sí, vale.

—Si quieres, puedes llamarme esta noche. —Me encojo de hombros.

—¿En serio?

—Sí. A ver, Eddie estará trabajando…, pero… si te apetece hablar o algo…

—Te llamo esta noche.

Sonrío esperanzada.

—Adiós.

—Adiós.

Permanecemos a la espera. A nuestra despedida le faltan dos palabras.

Dos palabras que me muero de ganas de oír.

—Hablamos esta noche —acaba diciendo.

—Hasta luego.

Cuelgo y Eddie pone los ojos en blanco.

—¿Qué pasa?

—¿Por qué pones esa cara cada vez que hablas con él? —me pregunta.

—¿Qué cara?

—De enamorada cursi.

—Yo no pongo esa cara. —Resoplo.

—Anda que no.

—Acábate el desayuno. —Señalo su plato—. Que hay que pintar.

Me suena el móvil, que está en la mesita.

CHRISTOPHER

Estoy en plan admiradora total. Incluso ver su nombre en la pantalla me altera.

—Hola —saludo.

—Hola… —me dice con una voz familiar y *sexy* que me provoca un escalofrío en la espalda—. ¿Cómo está hoy mi chica?

«Su chica».

Sonrío tanto que me duelen las mejillas.

—Antes bien, ahora mejor.

Algo ha cambiado, pero me da miedo decirlo por si lo gafo. Solo sé que nuestras conversaciones telefónicas a altas horas de la madrugada se han vuelto más tiernas e íntimas.

No hablamos de nada y, sin embargo, hablamos de todo. Nunca hemos hablado de lo nuestro ni de en qué punto estamos, pero el caso es que hablamos.

Todos los días.

Por la mañana llama a Eddie y habla conmigo un ratito, pero luego me llama de madrugada y charlamos durante horas.

Echo de menos lo que teníamos.

Quiero volver a intentarlo. Me arrepiento muchísimo de cómo acabamos la última vez. Debería haberme quedado. Debería haberme esforzado más. Me da la sensación de que lo nuestro se fue al traste por mi culpa, pero no sé cómo abordar el tema. Sigo esperando a que lo saque él, pero nada. Que nos queremos es indudable.

No obstante, nuestra situación demográfica sigue siendo la misma. Él adora la vida urbana y yo, el campo. No sé cómo nos las apañaríamos. Es un problemón. Así que no tengo claro si saldría bien.

O si Christopher querría probar siquiera.

Pero su devoción por Eddie ha afianzado lo que ya sabía.

«Que es el definitivo».

Christopher Miles es una persona muy especial: no conozco a ningún hombre —y menos a un mujeriego multimillonario— que se prestaría a adoptar a un niño que vive en la calle. Su vida va a dar un giro radical y le trae sin cuidado. Qué altruista es.

Qué cariñoso y qué valiente.

El caso es que, en el futuro, nos veo a los tres juntos.

Qué maravilla.

Ahora a ver cómo lo consigo.

—He estado pensando en la escuela a la que llevaré a Eddie —dice.

—No estoy segura de que sea buena idea escolarizarlo —repongo.

—¿Por qué lo dices?

—Los niños son malos, Chris. No sabe leer ni escribir. La tomarán con él. Para mí, apuntarlo a un colegio de pijos es condenarlo al fracaso.

—Pero tiene que aprender, Gruñona. No puede estar sin escolarizar.

—No digo que no vaya nunca; solo al principio. Creo que es mejor que estudie en casa una temporada.

—¿Y cómo hará amigos, entonces?

—No necesita amigos; necesita una familia. Ya hará amigos después. En esta fase tan temprana necesita sentirse protegido, que bastante mal lo ha pasado ya.

—Mmm, quizá… —Lo medita.

—Podría… —Hago una pausa por temor a su reacción—. Podría ir a echarte una mano.

—¿A qué te refieres?

—Que podría vivir con vosotros y ayudarte con Eddie.

—No quiero que te mudes aquí por Eddie; quiero que, si lo haces, sea por mí.

Cierro los ojos. El corazón me va a mil.

Joder.

«Suéltalo ya».

—Christopher…, me arrepiento de no haberme esforzado más —susurro—. Tenías razón. Debería haberme quedado y haber luchado por lo nuestro contigo. Metí la pata hasta el fondo.

No dice nada.

—Lo estropeé todo y no sé arreglarlo.

—No digas eso, cielo —comenta en voz baja—. Fue culpa mía. Te presioné demasiado.

—Qué va. Tú lo hiciste todo bien.

—¿A dónde quieres llegar? —me pregunta.

—A que quiero otra oportunidad. —El corazón me va a tope de los nervios—. A que… —Me encojo de hombros—. A que me esforzaré más por adaptarme y ver tu apartamento con buenos ojos. A que me acostumbraré.

—No quiero que tengas que acostumbrarte.

—No me acostumbro a estar sin ti —susurro.

—Haze… —musita—. ¿Tienes idea de lo mucho que te quiero?

Me echo a llorar.

—Lo siento muchísimo.

—Cariño, soy yo quien lo siente.

—Entonces… ¿puedo volver? —susurro esperanzada.

—Pues claro que puedes volver. Te quiero y lo sabes.

Sollozo en alto, aliviada.

—Y yo a ti.

—En cuanto arreglemos lo del visado, podremos estar juntos.

Río mientras lloro.

—Los tres.

—Sí. —Sonríe—. Los tres.

Cuatro largas y agónicas semanas después

Cuando el avión aterriza en la pista, Eddie, contentísimo, mira por la ventanilla. No quepo en mí de gozo.

«¡Voy a verlo!».

La relación entre Christopher y yo ha cambiado por completo. Es como si hubiéramos estado en guerra, juntos en las trincheras, y ahora abandonásemos nuestros puestos. Me siento más unida a él que nunca, que ya es decir, pues siempre hemos estado unidos.

Hemos decidido que yo llevaría a Eddie a casa y él nos esperaría en Londres. No tenía sentido que viajase hasta Bar-

467

celona para coger un vuelo juntos. Se ha deslomado para tener tiempo libre y ayudar a Eddie a instalarse.

El avión se detiene en la pista y esperamos a que los pasajeros bajen con calma. Es por la tarde cuando entramos en el aeropuerto. Eddie está pletórico, como unas pascuas.

Christopher nos espera en la puerta. Se ríe al ver a Eddie y corre a abrazarlo. Aguardo pacientemente.

«Me toca».

Se vuelve hacia mí y me dedica una sonrisa lenta y *sexy* que hace que el estómago me dé un vuelco. Conozco esa cara.

—Hola, Gruñona.

—Hola.

Me estrecha entre sus brazos y me da un besito mientras me toma del rostro.

—Venga, nos vamos a casa.

«A casa».

Nos conduce al aparcamiento que hay fuera del aeropuerto.

—¿Cómo ha ido el vuelo? —le pregunta a Eddie.

—Buah, qué pasada. Fliparías con cómo se ve todo desde el cielo —exclama.

Christopher ríe. El entusiasmo de Eddie es contagioso.

—¿Y Hans? —pregunto mientras miro a mi alrededor.

—He conducido yo.

—¿En serio?

—Sí. —Me enseña una llave y las luces de un todoterreno negro se encienden un segundo.

—¿Y ese coche? —inquiero, ceñuda, mientras miro el vehículo que acaba de desbloquear.

—He pensado que, con Eddie aquí, tocaba comprarse un coche más práctico.

Eddie abre los ojos como platos y, exultante, sonríe de oreja a oreja.

—Ostras. —Sonrío—. Eso sí que no me lo esperaba.

—Tú vas detrás, chavalote —le indica Christopher.

Eddie sube en un periquete y yo me siento delante. Nos incorporamos al tráfico.

—Tendrías que haber visto lo rápido que iba el avión antes de despegar —exclama Eddie desde el asiento trasero.

Christopher sonríe y mira por el retrovisor su cara de emoción.

—No me digas.

—Y hemos comido —sigue contando Eddie a toda pastilla.

—¿Qué os habéis pedido? —le pregunta Christopher.

—Pollo no sé qué y postre. Hazen, ¿cómo se llamaba el postre?

—*Brownie* de chocolate.

—Eso, sí. Estaba tan rico que me he comido también el de Hazen porque ella ya estaba llena. Y he bebido limonada. Y la chica nos ha dado toallas calientes, y yo no sabía para qué eran, pero sirven para limpiarse la cara. Te lo digo por si no lo sabías.

Christopher se ríe por lo bajo al escucharlo.

Eddie habla y habla y le cuenta a Christopher hasta el último detalle del viaje. Sonrío mientras miro por la ventanilla.

Qué felicidad.

Ha pasado una hora y todavía no hemos llegado. Extrañada, miro a mi alrededor.

—¿Dónde estamos?

—Estoy dando un rodeo. Es que esta noche no se puede circular por la ciudad del tráfico que hay.

—Ah, vale. —Sonrío al imaginarme la cara que pondrá Eddie cuando vea lo sofisticado que es el apartamento de Christopher. No me imagino lo ajeno que será todo esto para él. Aunque cualquiera lo diría. Está tan emocionado que no calla.

Tomamos un desvío y nos metemos en una vereda.

—No veas con el rodeo. —Extrañada, miro a mi alrededor.

—Es que quiero ir a por unas cosas a casa de un amigo que vive aquí.

—¿Qué cosas?

—Cosas de sus hijos para Eddie. Es que no me ha dado tiempo a pasarme a por ellas. No tardo nada.

—Ah, vale.

«Qué raro».

Nos metemos en un acceso para vehículos. Junto a la entrada, en lo alto de un poste, hay un rótulo.

EL CULO DEL MUNDO

¿Eh?

Miro a Christopher con gesto inquisitivo. Este me sonríe y me guiña un ojo con actitud sensual.

—¿Tu amigo ha llamado a su propiedad «El Culo del Mundo»? —pregunto, reticente.

—Ajá.

Se me alzan las cejas solas.

—Desde luego, hay gente para todo.

Christopher se ríe entre dientes mientras cruzamos el sendero. El sol se pone tras las montañas. Las colinas verdes y ondulantes inundan el paisaje.

—Qué bonito.

—¿A que sí? —dice Christopher como si nada, sin apartar la vista del camino.

Esto no se acaba. Es el acceso más largo que he visto jamás.

—¿Cuánto mide la finca de tu amigo? —pregunto—. Debe de ser inmensa.

Christopher se encoge de hombros y dice:

—No sé. Unas ochenta hectáreas, seguramente.

—Mmm.

Pasamos por un cerro tras el cual se halla una hilera de árboles hermosos y grandes que conducen a una casa antigua. Hay unos cuantos coches estacionados y un hombre sentado en los peldaños delanteros.

Christopher saca la mano por la ventanilla para saludarlo y toca la bocina. El hombre le devuelve el saludo.

Eddie y yo nos asomamos al exterior mientras nos detenemos en el vasto acceso circular.

—¿Venís? —nos pregunta Christopher.

—Bueno… —Miro a los ojos a Eddie—. Vale.

Nos apeamos con indecisión. El hombre baja los escalones y dice:

—Hola, Hayden.

Frunzo el ceño. ¿Lo conozco? Conforme se aproxima, veo que se trata de Elliot, el hermano de Christopher.

470

—Ay, hola. —Sonrío. Es verdad, que vive en una casa de campo—. ¿Qué tal?

Me da un beso en la mejilla y me dice:

—Qué bien que hayas venido.

Christopher presenta a Eddie y Elliot.

—Elliot, Eduardo; Eduardo, Elliot, mi hermano.

—¿Qué pasa, chavalote? —Elliot le estrecha la mano a Eddie.

—Qué granja más bonita tienes —comento entusiasmada.

—¿A que sí? —Elliot sonríe y se pone de puntillas como si estuviera emocionado por algo—. Ven, Eddie, que te enseño algo muy chulo que tengo en los establos.

Eddie me mira receloso y Christopher le frota la espalda para tranquilizarlo.

—Estarás bien. Ve con Elliot.

Elliot se marcha y Eddie lo sigue con timidez. Los veo irse.

—Ven, Gruñona, que quiero enseñarte una cosa. —Christopher me coge de la mano y subimos las escaleras que conducen a la casa. Es vieja, está anticuada y la envuelve un aura mística.

—Madre mía, qué casa más bonita. —Sonrío.

Cuando Christopher abre la puerta, me quedo boquiabierta. La estancia está llena de flores y hay velas encendidas por todas partes. Le dedico una mirada interrogante a Christopher.

Me mira a los ojos con sus ojazos arrebatadores y me coge de las manos.

—Me he dado cuenta de algo.

—¿De qué? —susurro con el corazón desbocado.

—De que da igual dónde viva, porque tú eres mi hogar. Mientras esté contigo, seré feliz.

«Oh…».

Me besa con ternura. Se resiste a despegarse.

—Te he comprado esta granja.

—¿Cómo? —Asombrada, miro a mi alrededor—. ¿Que me la has comprado?

Se arrodilla, saca una cajita y la abre.

—Hayden Whitmore, me has enseñado a amar con toda mi alma. Creía que debía ser un diamante para ser feliz, pero me has demostrado que no tiene nada de malo ser carbón; tú me amaste tal y como era y no querías que cambiase. Era suficiente para ti. Quiero envejecer contigo, amarte y protegerte el resto de mi vida. ¿Quieres casarte conmigo?

Me derrito. «No me lo creo».

—Tendré que ir a Londres a trabajar, y soy consciente de que no es la granja de tu familia, pero...

—Sí. —Lo interrumpo a la vez que me arrodillo a su lado—. Sí, sí, sí. —Me río—. Me casaré contigo. —Lo beso. Es un beso dulce e íntimo al que nos resistimos a poner fin.

Perfecto.

Me pone la alianza en el dedo. Es un solitario engastado en oro.

Clásico y perfecto.

—Pero si tú no quieres vivir en una granja —musito.

—No puedo vivir sin ti. El Culo del Mundo es nuestro punto intermedio de encuentro.

Me echo a reír mientras nos besamos.

—No vamos a llamar a nuestra granja «El Culo del Mundo».

—¿Por qué no? —Me besa de nuevo—. Con suerte, no será el único culo en el que me asiente.

Me troncho.

—Qué tonto.

Me besa en el cuello y, tras acercarme al sofá de espaldas, me dice:

—Tenemos unos ocho minutos hasta que vuelvan.

Me echo a reír y miro a mi alrededor.

—A todo esto, ¿a dónde se ha llevado Elliot a Eddie? —pregunto.

—A dar un paseo. Por si decías que no.

Me río. ¿Cómo iba a negarme? Lo estrujo fuerte mientras me muerde en el cuello.

—Te quiero muchísimo.

Se oye un golpetazo en el porche y Elliot y Eddie entran como alma que lleva el diablo. Cierran de un portazo. Parece que hayan visto un fantasma. Jadean y les cuesta respirar.

—¿Qué pasa?

Se miran y dicen:

—Nada.

—¿Y por qué habéis entrado corriendo? —inquiere Christopher, ceñudo.

Elliot se cuadra y contesta:

—Por nada. Es que queríamos... unirnos a la fiesta.

—Te he dicho diez minutos —dice Christopher con los ojos muy abiertos.

—Te he dado quince —replica Elliot, también con los ojos como platos.

—Pues me han parecido dos —exclama Christopher.

—Bueno, ¿y cómo ha ido? —pregunta Elliot mientras nos mira.

Le enseño la mano con una sonrisa de oreja a oreja.

—Hayden y yo vamos a casarnos —anuncia Christopher, con orgullo.

Eddie nos mira atónito y Elliot se parte de risa.

—¡Menos mal! —Corre a abrazarme—. Enhorabuena. —Le estrecha la mano a Christopher y le dice—: ¡Carroza!

—¿Carroza? —pregunta Christopher—. ¿En serio?

Elliot se encoge de hombros y dice:

—En mi cabeza sonaba bien. Enhorabuena. Os dejo para que tú y tu pequeña familia os instaléis.

«Tu pequeña familia».

—Gracias. —Sonrío agradecida de que haya venido a vigilar a Eddie.

—Este fin de semana cena en mi casa para celebrarlo —propone con una sonrisa.

—Vale, guay. —Le paso un brazo por los hombros a Eddie, que me mira con cariño.

Elliot abre la puerta, pero vacila antes de adentrarse en la oscuridad.

—¿Qué haces? —le pregunta Christopher.

—Nada —salta Elliot—. Estaba... mirando.

—¿El qué?

Elliot hace un aspaviento con las manos y abre mucho los ojos.

—Cosas.

—¿Qué cosas? —pregunta Christopher, suspicaz.

—Es que hemos oído un gruñido entre los arbustos —dice Eddie.

Christopher, alarmado, pregunta:

—¿Qué clase de gruñido?

—Era fuerte —contesta Eddie—. Muy fuerte.

—¿Cómo que un gruñido muy fuerte? —tartamudea—. ¿En plan oso?

—En plan lobo.

—¿Lobo? —exclama.

Me mondo.

—Venga ya, en el Reino Unido no hay lobos. —Resoplo.

—¿Estás segura? —inquiere Elliot con los brazos en jarras—. Porque a mí me ha sonado a lobo.

—Sí, sí. —Eddie asiente—. Y a mí.

—Pues sí, bastante. —Saco el móvil para buscarlo en internet.

—Bueno, Christopher —dice Elliot—, te pido que me acompañes al coche.

—¿Quién? ¿Yo? —Christopher, horrorizado, se señala el pecho—. ¿Por qué tengo que morir yo también? Ve tú, no te jode, que ya eres un granjero de tomo y lomo. A ver cómo te las apañas.

Pongo los ojos en blanco y digo:

—Madre mía, qué pena dais. Os enfrentáis a capullos en el trabajo todos los días y ¿os da miedo un lobito? —Salgo por la puerta como una exhalación—. Ya voy yo, anda.

Elliot me sigue hasta su coche.

—Tendríais que poner lámparas aquí, que está muy oscuro —dice a modo de excusa.

Miro la casa y veo a Christopher y a Eddie asomados a la puerta, muertos de miedo.

Me echo a reír. Elliot se me une.

—Que te vaya bien viviendo con estos dos caguetas —me desea Elliot mientras me besa en la mejilla.

—Gracias. —Lo despido con la mano y lo veo alejarse.

Me acerco al arbusto y me muerdo el labio inferior para no sonreír.

—¿Qué haces? —me grita Christopher.

—Comprobar una cosa.

—Déjalo para mañana, cuando haya luz —grita.

474

Me interno en la maleza. Elliot tiene razón: no se ve un pimiento.

—Hayden… —insiste.

Me agacho para que no me vean.

—Hayden… —dice—. ¿Qué coño hace? —oigo que le pregunta a Eddie.

—Tú sabrás —dice Eddie.

Me tapo la boca para no reírme a carcajadas.

—Hayden… —empieza Christopher—. No tiene gracia…

—Mierda, está muerta —exclama Eddie.

—No digas palabrotas —lo regaña Christopher—. Hayden…

Me río contra la mano.

—¡Hayden!

—Ve a buscarla —le ordena Eddie.

—¡¿Yo?! ¿Por qué yo? Ve tú, que eres el duro y el que se ha criado en la calle.

—¿No eras tú el adulto? —replica Eddie.

—Cuando la pille, se va a enterar de lo que vale un peine. —Oigo que baja los escalones de la entrada con paso airado—. Hayden…

Cuando me asomo por entre los arbustos, veo que se ha armado con una escoba. Hago una mueca para no desternillarme.

Está cada vez más cerca.

—Hayden…

Espero a tenerlo al lado para pegar un bote y gritar como si me persiguieran. Paso por su lado a toda mecha.

—¡Aaaaaah! —grita mientras echa a correr hacia la casa.

—¡Aaah! —grita Eddie, que aguarda junto a la puerta.

Christopher me adelanta y entra en la casa. Es lo más divertido que he visto en toda mi vida. Me caigo en la escalera de lo fuerte que me estoy riendo.

Christopher se asoma y me fulmina con la mirada. Mi broma no le ha hecho gracia.

—Te voy a cortar a cachitos para dárselos al lobo que compraré mañana.

Cierra de un portazo. Me siento en los peldaños y contemplo la oscuridad. El viento silba entre los árboles y se oyen animales en el bosque de aquí al lado. Un arroyo borbotea a lo lejos.

Es un lugar apacible y tranquilo. Estoy más en paz que nunca.

«Estoy en casa».

Christopher

—Y aquí está tu ropa. No sabía qué cogerte, así que te he cogido lo básico. Si te hace falta más, podemos ir de compras juntos.

Le enseño su nuevo dormitorio a Eddie, que está sentado en la cama en silencio.

—Y tras esta pared habrá un baño, pero aún no está hecho. La casa necesita unos arreglillos.

Me sonríe al ver lo desbordado que estoy.

Menudo día. Se ha recorrido medio mundo. Ha visto cómo le pedía matrimonio a Hayden. Y ha estado a punto de presenciar cómo se la zampaba un lobo.

—¿Estás bien, chavalote? —le pregunto—. Estás muy callado.

Por cómo asiente, sé que está sensible.

—Espero que te guste este sitio. No hay lobos… Creo. —Me encojo de hombros—. Al menos eso espero.

Sigue sin decir ni pío. Me siento a su lado y le pregunto:

—¿Qué te pasa?

Me mira a los ojos y dice:

—¿Y si…? —Deja la frase a medias.

Lo miro y, al hacerlo, veo a un chaval que ha perdido todo lo que amaba.

—¿Y si no va bien? —pregunto por él.

Asiente.

—Irá bien.

—¿Cómo lo sabes?

Lo medito un instante.

—He estado dándole vueltas y he llegado a una conclusión.

—¿A cuál?

—A que la familia no es solo aquella en la que uno nace. Ya te dije que sentía que teníamos que estar juntos, que nos conocimos por un motivo.

Me mira a los ojos.

—Hayden y yo hemos estado hablando, y…, si te parece bien, hemos decidido que nos gustaría adoptarte. Volveremos a España cuando te apetezca, pero queremos que formes parte de nuestra familia. Los tres juntos. Y, con suerte, algún día llegarán más niños, que serán tus hermanos y hermanas.

Cuando me mira, veo que imagina un futuro.

—No será fácil. Habrá días en que no nos soportemos. Pero quiero que seas mi hijo.

Se le humedecen los ojos.

—¿Te gustaría? —le pregunto en voz baja.

—Mucho. —Asiente. Lo estrecho fuerte entre mis brazos—. Gracias, Christo —susurra contra mi hombro—. Muchísimas gracias.

Sonrío mientras lo abrazo y le digo:

—Llámame papá.

Agradecimientos

Tengo que dar las gracias a muchísima gente. Siempre me falta espacio en esta sección.

A mi queridísima madre, gracias por leer todo lo que escribo una y mil veces. Eres la mejor lectora beta, la mejor madre y la mejor amiga del mundo.

A Kellie, la asistente personal más maravillosa del universo y la directora de SWAN HQ. Gracias por hacer que todo vaya como la seda. ¡Te quiero!

Al equipo de lectoras beta formado por mis fabulosas amigas: Lisa, Rena, Nadia, Rachel, Nicole y Amanda. Gracias por aguantarme. Os adoro.

A Lindsey Faber y Victoria Oundjian, sois un equipo increíble.

A Amazon, por proporcionarme una estupendísima plataforma en la que publicar mis novelas.

A las chicas de la pandilla Swan, gracias por ser mi refugio digital. Me lo paso pipa con vosotras. Sois las mejores amigas que una podría desear.

A mis niñas, mis Cygnet, sois una bendición que no cesa. Cada día me sorprendéis más.

A mi familia, gracias por soportar que trabaje sin descanso. Algún día iremos a la playa más de dos horas, os lo prometo.

Os quiero muchísimo.

Un besazo.

¡Y a vosotros!

Mis queridos lectores.

Hacéis mis sueños realidad. No tengo palabras para expresar lo mucho que os agradezco que elijáis mis libros. Gracias de todo corazón y gracias por invertir vuestro tiempo en leer *La oportunidad*. Vuestro apoyo lo es todo para mí.

¡¡Gracias, gracias, gracias!!

Chic Editorial te agradece la atención dedicada a
La oportunidad, de T L Swan.
Esperamos que hayas disfrutado de la lectura
y te invitamos a visitarnos
en www.chiceditorial.com,
donde encontrarás más información
sobre nuestras publicaciones.

Si lo deseas, también puedes seguirnos
a través de Facebook, Twitter o Instagram
utilizando tu teléfono móvil
para leer los siguientes códigos QR: